ULLSTEIN

Das Buch

Wer stellt sich in unserer Zeit dem abgrundtief Bösen? Die junge Fotografin Bess Grady hält tagtäglich die Grausamkeiten dieser Welt mit ihrer Kamera fest – in Somalia, in Sarajevo. Um sich ein wenig zu erholen, macht Bess mit ihrer Schwester Emily Urlaub in der mexikanischen Stadt Tenajo – und gerät unversehens in einen Alptraum: In der kleinen Stadt grassiert eine tödliche Epidemie, der bereits fast alle Einwohner zum Opfer gefallen sind. Emily verschwindet und Bess wird in einem Krankenhaus festgehalten. Der zwielichtige Kaldak, angeblich ein CIA-Agent, befreit sie. Er behauptet, die Seuche habe keine natürliche Ursache und Millionen von Menschen seien nun in Gefahr. Doch wer steckt hinter diesem teuflischen Plan? Kaldak verrät Bess nicht, daß er sie als Köder benutzt. Es beginnt ein tödliches Spiel ...

Die Autorin

Iris Johansen schafft mit ihren Psychothrillern immer wieder den Sprung auf die obersten Plätze der Bestsellerlisten der USA und wurde für ihre Bücher mit zahlreichen Preisen ausgezeichnet. Mit Thrillern wie *Das verlorene Gesicht* und *Im Profil des Todes* begeisterte sie auch die deutschen Leser. Sie lebt in der Nähe von Atlanta, Georgia.

Von Iris Johansen sind in unserem Hause bereits erschienen:
Das verlorene Gesicht
Im Profil des Todes

Iris Johansen

Und dann der Tod

Roman

Aus dem Englischen
von Norbert Möllemann

Ullstein

Ullstein Taschenbuchverlag 2002
Der Ullstein Taschenbuchverlag ist ein Unternehmen der
Econ Ullstein List Verlag GmbH & Co. KG, München

Titel der amerikanischen Originalausgabe: *And then you die* ... (Bantam Books, New York)
Übersetzung: Norbert Möllemann
Redaktion: Martina Sahler
Umschlaggestaltung: Thomas Jarzina, Köln
Titelabbildung: Mauritius, Mittenwald
Gesetzt aus der Sabon
Satz: KompetenzCenter, Düsseldorf
Druck und Bindearbeiten: Ebner & Spiegel, Ulm
Printed in Germany
3-548-25451-9

Prolog

19. September
Danzar, Kroatien

Die Hunde jaulten.

Herr im Himmel, Bess wünschte, sie würden aufhören.

Scharf stellen.

Abdrücken.

Weitermachen.

Dunkel hier. Die Belichtung nachstellen.

Die Babys ...

Gott, warum?

Nicht darüber nachdenken. Einfach fotografieren.

Scharf stellen.

Abdrücken.

Sie brauchte einen neuen Film.

Mit zitternden Händen öffnete sie die Kamera, nahm die belichtete Filmrolle heraus und legte eine neue ein.

»Wir müssen los, Ms. Grady.« Sergeant Brock stand im Türrahmen hinter ihr. Seine Worte klangen höflich, aber sein Gesichtsausdruck war voller Abscheu. »Die sind direkt vor dem Dorf. Sie dürften gar nicht hier sein.«

Scharf stellen.

Abdrücken.

Blut. So viel Blut.
»Wir müssen gehen.«
Noch ein Zimmer.
Die Kamera wurde ihr aus der Hand geschlagen. Sergeant Brock stand jetzt vor ihr, weiß im Gesicht. »Was sind Sie eigentlich? Ein Ungeheuer? Wie können Sie das tun?«
Sie konnte es nicht tun. Nicht länger. Sie war völlig aufgewühlt.
Sie mußte es tun. Sie bückte sich und hob die Kamera auf. »Warten Sie im Jeep auf mich. Es dauert nicht lange.«
Seinen Fluch hörte sie kaum noch, als er auf dem Absatz kehrtmachte und sie allein ließ.
Nein, nicht allein.
Die Babys ...
Scharf stellen.
Abdrücken.
Sie würde das hier durchstehen.
Nein, sie würde es nicht.
Sie lehnte sich gegen die Wand und schloß die Augen.
Schloß die Babys aus.
Die Hunde hörten nicht auf zu jaulen.
Die konnte sie nicht ausblenden.
Ungeheuer. Die Welt war voller Ungeheuer.
Also mach deine Arbeit. Alle sollen die Ungeheuer sehen.
Sie öffnete die Augen und taumelte zum letzten Zimmer.
Nicht nachdenken. Nicht auf die Hunde hören.
Einfach nur scharf stellen.
Abdrücken.
Weitermachen.

Kapitel 1

21. Januar
16.50 Uhr
Mexiko

Am liebsten würde sie sie umbringen.

»Siehst du? Ich hab's dir ja gesagt«, bemerkte Emily strahlend. »Das klappt doch ganz prima.«

Bess hielt sich fest, als der Jeep schon wieder durch ein Schlagloch fuhr. »Ich hasse Leute, die sagen, ich hab's dir doch gesagt. Und kannst du endlich aufhören, so verdammt gutgelaunt zu sein?«

»Nein. Ich bin glücklich. Und du wirst es auch sein, wenn du erst einsiehst, daß ich dich völlig zu Recht überredet habe, mich mitzunehmen.« Emily drehte sich zum Fahrer neben ihr um. »Wie weit, Rico?«

»Sechs, vielleicht sieben Stunden.« Ein Lächeln hellte das dunkle Gesicht des jungen Mannes auf. »Aber wir sollten anhalten und das Nachtlager aufschlagen. Ich muß die Straße sehen können. Ab jetzt wird sie ein bißchen holprig.« Wie zur Bestätigung wurden sie vom nächsten Schlagloch durchgerüttelt.

»Das hier ist noch nicht holprig?« fragte Bess trocken.

Rico schüttelte den Kopf. »Die Regierung sorgt dafür, daß

diese Strecke in Schuß gehalten wird. Aber die Straße nach Tenajo wird von keinem repariert. Da wohnen nicht genug Leute.«

»Wie viele sind es?«

»Vielleicht so an die hundert. Als ich vor ein paar Jahren von da weggezogen bin, waren es noch mehr. Aber die meisten jungen Leute sind jetzt weg, genau wie ich. Wer will schon in einem Dorf wohnen, in dem es nicht mal ein Kino gibt?« Er blickte über die Schulter zu Bess, die hinten saß. »Ich glaube nicht, daß Sie in Tenajo irgend etwas finden, das sich zu fotografieren lohnt. Da gibt es nichts. Keine Ruinen. Keine wichtigen Leute. Wozu der Aufwand?«

»Es ist für eine Artikelserie, die ich gerade für den *Traveler* über bislang nicht entdeckte Reiseziele in Mexiko mache«, erklärte Bess. »Und ich kann nur hoffen, daß es etwas in Tenajo gibt, sonst werden die Leute von Condé Nast nicht sehr glücklich sein.«

»Wir werden etwas für dich finden«, sagte Emily. »Jedes mexikanische Dorf hat einen Platz und eine Kirche. Damit können wir schon mal anfangen.«

»Ach ja? Suchst du jetzt schon meine Motive aus?«

Emily lächelte. »Nur dieses eine. Dieser Auftrag gefällt mir. Lieber ist es mir, du schießt Fotos von netten, hübschen Landschaften, anstatt daß irgendwelche Verrückte auf dich schießen.«

»Meine Arbeit macht mir Spaß.«

»Gott noch mal, nach Danzar bist du in einem Krankenhaus gelandet. Was du machst, ist nicht gut für dich. Du hättest dein Medizinstudium abschließen und mit mir in die Kinderchirurgie gehen sollen.«

»Dafür bin ich nicht abgebrüht genug. Das habe ich in der Nacht begriffen, als dieses Kind auf der Unfallstation gestorben ist. Ich weiß nicht, wie du das durchhältst.«

»Aha. Somalia war wohl eine Lappalie und Sarajevo nicht der Rede wert. Und Danzar? Wann wirst du mir endlich erzählen, was in Danzar geschehen ist?«

Bess erstarrte. »Halt dich aus meiner Arbeit raus, Emily. Das meine ich ernst. Ich brauche keine Aufpasserin. Ich bin fast dreißig.«

»Außerdem bist du erschöpft und ausgelaugt, und dennoch bist du von deiner verdammten Kamera besessen. Seit Beginn unserer Reise hast du sie nicht einmal abgenommen.«

Instinktiv legte Bess ihre Hand um die Kamera. Sie *brauchte* ihre Kamera. Sie gehörte zu ihr. Nach all diesen Jahren käme sie sich ohne sie vor wie eine Blinde. Aber es war zwecklos, Emily das begreiflich machen zu wollen.

Emily hatte die Dinge immer nur schwarzweiß gesehen; sie vertraute völlig darauf, daß sie richtig von falsch unterscheiden könnte. Und sie hatte immer versucht, Bess zu etwas zu bewegen, das sie selbst für richtig hielt. Meistens konnte Bess damit umgehen. Aber Danzar hatte ihr schrecklich zugesetzt, und das hatte Emilys Beschützerinstinkt mobilisiert. Bess hätte sich von ihr fernhalten sollen, aber sie hatte Emily lange nicht gesehen.

Und abgesehen davon liebte sie sie trotz allem.

Jetzt war Emily mit ihrem Große-Schwester-Gehabe zu Höchstform aufgelaufen. Es wurde Zeit, das Thema zu wechseln, bevor sie noch tyrannischer wurde.

»Emily, versuch doch mal, Tom mit deinem Handy zu erreichen. Rico sagt, wir werden sehr bald außerhalb der Reichweite irgendeiner Sendestation sein.«

Wie erhofft, ließ Emily sich prompt ablenken. Ihr Mann Tom und ihre zehnjährige Tochter Julie waren der Mittelpunkt ihres Lebens. »Gute Idee«, sagte sie, nahm ihr Handy und wählte die Nummer. »Das ist vielleicht die letzte Gelegenheit. Sie fahren bei Tagesanbruch los nach Kanada, um Ferien in der Wildnis zu machen. Kein Telefon, kein Fernseher, kein Radio. Nur Tom, der Julie ein paar Überlebenstechniken beibringen will.« Sie hielt den Hörer ans Ohr, lauschte angestrengt und verzog schließlich das Gesicht. »Zu spät. Nichts als Rauschen. Warum konntest du nicht ein zivilisiertes kleines Dorf aussuchen, in das du mich mitnimmst?«

»Ich habe es mir nicht ausgesucht, ich bin im Rahmen eines Auftrags hierhergeschickt worden. Und daß *du* mitfährst, war gar nicht vorgesehen.«

Emily ignorierte die Stichelei und wandte sich Rico zu, der die Diskussion zwischen den beiden Schwestern höflich überhört hatte. »Wir können jetzt anhalten. Es wird dunkel.«

»Sobald ich eine ebene Stelle finde, wo wir das Lager aufschlagen können«, antwortete Rico.

Emily nickte und sah Bess an. »Glaub ja nicht, daß ich schon alles gesagt habe. Unser Gespräch ist noch nicht beendet.«

Bess schloß die Augen. »Ach du liebe Güte.«

»Sie haben angehalten, weil es dunkel wird. Sie schlagen das Nachtlager auf.« Kaldak senkte das Fernglas. »Aber sie sind zweifellos auf dem Weg nach Tenajo. Was wollen Sie tun?«

Colonel Rafael Esteban runzelte die Stirn. »Das ist äußerst ungünstig. Es könnte Schwierigkeiten geben. Wann erwarten Sie den Bericht aus Mexico City?«

»In ein oder zwei Stunden. Ich habe den Auftrag abgeschickt, nachdem wir sie heute morgen entdeckt haben. Wir wissen bereits, daß das Kennzeichen auf Laropez Travel zugelassen ist. Aber es hält auf, herauszufinden, wer zum Teufel sie sind und was sie hier wollen.«

»Das paßt mir gar nicht«, murmelte Esteban. »Ich verabscheue Komplikationen. Und es lief alles so gut.«

»Dann beseitigen Sie doch die Komplikation. Haben Sie mich nicht zu diesem Zweck hierherkommen lassen?«

»Doch, doch.« Esteban lächelte. »Sie haben einen guten Ruf auf diesem Gebiet. Was schlagen Sie vor?«

»Liquidieren. Hier draußen dürfte es kein Problem sein, sie zu beseitigen. Es wird mich nicht mehr als eine Stunde kosten, und Ihr Problem ist gelöst.«

»Und wenn sie nicht einfach nur harmlose Touristen sind? Was ist, wenn sie Verbindungen haben, die uns gefährlich werden können?«

Kaldak zuckte die Achseln.

»Das ist das Problem mit Leuten wie Ihresgleichen«, sagte Esteban. »Zu blutrünstig. Es wundert mich nicht, daß Habin Sie so bereitwillig hat gehenlassen.«

»Ich bin nicht blutrünstig. Sie wollten eine Lösung. Ich habe sie Ihnen angeboten. Und Habin hat nichts gegen Blut. Er hat mich zu Ihnen geschickt, weil er sich unwohl fühlte in meiner Gegenwart.«

»Warum?«

»Sein Wahrsager hat behauptet, ich würde seinen Tod bedeuten.«

Esteban lachte laut auf. »So ein Idiot.« Als er Kaldak ansah, verging ihm das Lachen. Dieses Gesicht ... Wenn der Leibhaftige Gestalt annähme, hätte er ein Gesicht wie Kaldak. Er konnte sich gut vorstellen, warum einem eitlen Narren wie Habin in seiner Gegenwart mulmig wurde. »Ich gehe nicht zu Wahrsagern, Kaldak, und ich habe schon bessere Männer als Sie umgelegt.«

»Wenn das so ist.« Kaldak sah wieder durch sein Fernglas. »Sie rollen ihre Schlafsäcke aus. Jetzt wäre der richtige Zeitpunkt.«

»Wir warten noch.« Er würde nicht zulassen, daß Kaldak ihn drängte. »Fahren Sie ins Lager und bringen Sie mir den Bericht, sobald er da ist.«

Kaldak ging zum Jeep, der ein paar Meter weiter geparkt war. Daß er sofort gehorchte, hätte Esteban eigentlich beruhigen können, aber es war Gleichgültigkeit, nicht etwa Respekt, die diesen Gehorsam auslöste, und an Gleichgültigkeit war Esteban nicht gewöhnt. Er reagierte instinktiv, um seine Überlegenheit deutlich zu machen. »Wenn Sie so wild darauf sind, jemanden umzulegen ... Galvez hat mich beleidigt. Es wäre mir nicht unangenehm, ihn tot vorzufinden, wenn ich ins Lager zurückkehre.«

»Er ist Ihr Leutnant. Er kann noch von Nutzen sein.« Kaldak ließ den Motor an. »Sind Sie sich sicher?«

»Ich bin mir sicher.«

»Dann werde ich mich darum kümmern.«

»Wollen Sie nicht wissen, womit er mich beleidigt hat?«

»Nein.«

»Ich erzähle es Ihnen trotzdem. Er ist ein sehr redseliger Mann«, sagte er mit leiser Stimme. »Er wollte wissen, was wir in Tenajo vorhaben. Er war entschieden zu neugierig. Machen Sie nicht denselben Fehler.«

»Warum sollte ich?« Kaldak hielt seinem Blick stand. »Es interessiert mich einen Scheißdreck.«

Verärgert schaute Esteban dem Jeep nach, der den Berg hinunterholperte. Dieser Hurensohn. Daß Kaldak seinem Befehl zu töten widerspruchslos Folge leistete, hätte ihm das vertraute Überlegenheitsgefühl bescheren müssen. Diesmal blieb es aus.

Wenn es soweit war, würde Kaldak das gleiche Schicksal ereilen wie Galvez. Noch brauchte Esteban das gesamte Team, um diese Phase des Auftrags durchzuführen.

Aber nach Tenajo ...

»Bist du wach?« flüsterte Emily.

Bess war versucht, nicht zu antworten, aber ihr war klar, daß es nichts nützen würde. Sie drehte sich in ihrem Schlafsack zu ihrer Schwester um. »Ich bin wach.«

Nach kurzem Schweigen sagte Emily: »Habe ich schon mal irgend etwas gemacht, das nicht zu deinem Guten war?«

Bess seufzte. »Nein. Aber es ist mein Leben. Ich will meine eigenen Fehler machen. Das hast du noch nie begriffen.«

»Und das werde ich auch nie begreifen.«

»Weil wir zu verschieden sind. Ich habe lange gebraucht, um herauszufinden, was ich wollte. Du hast immer gewußt, daß du Ärztin werden wolltest, und du hast nie gezweifelt.«

»Keine Arbeit ist es wert, das auszuhalten, was du durchlitten hast. Warum zum Teufel machst du das?«

Bess schwieg.

»Siehst du denn nicht, daß ich mir Sorgen um dich mache?« fuhr Emily fort. »Ich habe dich noch nie so erlebt wie jetzt. Warum sprichst du nicht mit mir?«

Emily ließ nicht locker, und Bess war zu erschöpft, um sich mit ihr anzulegen. »Es sind die ... Ungeheuer«, sagte sie zögernd.

»Was?«

»Es gibt so viele Ungeheuer auf der Welt. Als Kind dachte ich immer, Ungeheuer existierten nur in Filmen, aber sie sind mitten unter uns. Manchmal verstecken sie sich, aber wenn du ihnen erst die Möglichkeit gibst, kriechen sie aus ihren Höhlen hervor und reißen dich in Stü –«

Blut. So viel Blut.

Die Babys ...

»Bess?«

Sie fing wieder an zu zittern. Bloß nicht daran denken. »Wir halten die Ungeheuer auf, wann immer wir können«, sagte sie mit bebender Stimme. »Aber die meisten Leute stumpfen ab, sie werden faul und sind zu beschäftigt. Und wenn dann die Ungeheuer hervorkriechen, muß irgend jemand die Aufgabe übernehmen zu zeigen, daß sie da sind.«

»Mein Gott«, flüsterte Emily. »Wer zum Teufel hat dich zur Jeanne d 'Arc ernannt?«

Bess spürte, wie sie rot anlief. »Das ist unfair. Ich weiß, es hört sich idiotisch an. Aber ein bißchen komme ich mir tatsächlich vor wie Jeanne d 'Arc. Ich habe immer Angst.« Sie versuchte, es ihrer Schwester begreiflich zu machen. »Es ist ja nicht so, daß ich ständig nach Ungeheuern Ausschau halte, aber bei meiner Arbeit passiert es einfach. Und wenn es soweit ist, kann ich etwas unternehmen. Du rettest jeden Tag Menschenleben. Das könnte ich nie, aber ich kann ... wachsam sein.«

»Und ich kann versuchen, dich vor dir selbst zu schützen. Laß uns darüber sprechen und sehen, was –«

»Tu mir das nicht an, Emily. Bitte. Nicht jetzt. Ich bin zu müde.«

Emily streckte ihre Hand nach Bess aus und berührte sanft ihre Wange. »Das liegt an deiner Arbeit. Du bist zu impulsiv, und jedesmal rennst du in etwas hinein und wirst verletzt. Diese Reise nach Danzar war fast so katastrophal wie deine Ehe mit diesem Taugenichts Kramer.«

»Gute Nacht, Emily.«

Emily verzog das Gesicht. »Nun gut, ich habe ja zwei Wochen Zeit für diese Aufgabe.« Sie drehte sich um und wikkelte den Schlafsack um sich. »Nach Tenajo wirst du bestimmt zugänglicher sein.«

Bess schloß die Augen und versuchte, sich zu entspannen. Sie war müde, und alles tat ihr weh nach der holprigen Fahrt. Es dürfte ihr nicht schwerfallen einzuschlafen.

Sie war hellwach.

Sie fühlte sich wund und hatte Schmerzen, und Emilys Hartnäckigkeit nervte zusätzlich. Sicherlich hatte sie Fehler gemacht. Eine schlechte Ehe, einige vergebliche Anläufe in ihrer Karriere. Ihr Privatleben war vielleicht nach wie vor ein Chaos, aber jetzt hatte sie einen Beruf, den sie liebte; sie verdiente gut und war unter ihren Kollegen geachtet. Wenn sie hin und wieder aus der Bahn geworfen wurde, dann mußte sie das einfach akzeptieren. Danzar war die Ausnahme, nicht die Regel. Einen Horror, wie er ihr dort begegnet war, würde sie nie wieder erleben.

Alles, was sie brauchte, waren zwei friedliche Wochen, in denen sie langweilige Fotos von Plätzen und Cafés machte. Dann konnte sie wieder durchstarten.

Als Kaldak ins Lager zurückkehrte, waren die Lastwagen und die Ausrüstung schon eingetroffen. Galvez überwachte die Verteilung der Ausrüstung an die Männer.

Kaldak sah schweigend zu, bis Galvez fertig war und sich ihm zuwandte.

Galvez grinste boshaft. »Sie sollten sich auch was von dem Zeug sichern, es sei denn, Sie gehen davon aus, daß Sie ohne auskommen. Können Sie über Wasser laufen, Kaldak?«

»Ich nehme mir meins später.«

»Sie wissen, was es ist?«

»Ich hab 's früher schon gesehen.«

»Aber Sie wußten nicht, daß Sie es hier brauchen würden. Esteban hat zwar versucht, ein großes Geheimnis darum zu machen, aber ich wußte, daß es kommen würde.«

Esteban hatte recht, dachte Kaldak. Galvez redete zuviel. »Esteban hat mich hergeschickt, um nach dem Bericht aus Mexico City zu sehen.«

Galvez schüttelte den Kopf. »Nichts. Ich habe vor einer

Viertelstunde am Faxgerät nachgeschaut. Nur zwei von Habin und eins von Morrisey.«

»Morrisey?«

»Er bekommt dauernd Anrufe und Faxe von Morrisey.« Galvez runzelte die Stirn. »Sie wissen nichts von Morrisey? Vielleicht halten die doch nicht so viel von Ihnen.«

»Kann schon sein. Esteban will auf jeden Fall den Bericht. Sehen Sie noch mal nach.«

Galvez zuckte die Achseln und ging ins Zelt. Kaldak folgte ihm zum Faxgerät.

»Nichts«, sagte Galvez.

»Sind Sie sicher? Vielleicht fehlt Papier. Überprüfen Sie die Anzeige.«

Galvez beugte sich über das Gerät. »Ich habe Ihnen doch schon gesagt, daß hier nichts ist. Und jetzt lassen Sie mich –«

Kaldak legte einen Arm um Galvez ' Hals. Es bedurfte nur einer kurzen Drehung, um ihm das Genick zu brechen.

22. Januar
12.30 Uhr

»Haben Sie's?« Esteban kam entschlossen auf den Jeep zu. »Das hat ja lange genug gedauert.«

Kaldak überreichte ihm das Fax. »Keine Verbindung zu irgendeiner Regierungsstelle. Dr. Emily Corelli, sechsunddreißig, betreibt eine Praxis für Kinderchirurgie in Detroit. Ihr Ehemann Tom ist Bauunternehmer. Ein Kind, Julie, zehn Jahre alt.«

»Und die andere?«

»Ihre Schwester, Elizabeth Grady, neunundzwanzig, geschieden. Fotoreporterin.«

»Reporterin?« Estaban runzelte die Stirn. »Das gefällt mir nicht.«

»Sie arbeitet freiberuflich.«

»Es gefällt mir trotzdem nicht. Warum Tenajo?«

»Sie hat einen Auftrag von einem Reisemagazin.«

»Aber warum gerade jetzt?«

Kaldak zuckte die Achseln.

Esteban leuchtete mit der Taschenlampe auf die Paßfotos, die über Fax gekommen waren. Die beiden Frauen ähnelten sich kein bißchen. Corelli trug das dunkle Haar zusammengebunden, ihre Gesichtszüge waren fein und regelmäßig. Elizabeth Gradys Mund war groß; sie hatte tiefliegende dunkle Augen und ein breites Kinn. Ihr kurzes, lockiges Haar sah aus wie von der Sonne gebleicht.«

»Wie lange werden sie unterwegs sein?«

»Zwei oder drei Wochen.« Kaldak schwieg einen Moment. »Mindestens eine Woche lang wird niemand nach ihnen suchen. Sie haben zwar ein Handy dabei, aber sie sind schon außerhalb der Reichweite einer Sendestation. Von Tenajo aus eine Verbindung zu bekommen ist eher Glücksache, so daß die Telefongesellschaft erst mal gar nicht merkt, daß die Verbindungen zum Dorf gekappt sind. Es wird mindestens eine Woche dauern, bis sie jemanden für die Reparatur schicken.«

»Gutes Argument.«

»Beseitigen Sie das Problem. Warum sollte man sie nach Tenajo fahren lassen? Bis irgend jemand anfängt, nach ihnen zu suchen, habe ich sie längst irgendwo verschwinden lassen, wo sie keiner mehr findet«, erklärte Kaldak.

»Sie sind ja hartnäckig.«

»Lassen Sie es mich heute nacht machen. Es ist die beste Lösung.«

»Ich entscheide, was die beste Lösung ist«, erwiderte Esteban scharf. »Sie haben keine Ahnung, was das nach sich zieht.«

»Und ich habe nicht die Absicht, es rauszufinden. Ich habe keine Lust, wie Galvez zu enden.«

Esteban betrachtete forschend Kaldaks Gesichtsausdruck. »Sie haben es erledigt? So schnell?«

Kaldak wirkte überrascht. »Selbstverständlich.«

Esteban war hochzufrieden. Er hatte sich seiner Macht versichert. Aber selbst dieses Hochgefühl wurde getrübt von Kaldaks lässigem Auftreten. Esteban zerknüllte das Fax. »Aber die kriegen Sie vorerst nicht. Wir lassen sie nach Tenajo fahren.«

Kaldak schwieg.

Er war nicht begeistert, stellte Esteban mit Genugtuung fest. Gut so. Vielleicht hätte er Kaldak gewähren lassen sollen, aber sein Mangel an Unterwürfigkeit wurmte ihn. Außerdem spielte der Zeitpunkt keine große Rolle.

Es lief sowieso alles auf das gleiche hinaus.

»Kommen Sie mit ins Lager?« fragte Kaldak.

»Nein, ich bleibe noch ein bißchen hier.«

Esteban ließ den Blick über die Berge schweifen, als Kaldak losfuhr. Er wollte sich nicht von den Männern im Lager ablenken lassen. Er war zu dem Schluß gekommen, daß es für ihn sicherer wäre, nicht nach Tenajo hineinzugehen. Er hatte die Sache in Gang gebracht, jetzt hatte er es sich verdient, diese Minuten auszukosten. Habin mit seinen politischen Motiven konnte nicht ahnen, was das hier für eine Bedeutung hatte.

Erregung packte Esteban bei dem Gedanken daran, daß es gerade jetzt im Moment geschah.

Die Nacht war klar, es lagen keine Gewitterwolken über den fernen Bergen. Dennoch konnte er fast sehen, wie der Leibhaftige über Tenajo schwebte und mit dem Dorf spielte.

Heilige Jungfrau, steh ihnen bei. Ihre unsterblichen Seelen schmoren in Satans Feuer.

Pater Juan kniete vor dem Altar und heftete verzweifelt seinen Blick auf das Kruzifix über ihm.

Er lebte seit vierundvierzig Jahren in Tenajo, und seine Schäfchen hatten immer auf ihn gehört. Warum hörten sie jetzt nicht auf ihn, in Zeiten der härtesten Prüfung?

Er konnte sie draußen auf dem Platz hören, wie sie schrien, sangen und lachten. Er war hinausgegangen und hatte ihnen gesagt, daß sie zu so später Stunde zu Hause bleiben sollten, aber es hatte nichts genützt. Sie hatten ihm nur angeboten, das Böse mit ihnen zu teilen.

Er hatte es nicht haben wollen. Er wollte lieber in der Kirche bleiben.

Und er wollte dafür beten, daß Tenajo überlebte.

»Du hast gut geschlafen«, sagte Emily zu Bess. »Du siehst erholt aus.«

»Ich werde sogar noch erholter sein, wenn wir von hier aufbrechen.« Sie erwiderte Emilys Blick. »Mir geht 's gut. Also mach schon.«

Emily lächelte. »Frühstücke erst mal. Rico packt derweil schon den Jeep.«

»Ich werde ihm dabei helfen.«

»Es wird schon alles gutgehen. Wir werden viel Spaß haben.«

»Wenn du nicht endlich aufhörst –« Ach, zum Teufel. Sie würde sich die Fahrt nicht verderben lassen. »Darauf kannst du wetten. Wir werden sehr viel Spaß haben.«

»Und du freust dich darüber, daß ich mitgekommen bin«, soufflierte Emily.

»Ich freue mich, daß du mitgekommen bist.«

Emily zwinkerte ihr zu. »Na siehst du.«

Bess lächelte immer noch, als sie beim Jeep ankamen.

»Sie sehen ja so zufrieden aus. Haben Sie gut geschlafen?« fragte Rico.

Sie nickte und verstaute ihre Kameratasche aus Segeltuch im Wagen. Ihr Blick wanderte zu den Bergen. »Wann sind Sie das letzte Mal in Tenajo gewesen?«

»Vor fast zwei Jahren.«

»Ganz schön lange her. Lebt Ihre Familie immer noch da?«

»Nur meine Mutter.«

»Vermissen Sie sie nicht?«

»Ich rufe sie jede Woche an.« Er runzelte die Stirn. »Mein Bruder und ich verdienen sehr gut. Wir könnten ihr eine Wohnung in der Stadt besorgen, aber sie will nicht. Sie glaubt, sie würde sich nicht zu Hause fühlen.«

Sie hatte zweifellos einen wunden Punkt getroffen. »Offensichtlich glaubt irgend jemand, daß Tenajo ein wunderbarer Ort ist, sonst hätte Condé Nast mich nicht hingeschickt.«

»Vielleicht für diejenigen, die nicht dort leben müssen. Was hat meine Mutter schon? Nichts. Nicht mal eine Waschmaschine. Die Menschen leben hier wie vor fünfzig Jahren.« Aufgebracht warf er den letzten Beutel in den Jeep. »Schuld daran ist der Priester. Pater Juan hat ihr eingeredet, daß die Stadt voll sei von Schlechtigkeit und Gier und daß sie gut daran täte, in Tenajo zu bleiben. Alter Dummkopf. Was spricht denn dagegen, ein bißchen Komfort zu haben?«

Bess wurde klar, daß er litt, und sie wußte nicht, was sie sagen sollte.

»Vielleicht kann ich meine Mutter ja überreden, mit mir zu kommen«, fügte Rico hinzu.

»Ich hoffe es für Sie.« Die Worte kamen ihr selbst lahm vor. Großartig, Bess. Sie überlegte, ob sie ihm auf andere Weise helfen konnte. »Möchten Sie, daß ich Ihre Mutter fotografiere? Oder Sie beide zusammen?«

Seine Miene hellte sich auf. »Das wäre schön. Ich habe nur einen Schnappschuß, den mein Bruder vor vier Jahren gemacht hat.« Nach einer Weile fuhr er fort. »Vielleicht könnten Sie ihr ja erzählen, wie erfolgreich ich bin in Mexico City. Daß ständig Kunden nach mir verlangen?« Er beeilte sich hinzuzufügen: »Das ist nicht gelogen. Ich bin sehr gefragt.«

Ihre Mundwinkel zuckten. »Das kann ich mir vorstellen.« Sie stieg in den Jeep. »Vor allem bei den Damen.«

Er lächelte jungenhaft. »Ja, die Damen sind sehr nett zu mir. Aber es wäre klüger, das nicht gegenüber meiner Mutter zu erwähnen. Sie würde es nicht verstehen.«

»Ich werde mir Mühe geben, daran zu denken«, erklärte sie feierlich.

»Fertig?« Emily kam zum Jeep und reichte Rico die Kiste mit den Kochutensilien. »Auf geht 's. Mit ein bißchen Glück sind wir um zwei in Tenajo, und ich kann um vier schon in einer Hängematte schaukeln. Ich kann es gar nicht abwarten. Ich bin sicher, es ist das Paradies auf Erden.«

Kapitel 2

Tenajo war nicht das Paradies.

Es war einfach ein Dorf, das in der Nachmittagssonne brütete. Vom Berg aus, der sich über dem Dorf erhob, konnte Bess einen malerischen Brunnen im Zentrum sehen. Der Platz war mit Kopfsteinen gepflastert und an drei Seiten von einfachen Ziegelbauten eingefaßt. Am hinteren Ende stand eine kleine Kirche.

»Ist doch hübsch.« Emily richtete sich im Jeep auf. »Wo ist die Dorfkneipe, Rico?«

Er wies auf einen Weg abseits der Durchfahrtsstraße. »Sie ist sehr klein, aber sauber.«

Emily seufzte selig. »Ich kann meine Hängematte fast schon sehen, Bess.«

»Ich bezweifle, daß du bei all dem Gejaule ein Nickerchen machen kannst«, sagte Bess trocken. »Sie haben ja die Koyoten gar nicht erwähnt, Rico. Ich glaube nicht, daß ...« Sie erstarrte. Gott, nein. Bloß keine Koyoten.

Hunde.

Sie hatte dieses Geräusch schon einmal gehört.

Das waren heulende Hunde. Dutzende von Hunden. Und das klagende Geheul kam von unten aus den Straßen.

Bess fing an zu zittern.

»Was ist los?« fragte Emily. »Stimmt was nicht?«

»Nichts.« Es konnte nicht sein. Sie bildete sich das ein. Wie viele Male war sie mitten in der Nacht aufgewacht vom Heulen jener Phantomhunde?

»Erzähl mir doch nichts. Bist du krank?« fragte Emily.

Es war keine Einbildung.

»Danzar.« Sie befeuchtete ihre Lippen. »Es ist verrückt, aber ... Wir müssen uns beeilen. *Schneller,* Rico.«

Rico trat das Gaspedal durch, und der Jeep raste die Straße ins Dorf hinunter.

Sie sahen die erste Leiche erst, als sie schon im Ort waren. Eine Frau lag zusammengekrümmt im Schatten des Brunnens. Emily griff sich ihren Arztkoffer, sprang aus dem Jeep und beugte sich über die Frau. »Tot.«

Bess hatte gewußt, daß sie tot war.

»Warum liegt sie gerade hier?« fragte Emily. »Warum hat ihr keiner geholfen?«

Bess stieg aus dem Jeep. »Kümmern Sie sich um Ihre Mutter. Auf der Stelle. Bringen Sie sie her.«

»Was ist denn hier los?« flüsterte Rico.

»Ich weiß es nicht.« Es war die Wahrheit. Das hier war nicht Danzar. Was dort geschehen war, konnte hier gar nicht passieren. »Holen Sie einfach Ihre Mutter.«

Er jagte die Straße hinunter.

Bess wandte sich zu Emily um. »Wie ist sie gestorben?«

Emily schüttelte den Kopf. »Keine Ahnung. Keinerlei Anzeichen von Gewaltanwendung.«

»Krankheit?«

Emily zuckte die Achseln. »Ich kann es nicht sagen, nicht ohne Untersuchung. Was weißt du hierüber?«

»Überhaupt nichts.« Sie bemühte sich, mit fester Stimme zu sprechen. »Aber ich fürchte, daß es noch andere Tote gibt. Dieses Heulen ...« Sie eilte zur Taverne gegenüber dem Brunnen. »Nimm deine Tasche und komm mit.«

Sie fanden vier Leichen in der Taverne. Zwei junge Männer, die über einem Tisch zusammengesunken waren, vor sich einen Haufen Chips und Geld. Ein alter Mann lag hinter der Theke. Eine violett gekleidete Frau war auf der Treppe zusammengebrochen.

Emily ging von einem zum anderen.

»Alle tot?« fragte Bess.

Emily nickte. »Komm her.« Sie öffnete ihre Tasche, nahm eine Schutzmaske und Gummihandschuhe heraus und gab sie Bess. »Zieh das an.«

Bess zog sich die Maske und die Handschuhe über. »Glaubst du, es ist ansteckend?«

»Es kann nicht schaden, vorsichtig zu sein.« Sie ging zur Tür.

»Woher hast du es gewußt?«

»Die Hunde. Als ich nach Danzar kam, hörten wir schon Meilen vorher die Hunde heulen. Alle im Dorf waren von der Guerilla abgeschlachtet worden.«

»Alle«, wiederholte Emily. Sie richtete sich auf. »Nun, diese Leute hier sind nicht an Verletzungen gestorben, und bloß weil ein paar Hunde jaulen, heißt das noch lange nicht, daß alle tot sind. Komm, laß uns jemanden suchen, der uns erzählen kann, was passiert ist.«

Sie fanden niemanden im ersten Haus, das sie betraten. Zwei Tote im Laden nebenan. Eine Frau hinter dem Tresen und ein kleiner Junge, auf dem Boden zusammengekrümmt. Schokoladenbonbons waren um ihn herum verstreut. Seine Hand hielt Süßigkeiten umklammert.

Die Hände waren mit Schokolade verschmiert, registrierte Bess stumpf. Kinder liebten Süßigkeiten. Als ihre Nichte Julie noch kleiner war, hatte sie ihr immer M&M's mitgebracht –

»Was zum Teufel machst du da?« fragte Emily.

Bess blickte hinab auf ihre Kamera, mit der sie eben ein Foto von Emily und dem kleinen Jungen aufgenommen hatte.

Scharf stellen.

Abdrücken.

Schon wieder Danzar.

Aber hier mußte sie keine Fotos machen. Hier gab es keine Geheimnisse oder versteckte Massengräber. »Ich weiß nicht.« Sie verstaute die Kamera in ihrer Jacke.

»Hör auf zu weinen.«

Sie hatte gar nicht gemerkt, daß sie weinte. Sie wischte sich mit dem Handrücken über die Augen. »Was immer hier auch passiert ist, es ist schnell gegangen. Die meisten Leute gehen nach Hause, wenn ihnen übel wird.«

Emily erhob sich. »Vielleicht haben einige das auch gemacht. Ich muß es herausfinden. Es ist verrückt. Ich habe noch nie von einer Seuche gehört, die so schnell tödlich wirkt, außer vielleicht Ebola.«

Bess erstarrte. »Ebola? In Mexiko?«

»Ich habe nicht gesagt, daß es sich darum handelt. Es gibt alle möglichen neuen Viren, und nach allem, was ich weiß, könnte es sich um eine Trinkwasserverseuchung handeln. Vielleicht Cholera. Die grassiert hier in Mexiko immer noch viel zu häufig.« Sie schüttelte den Kopf. »Aber ich habe noch nie davon gehört, daß sie so extrem und so schnell ausbricht. Außerdem sehe ich keinerlei Anzeichen von Erbrechen oder Durchfall. Ich verstehe es einfach nicht.« Sie ging hinter den Verkaufstresen und nahm den Telefonhörer von der Wand. »Was immer es sein mag, wir brauchen Hilfe. Ich bin keine Seuchenexpertin –« Sie legte auf. »Kein Freizeichen. Großartig. Wir müssen es im Haus nebenan versuchen.«

Im nächsten Haus fanden sie zwar keine Toten, aber das Telefon funktionierte auch dort nicht. »Ich möchte, daß du Tenajo verläßt«, sagte Emily zu Bess.

»Du kannst mich mal.«

»Ich habe nicht angenommen, daß du gehen würdest, aber ich wollte es wenigstens versuchen.« Emily zuckte die Achseln. »Wir haben uns wahrscheinlich längst angesteckt. Laß uns nachsehen, ob wir noch Überlebende finden.«

In den folgenden drei Stunden fanden sie dreiundvierzig Tote. Die meisten in ihren Häusern. Im Bett, in der Küche, im Bad.

Und sie fanden Ricos Mutter.

Sie lag auf einem Sofa, und Rico kniete neben ihr auf dem Boden und hielt ihre Hand.

»Oh, verdammt«, flüsterte Bess.

»Es hatte keinen Sinn, sie zu Ihnen zu bringen«, sagte Rico tonlos. »Sie ist tot. Meine Mutter ist tot.«

»Sie sollten sie nicht berühren«, sagte Emily sanft. »Wir wissen nicht, was sie getötet hat.«

»Pater Juan hat sie getötet. Er hat dafür gesorgt, daß sie hiergeblieben ist.«

Emily öffnete ihre Tasche und nahm eine Schutzmaske und Handschuhe heraus. »Ziehen Sie das über.«

Er reagierte nicht.

»Rico, Sie müssen – «

»Er hat sie getötet. In der Stadt hätte ich sie in ein Krankenhaus bringen können.« Er stand auf und ging zur Tür. »Es war der Priester.«

Bess trat ihm in den Weg. »Rico, es ist nicht – «

Er stieß sie zur Seite und rannte aus dem Haus.

»Such weiter«, rief Bess Emily über die Schulter hinweg zu und lief Rico hinterher. »Ich kümmere mich um ihn.«

Sie fragte sich, warum sie sich überhaupt Sorgen machte. Der Priester war wahrscheinlich auch tot. Wie alle anderen in Tenajo.

Gott, sie wünschte, die Hunde würden aufhören zu jaulen.

Rico stand über den Priester gebeugt, als sie in die Kirche stürmte.

»Gehen Sie weg von ihm, Rico.«

Rico rührte sich nicht.

Sie stieß ihn zur Seite und kniete neben dem Priester nieder. Er rang nach Luft, aber sie stellte erleichtert fest, daß er noch lebte.

»Haben Sie ihn geschlagen?«

Rico schüttelte den Kopf.

»Bringen Sie mir Wasser.«

Rico rührte sich nicht.

»Machen Sie schon«, sagte sie scharf.

Widerwillig wandte er sich um und ging zum Weihwasserbecken an der Tür.

Sie glaubte nicht, daß Wasser etwas nützen würde, aber so konnte sie Rico eine Zeitlang von dem Priester ablenken. »Pater Juan, können Sie sprechen? Wir müssen wissen, was hier passiert ist. Wissen Sie, ob noch jemand anders am Leben ist?«

Die Augen des Priesters öffneten sich. »Die Wurzel ... die Wurzel ...«

Wollte er sagen, daß sie vergiftet worden waren? Vielleicht lag Emily mit ihrer Vermutung über eine Verseuchung richtig.

»Was ist hier geschehen? Was hat diese Menschen getötet?«

»Die Wurzel ...«

»Lassen Sie ihn sterben.« Rico stand wieder neben ihr.

»Wo ist das Wasser?«

Er starrte in das Gesicht des Priesters. »Es spielt keine Rolle. Er braucht es nicht mehr.«

Bess schaute den Priester an.

Rico hatte recht. Der Priester war tot.

»Welches ist der nächste Ort von hier aus?«

»Besamaro. Vierzig Meilen.«

»Ich möchte, daß Sie nach Besamaro fahren und die Gesundheitsbehörden anrufen. Sagen Sie ihnen, daß es hier ein Problem gibt. Versuchen Sie, sich möglichst von allen fernzuhalten. Sie sind vielleicht auch infiziert.«

Rico starrte immer noch mit wutverzerrter Miene auf den Priester hinab. »Er hat meine Mutter umgebracht. Er und sein ganzes Gerede von ruhmreicher Armut und Demut.« Er trat heftig gegen die neben Pater Juan liegende Sammelbüchse, die über den Boden schlitterte und unter einer Kirchenbank liegenblieb. »Ich bin froh, daß er tot ist.«

»Sie werden vielleicht bald auch tot sein, wenn Sie keine Hilfe holen«, zischte Bess. »Sie sind jung. Wollen Sie sterben, Rico?«

Das kam bei ihm an. »Nein, ich fahre nach Besamaro.«

Er verließ die Kirche, und kurz darauf hörte sie, wie der Jeep aufheulte.

Wahrscheinlich hätte sie ihn nicht wegschicken sollen. Womöglich verbreitete er die Seuche. Aber was hätte sie sonst machen sollen? Sie konnten nicht alleine mit diesem Alptraum fertig werden.

Die Augen des Priesters waren offen und starrten sie an. Tod. So viel Tod und Schrecken. Zitternd stand sie da. Sie mußte zu Emily. Emily brauchte sie vielleicht.

Um nach noch mehr Toten zu suchen. Nein, sie suchten nach Lebenden, das mußte sie sich ins Gedächtnis rufen. Es könnte ja noch Leben geben an diesem grauenhaften Ort.

Die Sonne ging bereits unter, als sie auf der obersten Stufe der Treppe stehenblieb. Rot wie Blut. Rot wie der Tod.

Sie sackte auf der Stufe zusammen und schlang ihre Arme um sich. Ihr war eiskalt, und sie war machtlos gegen das Zittern. Gleich würde sie zu Emily gehen. Sie wollte einfach nur einen Moment ganz mit sich allein sein. Sie brauchte die Zeit, um sich für die kommende Nacht zu wappnen und genauso stark zu sein wie Emily.

Würden diese Hunde denn nie aufhören zu heulen?

Danzar.

Das hier war nicht Danzar. Und wenn doch?

Die Toten. Ein Dorf, abgeschnitten von der Außenwelt. In Danzar hatte die Guerilla als allererstes die Telefonleitungen gekappt.

Aber Tenajo lag nicht im vom Krieg gebeutelten Kroatien. Es war ein kleines mexikanisches Dorf am Ende der Welt. Es gab keinen Grund, es zu zerstören.

Aber hatte es in Danzar einen Grund dafür gegeben?

Hör auf damit. Alles nur Vermutungen. Du mußt das hier nicht tun.

Aber wer sollte es sonst tun? Wenn ihre Instinkte ihr nun recht gaben? Sollte sie sich einfach abwenden und weggehen? Vielleicht ein paar Fotos.

Für alle Fälle.

Langsam stand sie auf und nahm ihre Kamera aus der Jakke. Plötzlich empfand sie tiefes Vertrauen, das Gefühl, es richtig zu machen. Nur ein paar Fotos, und dann würde sie zu Emily gehen.

Für alle Fälle.

Die Frau, die am Brunnen lag und mit blinden, toten Augen in den Himmel starrte.

Scharf stellen.

Abdrücken.

Weitermachen.

Der Kellner in der Taverne.

Scharf stellen.

Abdrücken.

Die alte Frau, die zusammengekrümmt neben einem Rosenbusch in ihrem Garten lag.

Tot. So viele Tote.

Fotografierte sie immer noch? Ja, der Verschluß klickte wie von selbst.

Sie wollte aufhören. Sie konnte nicht aufhören.

Gott, zwei kleine Jungen, die zusammen in einer Hängematte lagen. Sie sahen aus, als schliefen sie.

Sie taumelte auf das Haus zu und übergab sich. Sie lehnte sich an eine Mauer und preßte ihre kalte Wange gegen die von der Sonne aufgeheizten Ziegel. Ein Schauer nach dem anderen schüttelte ihren Körper.

Es schien nur so, als wäre die ganze Welt tot. Aber sie lebte. Emily lebte. Halt dich an dieser Wahrheit fest.

Sie würde ihre Schwester suchen und ihr helfen. Sie würde vorgeben, genauso stark und tapfer zu sein wie Emily.

Emily durfte nicht merken, wie verängstigt sie war.

Emily war nicht im Haus von Ricos Mutter.

Nein, natürlich hatte sie nicht gewartet, bis Bess zurückkam. Sie tat weiter ihre Arbeit. Keine Schwäche. Kein Zaudern.

Bess ging hinaus auf die Straße. Mittlerweile war es dunkel. »Emily.«

Schweigen.

Sie ging einen Häuserblock weiter, und noch einen.

»Emily.«

Die Hunde jaulten. Gehörte einer von ihnen dem kleinen Jungen im Laden?

Nicht darüber nachdenken. Es ist leichter, wenn du dich nicht an sie als Individuen erinnerst. Das hatte sie nach Danzar begriffen. »Emily.«

Wo steckte sie? Bess bekam es plötzlich mit der Angst zu

tun. Was, wenn Emily sich angesteckt hatte? Was, wenn Emily bewußtlos in einem dieser Häuser lag, unfähig, um Hilfe zu rufen.

»*Emily!*«

»Hier.« Emily kam aus einer Tür zwei Häuser weiter die Straße hinauf. »Ich habe jemanden gefunden.«

Voller Erleichterung eilte Bess ihrer Schwester entgegen. »Geht 's dir gut?«

»Natürlich«, erwiderte Emily ungeduldig. »Ich habe ein Baby gefunden. Alle anderen im Haus sind tot, aber das Baby lebt. Komm schon.«

Bess folgte ihr nach drinnen. »Wieso lebt das Baby noch?«

Emily schüttelte den Kopf. »Ich bin einfach froh, jemanden gefunden zu haben, der noch lebt.« Sie führte Bess zu einem Kinderbett, das mit einem Moskitonetz verhängt war. »Wenn die Seuche durch die Luft übertragen wird, hat das Netz das Kind möglicherweise geschützt.«

Das Baby war ein kräftiges kleines Mädchen, nicht älter als zwölf Monate, mit schwarzen Locken und winzigen goldenen Ohrringen. Sie hatte die Augen geschlossen, aber atmete tief und regelmäßig.

»Bist du sicher, daß sie nicht krank ist?«

»Ich glaube es zumindest. Vor einer Minute ist sie aufgewacht und hat mich angelächelt. Ist sie nicht hübsch?«

»Ja.« Hübsch, knuddelig und wunderbar *lebendig*.

»Ich glaube, es tut dir gut, sie zu sehen«, sagte Emily ruhig.

»Allerdings.« Bess schluckte schwer.

Sie standen eine Weile da und blickten auf das Baby hinab.

»Es tut mir leid, Emily«, sagte Bess. »Ich hätte dich nicht hierher mitnehmen sollen. Ich hätte mir nicht träumen lassen, so etwas –«

»Es ist nicht deine Schuld. Schließlich habe ich dir lange genug in den Ohren gelegen, bis du mich mitgenommen hast.«

Bess konnte den Blick nicht von dem kleinen Mädchen abwenden. »Und wie halten wir sie jetzt am Leben?«

»Wir müssen sie aus dem Dorf hinausbringen.« Emily runzelte die Stirn. »Aber ich möchte sie nicht anfassen, bevor ich keimfrei bin. Wir können unmöglich wissen, ob und womit wir uns angesteckt haben.«

»Vielleicht sollten wir heiß duschen? Oder unsere Kleidung auskochen?«

»Das Wasser könnte verseucht sein.« Sie zuckte die Achseln. »Aber vermutlich haben wir keine andere Wahl.«

»Ich habe Rico losgeschickt, um von der nächstgelegenen Stadt aus die Gesundheitsbehörden zu benachrichtigen.«

»Es wird einige Zeit dauern, bis sie genug Leute zusammenstellen und hierherschicken können. Darauf können wir nicht warten«, erwiderte Emily.

Bess mußte ihr recht geben. Eher würde sie im Zentrum eines Vulkans ihr Lager aufschlagen, als in Tenajo zu bleiben. »Wie lange brauchst du, um das, was du anhast, zu sterilisieren?«

»Vierzig Minuten.«

»Sieh zu, ob du hier irgend etwas für mich zum Anziehen findest, das du auch sterilisieren kannst. Ich bin gleich wieder da«, versprach Bess.

»Wo willst du hin?«

»Wir haben unsere Suche noch nicht beendet. Vielleicht gibt es ja noch jemanden.«

»Es sind nur noch drei Häuserblocks. Ich halte es für unwahrscheinlich.«

»Babys wissen nichts über Wahrscheinlichkeit. Vielleicht ist dieses eine hier deshalb noch am Leben.«

Emily lächelte. »Unlogisch. Sorge dafür, daß du in vierzig

Minuten wieder zurück bist. Ich möchte Josie hier herausbringen.«

»Josie?«

»Wir können sie nicht einfach ›die hier‹ nennen.« Sie fing an, sich das Hemd auszuziehen.

Bess trat zur Tür hinaus und wappnete sich. Wahrscheinlich würde sie nichts als weitere Schreckensbilder finden.

Es sei denn, es gäbe noch eine Josie.

Also denk nicht darüber nach. Tu es einfach.

Sie ballte ihre Hände zu Fäusten und ging die Straße hinunter.

Keine Josies mehr.

Nur Tod. Und das Heulen der Hunde.

Auf der Veranda des letzten Hauses blieb sie stehen und holte tief Luft.

In dem Moment sah sie die Lichter den Berg herunterkommen.

Autos? Nein, die Fahrzeuge waren zu groß. Also Lastwagen, und sie kamen schnell näher. Sie mußten jeden Moment hier sein.

Gott sei Dank.

Rico mußte jemanden erreicht haben. Aber hatte er überhaupt in der kurzen Zeit Kontakt bekommen und Hilfe mobilisieren können? Eher unwahrscheinlich.

Drei Lastwagen donnerten an ihr vorbei, Armeelastwagen, die zum Dorfplatz fuhren. Angst durchzuckte sie. Auch durch Danzar waren Armeelastwagen gefahren.

Sie litt schon an Verfolgungswahn. Die Lastwagen brachten vielleicht Hilfe. Oder sie –

Emily. Sie mußte zu Emily.

Sie jagte die Stufen hinunter, zum Tor hinaus und den Häuserblock entlang.

Emily sah auf, als Bess zur Tür hereingerannt kam. »Was ist los? Ich habe die Motoren gehört – «

»Raus hier. Du mußt hier raus.« Sie stürzte auf das Kinderbett zu und riß das Moskitonetz weg. Josie strahlte sie an. »Schaff sie weg.«

»Wovon zum Teufel redest du?«

»Armeelastwagen sind angekommen. Aber das ging zu schnell.« Sie hob Josie in ihre Arme und wickelte sie in eine Decke. »Die dürften eigentlich noch nicht hier sein.«

»Du solltest sie nicht anfassen.«

»Dann nimm du sie. Bloß raus hier. Diese Lastwagen dürften noch gar nicht hier sein.«

»Das weißt du doch nicht. Sie könnten – «

»Hier stimmt was nicht. Mein Gefühl sagt es mir.« Sie legte Josie Emily in die Arme. »Geh jetzt. Nimm den Hinterausgang und lauf in die Berge. Ich werde zum Dorfplatz gehen und die Lage erkunden. Wenn alles in Ordnung ist, hole ich dich wieder.«

»Bist du verrückt geworden? Ich laß dich doch hier nicht allein.«

»Du mußt gehen. Du mußt Josie wegbringen. Sie ist noch ein Baby. Sie ist hilflos. Was, wenn ... Sie könnten ihr weh tun, Emily.«

Emily betrachtete Josie in ihren Armen. »Niemand würde ihr weh tun.«

»Doch.« Tränen liefen ihr über das Gesicht. »Du hast keine Ahnung, was ... Mein Gott, geh endlich.«

»Dann kommst du mit.«

»Nein, eine von uns muß die Lage erkunden.«

»Dann laß mich das machen.« Emily wandte sich der Haustür zu.

»*Nein.*« Bess packte Emily an den Schultern. »Hör auf mich. Du bist Ärztin. Du hast selbst ein Kind. Was weiß ich schon von Babys? Es ist nur logisch, daß du diejenige bist, die –« Emily schüttelte den Kopf. »Du darfst Josie nicht gefährden, um mich zu beschützen. Ich will das nicht, Emily.« Bess schob sich an ihr vorbei zur Tür. »Spiel jetzt nicht verrückt. Tu, was ich dir sage. Ich hole dich, wenn keine Gefahr mehr besteht.« Sie spürte förmlich Emilys fassungslosen Blick.

»Bess!«

»Wage es nicht, mir zu folgen. Und jetzt *raus* hier.« Sie rannte zum Dorfplatz.

Komm bloß nicht hinter mir her, betete Bess. Lauf, Emily. Bring dich in Sicherheit, Emily.

Männer stiegen aus den Armeelastwagen. Männer in weißen Schutzanzügen und mit Helmen. In der Dunkelheit leuchteten sie wie Geister. Ein Mann bewegte sich auf den Brunnen zu. Die anderen schwärmten aus und gingen in die Häuser am Platz. Ein Mann stand ruhig hinten an einem der Lastwagen und wartete.

Bess holte tief Luft. Es konnte ja auch sein, daß alles in Ordnung war. »Sie sind zu spät gekommen«, rief sie, während sie auf ihn zulief. »Sie sind fast alle tot. Alle sind –« Der Mann, der jetzt am Brunnen stand, schüttete etwas ins Wasser. »Was machen Sie da? Es ist zu spät, um – «

Der Mann am Lastwagen drehte sich zu ihr um.

Sie schnappte nach Luft, als die Scheinwerfer sein Gesicht hinter dem durchsichtigen Visier beleuchteten. Instinktiv wandte sie sich ab, um loszurennen.

Seine behandschuhte Hand fiel auf ihre Schulter. »Sie haben recht, es ist zu spät.«

Das letzte, was sie mitbekam, war seine Faust, die auf ihr Gesicht zielte.

Kapitel 3

Weiße Wände. Der starke Geruch von Desinfektionsmitteln.

Derselbe Geruch hatte in der Luft gehangen, als Bess nach Danzar im Krankenhaus aufgewacht war.

Nein.

Sie geriet in Panik und riß die Augen auf.

»Keine Angst.« Ein Mann lächelte auf sie herab. In den Vierzigern, dunkle Haut, indianische Gesichtszüge, Hakennase, die Schläfen angegraut. Sie hatte ihn nie zuvor gesehen.

Sie versuchte, sich aufzusetzen, sackte aber wieder zusammen, weil ihr schwindlig wurde.

»Sie dürfen sich nicht zu schnell bewegen«, sagte der Mann beruhigend. »Sie sind sehr krank gewesen. Wir wissen noch nicht, ob das Fieber schon weg ist.«

»Fieber?«

War er ein Arzt? Er trug eine graue Armeeuniform. Auszeichnungen schmückten seine Brust. »Wer sind sie?«

Er deutete eine Verbeugung an. »Colonel Rafael Esteban. Ich habe den Auftrag, mich um die bedauerliche Situation in Tenajo zu kümmern.«

Tenajo.

Mein Gott, Tenajo.

Er betrachtete die Geschehnisse als bedauerlich? Welche Untertreibung. »Wo bin ich?«

»San Andreas. Eine sehr kleine medizinische Einrichtung der Armee.«

»Wie lange bin ich schon hier?«

»Zwei Tage. Sie wurden direkt hierhergebracht, nachdem einer meiner Männer Sie in Tenajo gefunden hat.«

»Einer Ihrer Männer?« Jetzt erinnerte sie sich wieder. Kalte blaue Augen, hohe Wangenknochen und ein Gesicht, das hart, häßlich und brutal war. »Er hat mich niedergeschlagen.«

»Kaldak wurde schon disziplinarisch bestraft. Sie rannten auf ihn zu, und er hatte Angst, sie könnten ihn anstecken.«

Er hatte keine Angst gehabt. Und sie war von ihm weggelaufen, nicht auf ihn zu. »Ich war nicht krank. Er hat mich bewußtlos geschlagen.«

»Richtig, nachdem Sie wieder aufgewacht waren, merkte er, daß Sie krank waren. Sie haben geschrien und waren außer sich. Er mußte Ihnen eine Spritze geben und brachte Sie hierher. Erinnern Sie sich nicht mehr?«

»Natürlich erinnere ich mich nicht. Doch wenn er Ihnen gesagt hat, ich sei krank gewesen, dann hat er gelogen.«

Er schüttelte den Kopf.

»Ich sage Ihnen doch, er hat mich angegriffen. Und womit hätte ich ihn denn anstecken sollen? Was ist in Tenajo geschehen?«

»Cholera. Ein besonders aggressiver Typus.«

»Sind Sie sicher? Emily meinte, die Symptome seien –« Panische Angst überfiel sie. »Emily. Wo ist meine Schwester? Ist sie auch krank?«

»Ja. Ihr geht's zwar nicht ganz so gut wie Ihnen, aber sie wird bald auf dem Weg der Besserung sein.«

»Ich möchte sie sehen.«

»Das ist nicht möglich«, sagte er leise. »Sie sind zu krank.«

»Ich bin nicht krank. Mir geht's gut.« Es war eine Lüge. Sie fühlte sich benommen und träge. »Und ich möchte meine Schwester sehen.«

»Morgen oder übermorgen.« Er zögerte. »In der Zwischenzeit möchte ich Sie um einen Gefallen bitten. Sie können sich vorstellen, welche Panik entstehen würde, wenn Nachrichten herauskämen über das, was in Tenajo passiert ist, bevor unsere Ermittlungen abgeschlossen sind.«

»Wollen Sie damit sagen, daß Sie es verheimlichen wollen?« fragte sie entsetzt.

Er machte ein erschrockenes Gesicht. »Natürlich nicht. Wir brauchen nur ein bißchen Zeit. Wir haben Wasserproben entnommen und sie zum Zentrum für Seuchenbekämpfung gesandt. Sobald wir die Ergebnisse haben, können wir die geeigneten Maßnahmen ergreifen.«

Wahrscheinlich war das sinnvoll. Schadensbegrenzung war üblich in Regierungs- und Militärkreisen. Estebans Bitte war daher eigentlich nichts Ungewöhnliches. Vielleicht war sie ja wirklich krank gewesen und war bloß paranoid.

Esteban hatte gesagt, sie hätten Wasserproben genommen. Sie hatte aber gesehen, wie etwas in den Brunnen *hinein*geschüttet worden war. Und wenn die mexikanische Regierung einen Umweltfrevel begangen hatte und nun versuchte, ihn zu vertuschen? »Und was erwarten Sie von mir?«

Er lächelte. »Nicht sehr viel. Lediglich, daß Sie sich für ein paar Tage in Geduld üben und schweigen. Ist das zuviel verlangt?«

»Vielleicht. Ich möchte meine Schwester sehen.«

»In einigen Tagen.«

»Ich möchte sie jetzt sehen.«

»Seien Sie doch vernünftig. Sie sind beide noch nicht gesund genug.«

Bess verspürte eine leichte Übelkeit, dennoch versuchte sie, einen kühlen Kopf zu bewahren. Daß sie Emily nicht sehen durfte, konnte zweierlei bedeuten. Entweder waren Emily und Josie entkommen, oder Emily wurde gefangengehalten. »Ich möchte mit jemandem von der amerikanischen Botschaft sprechen.«

Er lachte mißbilligend auf. »Sie scheinen sich Ihrer Situation nicht bewußt zu sein. Sie sind sehr krank und nicht in der Verfassung, Besuch zu empfangen.«

»Ich bin nicht krank, und ich möchte jemanden von der amerikanischen Botschaft sprechen.«

»Alles zu seiner Zeit. Sie müssen wirklich Geduld haben.« Er ging zur Tür und öffnete sie. »Es ist Zeit für Ihre Spritze«, sagte er über die Schulter.

»Spritze?«

»Sie brauchen Ruhe. Schlaf ist heilsam.«

Bess erstarrte, als ein Soldat im weißen Kittel mit einem Spritzenbesteck den Raum betrat. »Ich brauche keinen Schlaf. Ich bin eben erst aufgewacht.«

»Aber Schlaf macht weise«, erwiderte Esteban.

»Ich brauche keinen – «

Sie zuckte zusammen, als die Nadel in ihren rechten Arm eindrang.

Die nächsten vierundzwanzig Stunden verloren sich im Nebel.

Sie erwachte, schlief ein. Sie erwachte wieder. Ab und zu kam Esteban, um nach ihr zu sehen. Dann war sie wieder allein.

Emily, wo war Emily bloß? Sie mußte sie finden ...

Wieder die Nadel.

Und Dunkelheit.

Esteban stand über sie gebeugt. Er war nicht allein.

Dieses harte Gesicht, diese blauen Augen, die gefühllos auf sie hinabstarrten – sie kamen ihr bekannt vor. *Kaldak.* Der Mann aus Tenajo. Der, der sie niedergeschlagen hatte. Esteban hatte behauptet, er sei disziplinarisch bestraft worden, aber das war gelogen. Dieser Mann würde so etwas nicht mit sich machen lassen.

»Sie können es nicht länger hinauszögern«, sagte Kaldak. »Sie ist eine Augenzeugin.«

»Seien Sie nicht so übereifrig. Wir haben noch Zeit. Habin behagt es nicht, eine amerikanische Staatsbürgerin aus dem Weg zu räumen. Ich kann warten.« Esteban lächelte auf Bess hinunter. »Aha, wieder wach? Wie fühlen Sie sich?«

Ihre Zunge war geschwollen, aber sie schaffte es zu sprechen. »Sie Bastard.«

Sein Lächeln verschwand. »Das bin ich tatsächlich, aber es ist nicht nett von Ihnen, darüber Bemerkungen zu machen. Vielleicht haben Sie recht, Kaldak. Vielleicht nehme ich zuviel Rücksicht auf Habin.«

»Emily . . . Muß Emily sehen.«

»Nicht möglich. Ich habe Ihnen bereits gesagt, daß sie noch krank ist. Sie ist allerdings erheblich höflicher und kooperativer als Sie.«

»Lügner. Sie ist – nicht – hier. Sie – ist – geflohen.«

»Glauben Sie, was Sie wollen. Kommen Sie, Kaldak.«

Dann waren die Männer wieder weg. Dunkelheit hüllte sie ein.

Sie mußte dagegen ankämpfen. Sie mußte nachdenken.

Was Esteban und Kaldak gesagt hatten, bedeutete irgend etwas.

Eine amerikanische Staatsbürgerin aus dem Weg zu räumen.

Sie hatten vor, sie zu töten.

Kaldak hatte es sofort tun wollen, aber Habin hatte Einwände –

Wer war Habin? Es spielte keine Rolle. Nur Esteban und Kaldak waren eine Bedrohung.

Wovon war sie Augenzeugin? Von einer Vertuschung?

Das spielte genausowenig eine Rolle. Am Leben zu bleiben spielte eine Rolle. Und Emily am Leben zu halten.

Esteban wollte nicht, daß sie Emily sah, sie mußte also entwischt sein. Gott im Himmel, hoffentlich war sie wirklich entwischt.

Aber wahrscheinlich würde er bereits nach ihr suchen lassen. Sie mußte zu Emily und sie warnen, sie beschützen ...

Doch sie war so schwach, sie konnte nicht mal einen Finger rühren.

Aber sie war nicht krank. Esteban hatte gelogen. Ihr Kinn schmerzte, wo Kaldak sie getroffen hatte, und sie hatte ein Heftpflaster auf dem Arm über den Einstichen. Sie wäre so stark wie immer, wenn sie nur die Beruhigungsmittel abschütteln könnte.

Gegen die Beruhigungsmittel ankämpfen.

Nachdenken. Planen.

Es war schon fast Sonnenuntergang, als Esteban wieder in ihr Zimmer trat. Schnell schloß sie die Augen.

»Es tut mir leid, daß Sie aufwachen müssen, Bess. Sie haben doch nichts dagegen, daß ich Sie Bess nenne? Ich fühle mich Ihnen sehr verbunden.«

Sie hielt die Augen geschlossen.

Er schüttelte sie.

Sie öffnete langsam die Lider.

Er lächelte. »So ist es besser. Diese Drogen sind so lästig, nicht wahr? Ich kann mir vorstellen, daß Sie sich scheußlich fühlen. Sie erinnern sich, wer ich bin?«

»Sie Bastard«, flüsterte sie.

»Ich werde diese Beleidigung überhören, da unsere gemeinsame Zeit sehr bald vorbei sein wird, und wir wollen doch nicht in einer Mißstimmung auseinandergehen. Ich benötige noch einige Informationen. Wir mußten äußerst vorsichtig dabei sein, unsere üblichen Quellen anzuzapfen, und Kaldak hat praktisch nichts Brauchbares über Sie herausfinden können. Ich habe versucht, meinem Partner Habin klarzumachen, daß diese mühsamen Methoden unnötig sind, aber er hält es für unsicher, blind draufloszuhandeln.« Er berührte sanft ihre Wange. »Es widerstrebt mir zutiefst, Habin unglücklich zu machen.«

Sie kämpfte gegen den Impuls, in seine Hand zu beißen. Eine kurze Drehung ihres Kopfes würde sie in die richtige Position bringen. Nein, das wäre sinnlos. Das war nicht, was sie geplant hatte.

»Sie haben doch nichts dagegen, daß ich Ihnen ein paar Fragen stelle?« erkundigte sich Esteban. »Dann werde ich Sie wieder schlafen lassen.«

Sie antwortete nicht.

Er runzelte die Stirn. »Bess?«

»Wenn Sie mich ... meine Schwester sehen lassen.«

Seine Stirn glättete sich wieder. »Ach, das ist alles? Nachdem Sie mir gesagt haben, was ich wissen muß.«

Verdammter Mist. »Sie ... versprechen es?«

»Natürlich«, sagte er. »Also, Sie sind hierhergekommen, um einen Reisebericht zu schreiben.«

Sie nickte.

»Wer ist Ihr Auftraggeber?«

Er war fast direkt über ihr. Das ließ ihr keine Chance; er würde sie leicht überwältigen. Mach ein paar Schritte zurück, betete sie. »John Pindry.«

»Kannten Sie ihn schon vorher?«

»Ich habe vor ein paar Jahren für ihn einen Artikel über San Francisco geschrieben.« Sie achtete darauf, undeutlich zu sprechen. »Jetzt möchte ich meine –«

»Noch nicht. Erzählen Sie mir von Ihrer Familie.«

»Emily.«

»Ihre Eltern?«

»Tot.«

»Wann?«

»Schon vor Jahren.« Sie täuschte ein Gähnen vor. »Ich muß wieder schlafen ...«

»Bald. Sie sind ein braves Mädchen.« Er bewegte sich vom Bett weg und schlenderte zum Fenster.

Gut so.

»Kein Ehemann? Keine weiteren Verwandten?«

Er versuchte herauszufinden, ob ihre nächste Verwandtschaft ein Problem für ihn werden konnte. »Nein.«

»Armes Kind, Sie müssen sehr einsam sein. Eine Putzfrau?«

»Nein. Ich bin nie lange genug in den USA, um überhaupt Geld auszugeben.« Sie mußte vorsichtig sein. Das klang jetzt ein bißchen zu stimmig.

»Sie reisen ausgiebig?«

Er hatte ihr immer noch den Rücken zugewandt. Dieser arrogante Hurensohn glaubte wohl, sie sei zu schwach, um eine Gefahr für ihn darzustellen.

»Das ist mein Beruf.«

»Und was ist –«

Die eiserne Bettpfanne traf ihn am Hinterkopf. Er sackte in die Knie.

»Bastard.« Sie sprang ihm auf den Rücken und schlug wieder zu. Er fiel zu Boden, und sie stand mit gespreizten Beinen über ihm. Noch einmal schlug sie ihn. Sein Kopf blutete. Sie hoffte, daß sie ihm den Schädel zertrümmert hatte. »Wer sind deine nächsten Verwandten, du dreckiger – «

Arme legten sich von hinten um ihren Brustkorb. Sie wurde von Estebans Rücken heruntergerissen.

Kaldak.

Sie schlug wild um sich.

»Legen Sie sich nicht mit mir an.«

Sie würde den Teufel tun, sich nicht mit ihm anzulegen. Sie trat nach hinten aus gegen sein Schienbein.

»Hören Sie auf.«

»Lassen Sie mich los.«

Esteban bewegte sich. Sie hatte ihn doch nicht getötet.

Panisch kämpfte sie gegen Kaldaks Griff an. Er stieß einen Fluch aus, nahm eine Hand von ihrem Körper weg und legte sie ihr an den Hals, gleich unter dem linken Ohr.

Dunkelheit.

Als sie ein paar Minuten später zu sich kam, stellte sie fest, daß sie an ein Bett gefesselt war.

Ihr Herz klopfte so heftig, daß sie kaum atmen konnte. Sie riß sich nach oben. Zwecklos. Sie war festgebunden.

Kaldak half Esteban auf die Füße. Blut lief an Estebans Schläfe herab. Schwankend blieb er stehen. Ungläubig betrachtete er die Bettpfanne auf dem Fußboden.

»Kommen Sie«, sagte Kaldak. »Ich werde Sie verbinden.«

Esteban starrte Bess an. »Die Schlampe hat mich mit der gottverdammten Bettpfanne geschlagen.«

Angst drehte ihr den Magen um. Sie hatte nie zuvor einen solchen Haß in einem Gesicht gesehen.

»Sie können Sie später bestrafen«, sagte Kaldak. »Sie bluten.«

»Ich bringe sie um.«

»Nicht jetzt. Sie haben schon zuviel Aufsehen erregt.« Er geleitete Esteban zur Tür. »Ich habe sie festgebunden. Sie wird nirgendwo hingehen. Wir werden uns später um sie kümmern.«

Später.

Esteban würde sie umbringen. Das war Bess klar. Sie hatte ihn gedemütigt, und dafür mußte sie sterben.

Esteban riß sich von Kaldak los und torkelte durch das Zimmer zu ihr hin.

»*Puta*. Schlampe.« Er hob die Hand und schlug sie. »Hast du geglaubt, du könntest mich umbringen? Du hast keine Ahnung von –«

»Ich weiß, daß Sie ein Schwächling und ein Feigling sind, der auf hilflose Frauen einschlägt.« Der Kopf dröhnte ihr noch von dem Schlag, aber die Worte sprudelten aus ihr heraus. Warum auch nicht? Sie hatte nichts zu verlieren. »Ich weiß, daß Sie ein Dummkopf sind. Emily ist zu intelligent für Sie. Sie wird entkommen und allen zeigen, was für ein Arschloch Sie –«

Er schlug sie noch einmal, diesmal härter.

Sie starrte zu ihm hinauf.

Er beugte sich so nah über sie, daß sie seinen Atem in ihrem Gesicht spürte und sehen konnte, wie der Urin aus der Bettpfanne an seiner Wange herunterlief. »Du denkst ja ziemlich viel an deine Schwester, stimmt's?«

»Ich weiß, daß sie cleverer ist, als Sie jemals –«

»Hast du wirklich geglaubt, daß sie aus Tenajo geflohen ist?«

Angst schnürte ihr die Kehle zu.

»Wir haben sie geschnappt, kurz nachdem Kaldak dich hergebracht hat. Sie liegt auch hier in San Andreas.«

»Sie lügen. Sie ist abgehauen.«

»Nein.« Sein Blick konzentrierte sich ganz auf ihr Gesicht,

und er weidete sich an ihrer Furcht und Unsicherheit. »Sie ist hier.«

Es konnte nicht wahr sein. »Beweisen Sie es. Lassen Sie mich sie sehen.«

Er schüttelte den Kopf.

»Dann lügen Sie wirklich.«

»Es würde dich nur bedrücken, sie zu sehen. Es ist so ein ungemütlicher Ort.«

»Wo ist sie?«

»Vier Stockwerke tiefer. Im Keller.« Seine Lippen kräuselten sich zu einem boshaften Grinsen. »Sie liegt in einer Schublade in unserer Leichenhalle. Genau wie du auch bald. Deine Schwester ist tot.«

Er verließ das Zimmer.

Sie wurde vom Schmerz überwältigt.

Emily tot.

Ob das stimmte? Dieser Sadist genoß es, ihr weh zu tun, und sie war sich sicher, daß er schon bei anderen Dingen gelogen hatte. Warum sollte sie glauben, was er über Emily sagte?

Aber es konnte die Wahrheit sein. Emily konnte tot sein.

Sie liegt in einer Schublade in der Leichenhalle.

Das schreckliche Bild verursachte ihr einen Schmerz wie ein Messer in ihren Eingeweiden.

Es war nicht die Wahrheit. Er hatte ihr einfach nur weh tun wollen.

Emily konnte noch leben.

Als sie die Fäuste ballte, bohrten sich ihre Fingernägel schmerzhaft in die Handflächen.

Vier Stockwerke tiefer. Im Keller. Sie liegt in einer Schublade in unserer Leichenhalle.

»Stimmt das?« fragte Kaldak, als er Esteban die Kopfwunden auswusch. »Ist die Corelli hier?«

Esteban ignorierte die Frage. »Ich will, daß diese Schlampe Grady stirbt. Ich bin fertig mit ihr. Zum Teufel mit Habin.«

»Wie Sie wollen.«

»Jetzt gleich.«

Kaldak nickte. »Aber nicht hier. Es darf nicht direkt mit Ihnen in Verbindung gebracht werden. Einige der Beschäftigten im Krankenhaus sind nicht Ihre Leute, und der Krankenpfleger hat uns aus ihrem Zimmer kommen sehen.«

Estebans Kopf dröhnte vor Schmerz und Wut... und Demütigung. Er fühlte sich so hilflos wie als kleiner Junge, bevor er entdeckt hatte, wie einfach man sein Leben ändern konnte.

»Ich möchte, daß sie langsam stirbt, und ich möchte es mitansehen. Ich will es selbst tun.«

»Dann sollten wir besser noch warten. Es sei denn, Sie können es einrichten, San Andreas zu verlassen.«

»Das dauert mindestens noch einen Tag. Ich hatte erwartet, viel schneller losschlagen zu können, aber die Tests laufen noch. Zu viele Leute sind zu unterschiedlichen Zeiten gestorben. Da scheint irgend etwas noch nicht zu stimmen.«

Kaldak warf die Kleidung ins Waschbecken. »Dann lassen Sie uns das mit der Grady jetzt sofort erledigen, damit Sie sich dann mit den wichtigeren Dingen beschäftigen können. Wahrscheinlich spielt es keine Rolle, ob irgend jemand Verdacht schöpft. Ich wollte nur vorsichtig sein.«

Es spielte doch eine Rolle, erkannte Esteban frustriert. Er konnte es sich nicht leisten, daß ihm Ermittlungen in die Quere kamen.

Sein Zögern verschwand bei Kaldaks nächsten Worten. »Wenn Sie wollen, daß ich mich darum kümmere, sagen Sie mir einfach, wie Sie es erledigt haben wollen. Ich kenne viele Methoden. Es muß nicht schnell gehen.«

Er wollte es auch, dachte Esteban. »Schaffen Sie sie weg von hier. Lassen Sie sie verschwinden.«

Kaldak nickte.

»Aber ich möchte jede Einzelheit wissen, und ich will, daß sie möglichst lange leidet.«

»Oh, das wird sie.« Kaldak lächelte. »Ich verspreche es Ihnen.«

Kapitel 4

Während des restlichen Abends kümmerte sich niemand mehr um Bess. Es war die reine Folter, gefesselt dazuliegen, hilflos den Worten von Esteban ausgeliefert, die ihr im Kopf herumgeisterten.

Aber sie war nicht hilflos. Sie lebte und war fähig nachzudenken. Es mußte etwas geben, was sie tun konnte. Wenn sie ihn überreden könnte, die Fesseln zu lösen, würde sie eine Waffe finden, und wenn es wieder eine Bettpfanne wäre.

Unmöglich. Er würde sie nie freilassen. Warum sollte er, wenn ihr Tod doch schon ausgemachte Sache war. Er ließ sich einfach Zeit, sie leiden zu lassen...

Die Tür öffnete sich. Ein Mann stand im Türrahmen, eine riesige, dunkle Gestalt, die sich gegen die hellen Flurlampen abhob. Er trug eine Leinentasche. Es war nicht Esteban. Auch nicht der Krankenpfleger. Sie konnte sein Gesicht zwar nicht erkennen, aber sie wußte trotzdem, wer es war.

Kaldak.

Er schloß die Tür und kam auf sie zu. Er kam nahe genug heran, daß sie sein Gesicht ausmachen konnte, und es wirkte kein bißchen vertrauenerweckender als beim ersten Mal, als sie es in Tenajo gesehen hatte. Warum war es so erschrekkend? Es war schließlich nur aus Fleisch und Blut wie jedes andere auch. Vielleicht, weil es so hart wie Granit aussah?

Was immer es auch sein mochte, sie konnte den Blick nicht von ihm abwenden, und je länger sie ihn ansah, desto mehr Angst verspürte sie.

»Wissen Sie, warum ich hier bin?«

»Ich kann es nur raten.« Sie bemühte sich, mit fester Stimme zu sprechen. »Esteban hat Sie hierhergeschickt, damit Sie seine Drecksarbeit erledigen.«

»Esteban hat mich hergeschickt, damit ich Sie töte.«

Sie öffnete den Mund, um zu schreien, aber er hielt seine Hand davor.

»Ich habe nicht gesagt, daß ich es tun werde.«

Sie schlug ihre Zähne in seine Handfläche.

»Verdammt.« Er riß seine Hand weg.

Als sie ihren Mund öffnete, um zu schreien, schmeckte sie den kupfernen Geschmack von Blut. Diesmal schlug er sie ins Gesicht. Das Zimmer schien zu schwanken.

»Ich hätte sie ebensogut bewußtlos schlagen können«, sagte er grob. »Ich habe es nur deshalb nicht getan, weil ich keine Lust habe, Sie zu tragen. Sie haben mir schon genug Scherereien bereitet.«

Sie nahm undeutlich wahr, daß er ihre Riemen löste. Warum ...

Er öffnete die Leinentasche, holte Jeans, ein Hemd und Tennisschuhe heraus und legte sie aufs Bett. »Machen Sie keinen Streß. Alles muß glattgehen. Ziehen Sie sich an.«

Langsam setzte sie sich auf. »Was machen Sie?«

»Ich bringe Sie hier raus.«

»Warum?«

»Wollen Sie hier raus, oder soll ich Sie wieder festbinden?«

»Ich will, daß Sie mir erklären, warum ich überhaupt mit einem Mann irgendwo hingehen sollte, der mich soeben geschlagen hat.«

»Weil Sie keine andere Wahl haben. Es spielt keine Rolle, ob Sie mir vertrauen oder nicht. Und wenn Sie mir zuviel Ärger machen, werfe ich Sie unterwegs in den Straßengraben.«

Sehr beruhigend, dachte sie verbittert. Aber er hatte recht, sie hatte keine Wahl. Es ging ihr schon viel besser als noch vor ein paar Minuten. Sie ergriff die Jeans. »Drehen Sie sich um.«

»Damit Sie mich mit der Bettpfanne niederschlagen?«

Er schien ihre Gedanken gelesen zu haben. Mist. Sie fing an, sich die Jeans anzuziehen. Sie war so schwach, daß sie kaum aufrecht stehen konnte. »Wie kommen Sie darauf, daß Sie mich hier herausbekommen?«

»Esteban möchte hier keinen merkwürdigen Todesfall. Ich habe ihm gesagt, ich würde mich irgendwo außerhalb um Sie kümmern.«

»Was ist mit meiner Schwester? Er hat gesagt, daß er sie getötet hätte.« Sie sah auf und hielt den Atem an. »Hat er das?«

»Ich weiß es nicht.«

»Sie müssen es wissen. Sie arbeiten für Esteban. Sie waren in Tenajo.«

Er zuckte die Achseln. »Esteban will nicht, daß seine linke Hand weiß, was die rechte tut. Er gibt nur Einzelheiten bekannt, um zu verhindern, daß irgend jemand das ganze Bild zusammensetzt. Ich wußte von Ihnen, weil ich derjenige war, der Sie hierhergebracht hat. Ich habe Ihre Schwester nicht gesehen, aber das heißt nicht, daß sie nicht später gefangen wurde.«

Sie kämpfte gegen die Panik und die Verzweiflung an. Kaldak könnte auch lügen. Sie zog das Nachthemd aus und nahm das Hemd. »Und was ist mit Josie?«

»Wer ist das?«

»Es gab da ein Baby, ein kleines Mädchen. Sie war noch am Leben.«

»Sie ist hier. Sie wurde einige Stunden, nachdem ich Sie hier abgeliefert hatte, gebracht.«

Sie warf ihm einen Blick zu. »Wohin? Lebt sie noch?«

Er nickte. »Drei Türen weiter. Esteban hat sie mehrere Male besucht.«

Ihre anfängliche Freude schlug in Angst um. Emily hätte Josie nie allein gelassen, wenn sie es hätte verhindern können.

»Dann muß Emily bei ihr gewesen sein.«

Er schüttelte den Kopf.

»Sie hätte Josie nie allein gelassen.«

»Sie ist nicht mit dem Kind hierhergebracht worden. Beeilen Sie sich.«

»Wer sind Sie?«

»Kaldak.«

»Das weiß ich. Wer ... warum sollten Sie mir helfen wollen?«

»Sie sind mir im Weg. Ich schiebe Sie nur zur Seite.« Die Worte waren mit einer so kühlen Gleichgültigkeit gesprochen, daß es ihr eiskalt den Rücken hinunterlief.

»Die lassen uns hier einfach so hinausspazieren? Vertraut er Ihnen so sehr?«

»Er traut mir absolut nicht. Aber er weiß, daß ich effizient bin in dem, was ich tue.«

Man mußte kein Einstein sein, um schließen zu können, in welcher Disziplin er glänzte. Sie knöpfte ihr Hemd zu und schlüpfte in die Tennisschuhe. »Dann ist anzunehmen, daß er mit Ihnen über Emily sprechen würde.«

»Nein.«

»Er hat gesagt, daß sie tot ist.«

»Dann ist sie das vielleicht auch.«

»Sie müssen es doch wissen – «

»Wir hauen jetzt ab.« Er ging zur Tür. »Halten Sie den Mund und bleiben Sie in meiner Nähe.«

Sie bewegte sich nicht vom Fleck.

»Wollen Sie lieber hierbleiben und auf Esteban warten?«

Sie hatte tatsächlich keine Wahl. Sie würde mit ihm gehen, bis sie eine Möglichkeit sah zu fliehen.

Sie blinzelte, als sie auf den hellerleuchteten Flur trat.

Es war nach Mitternacht, und die Flure waren leer. Drei Krankenschwestern saßen am Stationstresen neben einer Reihe von Aufzügen. »Werden sie uns nicht aufhalten?« flüsterte sie.

»Ich habe ihnen bereits gesagt, daß Esteban Ihre Entlassung wünscht. Sie werden nichts sagen.«

Es schien unmöglich, daß sie innerhalb einiger Minuten draußen sein konnte.

Sie blickte den Flur entlang. Nur drei Türen weiter bis zum Zimmer von Josie. Nur ein paar Meter, aber allein die Vorstellung, diese Entfernung zu überwinden, bereitete ihr tödliche Angst. »Warten Sie einen Moment.«

»Was soll der Quatsch«, sagte er gepreßt und packte sie am Arm. »Kommen Sie schon.«

»Glauben Sie etwa, ich will nicht gehen?« erwiderte sie grimmig. »Aber ich lasse Josie nicht hier. Wenn Sie mich hier hinausbringen können, dann auch sie.«

»Ich kann nicht riskieren – «

»Ich gehe nicht ohne sie.«

Sie ging schnell den Flur hinunter, und zu ihrer Überraschung folgte er ihr.

Sie öffnete die Tür zu Josies Zimmer. Es war dunkel, aber die Umrisse des Kinderbetts waren zu erkennen.

Kaldak schloß die Tür und machte das Licht an.

Ihr blieb die Luft weg.

Josie schlief tief und fest. Sie hing an einer Infusionsflasche und war ganz bleich.

»Haben Sie nicht gesagt, es ginge ihr gut?« flüsterte Bess.

»Sie ist gesund.« Er zog die Nadel heraus. »Esteban wollte sie dem Krankenhauspersonal nicht anvertrauen, deshalb hat er behauptet, sie hätte sich angesteckt. Er wollte nicht, daß irgend jemand sie ins Herz schließt.«

Diese Gefahr bestand bei Kaldak eindeutig nicht. »Deshalb hat er Nadeln und Schläuche in sie hineingestopft. Sehen Sie sie sich doch an. Der Hurensohn hat sie unter Drogen gesetzt.«

»Also gut. Vielleicht schaffen wir es ja, sie hier rauszubringen, ohne daß uns einer umlegt. Bleiben Sie hier. Ich bin gleich zurück.«

Er verließ das Zimmer und kam innerhalb von Sekunden zurück mit der Leinentasche, in der sich Bess' Kleider befunden hatten.

»Geben Sie mir das Kind.«

»Ich mache das.« Sie legte Josie behutsam in die Tasche und stopfte Windeln und eine Decke mit dazu. Es war ziemlich eng. »Müssen wir den Reißverschluß zumachen?«

»Ja.« Er war schon im Begriff, ihn zuzuziehen. »Gehen wir.«

»Und wenn sie nicht genug Luft bekommt – «

»Gehen Sie.« Er schob sie durch die Tür und den Flur entlang. Er hielt die Leinentasche in der Hand, als wöge sie nichts, und schaukelte sie sanft. »Gehen Sie direkt zu den Aufzügen. Sehen Sie nicht zu den Schwestern hinüber. Hier geschehen Dinge, die sie beunruhigen, und ich verunsichere sie. Sie werden wahrscheinlich versuchen, mich zu übersehen.«

Er hatte recht. Die Schwestern waren plötzlich ganz

beschäftigt, als Kaldak und sie am Stationstresen vorbeikamen. Als sie im Aufzug standen und die Türen sich geschlossen hatten, öffnete Bess den Reißverschluß der Tasche ein paar Zentimeter weit. »Sie bekommt vielleicht nicht genug Luft.«

Er ließ sie kopfschüttelnd gewähren und drückte den Knopf zur Eingangshalle. »Mein Jeep steht vor der Tür. Möglicherweise werden wir am Tor kontrolliert, aber ich kann mich ausweisen, und die Leute wissen, wer ich bin. Es müßte alles glattgehen.«

Glatt. Dieses Wort hatte er vorher schon benutzt. Er wollte alles sauber und ordentlich.

Die Aufzugtüren öffneten sich. Kaldak nahm sie am Arm und schob sie in die leere Eingangshalle. Sie gingen an der Feuertreppe vorbei, zur Tür hinaus und stiegen in den Jeep.

Vier Stockwerke tiefer.

Sie ist tot.

Kaldak drehte den Zündschlüssel.

Nein!

Bess sprang aus dem Jeep. »Ich kann noch nicht weg. Erst muß ich in die Leichenhalle. Er hat gesagt, meine Schwester läge da.«

»Nein, nicht schon wieder.« Seine Hand umschloß ihren Arm. »Sie gehen nirgendwohin außer zu diesem Tor hinaus.«

»Erst muß ich rausfinden, ob er mich belogen hat.«

»Sie werden den Teufel tun. Die Leichenhalle ist ein kritischer Bereich und wird bewacht.«

»Verstehen Sie denn nicht? Ich muß es *wissen.*«

Sie riß sich von ihm los, stürzte zurück in die Eingangshalle und rannte zur Feuertreppe.

Sie hörte ihn hinter sich fluchen, als sie die Betontreppen

hinunterhastete und die Kellertür aufstieß. Am Ende des Korridors stand ein Soldat vor der Doppeltür zur Leichenhalle. Er hob sein Gewehr. Kaldak stieß sie zur Seite und hechtete nach den Knien des Soldaten.

Der Soldat stürzte zu Boden. Kaldak beugte sich über ihn und schlug mit der Handkante zu. Der Soldat sackte in sich zusammen.

Kaldak warf ihr einen vernichtenden Blick zu. »Verflucht.«

Er war wütend. Jetzt liefen die Dinge nicht mehr so glatt für ihn.

»Ich muß es wissen.« Sie ging zu den Türen.

»Warten Sie.« Er schob sie beiseite und ging vor ihr hinein.

Ein schlaksiger Wärter im weißen Mantel sprang hinter seinem Pult auf. »Wer sind sie? Hier darf niemand – «

»Klappe halten«, befahl Kaldak. »Legen Sie sich auf den Boden.«

»Es ist nicht – «

Kaldak versetzte ihm einen Handkantenschlag an den Hals, und der Wärter ging zu Boden.

»Kommen Sie«, sagte Kaldak und führte sie zu der Tür direkt neben dem Pult. »Lassen Sie uns das hinter uns bringen und verschwinden.«

Sie folgte ihm in einen Raum, dessen Einrichtung aus Edelstahl und Schränken mit Glasfronten bestand, hinter denen Instrumente lagen. Ein Autopsieraum. Ihr lief es kalt den Rücken hinunter.

»Keine Leichen«, sagte Kaldak. »Können wir jetzt gehen?«

Sie schluckte den Kloß in ihrem Hals herunter. »Er sagte ... sie läge in einer Schublade.« Sie ging langsam zur weißen Eisentür am anderen Ende des Raums.

Kaldak war vor ihr da. Er stieß die Tür auf.

Zwei Tiefkühlschubladen in der gegenüberliegenden Wand. Sie holte tief Luft.

»Nur zwei. Gut. Zumindest spart das Zeit.« Kaldak stand neben der linken Schublade. »Ich glaube, Sie sollten wissen, daß Esteban heute morgen einen Autopsiebericht erhalten hat.«

Sie warf ihm einen schnellen Blick zu. »Sie haben gesagt, Sie wüßten nicht, ob – «

»Ich weiß nicht, wovon der Bericht handelte. Ich stelle Esteban keine Fragen.« Sein Gesicht war ausdruckslos. »Haben Sie jemals eine Leiche nach der Autopsie gesehen?«

Sie schüttelte den Kopf.

»Es ist kein erfreulicher Anblick. Ich möchte nicht, daß Sie umfallen und mich zwingen, Sie hier hinauszutragen.«

Aber nein, das hieße ja, seine Pläne durcheinanderzubringen.

Er streckte die Hand nach dem Schubladengriff aus. »Ich werde für Sie nachsehen.«

Sie hielt ihn auf. »Ich traue Ihnen nicht.«

Er zuckte die Achseln und trat einen Schritt zurück. »Bedienen Sie sich.«

Sie holte noch einmal tief Luft und langte nach dem Griff. Die Schublade ließ sich ganz leicht öffnen.

Leer.

Sie empfand große Erleichterung. Sie schloß die Schublade und ging zur nächsten.

Lieber Gott, laß diese auch leer sein, betete sie voller Verzweiflung. Sie konnte Kaldaks Blick spüren, als sie die Hand nach dem Griff ausstreckte.

Laß es eine Lüge sein.

Bitte …

Die Schublade ließ sich ebenso leicht öffnen.

Aber sie war nicht leer.

Ihr Magen drehte sich um, als sie von der Schublade weg stürzte. Sie schaffte es kaum bis zum Waschbecken im Nebenraum, bevor sie sich übergab.

»Ich habe Ihnen gesagt, daß es kein schöner Anblick sein würde.« Kaldak stand neben ihr und hielt sie mit einer Hand an der Hüfte fest. »Hätten Sie auf mich gehört, hätten Sie nicht – «

»Halten Sie den Mund.«

»Ihre Schwester?«

Sie schüttelte den Kopf. »Rico.«

»Der Fremdenführer.«

»Ich habe ihn in die nächste Stadt geschickt, um die Gesundheitsbehörden zu verständigen. Als die Lastwagen kamen, dachte ich zuerst, er sei dort angekommen... Ich habe nicht im Traum daran gedacht, daß ihm irgend etwas zustoßen könnte. Er war nicht krank, als er Tenajo verließ.« Mit einem Ruck drehte sie sich zu ihm um. »Was ist mit ihm passiert? Haben Sie – «

»Ich habe ihn nicht angefaßt. Ich habe nicht einmal gewußt, daß er geschnappt wurde.«

»Er war nicht krank«, sagte sie grimmig. »Kein bißchen mehr als ich.«

»Es ist zwei Tage her. Wenn er krank wurde, nachdem er Tenajo verlassen hatte, könnte er innerhalb von sechs Stunden gestorben sein.«

»So schnell?« flüsterte sie.

»Noch schneller, falls er nicht gesund und kräftig war.«

Er war kräftig gewesen. Jung und kräftig und voller Leben. Sie erschauerte bei dem Gedanken an den Rico, den sie in der Schublade gesehen hatte. »Ich weiß nicht, ob ich Ihnen glaube.«

»Es ist mir egal, ob Sie das tun oder nicht«, sagte er

gepreßt. »Aber er ist wahrscheinlich an der Seuche gestorben. Sonst hätte es keinen Grund gegeben, eine Autopsie durchzuführen.« Er wandte sich ab. »Waschen Sie sich das Gesicht. Ich möchte, daß Sie normal aussehen, wenn wir durch das Tor fahren.«

Ohne nachzudenken, drehte sie den Wasserhahn auf und klatschte sich Wasser ins Gesicht.

»Halten Sie mir die Tür auf.« Kaldak zerrte den Wachposten von draußen durch den Autopsieraum.

»Was machen Sie da?«

»Er soll nicht sofort gefunden werden.« Kaldak schob die Tür mit seiner Schulter auf und zog den Wachposten zu den Tiefkühlschubladen.

»Ist er tot?«

Kaldak nickte.

»Mußten Sie ihn denn unbedingt töten?«

»Nein, aber es war sicherer so.« Er zog die leere Schublade auf, beförderte den Wachposten hinein und knallte sie wieder zu. »Tote Männer können einem nicht in die Quere kommen.«

Kalt, ruhig, ohne Gefühlsregung. »Und was ist mit dem Leichenhallenwärter?«

»Er lebt noch. Ich habe ihn gefesselt und in den Besenschrank am Ende des Flurs gepackt.«

»Warum haben Sie ihn nicht auch getötet?«

Er hob die Schultern. »Er ist nur ein verängstigtes Kaninchen. Keine Gefahr.« Er nahm ein Handtuch, das neben dem Waschbecken hing. »Halten Sie still.«

»Was machen –« Er rieb ihre linke Wange mit dem Handtuch. Sie schlug seine Hand weg und trat einen Schritt zurück. »Hören Sie auf damit.«

Er hielt ihr das Handtuch hin. »Reiben Sie sich auch die andere Wange. Sie brauchen Farbe. Sie sind zu blaß.«

Und alles mußte normal aussehen, alles mußte glattgehen. Bloß nicht an die Leiche denken, die in der Schublade verstaut war. Bloß nicht an Rico denken, dessen Leben ausgelöscht war.

»Machen Sie schon. Wir müssen hier raus. Ich habe Ihre Josie im Jeep gelassen, und es kann sein, daß sie aufwacht und zu schreien anfängt.«

Josie. Ja, sie mußte an Josie denken.

Sie rubbelte sich die rechte Wange mit dem Handtuch, dann warf sie es auf die Arbeitsfläche.

Er nahm es und hängte es ordentlich an den Haken. »Kommen Sie.«

Innerhalb weniger Minuten waren sie in den Jeep gestiegen und erreichten den Wachposten an dem hohen Zaun, der das Krankenhaus umgab.

»Geben Sie keinen Laut von sich.« Kaldak beugte sich vor, so daß das Licht genau auf sein Gesicht fiel, als der Posten aus dem Wachhäuschen trat. »Machen Sie das Tor auf.«

Der Wachmann zögerte.

»Worauf warten Sie? Sie kennen mich«, sagte Kaldak. »Öffnen Sie das Tor.«

Der Wachposten schaute mit Unbehagen an ihm vorbei zu Bess und zu der Leinentasche neben ihren Füßen. »Ich habe keine Anweisung, eine Frau passieren zu lassen.«

»Die erteile ich Ihnen hiermit. Öffnen Sie das Tor.« Er lächelte. »Oder besser noch, lassen Sie uns Esteban anrufen. Natürlich wird es ihn ziemlich wütend machen, wenn er jetzt geweckt wird. Fast so wütend, wie diese Verzögerung mich macht.«

Der Mann beeilte sich jetzt, den Hebel zu betätigen, um das Tor zu öffnen.

Kaldak drückte das Gaspedal durch, und der Jeep schoß los. Das Tor schloß sich hinter ihnen.

»Ob er Esteban anruft?« fragte Bess und bückte sich nach der Leinentasche. Sie öffnete den Reißverschluß und hob Josie heraus. Sie schlief immer noch fest.

»Möglich.« Er gab noch mehr Gas. »Esteban würde sich allerdings nicht darüber wundern, daß ich Sie von hier wegbringe. Er wollte eine saubere Lösung. Aber sobald sie feststellen, daß das Kind weg ist und der Wachmann in der Leichenhalle liegt, fliegt alles auf.«

Sie bekam eine Gänsehaut. Bei ihrer Flucht war sehr wenig sauber, glatt und ordentlich abgelaufen. Und sie war so verrückt, sich in die Hände eines Mörders zu begeben. »Wohin fahren wir?«

Er warf ihr einen Blick zu und bleckte die Zähne zu einem Lächeln. »Angst? Gut so. Sitzen Sie ruhig da und denken Sie darüber nach. Im Moment kann ich mir niemanden vorstellen, dem ich den Hals lieber umdrehen würde als Ihnen. Ich mußte den Wachmann töten, weil Sie unbedingt das verdammte Kind wollten, stimmt's?«

»Ja, das stimmt.« Aus irgendeinem Grund nahm ihr seine Wut etwas von ihrer Angst. Nachdem sie miterlebt hatte, mit welch kalter Präzision er den Wachmann getötet hatte, bezweifelte sie, daß Drohungen zu seinem Arbeitsstil gehörten. Hätte er wirklich vor, sie zu töten, würde er es einfach tun. Sie faßte Hoffnung. »Wo fahren wir hin?« wiederholte sie.

»Weg von San Andreas. Und jetzt schlafen Sie. Ich werde Sie wecken, wenn wir da sind.«

»Sie glauben, ich vertraue Ihnen genug, um schlafen zu können? Sie haben doch eben gesagt, Sie wollen mir das Genick brechen.«

»Es war nur so ein Gedanke. Und Sie sind doch zu dem Schluß gekommen, daß ich es nicht so gemeint habe, stimmt's?«

Er durchschaute sie zu gut. Sein Scharfsinn war ihr noch unangenehmer als seine Brutalität. »Ich glaube, Sie sind zu allem fähig.«

»Da haben Sie recht. Also halten Sie den Mund und provozieren Sie mich nicht.«

»Warum haben Sie mir geholfen, diesen Ort zu verlassen?«

Seine Hände umklammerten das Steuer. »Ich mache Ihnen einen Vorschlag. Wenn Sie Ihre Klappe halten und mich nachdenken lassen, werde ich auf Ihre Fragen antworten, sobald wir angekommen sind.«

»Wo?«

»Tenajo.«

Schockiert starrte sie ihn an. »Wir fahren nach Tenajo? Warum?«

»Wenn wir da sind.«

»Jetzt.«

»Mein Gott, sind Sie stur.« Er warf ihr einen schnellen Blick zu. »Ich war der Meinung, daß Sie dahin wollen. Das letzte Mal, daß Sie Ihre Schwester gesehen haben, war in Tenajo.«

»Sie kann da nicht mehr sein.«

»Dann hat sie vielleicht eine Nachricht für Sie hinterlassen. Oder haben Sie eine bessere Idee, wo Sie mit der Suche anfangen wollen?«

»Ich könnte bei Ihnen anfangen. Was wissen Sie über Emily?«

»Wenn Sie nicht den Mund halten, werde ich Sie knebeln, bis wir in Tenajo sind.«

Das klang nicht nach einer leeren Drohung. Er meinte, was er sagte. »Wie weit ist es bis Tenajo?«

»Drei Stunden.«

Sie machte es sich langsam auf ihrem Sitz bequem und

drückte Josies kleinen, warmen Körper an sich. Drei Stunden noch, und sie würde wieder in Tenajo sein. Das Wissen darum schwebte über ihr wie eine dunkle Wolke. Halt durch. Es wird alles gut. Fang nicht an zu zittern.

Ob die Hunde aufgehört hatten zu heulen?

Sie erreichten den Berg, von dem man nach Tenajo hinunterblicken konnte. Dieselbe Stelle, an der Rico an jenem ersten Tag gehalten hatte.

Keine Lichter.

Keine Bewegung.

Kein Geräusch.

»Was ist mit den Hunden passiert?«

»Eine Arbeitsgruppe der Gesundheitsbehörde hat hier gestern aufgeräumt. Sie haben alle Haustiere eingesammelt und sie unter Beobachtung gestellt, um sicherzugehen, daß sie keine Erreger ausscheiden. Sobald die Verwandten benachrichtigt worden sind, haben sie die Möglichkeit, die Tiere zu sich zu nehmen.« Er lächelte zynisch. »Das ist eine dieser menschlichen Gesten, die Politikern so gut stehen.«

»Die Verwandten sind noch nicht benachrichtigt?«

Kaldak zuckte mit den Schultern. »Ein ganzes Dorf, das ausgelöscht wird, ist keine Kleinigkeit. Die Regierung will Fakten, bevor sie sich den Medien stellt.«

»Sie wollen es vertuschen.«

»Wahrscheinlich.«

»Was vertuschen sie denn? Einen nuklearen Störfall?«

»Nein.«

»Es war keine Cholera.«

»Nein, aber das wird im Bericht des CDC, des Zentrums für Seuchenbekämpfung, stehen.«

»Wie konnten –« Sie erinnerte sich an den Mann, der

etwas in den Brunnen geschüttet hatte. »Sie haben das Trinkwasser selbst verseucht.«

Er nickte.

»Wenn es kein radioaktiver Störfall war, was war es denn, was in Tenajo passiert ist?«

»Wollen Sie nicht nach Ihrer Schwester suchen?«

Er hatte wieder das wichtigere Thema angesprochen, das sie mit Sicherheit ablenken würde. Je länger sie mit ihm zusammen war, desto mehr wurde ihr seine Intelligenz hinter diesem angsteinflößenden Gesicht bewußt. »Warum sind Sie nach Tenajo zurückgekehrt?«

»Wo soll ich Sie rauslassen?«

»Am dritten Haus rechts.« Da, wo Emily Josie gefunden hatte. Das kleine Mädchen, das das Schicksal besiegt hatte. Bess drückte das Baby fester an sich. »Hat es noch mehr Überlebende gegeben?«

Kaldak schüttelte den Kopf. »Nur Sie.«

»Ich meine andere Dorfbewohner außer Josie.«

»Nicht daß ich wüßte.« Er hielt den Jeep an. »Wenn Sie Ihre Suche beendet haben, kommen Sie zum Dorfplatz. Da lade ich Sie wieder ein.«

Sie stieg aus. »Haben Sie keine Angst, daß ich weglaufe?«

»Es lohnt sich nicht. Ich würde Sie finden.«

Die absolute Sicherheit in seiner Stimme ging ihr auf die Nerven. »Warum sind Sie hier? Was suchen Sie?«

»Geld.«

Sie starrte ihn voller Verwirrung an. »Geld?«

»Wenn Sie welches finden, rühren Sie es nicht an. Es gehört mir.«

Kapitel 5

Emily war nicht in dem Haus.

Aber es gab Anzeichen, daß sie dort gewesen war. Der riesige Kessel mit Wasser für die Sterilisierung stand auf dem Herd, und ihre lederne Arzttasche lag auf dem Tisch.

Emily nahm ihre Arzttasche überall mit hin. Warum hatte sie sie hiergelassen? Vielleicht hatte sie sich nicht mit der schweren Tasche belasten wollen. Vielleicht hatte sie sich lediglich einige Notfallinstrumente in die Jackentaschen gestopft.

Bess setzte Josie vorsichtig auf der Couch ab, ging hinüber zum Tisch und öffnete die Tasche. Alles war ordentlich, und nichts schien zu fehlen.

Aber Emily war immer ordentlich, und Bess wußte auch nicht genau, was in diese Tasche gehörte.

Sie ging durch das Zimmer zum Kinderbett. Es schien ebenfalls unberührt zu sein. Das Moskitonetz lag genauso da, wie Bess es hingeworfen hatte, als sie Josie genommen und Emily in den Arm gelegt hatte.

Bess ging weiter ins nächste Zimmer, das ergreifende Spuren der Menschen aufwies, die hier gelebt hatten. Ein Kruzifix aus Holz über dem Bett. Fotos von einem lächelnden älteren Paar auf dem Nachttisch. Josies Großeltern? Waren sie auch tot?

Nicht darüber nachdenken. Sie war aus einem bestimmten Grund hierhergekommen. Sie fing an zu suchen. Kein Zettel mit einer Nachricht. Kein anderes Anzeichen, daß Emily hiergewesen war. Bess empfand tiefe Enttäuschung. Sie hatte gewußt, daß sie nichts erwarten durfte; dennoch hatte sie die vage Hoffnung gehegt, daß Emily immer noch in Tenajo wäre. Nein, sie mußte das Baby genommen haben und losgelaufen sein, wie Bess es ihr gesagt hatte.

Aber Josie war in Estebans Händen gewesen. Und das war nur möglich, wenn Esteban Emily festgenommen und getötet hatte.

Oder Kaldak. In der kurzen Zeit, die sie ihn kannte, hatte er bewiesen, daß er zu allem fähig war.

Nein, sie durfte die Möglichkeit, daß Emily tot war, nicht einmal in Betracht ziehen. Allein der Gedanke daran versetzte sie in Panik. Emily war entkommen.

Aus dem Nebenraum kam ein Geräusch. Ein Wimmern. Josie wurde endlich wach.

Bess kniete neben der Couch nieder. Josies große dunkle Augen waren geöffnet, und sie lächelte.

»Hallo«, flüsterte Bess. »Hier bin ich wieder. Und was mach ich jetzt mit dir?«

Josie gluckste.

Bess streichelte die Wange des Babys, die sich weich und samtig anfühlte. »Wo hast du Emily verloren? Bei ihr wärst du viel besser aufgehoben. Sie hat viel mehr Ahnung von Babys als ich.«

Josie streckte die Hand aus, packte eine Strähne von Bess' Haaren und zog daran.

Bess lachte leise. »Ach zum Teufel, wir werden es schon schaffen. Wir müssen nur überlegen, was wir als nächstes tun.«

Und wem man vertrauen konnte.

Sie wechselte Josies Windeln und sah sich dann nach etwas zu essen um. In einem der Schränke fand sie einige ungeöffnete Gläser Babynahrung. Sie machte eins auf und schaffte es, Josie die Hälfte des Breis zu verabreichen, bevor die Kleine anfing, mit ihrem Essen herumzuspielen.

»Keine Spielereien«, sagte Bess. »Das hier ist eine ernsthafte Angelegenheit.« Sie hob Josie auf die Arme und trug sie hinaus auf die Veranda. Sie blickte in die Berge. War Emily irgendwo in diesen Bergen und versuchte, die Küste zu erreichen?

Gott, sie konnte es nur hoffen.

Sie war in Versuchung, selbst in die Berge zu flüchten. Warum eigentlich nicht? Sie besaß ein gutes Orientierungsvermögen und reichlich Erfahrung mit rauhen Gegenden. Vor drei Jahren hatte sie in Afghanistan festgesessen und sich bis zur pakistanischen Grenze durchgeschlagen. Sie hatte gute Chancen, es bis zur Küste zu schaffen.

Ich würde Sie finden.

Nur zu, Kaldak.

Josie wimmerte, und Bess lockerte ihren Griff wieder, der unbewußt fester geworden war. Nein, das war nicht der richtige Zeitpunkt zu fliehen. Allein über die Berge zu marschieren war eine Sache, aber ein Baby durch die Wildnis zu schleppen war etwas ganz anderes. Sie trug Verantwortung und durfte nicht unbedacht handeln.

Sie würde abwarten und später entscheiden. Kaldak wußte vielleicht nicht, wo Emily war, aber er wußte mehr als sie über das, was in Tenajo geschehen war.

Sie ging die Stufen der Veranda hinunter und schlug den Weg zum Dorfplatz ein.

Als sie den Brunnen erreichte, kam Kaldak mit einem glänzenden metallenen Aktenkoffer aus der Taverne. »Das hat ja nicht lange gedauert«, sagte er.

»Sie ist nicht da. Sie haben gewußt, daß sie nicht da sein würde.«

»Ich hielt es für unwahrscheinlich. Genau wie Sie.« Er warf einen Blick auf Josie. »Sie ist aufgewacht. Wie geht's ihr?«

»Gut. Ich habe sie gefüttert und gewickelt; es könnte ihr nicht bessergehen.«

»Da waren Sie ja gut beschäftigt.« Er war in Gedanken. »Haben Sie Geld gefunden?«

»Nein«, erwiderte sie empört. »Ich habe auch nicht danach gesucht.«

»Ich habe auch keins gefunden.« Er überquerte die Straße und ging zum Kaufladen. »Warten Sie hier.«

Die Toten berauben. Er war ja noch schlimmer, als sie befürchtet hatte.

Mit nachdenklicher Miene kam er ein paar Minuten später aus dem Laden. Er hatte offenbar nichts gefunden. Gut so.

»Alles Geld, das Sie hier finden, gehört den Verwandten dieser armen Leute.«

Er schüttelte den Kopf. »Es gehört mir.« Er stieg die Stufen zur Kirche hinauf.

Sie folgte ihm. »Mein Gott, was machen Sie da? Dies ist eine Kirche.«

»Der Priester ist tot, oder?«

»Ja. Und deshalb darf man aus der Kirche stehlen?«

»Haben Sie ihn gefunden?«

Sie nickte.

»Wo?«

Sie wies auf die Stelle. »Gleich neben der Sammelbüchse.«

»Welche Sammelbüchse?«

Sie zuckte mit den Schultern. »Sie lag neben dem Priester. Rico hat die Büchse weggetreten.«

Er ließ seinen Blick schweifen, bis er an der zweiten Kirchenbank hängenblieb. Sie sah fassungslos zu, wie er hinüberging, die Sammelbüchse unter der Kirchenbank hervorzog und den Deckel anhob.

»Volltreffer«, sagte er leise.

Sie trat näher und blickte hinunter auf jede Menge dunkelvioletter und fliederfarbener Zwanzig-Peso-Scheine.

»Sie haben gefunden, was Sie suchten«, sagte sie kühl. »Können wir jetzt gehen?«

Er öffnete den metallenen Aktenkoffer. »Gehen Sie ein Stück zur Seite.« Sie trat einen Schritt zurück und sah zu, wie er den Inhalt der Sammelbüchse in den Aktenkoffer leerte. Sein Gesichtsausdruck war jetzt nicht mehr gleichgültig, sondern von primitiver Genugtuung erfüllt. Es mußte sich bei dem Geldbetrag in der Sammelbüchse um eine große Summe handeln, wenn ein Mann wie Kaldak beeindruckt war.

»Gehen wir.« Er nahm den Aktenkoffer und verließ die Kirche.

Sie folgte ihm. »Warum wollen Sie dieses Geld haben?«

»Das erspart es mir, nach San Andreas zurückzufahren und dabei zu riskieren, daß man mich umlegt.«

»So viel Geld ist es auch wieder nicht. Zum Leben wird es kaum reichen.«

Er antwortete nicht. »Steigen Sie in den Jeep. Ich mache noch mal schnell die Runde und bin gleich wieder bei Ihnen. Wir müssen von hier verschwinden. Wir sind schon länger hier, als mir lieb ist.«

Sie rührte sich nicht. »Wohin fahren wir?«

»In die Berge. Esteban hat hier überall seine Kundschafter. Wir werden garantiert gesehen. Wir müssen aus dem Ort raus.«

»Ich gehe nirgendwohin, bevor Sie mir nicht sagen, was hier los ist.«

»Ich weiß nicht, wieviel ich Ihnen erzählen kann.«

»Bisher haben Sie mir *nichts* erzählt.«

»Ich habe Ihnen sicherlich schon mehr erzählt, als gut ist.«

»Zu meinem Besten?«

»Nein, zu meinem.«

»Natürlich. Warum sollte ich etwas anderes annehmen.«

»Das sollten Sie auch nicht. Ich habe schon mehr für Sie getan, als ich eigentlich sollte. Ich bin ein Idiot. Ich hätte anders mit der Situation umgehen müssen.« Er machte sich auf zum Kaufladen. »Jetzt geht es nur noch um Schadensbegrenzung.«

»Und das Geld bedeutet Schadensbegrenzung?«

»Steigen Sie in den Jeep.«

Es lief ihr kalt den Rücken hinunter. Schadensbegrenzung konnte bedeuten, daß er versuchen würde, mit Esteban ins reine zu kommen, indem er Josie und sie tötete. Warum sollte sie ihm vertrauen? Er war ein eiskalter Mörder.

Aber wem sonst konnte sie vertrauen?

Sich selbst. Nur sich selbst. Jede andere Entscheidung konnte tödlich sein.

Sie machte auf dem Absatz kehrt und ging über den Dorfplatz. »Ich muß noch mal mit Josie ins Haus und Essen und Windeln für sie einpacken. Sie können uns da abholen.«

Sie spürte seinen Blick, aber sie widerstand der Versuchung zurückzuschauen.

Das hätte verdächtig nach Flucht ausgesehen.

Sie war weg.

Mist.

Kaldak rannte aus dem Haus und sprang in den Jeep; es waren gerade zehn Minuten vergangen; sie war zu Fuß und hatte das Baby bei sich. Es dürfte nicht so schwer sein, sie aufzuspüren. Verdammt, die Situation war schon schwierig genug; er wollte sie nicht auch noch schreiend und um sich schlagend hinter sich herzerren müssen.

Aber wenn es nicht anders ging, dann mußte es halt so sein. Er konnte sie auf keinen Fall entkommen lassen.

Kaldak und die Frau waren in den Bergen oberhalb von Tenajo, aber sie hatten sich getrennt.

Esteban legte den Hörer auf, lehnte sich im Bett zurück und überflog noch einmal den Bericht. Auf Kaldaks jüngste Handlungen konnte er sich absolut keinen Reim machen. War er von der CIA? Gut möglich. Und wenn er von der CIA war, wieviel wußte er? Wieviel hatte er hier herausgefunden und wieviel in Libyen?

Er griff noch einmal zum Telefon und wählte Habins Nummer.

»Wir haben ein kleines Problem«, sagte Esteban. »Der Mann, den Sie mir geschickt haben, ist verschwunden.«

»Kaldak?«

»Er hat einen meiner Wachleute getötet und die Grady mitgenommen.«

Habin fluchte heftig. »Wie konnte das passieren?«

»Sie haben mir Kaldak geschickt. Ich nahm an, man könnte ihm vertrauen. Was wissen Sie über ihn?«

»Er kam auf ausdrückliche Empfehlung von Mabry im Irak, und während seiner Zeit bei mir war sein Verhalten einwandfrei.«

»Dennoch haben Sie ihn zu mir abgeschoben, als sich Ihnen die Gelegenheit dazu bot.«

»Nicht, weil er nicht vertrauenswürdig gewesen wäre. Das wäre ja, als würde man sich die Nase abhacken, um sein Gesicht zu bestrafen.«

»Ach ja, Ihr Wahrsager.«

»Wollen Sie sich über mich lustig machen?« fragte Habin.

Esteban machte einen Rückzieher. Jetzt war nicht der richtige Zeitpunkt, Habin gegen sich aufzubringen. »War nur so eine Bemerkung. Was weiß Kaldak wirklich über Ihre Pläne?«

»Nichts. Er hatte einen Auftrag und hat ihn erledigt.«

Falls Kaldak alles herausgefunden hatte, hatte dieser Idiot Habin es wahrscheinlich nicht einmal gemerkt. »Wir müssen über Kaldak Bescheid wissen.«

»Und was ist, wenn er nicht von der CIA ist?«

»Dann werden wir von ihm hören.«

»Sie hätten die Grady sofort töten sollen. Es war gefährlich, sie am Leben zu lassen.«

Habin vergaß offenbar, daß er selbst auch gezögert hatte, ihrem Leben ein Ende zu bereiten. Aber Esteban wollte sich nicht mit ihm herumstreiten. »Dieser Fehler kann korrigiert werden. Die beiden haben das Land noch nicht verlassen. Vor einer Stunde wurden sie in Tenajo gesichtet.«

»Warum vertrödeln Sie dann die Zeit? Suchen Sie sie.«

»Das habe ich vor. Machen Sie sich keine Sorgen. Ich kümmere mich darum.«

»Das kann ich Ihnen nur raten. Ich kann ohne Sie weitermachen, wenn Sie diese blödsinnige Stümperei nicht ausbügeln«, erklärte Habin.

»Ich werde es ausbügeln. Sehen Sie zu, was Sie über Kaldak in Erfahrung bringen können. Er ist unser Hauptproblem.«

Esteban wartete höflich, bis Habin zuerst auflegte. Es war schwer, Arschlöchern gegenüber Höflichkeit an den Tag zu legen, aber er hatte sich eine Disziplin und Selbstkontrolle angeeignet, die diese Typen nie verstehen würden. Er wäre froh, wenn er diese Leute nicht mehr brauchte. Er war fast am Ziel mit seinen eigenen Plänen. Er benötigte nur noch ein Verbindungsstück, um die erste Phase in Gang zu setzen; Morrisey müßte jeden Tag anrufen, um mitzuteilen, wo sich das geeignete Werkzeug befand. Er mußte einfach noch ein bißchen Geduld haben.

»Perez«, rief er.

Sergeant Perez erschien im Türrahmen.

»Fordern Sie meinen Wagen an. Ich fahre nach Tenajo.«

Perez nickte und verschwand.

Er war nicht so helle wie Galvez, aber er war verschwiegen und gehorsam; außerdem gingen ihm die Neugier und der Ehrgeiz ab, die Galvez so gefährlich gemacht hatten. Dieses Problem zumindest hatte Kaldak gelöst. Zu dumm, daß er jetzt ein viel größeres Problem darstellte.

Es konnte nicht mehr als einen oder zwei Tage dauern, ihn und die Frau zu finden. Und dann wäre Kaldak geliefert. Der Gedanke daran versetzte Esteban in ungeduldige Erregung.

Wo steckst du, Kaldak?

Plötzlich hatte Esteban das Bild von Bess Grady vor sich. Ganz klar, das Miststück mußte sterben. Es war absolut notwendig, aber sie war ja nur eine Frau.

Und Frauen waren so leicht zu töten.

Sie hatten ihre Spuren wieder gefunden.

Bess wischte sich den Schweiß von der Stirn und ging an den Rand des Trampelpfades. Der Schiefer war schlüpfrig, aber hinterließ keine Fußspuren.

Sie konnte hören, wie die Soldaten auf der anderen Seite des Berges sich gegenseitig etwas zuriefen. Bald würden sie den Kamm erreichen, und sie wäre in Sichtweite. Sie mußte ein Versteck finden, bevor es dazu kam.

Sie hatte schreckliche Angst. Sie hatte sich schon in Sicherheit gewähnt, nachdem sie Kaldak zwei Tage lang abgehängt hatte, aber dann waren die Soldaten gekommen. Ob er dahintersteckte?

Josie wimmerte in dem Tragetuch, mit dem Bess sie am Körper trug. »Psst«, flüsterte Bess. Sie konnte es Josie nicht verübeln, daß sie sich beklagte. Josie war genauso verschwitzt wie Bess und noch dazu ausgehungert. Am dritten Tag waren ihnen die Vorräte ausgegangen, und Josie verweigerte nahezu alle eßbaren Pflanzen und Beeren, die Bess am Hang gefunden hatte.

Aber Josie durfte jetzt nicht weinen. Nicht jetzt. Um sie ruhigzustellen, hatte Bess ihr Beruhigungsmittel geben müssen, die sie in Emilys Tasche gefunden hatte. Aber die Flucht war heute so kräftezehrend gewesen, daß Bess keine Zeit gefunden hatte, ihr eine neue Dosis zu verabreichen, und die Wirkung ließ allmählich nach.

Sie rutschte aus, fiel hin, kam auf die Füße und fiel wieder hin.

Vor sich entdeckte sie einen kleinen Baumbestand, der sich gefährlich an dem steilen Hang festklammerte.

Die Soldaten kamen dem Bergkamm näher.

Sie hatte es fast geschafft.

Gott im Himmel, hoffentlich gab es zwischen den Bäumen etwas, das genügend Deckung bot.

Sie erreichte die Bäume.

Nichts.

Die Pinienstämme waren hochgewachsen, die Kronen licht. Selbst wenn sie auf einen Baum kletterte, würde man sie sehen können.

Ein umgestürzter Baum. Seine Zweige breiteten sich über dem Boden aus.

Sie warf sich hinter den Baum, kroch unter die Zweige und grub wie wild in dem harten Boden, um Deckung zu finden.

Die tote Baumkrone bildete ein Dach, aber sie war immer noch zu sehen, falls sich jemand bückte und durch das Geäst lugte. Oder zu hören, wenn sie nicht ihren keuchenden Atem unterdrückte.

Oder wenn Josie sich nicht beruhigte.

»Bitte, Josie. Bitte, Kleines.«

Josies Wimmern wurde stärker.

Die Soldaten waren jetzt in der Nähe. Sie mußten die Bäume erreicht haben. Sie sprachen miteinander.

Sollten sie nur reden. Dann würden sie Josie vielleicht nicht hören.

Sie hatten aufgehört zu reden.

Bess hielt den Atem an.

Gott sei Dank wurde Josie still.

Der Baum bewegte sich über ihr.

Sie machte sich auf das Schlimmste gefaßt.

Nein, sie traten auf den Baum, sprangen über ihn. Sie konnte ihre Beine sehen, als sie auf der anderen Seite landeten.

Josie bewegte sich in ihrem Tragetuch.

Nein.

Die Soldaten sprachen wieder. Sie beschwerten sich über die Hitze und darüber, daß sie den Tag damit verbringen mußten, in den Bergen herumzuklettern. Sie fluchten über Esteban. Diesen Hurensohn.

Amen.

Josie fing wieder an zu wimmern.

Bess blieb das Herz stehen.

Ein Vogel?

Perez wandte sich um und schaute noch mal zurück zu den Bäumen.

Eigentlich hatten sie dort genau nachsehen sollen. Er hatte

ihnen eingeschärft, jeder Spur nachzugehen. Esteban würde toben, wenn sie die Frau verloren. Er hatte alle in diese verdammten Berge hinaufgescheucht, auch Perez. Perez hatte geglaubt, er hätte einen leichten Job geerbt, als er auf Galvez' Posten befördert wurde, aber jetzt schwitzte und fluchte er schon wieder mit den übrigen gemeinen Soldaten.

»Ist da irgendwas zu sehen?« fragte Jimenez.

Die Bäume lagen in tiefem Schatten. Perez sah überhaupt nichts.

Aber hatte er nicht irgend etwas gehört?

Er war auf dem verdammt rutschigen Schiefer beinahe gestürzt, als er den Hang hinuntergegangen war. Sein Knöchel schmerzte immer noch.

Zum Teufel mit Esteban.

Es war ein Vogel.

»Ich hab' nur kurz verschnauft.« Er wandte sich um und begann den Abstieg. »Nichts zu sehen.«

Ich danke dir, lieber Gott.

Bess spürte, wie jeder einzelne Muskel sich entspannte, als ihr klar wurde, daß die Soldaten Josie nicht gehört hatten.

Sie gingen weiter und suchten den Hang jenseits der Bäume nach ihren Spuren ab.

Wenn sie ganz leise war, wenn es ihr gelang, Josie ruhig zu halten ...

Es gab eine Möglichkeit.

Die Soldaten waren schon fast außer Sichtweite. Bald konnte sie es riskieren, herauszukommen und ein anderes Versteck für die Nacht zu suchen.

Oder vielleicht konnte sie auch ohne Pause weitergehen. Wie weit mochte sie noch von der Küste entfernt sein, fragte sie sich müde. Sie mußte seit Tenajo mindestens dreißig Meilen hinter sich gebracht haben und hatte also noch zwanzig Meilen vor sich.

Zwanzig Meilen. Die Entfernung schien so gering, wenn man in einem Auto fuhr. Zu Fuß war es eine Ewigkeit. Es schien unmöglich, zu –

Es war nicht unmöglich. Sie war nur müde, doch sie würde nicht aufgeben. Josie brauchte sie. Emily brauchte sie.

Josie wimmerte wieder.

»Weine nicht, Kleines. Wir sind schon unterwegs.« Vorsichtig schob sie sich unter dem Baum hervor. »Aber du mußt mir ein bißchen helfen. Abgemacht?«

Sie brauchte mehr als ein bißchen Hilfe.

Aber sie würde nehmen, was sie kriegen konnte.

Es wurde dunkel. Sie konnten nicht mehr genug sehen, um dieser Grady auf der Spur zu bleiben. Für die Nacht war sie in Sicherheit.

Esteban ballte seine Hände zu Fäusten und starrte in die Berge hinauf.

Vier Tage. Diese Trottel hatten sie vier Tage lang gesucht und sie immer noch nicht gefunden. Kaldak war spurlos verschwunden, aber es gab keinen Grund dafür, daß seine Männer nicht in der Lage waren, die Frau zu schnappen. Er konnte sich gut vorstellen, wie das Miststück sich über sie amüsierte.

Nein, dafür waren sie ihr zu hart auf den Fersen gewesen, als daß sie an der Jagd Freude gehabt haben konnte. Heute nachmittag hatten sie auf den Felsen Blut gefunden.

Warum gab sie nicht auf?

Eine Hand schloß sich um Bess' Mund und rüttelte sie wach.

Irgend jemand saß rittlings auf ihr. Schweiß. Moschusduft. Ein Mann ...

Estebans Soldaten. Sie hatten die Höhle entdeckt ...

Sie rollte sich auf die Seite und schlug mit der Faust nach oben. Sie traf Fleisch.

»Bleiben Sie ruhig. Ich tue Ihnen nichts.«

Kaldak!

Sie schlug noch einmal zu.

»Verdammt, ich bin hier, um Ihnen zu helfen.«

Josie begann auf ihrem Lager, das Bess ihr an der Wand der Höhle bereitet hatte, laut zu schreien.

Für den Bruchteil einer Sekunde war Kaldak abgelenkt und lockerte seinen Griff.

Bess wälzte sich auf die Seite, löste sich von ihm und sprang auf die Füße.

Mach's richtig, sagte sie sich. Mach's richtig.

Sie wirbelte herum und schlug ihm ihre Faust in den Magen, als er aufstand. Sie packte seinen Arm, machte eine Drehung und warf ihn über ihre Schulter auf den Boden.

Sie hörte ihn fluchen, als sie sich Josie schnappte und zum Ausgang der Höhle losrannte.

Er stürzte sich auf sie und brachte sie zu Fall. Sie fiel instinktiv auf ihre linke Seite, um Josie zu schützen, und rollte das Baby weg von sich. Sie stieß Kaldak ihr Knie in die Weichteile.

Er keuchte vor Schmerz, aber warf sie auf die andere Seite, und im nächsten Augenblick saß er auf ihr. Seine Hände umfaßten ihre Kehle.

Er würde sie töten. Gott, sie wollte nicht sterben. Ihre Fingernägel gruben sich tief in seinen Handrücken.

»Schluß jetzt«, sagte er gepreßt. »Normalerweise bin ich nicht so zimperlich. Ich könnte Ihnen das Genick brechen ohne –« Er holte tief Luft und lockerte langsam seinen Griff. »Hören Sie zu, ich habe nicht vor, Ihnen weh zu tun. Ich habe auch nicht vor, Josie etwas zu tun. Ich versuche, Ihnen zu helfen.«

»Ich glaube Ihnen kein Wort.«

»Dann hauen Sie ab. Seien Sie so blöde. In einem Tag, vielleicht auch zwei, wird Esteban Sie schnappen. Sein Lager befindet sich nicht einmal vier Meilen von hier.«

Sie starrte zu ihm hinauf. »Woher wissen Sie das, wenn Sie nicht für ihn arbeiten?«

»Er ist Ihnen gefolgt. Ich bin ihm gefolgt. Bei ihm war es leichter als bei Ihnen.«

Sie schüttelte den Kopf. »Als ich Ihnen entwischt bin, haben Sie die Soldaten alarmiert.«

»Die brauchte ich nicht zu alarmieren. Sie waren schon acht Stunden nach Ihrer Flucht aus Tenajo in die Berge ausgeschwärmt. Wenn ich mich Esteban angeschlossen hätte, dann wären sie doch jetzt hier, oder?«

Josie schrie wieder los.

»Die Kleine braucht Sie«, sagte Kaldak. »Und wir müssen dafür sorgen, daß sie still ist. Ich lasse Sie aufstehen, wenn Sie versprechen, mich ausreden zu lassen.«

»Würden Sie mir vertrauen?«

»Nein, aber ich halte Sie für eine intelligente Frau, die die Konsequenzen abwägt. Ich kann Sie aus den Bergen rausbringen.«

»Ich kann gut selbst hier rauskommen.«

»Vielleicht. Aber Sie können keinen Hubschrauber über Funk anfordern, der Sie mitnimmt. Wollen Sie sich noch eine Woche vor Esteban verstecken und riskieren, daß Josie wieder gefangengenommen wird?«

Sie verstummte. Ein Hubschrauber.

»Gehen Sie runter von mir.«

»Nur wenn Sie mir zuhören.«

»Ich höre zu.«

Vom Gewicht seines massigen Körpers befreit, setzte sie sich auf und nahm Josie hoch.

Das Baby schrie.

»Sie muß leise sein«, sagte Kaldak. »Esteban hat um sein Lager herum Wachen postiert.«

Seine Warnung verringerte ihr Mißtrauen ein wenig. »Was erwarten Sie eigentlich? Sie haben ihr Angst eingejagt.« Sie drückte das Baby an sich. »Und sie ist hungrig und wahrscheinlich wieder naß.« Sie fühlte an Josies Windel. Feucht. »Ich habe keine Windeln mehr. Ich konnte mir nur ein paar einstecken, als ich Tenajo verlassen habe, und ich hatte weder die Zeit noch die Möglichkeit, sie zu reinigen. Haben Sie irgend etwas, was ich benutzen kann?«

»Vielleicht. Ich sehe mal in meinem Rucksack nach.« Er nahm den Rucksack ab. »Auf so etwas war ich nicht vorbereitet.«

»Ich genausowenig«, erwiderte sie trocken.

Kaldak knipste die Taschenlampe an, die er aus dem Rucksack genommen hatte.

»Machen Sie sie aus. Sie werden das Licht sehen«, sagte sie panisch.

Er schüttelte den Kopf. »Kein Problem. Wir sind tief genug in der Höhle.« Er schob den metallenen Aktenkoffer auf dem Boden des Rucksacks zur Seite, zog ein weißes T-Shirt heraus und reichte es ihr. »Wie wär's damit?«

»Wird schon gehen.« Sie sah ihn an, als sie es zerriß. »Haben Sie etwas zu essen?«

»Feldrationen.«

»Packen Sie sie aus und machen sie auf. Ich werde versuchen, Josie damit zu füttern.« Sie kniete sich hin und wechselte Josies Windel. »Wie haben Sie mich hier gefunden?«

»Ich habe Ihre Spur verfolgt.«

»Das haben die Soldaten auch. Die haben mich nicht gefunden.«

»Heute nachmittag wäre es fast soweit gewesen. Unter den Bäumen.«

Sie schwieg einen Moment lang. »Woher wissen Sie das?«

»Ich war ihnen bis dahin gefolgt. Ich war mir ziemlich sicher, daß sie auf der richtigen Fährte waren.«

»Ich habe Sie in dem Wäldchen nicht gesehen.«

»Aber ich Sie.«

»Und Sie haben mich bis zu dieser Höhle verfolgt, ohne daß ich Sie bemerkt habe? Wie haben Sie das geschafft?«

»Vielleicht bin ich besser als Estebans Soldaten«, sagte er schlicht.

»Und warum sind Sie besser? Verdienen Sie damit Ihren Lebensunterhalt?«

»Manchmal. Mein Beruf verlangt häufig Spürsinn.« Er sah zu, wie sie Josie auf ihren Schoß nahm und anfing, sie zu füttern. »Das machen Sie gut.«

»Jeder kann ein Baby füttern. Reden Sie. Ich höre.«

»Sie hätten nicht vor mir davonlaufen sollen. Ich versuche, Ihnen zu helfen.«

»Soweit ich mich erinnere, haben Sie mich, wenn Sie mich nicht herumkommandiert haben, nur bedroht. Ich war Ihnen im Weg.«

»Das hieß aber nicht, daß ich Sie nicht vor Esteban in Sicherheit gebracht hätte. Ich hatte nie eine andere Absicht.«

Sie musterte ihn prüfend. Es war schwierig, aus diesem Gesichtsausdruck schlau zu werden, aber ihr Gefühl sagte ihr, daß er die Wahrheit sprach. »Woher sollte ich das wissen? Sie wollten ja nicht mit mir reden.«

Er zuckte die Achseln. »Das war ein Fehler. Ich hatte

gehofft, es wäre nicht notwendig. Ich werde jetzt mit Ihnen reden.«

»Was ist in Tenajo passiert?«

»Sind Sie sicher, daß Sie das wissen wollen?«

»Blöde Frage. Das will ich allerdings wissen, verdammt noch mal.« Ihre Stimme zitterte vor Erregung. »Und jetzt *hören* Sie mir mal *zu*. Ihre Schadensbegrenzung interessiert mich einen Scheißdreck. Mich interessiert einzig und allein, was Emily und mir in der letzten Woche zugestoßen ist. Ich habe ein Recht, es zu erfahren. So, und jetzt erzählen Sie es mir.«

Er schwieg einen Moment. »Okay. Stellen Sie mir Fragen. Ich werde antworten, soweit ich kann.«

»Woran sind diese Leute gestorben?«

»Ich bin mir nicht ganz sicher. Ich glaube, daß es sich um eine künstlich ausgelöste Seuche handelt.«

Sie starrte ihn schockiert an. »Eine Art Störfall im Chemielabor?«

Er grinste mitleidig. »Sie gehen zu sehr von einem Unfall aus.«

»Wollen Sie etwa sagen, die mexikanische Regierung hat absichtlich diese Seuche verbreitet?«

»Die mexikanische Regierung hat nichts damit zu tun.«

»Ist Esteban nicht Oberst der mexikanischen Armee?«

»Dieser Umstand verleiht ihm ein gewisses Maß an Macht und Entscheidungsfreiheit. Außerdem erlaubt es ihm, die Ergebnisse dieses Experiments völlig zu vertuschen.«

»Experiment?«

»Sie wollten wissen, ob der biologische Kampfstoff wirkt. Tenajo war ein Testgelände.«

Ein kleiner Junge, der mit schokoladeverschmierten Handflächen auf dem Fußboden des Ladens lag.

Tränen traten ihr in die Augen. »Gehen Sie zum Teufel.«

»Ich wußte es nicht«, sagte er grob.

»Sie müssen es gewußt haben. Sie haben für ihn gearbeitet.«

»Ich wußte, daß irgend etwas in Tenajo vor sich ging, aber bis zu dem Abend, als es passierte, hatte ich keine Ahnung, was es war. In den letzten Monaten gab es ein paar harmlose Krankheitsfälle im Gebiet von Tenajo. Nichts Tödliches. Ich nehme an, Esteban hat ein bißchen experimentiert. Ich dachte, es wäre das gleiche – Esteban ließ niemanden –« Er unterbrach sich mitten im Satz. »Ich wußte es nicht.«

»Warum haben –« Sie versuchte, mit ruhiger Stimme zu sprechen. »Welchen Grund sollten sie für so ein Experiment haben?«

»Wenn ein Test auf einem begrenzten Gebiet durchgeführt wird, bedeutet das gewöhnlich, daß er woanders in größerem Maßstab angewandt werden soll.«

»Wo?«

»Ich weiß es nicht.«

Sie fühlte sich benommen. Sie konnte kaum noch denken. »Sie haben behauptet, die Gesundheitsbehörden hätten aufgeräumt. Warum haben sie nichts Verdächtiges gefunden?«

»Esteban hat sie erst benachrichtigt, nachdem er alle Spuren beseitigt und die Cholerabakterien verteilt hatte. Er hat seine eigenen Ärzte in den Leichenhallen von Mexico City, die ihm Autopsieberichte liefern, in denen steht, die Cholera hätte Tenajo ausgelöscht.«

»So eine großangelegte Sache... das muß doch schon ziemlich lange geplant gewesen sein.«

»Ich weiß seit zwei Jahren davon.«

»Wenn Sie für Esteban arbeiten, warum haben Sie mir geholfen?«

»Ich arbeite nicht für Esteban.« Und trocken fügte er hinzu: »Stellen Sie sich vor. Ich bin einer von den Guten.«

»Also, das kann ich nicht bestätigen. Ich habe gesehen, wie Sie einen Mann getötet haben.«

»Sie müssen mir ja nicht vertrauen. Trauen Sie niemandem. Aber lassen Sie mich Ihnen helfen. Ich *kann* Ihnen helfen, Bess.«

»Wie denn? Sind Sie eine Art Agent der Regierung?«

»So eine Art.«

»Drücken Sie sich gefälligst genauer aus, verdammt noch mal.«

»Ich arbeite seit ein paar Jahren für die CIA.«

Sie fühlte sich erleichtert. »Das hätten Sie mir doch gleich sagen können.«

»Ich hätte es Ihnen auch jetzt nicht erzählt, wenn ich es mir hätte ersparen können. Außerdem, hätten Sie mir denn geglaubt?«

Glaubte sie ihm jetzt? Konnte sein, daß er log.

Aber warum sollte er das tun? Er hatte sie aus San Andreas herausgebracht, und es gab keinen Grund dafür, hier ohne Estebans Soldaten aufzutauchen, wenn er sowieso vorhatte, sie ihnen auszuliefern. »Sie hätten es mir sagen sollen.«

»Jetzt wissen Sie's.« Er hielt ihrem Blick stand. »Hören Sie, Bess. Ich werde mich um Sie kümmern. Ich beabsichtige, Sie rauszuholen und sicher in die Vereinigten Staaten zu bringen. Ich werde nichts unversucht lassen. Ich *werde* es tun. Wenn Sie sonst schon nichts glauben, glauben Sie wenigstens das.«

Sie glaubte ihm. Es gab keinen Zweifel an seiner Aufrichtigkeit.

Er nahm das Baby von ihrem Schoß. »Jetzt lassen Sie mich mal die Kleine füttern, damit Sie selbst auch was essen können.«

Sie schloß das Baby fester in ihre Arme. »Ich kann später essen.«

»Nein, das können Sie nicht. Ich mußte den Jeep unten am Berg stehenlassen. Wir haben einen langen Fußmarsch vor uns, um aus den Bergen rauszukommen. Ich möchte, daß wir so bald wie möglich aufbrechen.« Er nahm ihr Josie und das Büchsenfleisch ab. »Nehmen Sie noch eine Konserve aus dem Rucksack und essen Sie gefälligst.«

Nach kurzem Zögern gehorchte sie. Sie brauchte Kraft, um das zu überstehen. Sie rümpfte die Nase beim ersten Bissen. Kein Wunder, daß Josie sich anfangs gesträubt hatte.

Aber die Kleine verschlang jetzt zufrieden die Rationen, die Kaldak ihr mit überraschender Freundlichkeit und Geschicklichkeit gab. »Sie scheint den Marsch gut überstanden zu haben«, sagte er. »Sie wirkt gesund.«

»Sie ist nicht unterzukriegen. Die meisten Babys sind so, wenn es darauf ankommt.«

Er lächelte das Baby an und wischte ihm den Mund ab. »Ich mag Leute, die sich nicht unterkriegen lassen.« Sein Blick wanderte zu Bess. »Sie wirken auch nicht so, als wenn es Ihnen schlechtginge. Ich hatte damit gerechnet, Sie nach viertägiger Flucht in einem Trageriemen über die Berge schleppen zu müssen.«

»Das kann immer noch passieren. Aber vielleicht bin ich auch diejenige, die Sie schleppen muß.« Sie steckte den Löffel in den Rucksack und stellte die leere Büchse zur Seite. »Gehen wir.« Sie hob Josies Decke auf. »Geben Sie sie mir. Ich werde sie auf meinem Rücken tragen.«

Er rümpfte die Nase. »Das riecht ja sehr unangenehm. Urin?«

»Was haben Sie denn erwartet? Ich hatte nur einmal die Möglichkeit, die Decke zu waschen. Wenn es Sie stört, müssen Sie Abstand halten.«

»Es stört mich. Ich habe eine sehr empfindliche Nase. Aber ich kann mich an alles gewöhnen.« Er hob seinen Rucksack auf. »Ich glaube, ich werde es einen oder zwei Tage lang mit Ihnen aushalten.«

»So lange wird es dauern? Was ist mit dem Hubschrauber?«

»Sie sind sehr gut vorangekommen, aber Esteban ist uns zu dicht auf den Fersen. Wir müssen wieder zurück und in Richtung Norden. Die Berge sind hier zu steil, ein Hubschrauber kann hier nicht landen.« Er legte Josie in das Tragetuch und half Bess beim Zubinden. »Deshalb habe ich eine Landung ungefähr dreißig Meilen von hier ausgemacht. Sobald wir die Berge hinter uns haben, werde ich funken, daß man uns abholt.«

Er wirkte so sicher, fast lässig. Zum ersten Mal empfand sie Hoffnung. Sie hatte nie aufgegeben, aber jetzt war Licht am Ende des Tunnels zu sehen.

»Also, worauf warten wir noch?« Sie schritt an ihm vorbei zur Höhle hinaus.

Kaldak hob die Augenbrauen und folgte ihr. »Auf mich offensichtlich.«

Kapitel 6

Die Ratten.

Esteban schreckte auf seinem Feldbett auf. »Nein.«

Keine Ratten. Nur ein Alptraum. Er schwitzte, zitterte. Der Geruch von Müll und Verwesung stieg ihm in die Nase.

Warum konnten die Ratten nicht verschwinden?

Er stand auf, ging nackt zum Waschtisch und klatschte sich Wasser ins Gesicht. Erst seit kurzem kamen die Ratten wieder. Es mußte einen Grund dafür geben.

Die Grady. Der Alptraum war zum ersten Mal in der Nacht aufgetaucht, nachdem sie mit Kaldak geflohen war. Wenn er Bess Grady finden würde und sie tötete, würden die Ratten wieder zurück in ihre Löcher kriechen.

Er ging zum Zeltausgang und starrte in die Dunkelheit hinaus. Bess Grady war irgendwo da draußen. Ganz in der Nähe. Seine Instinkte ließen ihn selten im Stich, wenn er so nah an seiner Beute war.

Zum Teufel mit der Dunkelheit.

»Aufwachen, Perez!« rief er und zog sich an. »Wecken Sie die Männer. Wir brechen in zehn Minuten auf.«

»Wir können hier anhalten und uns ein paar Minuten ausruhen.« Kaldak streifte sich seinen Rucksack ab. »Vielleicht können Sie das Baby wickeln und ihm ein bißchen Wasser geben.«

»Selbstverständlich werde ich das machen«, erwiderte Bess gereizt. »Das brauchen Sie mir nicht zu sagen. Wir haben das auch ohne Sie ganz gut hingekriegt.«

»Tut mir leid. Ich glaube, ich bin es gewöhnt zu sagen, wo es langgeht.«

»Das brauchen Sie mir auch nicht zu sagen.« In den letzten acht Stunden hatte er diese Eigenschaft wieder und wieder unter Beweis gestellt. Die Entscheidungen waren alle von ihm ausgegangen; er hatte sie ganz leicht und mit Sicherheit getroffen, hatte Bess den ganzen Weg nur gedrängelt und angetrieben.

»Sie sind sauer auf mich.« Er hob die Augenbrauen. »Es überrascht mich, daß Sie mich das nicht früher haben wissen lassen.«

»Ich kann es nicht leiden, von Entscheidungen ausgeschlossen zu werden.« Sie hatte Josies Windeln gewickelt und streckte ihre Hand nach der Feldflasche aus. »Aber auf diesem Gebiet sind Sie der Experte. Es war mir klar, daß Sie wußten, was zu tun ist. Es wäre töricht von mir gewesen, mit Ihnen zu streiten.«

Kaldak betrachtete Josie. »Sie ist ein sehr braves Baby.«

»Ja, das ist sie wirklich«, sagte Bess besänftigt. Sie gab Josie noch ein bißchen Wasser, wischte ihr die Stirn und den Hals ab und machte das gleiche auch bei sich selbst. Obwohl die arme Kleine völlig verschwitzt war und sich Hitzebläschen an ihrem Hals bildeten, hatte sie den Tag über kaum gewimmert. Josie war ein wahres Wunder.

Bess wischte dem Baby zärtlich die wuscheligen schwarzen Haare aus dem Gesicht. Josie lächelte sie an, und Bess konnte nicht widerstehen, sie kurz an sich zu drücken. »Haben Sie Kinder?«

Er schüttelte den Kopf. »Und Sie?«

»Nein, aber ich war immer verrückt nach Kindern.« Sie lächelte. »Emily hat eine Tochter, Julie, sie ist ganz bezaubernd. Als sie so alt war wie Josie, war sie putzmunter. Sie hatte rotes Haar und konnte schreien, daß die Wände wakkelten. Nicht so friedlich wie Josie.«

»Josie hat aber auch ganz schön kräftige Lungen.«

»Aber sie benutzt sie, um auf ihre Bedürfnisse aufmerksam zu machen. Julie wollte in der Regel lediglich Erklärungen abgeben. Ich erinnere mich noch gut, wie wir sie einmal an einen See mitgenommen haben und sie gesehen hat –« Guter Gott, sie mußte wirklich übermüdet sein. Was redete sie für ein wirres Zeug? Und ausgerechnet gegenüber Kaldak. »Tut mir leid, das wird Sie kaum interessieren.«

»Es interessiert mich.« Er erhob sich. »Sind Sie ausgeruht genug, um weiterzugehen?«

»Was würden Sie tun, wenn ich verneinen würde?«

»Ihnen sagen, daß wir keine Alternative haben.«

»Hab ich mir gedacht«, erwiderte sie trocken, während sie Josie in das Tragetuch legte. »Ich bin bereit.« Ihr Blick wanderte zu den Bergen hinter ihnen. »Glauben Sie, daß sie uns dicht auf den Fersen sind?«

»Sie sind näher, als mir lieb ist. Zwei Stunden, nachdem wir aufgebrochen sind, habe ich sie gesehen.«

»Warum haben Sie mir das nicht gesagt?« fragte sie erschrocken.

»Warum sollte ich Sie beunruhigen? Es war noch dunkel, und sie hatten Probleme, unsere Fährte zu verfolgen. Ich habe ein paar Haken geschlagen und sie wieder abgehängt.« Er runzelte die Stirn. »Aber ich hatte nicht erwartet, daß sie vor Sonnenaufgang aufbrechen würden. Esteban treibt sie ganz ordentlich.« Er machte sich auf den Weg hinunter. »Er will Sie unbedingt haben.«

Sie preßte grimmig ihre Lippen zusammen. »Er wird mich nicht kriegen. Wie lange müssen wir noch gehen?«

»Noch ein paar Stunden, bis wir Funkkontakt zum Hubschrauber herstellen können. Danach vielleicht noch mal zwei Stunden bis zum Treffpunkt.«

Sie verspürte Erleichterung. Mehr nicht. »Gott sei Dank.«

»O ja, und mir natürlich.«

Du liebe Güte, Kaldak lächelte sie tatsächlich an.

Sie erwiderte das Lächeln. »Natürlich.«

Esteban blickte hinab auf die Spuren. »Sie sind zu zweit?«

Perez nickte. »Joaquin sagt, daß ein Mann bei ihr ist. Ein großer Mann. Er muß seit letzter Nacht bei ihr sein. Vorher waren es nur Spuren von einer Person.« Er sah über die Schulter zurück. »Benito will mir etwas mitteilen. Habe ich Ihre Erlaubnis zu – «

»Gehen Sie.«

Sie hatte Hilfe. Das Miststück hatte Unterstützung.

Kaldak? Er war ein großer Mann.

Ja, wahrscheinlich Kaldak; er hatte seine Fähigkeiten bereits unter Beweis gestellt, als er seinen Weg durch diese Berge gefunden hatte. Jetzt war er wieder bei der Frau, und wenn er wirklich von der CIA war, war er auch in der Lage, Hilfe herbeizuholen.

Wenn Esteban sie nicht fand, bevor sie aus den Bergen heraus waren.

Perez zurück. »Wir haben ein Funksignal aufgefangen.«

»Von wo?« fragte Esteban.

»Südwesten. Sechs Meilen.«

Sie hatten die Berge hinter sich und riefen Hilfe über Funk herbei. Wahrscheinlich einen Hubschrauber.

Verdammt.

»*Schnappt* sie.«

Bess stolperte und fing sich gerade noch, bevor sie stürzte.

»Alles in Ordnung?« fragte Kaldak, ohne zurückzublikken.

Nein, es war nicht in Ordnung. Kaldak hatte das Tempo während der letzten Stunde beschleunigt, und sie war völlig erschöpft, verschwitzt und hatte Seitenstiche.

»Können wir nicht ein bißchen langsamer gehen?«

»Nein.«

»Warum nicht? Wir sind doch bald da, oder?«

»Bald da ist noch nicht zu Hause.«

»Josie braucht eine neue Windel.«

»Sie muß warten. Beeilen Sie sich.«

Die letzten Worte hatten so nervös geklungen, daß Bess ihre Schritte automatisch beschleunigte. Sie blickte über ihre Schulter zurück. »Stimmt was nicht? Sind sie uns auf den Fersen?«

»Sie sind uns die ganze Zeit auf den Fersen, und wahrscheinlich haben sie unser Funksignal gehört.«

Josie wimmerte.

Armes Baby. »Wie weit ist es noch?«

»Eine Stunde. Und Esteban ist wahrscheinlich höchstens zwanzig Minuten hinter uns.«

»Und was ist, wenn der Hubschrauber nicht da ist?«

Kaldak antwortete nicht.

Darauf mußte er nicht antworten.

Unten im Tal schimmerte der armeegrüne Hubschrauber im Dämmerlicht. Er sah wunderschön aus.

Vor lauter Freude ging Bess noch schneller. »Er ist da. Wir fliegen – «

Ein Geschoß zischte an ihrem Ohr vorbei.

»Scheiße.« Kaldak packte sie am Arm und zog sie herunter.

Sie stolperte über ein Grasbüschel, behielt aber das Gleichgewicht.

Noch ein Schuß. Dreck wirbelte vor ihr auf.

Sie warf einen Blick über die Schulter.

Soldaten. Sie schwärmten über den Berg aus.

Die Hubschraubertür stand offen.

Noch ein Schuß. Sie zuckte zusammen und verspürte einen stechenden Schmerz in der Seite.

Sie erreichten den Hubschrauber. Kaldak schob sie hinauf und kletterte direkt hinterher.

»Los, Cass«, schrie er.

Die Tür war immer noch offen, als der Hubschrauber rukkend abhob.

Einer der Soldaten sprang hoch und faßte Halt. Kaldak trat ihm mit dem Absatz auf die Hand, und er fiel zurück auf den Boden.

Kugeln durchsiebten den Hubschrauber.

Was, wenn sie den Tank träfen?

Geschafft. Sie waren hoch genug über der Erde. Sicherlich schon außerhalb der Reichweite.

Sie sah zu Kaldak. Er nickte, und sie sackte erleichtert zusammen.

»Sie bluten.« Er betrachtete ihr Hemd. »Sind Sie getroffen?«

»In der Seite. Ist schon in Ordnung. Nur ein Kratzer, glaube ich. Das kriege ich schon – um Gottes willen.«

Josie war zu ruhig.

Bess streifte voller Panik das Tragetuch ab. Die Decke war blutgetränkt.

Josie.

»Hurensohn. Hurensohn. Hurensohn.« Die Tränen liefen ihr über die Wange. »Sie haben sie erschossen. Sie haben Josie erschossen.« Die Kugel, die sie gestreift hatte, mußte durch das Baby gedrungen sein. »Gottverdammte Kindermörder.«

»Ist sie tot?«

»Ich versuche es herauszufinden.« Eine Hüftwunde. Blut. Zu viel Blut. »Sie ist am Leben. Gerade noch.«

»Können wir sie retten?«

»Ich weiß es nicht. Ich kenne mich mit Erster Hilfe aus, aber ich bin keine Ärztin. Vielleicht. Wenn wir die Blutung stillen können.« Sie arbeitete schnell. »Sie muß in ein Krankenhaus.«

»Ich kann Sie nicht in Gefahr bringen. Wir können nicht landen, bis – «

»Hören Sie auf damit. Mir ist es egal, wo Sie uns hinbringen.« Sie warf ihm einen grimmigen Blick zu. »Bringen Sie mich zu einem Krankenhaus, wo ich Hilfe für sie bekomme.«

Kaldak nickte. »Ich werde was finden.« Er ging ins Cockpit.

»Dieser Hurensohn.« Sie konnte nicht aufhören zu weinen. Sie hatte sich geschworen, diese Art von Qualen nie wieder an sich heranzulassen. Nun war es wieder soweit. Schlimmer als je zuvor. »Halt durch, Josie«, flüsterte sie. »Wir haben so viel gemeinsam durchgestanden. Laß mich jetzt nicht im Stich, Baby.«

»Wir werden gleich landen.« Kaldak war wieder da. »Wie geht es ihr?«

»Sie ist bewußtlos. Es ist mir gelungen, die Blutungen zu stillen. Hoffentlich gibt es keine inneren Verletzungen. Wo sind wir?«

»Im Golf von Mexiko. Ich habe einen Flugzeugträger ausgemacht, die *Montana* der US-Marine. Die werden sicherlich einen Arzt und medizinische Ausrüstung an Bord haben. In zehn Minuten müßten wir unten sein.« Er ging zurück zum Cockpit. »So oder so.«

»Was wollen Sie damit sagen?«

»Flugzeugträger haben nicht viel übrig für ungeladene Gäste. Sie machen Schwierigkeiten und drohen damit, uns abzuschießen.« Er sah sie über die Schulter an. »Keine Sorge, ich kümmere mich darum.«

Sie drückte Josie fester an sich. Ihre ganze Sorge galt dem Baby. Sollte Kaldak sich um alles andere kümmern.

Esteban ballte die Fäuste, während er zusah, wie die Lichter des Hubschraubers verschwanden.

Sie war weg. Sie war ihm entkommen.

Nein.

Erschöpft holte er tief Luft.

Kaldak hatte sie ihm genommen. Wahrscheinlich glaubte er, sie sei nun außerhalb von Estebans Reichweite.

Da irrte er sich. Es gab immer eine Möglichkeit, eine Beute zur Strecke zu bringen. Er würde sie finden.

»Sagen Sie dem Funker, er soll herkommen, Perez.«

Die Frau mußte sterben. Und niemand war jemals außer Reichweite.

Bess stützte den Kopf in die Hände. Sie fühlte sich völlig hilflos.

»Das Baby?«

Als sie aufblickte, stand Kaldak neben ihr an Josies Bett.

»Dr. Caudill hat getan, was er konnte«, sagte sie müde. »Er glaubt, daß ein Wirbel durchtrennt ist, aber er ist kein Spezialist.«

»Soll ich einen besorgen?«

Sie lächelte schief. »Wollen Sie einen Spezialisten kidnappen und zum Flugzeugträger fliegen? Keine gute Idee.

Captain Hodgell war absolut nicht erfreut, daß wir hier gelandet sind. Sie haben recht, wir können froh sein, daß man uns beim Anflug nicht abgeschossen hat.«

»Der Hubschrauber hätte ja mit Sprengstoff beladen sein können.« Er zuckte die Achseln. »Mehr konnte ich nicht tun.«

»Es war mehr, als ich erwarten konnte. Danke.«

»Sie befehlen. Ich gehorche.« Er hockte sich vor ihren Stuhl. »Sie haben mir noch nicht geantwortet. Wollen Sie, daß ich einen Spezialisten auftreibe?«

Sie schüttelte den Kopf. »Das hat Zeit. Er würde sie in dieser Verfassung ohnehin nicht operieren. Sie schafft es vielleicht nicht, Kaldak.«

»Wann werden Sie es wissen?«

»In einer Stunde, vielleicht zwei. Wenn ihr Zustand sich stabilisiert ...«

Er betrachtete das Baby in dem provisorischen Kinderbett, das sie aus einem Krankenbett hergerichtet hatten. »Ist sie schon mal aufgewacht?«

»Nein.« Bess bemühte sich, ruhig zu sprechen. »Vielleicht wacht sie nie wieder auf.«

»Ich habe so ein Gefühl, daß sie es doch tun wird. Sie hat schon eine Menge überstanden. Sie hat Tenajo überlebt. Ich glaube nicht, daß es ihr bestimmt ist, jetzt zu sterben.«

»Und war es ihr etwa bestimmt, angeschossen zu werden?« fragte Bess grimmig. »Sie ist noch ein Baby. Gott dürfte solche Dinge nicht zulassen.«

»Psst.« Seine Hand schloß sich um ihre. »Geben Sie nicht Gott die Schuld. Esteban trifft die Schuld.«

»Ich gebe Esteban die Schuld. Ich würde ihn am liebsten umbringen.«

»Das kann ich gut verstehen.« Er ließ ihre Hand los, stand auf und ging zur Tür. »Ich bin gleich zurück. Sie brauchen was zu essen, aber ich weiß, daß ich Sie nicht dazu bewegen kann. Also hole ich Ihnen einen Kaffee. Kann sein, daß wir lange warten müssen.«

»Sie müssen nicht bei mir warten. Sie können sowieso nichts tun.«

Er blieb an der Tür stehen. »Ich mache es nicht Ihnen zuliebe. Ich glaube, Josie merkt, daß ich da bin. Ich bin gleich wieder zurück.«

Nach vier Stunden hatte sich Josies Zustand stabilisiert. Eine Stunde später öffnete sie die Augen.

»Sie lächelt«, flüsterte Bess staunend.

»Ich habe Ihnen doch gesagt, daß sie leben will.« Kaldak berührte sanft die Wange des Babys. »Manche Dinge sind vorherbestimmt.«

»Ich bin nicht in der Stimmung zu philosophieren. Ich weiß noch nicht, ob sie überhaupt jemals einen Schritt machen kann.« Aber Erleichterung und Freude durchströmten sie. Zumindest lebte das Baby.

»Dr. Caudill hat gesagt, für Verletzungen des Rückgrats ist Dr. Harry Kenwood am Johns Hopkins der beste Mann«, erklärte Kaldak. »Ich habe einen Lufttransport organisiert, mit dem wir morgen früh dorthin gebracht werden.«

»Wirklich?«

»Und jetzt, denke ich, sollten Sie etwas essen.« Er rümpfte die Nase. »Und duschen. Sonst bekommt Josie noch einen Rückfall, wenn sie wach genug ist, um an Ihnen zu schnuppern.«

»Ich wundere mich, daß Sie es überhaupt all die Stunden bei mir ausgehalten haben«, erwiderte sie mit spitzer Zunge.

»Für mich war es eine Übung in Disziplin.« Er wandte sich von ihr ab. »Gehen Sie duschen. Ich werde die Krankenschwester hereinschicken, damit sie nach Josie sieht, und Ihnen was zu essen und frische Kleider besorgen.«

»Warten Sie.«

Er warf ihr einen Blick zu.

»Emily.«

Er schüttelte den Kopf. »Ich habe zu unseren Leuten in Mexico City Kontakt aufgenommen. Bisher keine Nachricht. Aber wenn sie zu Fuß ist, kann es sein, daß sie die Küste noch nicht erreicht hat.«

»Dann muß ich zurück, um sie zu suchen.«

»Nein.« Die prompte, harsche Abfuhr schreckte sie auf. Diesen Ton hatte er seit Tenajo nicht mehr angeschlagen.

»Ich werde sie nicht im Stich lassen.«

»Niemand sagt, Sie sollen sie im Stich lassen.« Er schaute das Baby an. »Wollen Sie Josie verlassen, bevor Sie wissen, in welchem Zustand sie ist?«

Sie folgte seinem Blick. Kaldak hatte ihre Zerrissenheit richtig eingeschätzt. »Sie wissen genau, daß ich das nicht will. Aber ich muß hin. Sie können Josie mit zu – «

»Sie wollen sie mir überlassen? Auf dem ganzen Weg hierher durfte ich sie doch kaum mal anfassen.«

»Ich kann Emily nicht dort lassen.«

»Herrgott noch mal, Esteban wird Sie kassieren, sobald Sie nur einen Fuß auf mexikanischen Boden setzen.«

»Ich werde zur Botschaft gehen und – «

»Nein, wir werden später darüber reden. Lassen Sie mich darüber nachdenken. Vielleicht finde ich eine Lösung.«

Sie sah ihm nach, als er ging. Wenn er dafür eine Lösung hätte, könnte er Salomon Konkurrenz machen, dachte sie müde. Andererseits war es ihm gelungen, sie aus Mexiko herauszubringen, und er hatte Josie gerettet, indem er ein Krankenhaus gefunden hatte. Vielleicht konnte er dieses Wunder ja auch bewerkstelligen.

Zwei Stunden später klopfte er an die Tür der winzigen Kabine, die ihr zugeteilt worden war. »Kommen Sie. Wir gehen zur Funkstation. Es ist mir gelungen, jemanden über Funk zu bekommen.«

Stirnrunzelnd ging sie neben ihm her. »Wen?«

»Yael Nablett. Er ist einer meiner Kontaktleute in Mexico City.«

«CIA?«

»Nein. Israelischer Geheimdienst. Die arbeiten bei bestimmten Aktionen mit uns zusammen.«

»Bei dieser auch?«

»Vor allem bei dieser.« Er zögerte einen Moment. »Ich kann Sie nicht zurückgehen lassen, Bess. Sie würden zuviel Aufsehen erregen.«

»Also gut. Und was spricht dagegen, der mexikanischen Regierung mitzuteilen, daß sie reingelegt worden ist?«

»Bisher kann noch niemand etwas über Tenajo wissen. Es könnte zu einer scheußlichen Gegenreaktion auf seiten von Esteban führen.«

»Nicht, wenn die Polizei ihn vorher schnappt.«

»Unwahrscheinlich. Er hat Informanten auf jeder Ebene des Regierungsapparats. Außerdem ist er nicht allein. Wir können nicht sicher sein, daß sie nicht losschlagen, sobald Esteban festgesetzt wird.«

»Wer würde losschlagen?«

»Habin, ein palästinensischer Terrorist mit Stützpunkt in Libyen. Außerdem kommen Sie wahrscheinlich sowieso nicht bis zur Polizei. Sie stehen wahrscheinlich auf Estebans Abschußliste. Es gibt da eine Menge Abschaum, der sich bei dem guten Oberst lieb Kind machen möchte.«

»Also muß ich Emily da erst recht rausholen.«

Er wandte den Blick von ihr ab. »Möglicherweise schafft sie es allein. Haben Sie darüber schon mal nachgedacht?

Wenn sie es geschafft hat, Esteban zu entkommen, dann hat sie schon ein gutes Stück geschafft.«

»Sie weiß nichts von Esteban.«

»Ist sie intelligent?«

»Natürlich ist sie intelligent. Sogar sehr intelligent. Was hat das denn damit zu tun?«

»Glauben Sie etwa, daß sie nach Tenajo noch irgend jemandem vertraut? Sie haben es nicht getan. Als Sie in dem Krankenhaus zu sich kamen, haben Sie sich über jeden aufgeregt und mit jedem angelegt, der in Sichtweite kam.«

»Und wenn sie zur Polizei geht? Sie haben doch gesagt, daß das schon einem Todesurteil gleichkommt.«

»Aber zuerst muß sie mal die Berge überqueren.«

»Also muß ich hin und ihr helfen. Ich habe die Berge schon mal überquert. Ich kenne sie jetzt.«

»Es wäre aber ein Risiko«, widersprach er.

»Ich habe keine andere Wahl.«

»Doch, haben Sie.« Er zögerte. »Lassen Sie Yael nach ihr suchen. Ich könnte ihn bitten, unauffällig vorzugehen und sie außer Landes zu schmuggeln, sobald er sie findet.«

Er hatte gesagt ›sobald‹, und nicht ›falls‹, und diese Unterscheidung ließ sie zum ersten Mal wieder hoffen, seit Esteban behauptet hatte, Emily sei tot. »Würde er das machen? Würde er sie suchen?«

»Ich werde ihn über Funk bitten, sofort mit der Suche anzufangen. In ein paar Tagen könnte sie die Grenze passieren.«

Es war zu schön, um wahr zu sein. »Wieso sind Sie so sicher, daß er sie finden wird?«

»Ich weiß es nicht, aber wenn sie lebt, haben wir eine Chance von achtzig Prozent. Ich habe erlebt, wie Yael arbeitet. Er kann zwar keine Stecknadel in einem Heuhaufen finden, aber er kommt ihr ziemlich nahe.«

Achtzig Prozent. Sie wollte hundertprozentige Gewißheit.

»Das ist nicht genug.«

»Das sind fünfundsiebzig Prozent mehr, als wenn Sie es alleine versuchen.« Und unverblümt fuhr er fort: »Seien Sie nicht töricht. Wenn Sie zurückgehen, werden Sie getötet werden. Yael wird Ihre Schwester aus dem Land bringen.«

Sie starrte ihn mit hilfloser Frustration an. Was er sagte, erschien ihr sinnvoll, aber sie wollte es nicht wahrhaben. Sie wollte nicht mit gebundenen Händen Hunderte von Meilen von Emily entfernt sein. »Sie könnten diesen Yael anrufen, und ich könnte ihn treffen und ihm helfen – «

Kaldak schüttelte den Kopf.

»Warum nicht?«

»Weil ich Yael nicht bitten werde, Ihnen zu helfen, wenn Sie zurückgehen. Sie werden auf sich allein gestellt sein.« Er zögerte. »Und Ihre Schwester wird tot sein.«

Sie starrte ihn ungläubig an. »Sie bluffen.«

Er verzog das Gesicht. »Sie haben recht. Ich könnte Sie nicht allein weggehen lassen. Aber ich sage Ihnen die Wahrheit über die Chancen Ihrer Schwester. Je eher ich Yael darauf ansetze, desto schneller werden Sie Ihre Schwester wiedersehen. Denken Sie darüber nach.«

Was er ihr vorgeschlagen hatte, widersprach jedem Instinkt. Emily war immer für sie dagewesen, und sie brauchte sie jetzt.

Aber wenn sie sich auf die Suche machen würde, könnte das Emilys Tod bedeuten.

»Ich gebe ihm ein paar Tage«, entschied sie schließlich. »Wenn er sie in dieser Zeit nicht ausfindig macht, fahre ich selbst hin.«

»Es dürfte länger dauern ... falls sie am Leben ist.«

»*Sagen* Sie das nicht immer wieder. Sie *ist* am Leben. Emily ist eine der stärksten Frauen, die ich kenne. Sie ist nicht tot, glauben Sie mir.«

»Gern.«

Sie holte tief Luft. »Rufen Sie ihn sofort an.«

Ein paar Minuten später saß Bess am Funkgerät neben Kaldak, der die Kopfhörer aufsetzte. Nach kurzem Warten ertönte in der knisternden Leitung eine tiefe Stimme mit einem schwachen Akzent. »Das wurde ja langsam Zeit. Ich warte schon die ganze Zeit auf deinen Anruf, du Hundesohn. Soll ich dich abholen?«

Bess war leicht überrascht. Die heitere Stimme ließ nichts von der Angst erkennen, die sie bisher bei allen bemerkt hatte, die mit Kaldak zu tun hatten, und was der Mann sagte, klang reichlich respektlos.

»Nein. Ich hatte Cass über Funk bestellt«, sagte Kaldak. »Wir sind schon unterwegs.«

»Wie lief es in Tenajo?«

»Nicht wie erwartet. Schlimm.«

»Willst du mir nicht mehr erzählen?«

»Jetzt nicht.«

»Verschweige mir nichts. Ich bin genauso hinter ihnen her wie du.«

»Ich kann jetzt nicht sprechen«, erklärte Kaldac.

»Du hast deine Tarnung gegenüber Esteban aufgegeben?«

Kaldak warf einen Blick auf Bess. »In gewisser Weise.«

»Und warum hast du mich nicht angerufen?«

»Ich habe wieder einen Auftrag für dich. Wir glauben, daß sich eine Frau in den Bergen bei Tenajo aufhält. Esteban sucht sie. Du mußt sie vor ihm finden.«

Schweigen. »Es gefällt mir nicht, Frauen zu töten, Kaldak.«

»Kein Problem. Du sollst sie nur suchen und dann sicher aus dem Land bringen.«

Nablett seufzte. »Ein mieser Auftrag. Es wäre leichter, sie zu töten. Wie schnell?«

»Sehr. Esteban ist im Verzug, aber mein Verschwinden wird ihn sicherlich dazu bewegen, sich zu beeilen.«

»Und die Frau ist wichtig?« erkundigte sich Nablett.

»Hol sie raus, Yael.«

»Wird erledigt, Ihre königliche Häßlichkeit. Wo soll ich sie abliefern?«

»Du hörst von mir. Sie heißt Dr. Emily Corelli. Ungefähr eins fünfundsechzig – «

»Eins siebzig«, unterbrach Bess.

»Eins siebzig, sechsunddreißig, dunkle Haare und Augen, attraktiv. Amerikanerin, spricht aber Spanisch.«

»Großartig. Hast du eine Ahnung, auf wie viele Mexikanerinnen diese Beschreibung zutrifft? Na ja, wenn sie so ein Gesicht hat wie du, habe ich vielleicht eine Chance.«

»Mit einem Gesicht wie meinem hätte sie keine Chance. Das willst du doch der armen Frau wohl nicht zumuten?«

Ein leichtes Lächeln umspielte seine Lippen, und Bess begriff, daß Kaldak scherzte. Die Vorstellung von Humor paßte überhaupt nicht zu diesem Gesicht und zu diesem einschüchternden Verhalten. Aber während des Marsches hatte sie herausgefunden, daß vieles bei Kaldak nicht so war, wie es schien.

»Sie wird sich womöglich sträuben, mit mir zu kommen. Sie müßte bescheuert sein, mir zu vertrauen, wenn sie auf der Flucht ist. Kannst du mir irgend etwas an die Hand geben, womit ich sie überzeugen könnte?«

»Ich frag mal ihre Schwester.« Kaldak sah Bess an.

Bess dachte kurz nach. »Ihre Tochter Julie hat eine Internet-Freundin namens Linda Hankins. Sie ist ihre beste Freundin.«

Kaldak gab die Information weiter.

»Ich bin schon unterwegs«, sagte Yael Nablett.

Er verabschiedete sich nicht, aber die Verbindung brach ab.

Kaldak schaute Bess an. »Zufrieden?«

Sie war nicht zufrieden, aber Nablett war ihr zuversichtlich erschienen, wenn auch ein bißchen merkwürdig. »Ein paar Tage.«

»Danke«, sagte Kaldak zum Funker und setzte die Kopfhörer ab. Er nahm Bess am Arm und schob sie zur Tür. »In diesen paar Tagen können Sie das Baby zum Johns Hopkins in die Hände von Dr. Kenwood bringen. Sie sollten noch mal nach dem Baby sehen und dann schlafen gehen. Der Luftrettungsdienst wird ziemlich früh hier sein.«

Sie nickte erschöpft. »Das wollte ich gerade tun. Würden Sie bitte aufhören, mir Befehle zu erteilen?«

»Ich habe versprochen, mich um Sie zu kümmern«, sagte er ruhig. »Und das habe ich genau so gemeint.«

Sie ging vor ihm her den engen Flur entlang. »Kümmern Sie sich vor allem um meine Schwester. Gute Nacht, Kaldak.«

»Gute Nacht.«

Er sah ihr nach, wie sie um die Ecke verschwand. Er hatte die Konfrontation vermieden, aber lediglich vorübergehend. Noch einmal würde er nicht den Fehler machen, Bess zu unterschätzen. Im Moment war sie noch vollauf damit beschäftigt, sich um das Baby und Emily Sorgen zu machen, aber er mußte sehr vorsichtig vorgehen.

Kümmern Sie sich um meine Schwester.

Er wünschte, er könnte ihr das versprechen.

Lügen und Täuschung und Manipulation. Den richtigen Knopf drücken, die Wahrheit vertuschen und die Wirklichkeit verdrehen. Gott, er war das alles leid.

Aber das waren die Spielregeln, und er mußte sich daran halten.

Er ging zurück zur Funkzentrale, um Yael noch einmal anzurufen.

Johns Hopkins

»Sie sieht genauso aus wie in dem Zimmer in San Andreas«, flüsterte Bess, als sie auf Josie hinunterblickte. »All diese Schläuche...«

»Laut Dr. Kenwood sind sie nötig. Sie braucht eine Nährlösung. Sie hat viel Blut verloren«, erklärte Kaldak. »Außerdem haben Sie mir gesagt, daß Sie ihn mögen und ihm vertrauen.«

Sie nickte. »Aber ich wollte, daß er sofort operiert. Ich will wissen, daß sie wieder ganz gesund wird.«

»Er meint, daß ihre Chancen gut stehen.«

»Aber ich will es *wissen*. Ich will nicht noch eine Woche warten.« Sie bückte sich hinunter und küßte Josie leicht auf die Stirn. »Er wird dich wieder in Ordnung bringen, Kleines. Hab nur Geduld.«

»Sie ist ruhiggestellt und bekommt nichts mit. Sie sind diejenige, die ungeduldig ist.« Kaldak geleitete sie behutsam aus dem Zimmer. »Kommen Sie, wir gehen ins Wartezimmer. Ich muß mit Ihnen reden.«

Erschrocken starrte sie ihn an. »Hat Dr. Kenwood ihnen irgend etwas gesagt, das er mir verschwiegen hat?«

»Nein.« Er schob sie in einen Sessel. »Er ist ein intelligenter Mann. Das hätte er nicht gewagt.«

Sie entspannte sich wieder. »Sie haben mir angst gemacht.«

»Die Situation macht mir angst.« Er setzte sich neben sie. »Ich weiß, daß Sie Dr. Kenwood gebeten haben, Ihnen hier ein Zimmer zu geben.« Er zögerte. »Sie können hier nicht bleiben, Bess.«

Sie erstarrte. »Und ob ich kann.«

Er schüttelte den Kopf. »Es ist zu gefährlich.«

»Niemand weiß, daß ich hier bin.«

»Sie werden es wahrscheinlich bald wissen. Es ist nur eine Frage der Zeit. Esteban hat hier ein Netzwerk auf die Beine gestellt. Sie müssen untertauchen. Ich werde Sie in ein sicheres Haus bringen.«

»Ich werde Josie nicht allein lassen.«

»Sie wollen also lieber, daß sie stirbt?« fragte er direkt. »Das wird nämlich passieren. Sie sind eine Augenzeugin. Esteban will Ihren Kopf. Solange Sie in der Nähe sind, ist Josie in Gefahr. Wollen Sie das?«

»Sie wissen genau, daß ich das nicht will.«

»Ich habe das Hauptquartier angerufen und eine Bewachung für Josie hier im Krankenhaus organisiert, nur für den Fall, daß Esteban versucht, sie dazu zu benutzen, an Sie heranzukommen. Aber Sie sind diejenige, die er will. Wenn er nicht hört, daß Sie hier in der Nähe sind, dann denkt er vielleicht, daß Josie für Sie nicht wichtig ist. Ohne Sie ist Josie erheblich sicherer.« Dann fügte er sanft hinzu: »Geben Sie ihr eine Chance, Bess. Sie hat noch einen langen Weg vor sich.«

Bess spürte, wie ihr die Tränen kamen. »Kann doch sein, daß er sie nicht findet.«

»Und wenn doch? Wollen Sie das Risiko eingehen?«

»Sie wird ganz allein sein.«

»Sie wird gut bewacht sein, und außerdem ist sie so ein süßes Baby. Die Krankenschwestern werden den ganzen Tag um sie herumschwirren.«

»Aber ich möchte –« Sie konnte nicht tun, was sie wollte. Nicht wenn sie wollte, daß Josie in Sicherheit war. »Ich möchte jeden Tag einen Bericht. Haben Sie mich verstanden? Und ich möchte jeden zweiten Tag mit Dr. Kenwood sprechen. Und sorgen Sie dafür, daß sie sicher ist, oder ich schneide Ihnen die Kehle durch, Kaldak.«

»Sie wird sicher sein. Ich gebe Ihnen mein Wort. Vertrauen Sie mir.«

Sie vertraute ihm, erkannte sie überrascht. Wie war es dazu gekommen? Der Marsch durch die Berge, die Nacht, in der er nach der Operation bei Josie geblieben war? Wie auch immer, das Vertrauen war da. Sie stand auf. »Ich möchte mich noch von ihr verabschieden.«

Er nickte. »Zehn Minuten? Ich muß noch ein paar Dinge erledigen.«

Es war albern, sich zu verabschieden, dachte sie, als sie auf Josie hinunterblickte. Das Baby schien nicht einmal zu wissen, daß sie da war. »Ich komme zurück«, flüsterte sie. »Sie werden gut auf dich aufpassen, aber ich muß eine Zeitlang von hier weg. Ich werde an dich denken.« Es fiel ihr schwer, die Tränen zurückzuhalten. »Du mußt auch an mich denken. Ich weiß, daß du ganz schön beschäftigt sein wirst mit all diesen Ärzten und Krankenschwestern, aber denk dran, daß ich es war, mit der du hierhergekommen bist.«

Sie verlor die Beherrschung und fing selbst an zu weinen. Blind vor Tränen, lief sie aus dem Zimmer und Kaldak direkt in die Arme.

Er reichte ihr ein Taschentuch. »Alles in Ordnung?«

»Nein.« Sie wischte sich die Tränen ab. »Bringen Sie mich hier raus. Wohin fahren wir?«

»Zum Flughafen. Ein Hubschrauber wartet schon auf uns.«

»Und dann?«

»Atlanta.«

»Zu Ihrem verfluchten sicheren Haus?«

Er schüttelte den Kopf. »Wir sind auf der Durchreise. Ich muß einen Freund treffen, der uns vielleicht helfen kann. Und das sichere Haus ist noch nicht hergerichtet.«

Durchreise. Ihr ganzes Leben war nichts anderes, seit sie in Tenajo angekommen war. »Ich bleibe in keinem sicheren Haus, wenn Sie nicht Emily dahin bringen.«

»Okay, ich verspreche es.« Kaldak öffnete ihr die Tür. »Sobald wir sie finden.«

Kapitel 7

»Haben Sie überhaupt keine Spur von ihr?« fragte Habin.

»Das ist nicht ganz richtig«, erwiderte Esteban. »Meine Leute haben berichtet, daß sie von einer Kugel getroffen wurde. Wir überprüfen die Krankenhäuser auf jeden, auf den ihre Beschreibung und die des Babys zutrifft.«

»Sonst noch was?«

»Kaldak selbst ist eine Spur. Er ist nach Tenajo zurückgegangen, bevor er Mexiko verlassen hat. Können Sie sich darauf einen Reim machen?«

Schweigen. »Ja.«

»Dann wissen wir also auch, wo er hinwill, stimmt's?«

»Und wird er sie dorthin bringen?«

»Aber ja, mit ziemlicher Sicherheit. Er wird sie nicht aus den Augen lassen, bis es bestätigt ist. Ich habe veranlaßt, daß Marco De Salmo sich der Sache annimmt. Er hat sich bereits aus Rom auf den Weg gemacht. Keine Sorge, wir werden Bess Grady finden, bevor sie uns Schwierigkeiten bereiten kann«, erklärte Esteban.

»Sie macht bereits Schwierigkeiten. Sie ist uns im Weg, und Sie unternehmen nichts.«

»Ich unternehme eine ganze Menge. Ich rufe Sie an, sobald ich mehr weiß.« Esteban legte den Hörer auf. Habin war nervös, und diesmal konnte Esteban es ihm nicht einmal verübeln. Die Zeit drängte, und er hatte gehofft, die Frau viel schneller ausfindig machen zu können. Mit ein bißchen Glück würde De Salmo sie auftreiben und rechtzeitig aus dem Weg schaffen.

Aber Esteban verließ sich selten auf das Glück. Es war klug, immer einen Plan für den Notfall zu haben.

Wenn der Prophet nicht zum Berg kam ...

Er lächelte.

Habin würde das Sprichwort gefallen.

Es war beinahe Mittag, als der Hubschrauber auf dem verlassenen Flugplatz mehrere Meilen nördlich von Atlanta landete. Es gab keinen Tower und nur eine Landebahn. Ein paar Hangars lagen verstreut in der zerklüfteten Landschaft. Obwohl es mitten am Tag war, war niemand zu sehen.

»Was ist das für ein Flugplatz?« fragte Bess, als sie aus dem Hubschrauber sprang.

»Er hat keinen Namen.« Kaldak griff seinen Rucksack und folgte ihr. »Er wird von ein paar Privatpiloten legal und von einer Menge anderer Piloten illegal genutzt.«

»Drogen?«

»Möglich. Es kostet einiges, diese Art von Abgeschiedenheit zu kaufen. Ich stelle keine Fragen.« Er wandte sich an den Piloten. »Bleiben Sie bei ihr. Hinter dem Hangar sollte ein Wagen für mich bereitstehen.«

Zitternd schaute sie ihm nach. Es war hier zwar wärmer als in Maryland, aber dennoch fröstelte sie.

Etwas Schweres legte sich auf ihre Schultern. Cass, der Pilot, legte ihr seine lederne Fliegerjacke um.

»Danke.«

Er lächelte. »Nichts zu danken. Ich nehme an, Sie waren ein bißchen zu beschäftigt, um sich über eine Jacke Gedanken zu machen.«

»Das glaube ich auch. Sie sind doch der Pilot, der uns in Mexiko aufgeladen hat?«

Er nickte. »Ich stehe Kaldak für den nächsten Monat oder so zur Verfügung.«

»Ist das üblich?«

Er schüttelte den Kopf. »Nicht bei all den Haushaltseinsparungen der letzten Zeit.«

»Kaldak hat uns nicht vorgestellt. Ich heiße Bess Grady.«

»Cass Schmidt.«

»Ich vermute, daß Sie öfter mal Leute in ungewöhnlichen Situationen aufladen. Sind Sie bei der CIA?«

Er nickte.

Ihr Blick wanderte wieder zu Kaldak. »Haben Sie schon mal für ihn gearbeitet?«

Er nickte wieder, dann verzog er das Gesicht. »Beim letzten Mal habe ich Mist gebaut, und ich dachte schon, er würde mir das Genick brechen. Ich war ganz überrascht, als er mich diesmal über Funk anforderte, ihn abzuholen.«

»Vielleicht weiß er einfach, daß Sie ein guter Pilot sind.«

»Auf die Ehre hätte ich verzichten können. Der Mann flößt mir eine Heidenangst ein.«

»Tatsächlich?« Sie hatte fast schon vergessen, wie furchterregend Kaldak anfänglich auf sie gewirkt hatte. »Kennen Sie ihn schon lange?«

»Seit zwei Jahren. Libyen und danach Mexiko.«

Kaldak hatte Libyen im Zusammenhang mit Estebans Partner Habin erwähnt.

»Der Wagen ist da«, sagte Kaldak, als er wieder erschien. »Fliegen Sie los, Cass. Wir brauchen Sie nicht mehr.«

Cass nickte. »Auf Wiedersehen, Ms. Grady.«

»Ihre Jacke.« Sie streifte sie ab und gab sie ihm. »Danke noch mal.«

Er grinste. »War mir ein Vergnügen.«

Kaldak nahm ihren Arm und schob sie vorwärts. »Haben Sie von Cass irgend etwas Interessantes über mich erfahren?«

Sie gab sich keine Mühe zu leugnen, daß sie es versucht hatte. »Nein, außer daß er mit Ihnen in Libyen war.«

»Schade. Das war vielleicht Ihre letzte Chance. In meinen Kreisen werden Sie nicht viele so redselige Leute finden. Die CIA hat ihre Ansprüche neuerdings stark gesenkt.«

Sie waren bei einem beigefarbenen Sedan angekommen, der an der Straße stand. »Ich habe keine Lust, Leute wie Cass auszufragen. Ich möchte von Ihnen hören, was vor sich geht.«

»Sobald ich selbst Bescheid weiß.« Er öffnete ihr die Beifahrertür und nahm hinter dem Steuer Platz. »Im Kofferraum sind Kleider für uns beide. Ich hatte schon über Funk mitgeteilt, daß wir neue Kleidung und eine neue Identität brauchen. Wir werden in einem Motel nördlich der Stadt bleiben, solange wir hier sind. Ihr Name ist Nancy Parker.«

Falsche Namen. Neue Identität. Es war alles so beunruhigend. »Ich konnte den Namen Nancy noch nie leiden.«

»Dann werden wir Ihnen später einen anderen verpassen.«

Sie schüttelte den Kopf. Er begriff nicht. Es war nicht der Name. Sie hatte allmählich das Gefühl, den Boden unter den Füßen zu verlieren. Emily und Josie waren ihr entglitten. Sie hatte nicht einmal mehr ihre Kamera.

Und sie war selbst schuld.

Sie war so besorgt und erschöpft gewesen, daß sie sich hatte treiben lassen. Sie hatte es Kaldak überlassen, seine Abmachungen mit Yael Nablett und mit Josies Ärzten zu treffen, und jetzt versuchte er sogar, ihr Leben in die Hand zu nehmen. »Ich muß mit Ihnen reden, Kaldak.«

Eine Zeitlang sagte er nichts, musterte sie nur. Dann wandte er den Blick ab und ließ den Wagen an. »Okay, kein Problem.«

Bis sie schließlich beim Residence Inn ankamen, war es kurz vor acht. Das Motel war eins von der älteren Sorte, mit separaten Appartements, und nachdem sie sich angemeldet hatten, mußten sie ein kurzes Stück zu ihren Zimmern fahren.

Kaldak schloß die Tür hinter ihnen ab. »Es ist das Penthouse. Das Penthouse ist aber nur eine Dachwohnung. Nicht so großartig, wie es klingt, aber bequem. Schlafzimmer und Bad oben, dasselbe noch mal hier unten und dazu eine Kochnische mit einer Eßecke.«

»Ist in Ordnung«, sagte sie. »Mich stört es nicht. Ich brauche nur eine Dusche. Schlafe ich oben oder hier unten?«

»Oben.«

Sie nahm ihren Koffer und ging zur Wendeltreppe.

»Ich bringe ihn rauf.«

»Ich bin nicht hilflos.« Sie fühlte sich zwar kraftlos und frustriert, aber sie brauchte dieses bißchen Selbstbestimmung.

»Da sei der liebe Gott vor, daß ich Ihre Unabhängigkeit verletze.« Er wandte sich ab. »Ich brauche selbst eine Dusche.«

Im Schlafzimmer öffnete Bess den Koffer und fand zwei Hosen, eine schwarze Jacke, zwei weiße Blusen, einen blaugestreiften Baumwollpyjama, ein schwarzes Negligé, ein Paar Pumps und flache Schuhe, fünf BHs und passende Slips. Erstaunlicherweise saß alles perfekt bis auf die Schuhe, die eine halbe Nummer zu groß waren. Es hätte sie auch gewundert. Die Kleider, die er ins Krankenhaus mitgebracht hatte, hatten auch gepaßt. Er hatte ein gutes Auge.

Eine schwarze Lederhandtasche lag unten im Koffer. Darin

fand sie ein Kosmetiktäschchen und zweihundert Dollar in bar, drei Kreditkarten und einen Führerschein mit ihrem Foto auf den Namen Nancy Parker. Wie hatten sie es geschafft, das alles so schnell zusammenzustellen?

Sie nahm den Pyjama und ging in die Dusche.

Das warme Wasser fühlte sich wunderbar an, als es auf ihre Haut prasselte. Sie schloß die Augen und versuchte, sich zu entspannen. Nach und nach löste sich die Verkrampfung. Sie war angespannt gewesen wie eine Feder, und das hatte ihr klares Denken nicht gerade gefördert. Es tat gut, hier für sich allein zu sein.

Sie blieb sehr, sehr lange unter der Dusche.

»Kaldak, ich habe Neuigkeiten von Interpol«, sagte Ramsey, als er sich auf seinen Anruf hin meldete. »Es heißt, Marco De Salmo ist unterwegs nach New York.«

Kaldak zuckte zusammen. »De Salmo.«

»Esteban hat ihn schon bei anderen Gelegenheiten eingesetzt.«

»Nicht nur er.«

»Ich dachte einfach, Sie sollten es wissen. Er kann von New York aus überall hinfahren.«

Einschließlich Atlanta.

»Sie müssen sie an einen sicheren Ort bringen«, sagte Ramsey.

»Es geht nicht, verdammt noch mal. Noch nicht. Halten Sie mich auf dem laufenden.«

Er legte den Hörer auf. De Salmo. Das war nicht gut.

Er mußte ja nicht nach Atlanta unterwegs sein. Esteban hatte diese Verbindung vielleicht noch nicht herausgefunden.

Kaldak konnte es nicht riskieren. Er mußte schnell handeln.

Kaldak stand an der Mikrowelle in der Kochnische, als Bess die Treppe herunterkam. Er trug Jeans und ein dunkelblaues Sweatshirt, und sein kurzgeschorenes Haar war naß. Er knallte die Tür der Mikrowelle zu. »Ich hoffe, Sie mögen Hähnchen. Ich hatte sie gebeten, den Gefrierschrank mit Tiefkühlfertiggerichten aufzufüllen. Aber sie sind alle mit Hähnchen.«

»Fertiggerichte schmecken sowieso alle gleich.« Sie setzte sich auf den Hocker an der Frühstückstheke. »Ich brauche Antworten, Kaldak.«

»Das Hähnchen braucht sieben Minuten.« Er warf einen Blick auf das Handtuch, das sie um den Kopf gewickelt hatte. »Solange haben Sie Zeit, ihre Haare zu trocknen.

»Es war kein Fön im Koffer.«

»Wie nachlässig von denen. Fehlt sonst noch was?«

»Phantasie. Alles – bis auf diesen Pyjama und einige Hemden – ist schwarz.«

»Das ist die Standardausrüstung. Marineblau oder schwarz und alles bügelfrei. Sonst noch was?«

»Eine Kamera. Ich will meine Kamera.«

»Da kann ich Ihnen nicht helfen. Ich habe sie nicht gesehen, seit ich Sie nach San Andreas gebracht habe. Vermutlich hat Esteban sie.«

»Aber ich *brauche* sie.« Sie wußte, daß sie unvernünftig war, aber ohne ihre Kamera fühlte sie sich unvollständig ... hilflos.

»Soll ich Ihnen eine andere besorgen?«

Besorgen? Man besorgte nicht einfach eine Kamera. Man mußte sie ausprobieren und gründlich untersuchen und das Gefühl für sie entwickeln. »Ich hatte diese Kamera seit acht Jahren. Es ist meine Lieblingskamera.«

»Tut mir leid, ich werde nicht zurückgehen, um sie zu holen. Soll ich Ihnen eine andere kaufen?«

»Nein, das werde ich selber tun.« Sie ging wieder zum Angriff über. »Ich will Antworten. Was Sie mir über Tenajo erzählt haben, kann doch nur die Spitze des Eisbergs sein.«

»Nicht jetzt. Ich bin Ihnen doch ohnehin schon ausgeliefert; Sie haben keinen Grund zu drängen. Sie sind erschöpft.«

Sie war erschöpft und verwirrt, und sie wußte sowieso nicht, ob sie irgend etwas von dem begreifen würde, was er ihr erzählte. Vielleicht sollte sie sich lieber erst nach dem Abendessen darum kümmern. Kaldak wich ihr aus, und sie war erleichtert, eine Zeitlang nicht offensiv sein zu müssen. »Sie entwischen mir schon nicht.« Sie nahm das Handtuch vom Kopf und fing an, ihre Haare zu trocknen.«

»Offenbar kommen Sie auch ohne Fön zurecht. Diese Anpassungsfähigkeit muß Ihnen ja auf Ihren Reisen ganz gelegen kommen. In Kroatien wimmelt es heutzutage nicht gerade von Frisörsalons.«

Sie hielt mitten in der Bewegung inne. »Woher wissen Sie, daß ich in Kroatien war?«

»Esteban hat über Ihre Schwester und Sie einen Bericht angefordert, nachdem Sie auf Ihrer Fahrt nach Tenajo gesichtet wurden. Er wollte sichergehen, daß Sie nicht für eine Organisation arbeiten, die ihn hätte in Schwierigkeiten bringen können.« Er öffnete die Kühlschranktür. »Deshalb habe ich versucht, ihn zu überreden, mich Sie verfolgen zu lassen und einer möglichen Bedrohung ein Ende zu machen.«

Sie erstarrte.

Er nahm eine Milchtüte heraus und stellte sie auf den Tresen. »Er wollte nicht, daß ich es tue. Inzwischen ist mir klar, daß er Sie durch die Seuche umkommen lassen wollte.«

»Sie hätten uns getötet?«

Er schüttelte den Kopf. »Wenn es möglich gewesen wäre, ohne meine Tarnung aufzugeben, hätte ich Sie gewarnt und versucht, Sie aus der Gegend herauszubringen, ohne daß Esteban es erfahren hätte.«

»Und wenn Ihre Tarnung aufgeflogen wäre?«

Er nahm zwei Gläser aus dem Küchenschrank. »Dann hätte ich eine Entscheidung treffen müssen.«

»Aber Sie haben Ihre Tarnung in San Andreas aufgegeben.«

»Das war ein kalkuliertes Risiko, und zu diesem Zeitpunkt hatte ich schon eine Menge mehr über die Operation herausgefunden.« Er goß Milch in die beiden Gläser. »Ich hatte mich zwei Monate lang bemüht, Estebans Vertrauen zu gewinnen. Ich *brauchte* diese Information.«

Sie war verblüfft über die Leidenschaft, die in dem letzten Satz mitgeklungen hatte. »Warum erzählen Sie mir das?«

»Damit Sie wissen, wie wichtig es für mich ist, Esteban aufzuhalten.« Er sah ihr direkt in die Augen. »Wenn es nötig gewesen wäre, hätte ich Sie, Ihre Schwester und Ihren Fahrer getötet.«

»So wichtig kann gar nichts sein.«

»Sagen Sie das mal den Menschen, die in Tenajo gestorben sind.«

»Aber Sie haben Tenajo nicht gerettet.«

»Nein.« Er kniff die Lippen zusammen. »Nein, habe ich nicht.« Er drehte ihr den Rücken zu und langte in den Hängeschrank.

Plötzlich wurde ihr klar, daß er Schuldgefühle hatte. Schreckliche Schuldgefühle. Unter seiner harten Schale war er trotz allem menschlich. Die Erkenntnis traf sie wie ein Schock.

Er nahm zwei Teller vom Regal herunter. »Bringen Sie die Milch ins Eßzimmer. Ich komme mit den Hähnchen.«

Sein Gesicht war wieder ausdruckslos. Sie erhob sich vom

Hocker und nahm die Gläser. »Fertiggerichte werden eigentlich in der Küche gegessen.«

»Meine Mutter hat mir beigebracht, daß das Abendessen grundsätzlich im Eßzimmer serviert wird. Eine Angewohnheit, die ich nicht ablegen kann.« Er zögerte. »Ob Sie's glauben oder nicht, auch ich hatte eine Mutter. Ich bin nicht unter einem Felsen hervorgekrochen.«

Sie mußte lächeln. »Ich habe eigentlich mehr an ein stählernes Ei von einem fremden Planeten gedacht.«

Er blinzelte. »Ich fasse es nicht. Haben Sie etwa gerade einen Witz gemacht?«

Sie hatte einen Witz gemacht. Unglaublich. Sie hatte sich nicht nur über die Situation amüsiert, sondern sich auch noch entspannt genug gefühlt, mit Kaldak darüber zu scherzen. »Eine momentane Schwäche.«

Er verzog das Gesicht. »Keine Sorge, Sie werden schon nicht zuviel Gefallen an mir finden. Zu viele Ecken und Kanten.«

Ecken und Kanten, eine beunruhigende Auffassungsgabe und beinahe so etwas wie Besessenheit – er besaß all diese Dinge. Für einen Moment hatte er Schwäche gezeigt, hatte sich aber blitzschnell wieder gefangen. Sie war verrückt gewesen zu glauben, er wäre auf irgendeine Weise verletzlich.

»Nehmen Sie Platz. Ich hole das Besteck.« Kaldak stellte die dampfenden Teller auf den Tisch. »Es ist nicht sehr nahrhaft, aber genießbar, und außerdem haben Sie seit gestern nichts gegessen. Auf der Fahrt vom Flugplatz hierher habe ich Ihren Magen knurren gehört.«

»Es ist unhöflich, das zu erwähnen.«

»Es wäre unhöflicher, Ihnen nichts zu essen zu geben.«

Sie war wirklich hungrig. Dennoch, irgend etwas stimmte mit dieser Realität nicht. Wenn man Sorgen hatte oder deprimiert war, sollte der Körper eigentlich aufhören, seine Grundbedürfnisse einzufordern.

Er kam mit dem Besteck und den Servietten wieder und setzte sich ihr gegenüber. »Langen Sie zu.«

Sie nahm die Gabel in die Hand. »Hat Ihre Mutter das immer gesagt?«

»Das sind meine Kanten. Manches ist tief verwurzelt. Manches lernt man allein.«

Aber seine Tischmanieren waren tadellos. »Lebt Ihre Mutter noch?«

Er schüttelte den Kopf. »Sie ist schon lange tot. Genau wie mein Vater. Was ist mit Ihren Eltern?«

»Meine Mutter starb, als Emily und ich noch klein waren. Mein Vater kam bei einem Autounfall ums Leben, als ich fünfzehn war.«

»In dem Alter ist es besonders schlimm, ein Elternteil zu verlieren.«

»Zum Glück hatte ich Emily. Sie studierte Medizin und hatte eine Wohnung in der Stadt. Wir haben Tyngate verkauft, das Haus, in dem wir aufgewachsen sind. Sie hat mich dann zu sich geholt.«

»Gab das keine Probleme?«

Sie verzog das Gesicht. »Ein paar. Ich war nicht gerade ein ausgeglichenes Kind und vermißte Tyngate. Zu Anfang hatte sie es ziemlich schwer mit mir, aber wir haben uns zusammengerauft.«

»Tyngate«, wiederholte er. »Das klingt wie ein Landgut.«

Sie schüttelte den Kopf. »Es war einfach nur ein großes altes Haus am Fluß. Nichts Besonderes.«

Er musterte sie aufmerksam. »Aber Sie haben es geliebt?«

»Klar. Ich vermisse es manchmal immer noch. Aber Emily

hatte recht, wir mußten wegziehen. Es ist falsch, sich an der Vergangenheit festzuklammern.«

»Erzählen Sie mir von diesem Tyngate.«

»Wie gesagt, es war nichts Besonderes. Aber gemütlich. Wir hatten einen Steg und ein Boot. Ich weiß nicht, warum es mir so viel bedeutet hat.« Sie blickte auf ihren Teller. »Also, ich habe einmal Katherine Hepburns Autobiographie gelesen, und Tyngate war so was wie der Ort, an dem sie aufgewachsen ist. Es war auf eine Art ... einmalig. Emily und ich haben als Kinder viel Schönes erlebt. Wir sind geschwommen, haben gesegelt und ein Baumhaus gebaut. Ich habe mich dort immer sicher gefühlt. Egal wie kompliziert und merkwürdig die Welt um uns herum wurde, Tyngate blieb immer so sicher ... und unschuldig.«

»Unschuld ist Mangelware heutzutage. Sie hätten das Haus behalten sollen.«

Sie hob die Schulern. »Wir hatten nicht viel Geld, und Emily hatte genug Probleme damit, uns beide durchzubringen. Nein, sie hatte recht.« Sie hatte schon lange nicht mehr an Tyngate gedacht und fühlte plötzlich Wehmut. »Aber jedes Kind sollte die Möglichkeit haben, an einem Ort wie Tyngate aufzuwachsen. Das sollte in der Verfassung verankert werden.«

»Schreiben Sie Ihrem Kongreßabgeordneten«, erwiderte Kaldak. »Die sind immer bereit, sich der Dinge anzunehmen, die mit Kindern zu tun haben. Das ist nämlich politisch korrekt. Trinken Sie Ihre Milch. Das ist auch politisch korrekt.«

Sie war froh, daß er das Thema wechselte. Erinnerungen an Tyngate waren immer mit Emily verknüpft, und sie verstärkten nur die Besorgnis, die sie empfand. »Ich trinke ja schon. Und hören Sie endlich auf, mich herumzukommandieren.«

»Ich möchte nicht mein Image zerstören, indem ich höflich bin.«

Er sagte das, ohne zu lächeln, und sie brauchte eine Weile, bis sie begriff, daß es witzig gemeint war. »An Ihrer Stelle würde ich mir darüber keine Sorgen machen.«

»Von wegen. Es beschäftigt mich die ganze Zeit.« Er hob sein Glas Milch. »Es ist notwendig.« Er trank einen kräftigen Schluck. »Erkenntnis ist alles. Sie macht die – Warum lachen Sie?«

Ohne nachzudenken, nahm sie ihre Serviette und wischte ihm die Oberlippe ab. »Sie haben einen Schnurrbart. Sie erinnern mich an Julie. Sie hat nachher auch immer –« Der Gedanke an Julie erinnerte sie auch schmerzhaft an Emily. Wie konnte sie sie nur vergessen, selbst für einen kurzen Moment?

»Julie ist die Tochter Ihrer Schwester? Die mit der Freundin im Internet?«

Sie nickte.

»Sieht sie Emily ähnlich?«

»Nein, sie ähnelt niemandem. Emily behauptet zwar, daß sie mir ein bißchen ähnlich sieht, aber ich glaube, sie ist ein Original.«

»Haben Sie viel mit ihr und Tom Corelli zu tun?«

»Ich liebe sie, und Tom ist immer nett zu mir. Ich mag ihn sehr gerne.« Sie spürte plötzlich eine Spannung, die noch kurz zuvor nicht dagewesen war. »Warum fragen Sie?«

»Wie steht es mit anderen Leuten? Mit wem haben Sie noch viel zu tun?«

»Sie reden wie Esteban. Er hat mich auch schon ins Verhör genommen.«

»Estebans Gründe und meine Gründe sind nicht dieselben.«

»Das will ich auch nicht hoffen. Er hat sich für alle näheren

Angehörigen interessiert, die ihm Ärger machen könnten, falls er mir die Kehle durchschneidet.«

»Und ich bin daran interessiert, Sie davor zu bewahren, daß man Ihnen die Kehle durchschneidet. Sie sind doch geschieden? Haben Sie noch mit ihrem Ex-Mann zu tun?«

»Nein.« Sie rümpfte die Nase. »Wir waren nur ein Dreivierteljahr verheiratet. Ein einziger großer Fehler. Emily hielt ihn von Anfang an für einen Schwächling, aber ich wollte nicht auf sie hören.«

»Warum nicht?«

»Meine Hormone kamen dazwischen. Matt ist Musiker. Er ist hinreißend, sexy, und man konnte sich gut mit ihm unterhalten, wenn das Thema nicht zu anspruchsvoll war. Er konnte Tiefgang nicht leiden.« Sie nahm einen kleinen Schluck Milch. »Und er hielt nichts von Treue. Keine zwei Monate nach unserer Hochzeit fing er an, mit anderen Frauen zu schlafen.«

»Aber Ihre Ehe hat neun Monate gedauert.«

Sie zuckte mit den Schultern. »Ich bin stur. Ich wollte nicht zugeben, daß ich schon wieder einen Fehler begangen hatte. Deshalb gab ich nicht auf. Aber es fehlte die Basis, worauf man hätte aufbauen können.«

»Schon wieder ein Fehler?« wiederholte er.

»Ich bin nicht so perfekt wie Emily.«

»Erzählen Sie mir von Ihren Freunden. Gibt es da jemand Besonderes?«

»Nein, in meinem Job muß ich viel reisen. Es ist schwierig, Freundschaften aufrechtzuerhalten, wenn man ständig Hochzeitstage und Geburtstagsfeiern verpaßt und – Warum fragen Sie?«

»Wo wohnen Sie?«

»Ich wohne zur Untermiete in New Orleans.«

»Irgendwelche Nachbarn, die Sie mögen?«

»Ich komme mit allen Nachbarn gut aus.«

»Mit irgend jemandem besonders gut?«

Sie schüttelte den Kopf.

»Haustiere?«

»Man sollte keine Haustiere halten, wenn man sich nicht um sie kümmern kann.«

»Also haben Sie niemanden außer Emily und ihrer Familie?«

Sie runzelte die Stirn. »Ich habe Freunde, jede Menge Freunde. In der ganzen Welt.«

»Das glaube ich Ihnen gerne. Ich wollte Ihnen nicht zu nahe treten.«

»Na ja, ich komme mir ja langsam vor wie ein armes Waisenkind.«

»Ich versuche einfach nur herauszufinden, an welcher Stelle Sie verwundbar sind.«

»Ich bin nicht verwundbar.« Ihr wurde plötzlich unbehaglich. »Oder vielleicht doch? Julie und Tom?«

»Vielleicht. Ihre Wohnung in New Orleans wird schon überwacht, aber nach dem Abendessen geben Sie mir bitte die Adresse der Corellis und ihre Telefonnummer. Ich werde dafür sorgen, daß sie beschützt werden.«

»Einverstanden. Aber ich glaube nicht, daß wir uns sofort darum kümmern müssen. Tom und Julie sind in Kanada mit dem Zelt unterwegs. Sie sind die ganzen drei Wochen, die Emily und ich in Mexiko bleiben wollten, weg.«

»Wie kann man sie erreichen?«

»Nur als Grizzlybär. Tom kennt sich in der freien Natur aus, und wenn er zeltet, dann geht's richtig zur Sache. Sie parken ihr Auto an einer Ranger-Station. Sie ernähren sich von dem, was sie in der Natur finden.«

»Sind sie über Funk erreichbar?«

»Nein, aber für den Notfall haben sie Leuchtmunition.«

»Dann sagen Sie mir, wo die Station liegt, damit ich einen meiner Leute dahin beordern kann. Er kann sie dann in Empfang nehmen, wenn sie wieder aus dem Wald kommen.«

»Das ist eine gute Idee.« Sie lehnte sich in ihrem Stuhl zurück. »Und jetzt erzählen Sie mir, was wir eigentlich in Atlanta machen, Kaldak.«

»Ich habe Ihnen schon gesagt, daß ich die Unterstützung eines Freundes brauche.«

»Welche Art von Unterstützung?«

Er antwortete nicht.

»Welche Art von Unterstützung?«

Er seufzte entnervt. »Sie lassen ja wirklich nicht lokker?«

»Warum sollte ich? Es geht schließlich um mein Leben. Und es geht um Emilys Leben. Sie sind sehr nett zu mir, aber ich will nicht beschützt werden, wenn man mich darüber im unklaren läßt, um was es eigentlich geht. So funktioniert das mit mir nicht. Die Karten müssen offen auf dem Tisch liegen. Sie haben mir doch längst nicht alles erzählt, oder?«

»Ich kann Ihnen nicht alles erzählen. Noch nicht.«

»Und wann?«

»Ich bin nicht sicher.«

»Das reicht mir nicht, Kaldak. Bisher habe ich es zugelassen, daß Sie mich herumschubsen, mich antreiben und den Chef spielen. Von jetzt an arbeiten Sie mit mir zusammen, wenn Sie wollen, daß ich mit Ihnen zusammenarbeite.«

Er musterte sie prüfend und nickte dann langsam. »Also gut. Aber ich weiß selbst noch nicht alles. Ich könnte nur spekulieren. Ich möchte erst meinen Freund treffen, und danach reden wir miteinander.«

»Ich möchte dabeisein.«

»Er bekleidet einen sehr heiklen Posten. Ich werde ihn um die Erlaubnis bitten, einige Vorschriften zu übertreten. Er läßt sich möglicherweise nicht darauf ein, wenn noch jemand dabei ist.« Er räumte das Geschirr in die Spüle. »Keine Sorge, ich werde schon nicht abhauen. Morgen abend bin ich wieder zurück.«

Das hatte sie auch nicht befürchtet. »Und ich soll hier solange herumsitzen und Däumchen drehen?«

»Tut mir leid.«

Ihr tat es genauso leid, aber offensichtlich war er zu keinen weiteren Zugeständnissen bereit. »Und Sie versprechen, ehrlich mit mir zu sein?«

»Würden Sie mir denn glauben, wenn ich Ihnen mein Wort gäbe?«

»Ja.«

Er machte eine Verbeugung. »Ich fühle mich geehrt. Ich verspreche Ihnen, alles über mein Treffen zu berichten, sobald ich morgen abend zurückkomme.«

Sie spürte den ausweichenden Unterton in seinen Worten. »Die Wahrheit.«

»Die Wahrheit.« Er verzog das Gesicht. »Sie sind ganz schön gründlich. Kein Wunder, daß Sie so viele Preise gewonnen haben.«

Sie sah ihn überrascht an. »Sie wissen eine ganze Menge über mich. Esteban meinte, sie hätten nicht viel herausbekommen.«

»Ich wollte ihn nicht mehr wissen lassen als unbedingt nötig.« Er zuckte die Achseln. »Eine Zeitlang habe ich Ihre Arbeiten bewundert. Mir haben besonders die Fotos gefallen, die Sie von diesem Banditen in Somalia gemacht haben.«

»Mir auch.« Sie stand auf. »Da fällt mir ein, ich muß John Pindry anrufen und ihm sagen, daß ich den Artikel für seine Zeitschrift nicht fertigstellen kann.«

Er schüttelte den Kopf.

»Er muß Termine einhalten. Es wäre verantwortungslos, ihn einfach hängenzulassen.«

»Warten Sie noch ein bißchen. Wir wollen noch nicht, daß irgend etwas über Tenajo durchsickert.«

»Ich würde nichts erzählen über –« Na gut, sie erwarteten ohnehin noch nicht, von ihr zu hören. »Ich schreibe noch Emilys Adresse auf den Notizblock und gehe dann ins Bett. Ich bin so müde, ich falle bestimmt gleich ins Koma.«

»Ich wundere mich sowieso, daß Sie so lange durchgehalten haben.« Er fing an, das Geschirr zu spülen. »Sie haben verdammt viel durchgemacht letzte Woche. Sie haben sich gut geschlagen.«

Sie war überrascht und erfreut zugleich. »Wir tun doch nur, was zu tun ist.«

»Stimmt.« Und mit feierlicher Miene fügte er hinzu: »Auch wenn wir nicht so perfekt sind wie Schwester Emily.«

Wollte er sie aufziehen? Schwer zu sagen. »Sie ist perfekt. Zumindest fast.«

»Und Sie sind nur ein armes Würstchen?«

Er wollte sie wirklich aufziehen. Sie lächelte, als sie Emilys Adresse und Telefonnummer aufschrieb. »Von wegen. Ich bin eine verdammt gute Fotografin und ein netter Mensch.«

»Mir fällt auf, daß Sie den Beruf zuerst nennen.«

Ihr Lächeln verschwand. »Und?«

»Nichts. Ich fand es einfach interessant.«

Er versuchte, so lange zu bohren, bis das, was er für die Wahrheit hielt, zum Vorschein kam. »Es reicht, Kaldak.«

Er nickte. »Okay, tut mir leid. Ich habe halt auch einen analytischen Verstand. Es passiert automatisch, daß ich die Dinge ergründen will.«

Hatte er sie den ganzen Abend unter die Lupe genommen?

Auf jeden Fall hatte er ihr eine Menge Fragen gestellt, und nicht alle hatten ihre nächsten Bekannten betroffen. Aus irgendeinem Grund versetzte ihr die Erkenntnis einen Stich. »Gute Nacht.«

»Gute Nacht, Bess.«

Sie ging die Treppe hinauf. Als sie fast oben angekommen war, warf sie einen Blick zurück. Kaldak Geschirr spülen zu sehen war ein unpassender Anblick. Und doch waren seine Bewegungen präzise und sicher. Mit derselben sicheren Präzision hatte er den Wärter in San Andreas getötet.

Plötzlich blickte er auf. »Was gibt's?«

Sie suchte nach einer Antwort. »Sie machen das wirklich gut. Hat Ihre Mutter Ihnen das beigebracht?«

Er nickte. »Sie hat immer von mir verlangt, meinen eigenen Kram aufzuräumen. Das ist vernünftig. Auf einem sauberen Deck läuft das Leben viel glatter.«

Alles mußte glatt ablaufen.

Das hatte er schon im Krankenhaus gesagt.

Aber sie hatte seine sorgfältigen Pläne durcheinandergebracht, und ein Mann war gestorben. Er war wütend auf sie gewesen, wütend, weil er gezwungen war zu töten. »Gehen Sie schlafen«, befahl er. »Ich werde weg sein, wenn Sie aufwachen. Fürs Frühstück sind Eier und Speck da. Verlassen Sie die Wohnung nicht. Öffnen Sie niemandem die Tür. Haben Sie verstanden? Niemandem.«

»Ist ja gut, ich hab's beim ersten Mal verstanden. Wann werden Sie wieder hier sein?«

»Sobald ich habe, was ich brauche.«

Sie wandte sich um und ging weiter nach oben.

»Bess.«

Sie sah sich um.

»Sie sind absolut kein armes Würstchen.«

»Ich kann das nicht machen, Kaldak«, sagte Ed Katz. »Ich arbeite in einem Team. Irgendeiner würde davon erfahren.«

»Gib ihnen den Tag frei.«

»Warum kannst du nicht den offiziellen Weg einhalten?«

»Es gäbe Berichte über Berichte und nichts als Berichte. Ich will keine undichten Stellen.«

»Du könntest es doch selbst machen.«

»Ich habe nicht die Möglichkeiten.«

Katz kaute auf der Unterlippe. »Mir gefällt das nicht. Es ist zu riskant.«

»Es gefällt dir. Du leckst dir doch schon die Lippen danach, endlich loszulegen.«

»Ich bin bloß neugierig.«

»Du schuldest mir noch was.«

»Scheiße.« Katz fuhr sich mit der Hand durch das lange, dunkle Haar. »Ich könnte dir mein Erstgeborenes anbieten.«

»Du hast überhaupt keine Kinder.«

»Also, es ist ja nicht so, daß Mara und ich es nicht versucht hätten. Wir testen gerade eine neue Hormontherapie. Vielleicht klappt's ja. Wann brauchst du es?«

»Heute abend.«

»Unmöglich.«

»Tu, was du kannst. Ich brauche etwas, egal was.«

Katz machte ein mürrisches Gesicht. »Dann verschwinde endlich, damit ich loslegen kann.«

»Ich warte lieber hier.«

»Ein bißchen Druck kann nicht schaden.«

Kaldak lächelte. »Genau.«

Kapitel 8

Was zum Teufel sollte er Bess erzählen?

Kaldaks Hände umklammerten das Lenkrad.

Er hatte damit gerechnet, daß es schlimm kommen würde, aber nicht so schlimm. Er hatte keine Ahnung gehabt, daß Esteban so nah dran war. Eigentlich müßte er Bess belügen. Die Firma würde sich auf den Standpunkt stellen, daß sie es nicht zu wissen brauchte, und er war gut im Lügen. Lügen kamen einem heutzutage leicht über die Lippen.

Er wollte sie nicht belügen. Lügen machten ihn krank.

Und er mochte Bess Grady. Sie war zerbrechlich und stark, unsicher und kühn zu gleich. Ihm gefiel diese Mischung, ihr Mut, ihre Ehrlichkeit und sogar ihre Sturheit, die ihm soviel Ärger bereitet hatte.

Und er hatte ihr ein Versprechen gegeben.

Zum Teufel mit »sie braucht es nicht zu wissen«. Er würde mit Bess reden. Wahrscheinlich spielte es sowieso keine Rolle.

Zumindest jetzt nicht.

»Und?« fragte Bess, als Kaldak zurückkam. »Es hat ja ziemlich lange gedauert.«

»Ich bin ein paar Umwege gefahren. Ich wollte sicher sein,

daß mir niemand folgt.« Er ging in die Küche. »Wollen Sie Kaffee?«

Sie verschränkte die Arme vor der Brust. »Nein, ich will, daß Sie mit mir sprechen.«

»Also, ich brauche einen.« Er füllte Kaffeepulver und Wasser in die Kaffeemaschine und schaltete sie ein. »Warum gibt es in Hotelzimmern eigentlich immer nur diese kleinen Zwei-Tassen-Maschinen?«

»Wo sind Sie heute hingefahren, Kaldak?«

»Ich habe Ed Katz vom CDC angerufen und ihn gebeten, mich dort zu treffen.«

»Und?«

»Ich habe ihm das Geld aus der Sammelbüchse der Kirche gebracht und ihn gebeten, es untersuchen zu lassen.«

Über all die Ereignisse hatte sie das Geld ganz vergessen.

»Als Esteban seine Leute zum Aufräumen nach Tenajo geschickt hat, hatten wir den Befehl, den Ort zu durchsuchen und alle Zwanzig-Peso-Scheine einzusammeln, die wir finden konnten. Sie wurden in speziell isolierte Beutel gepackt und später verbrannt. Offensichtlich haben wir damals die Sammelbüchse übersehen. Esteban wird stinksauer sein.«

»Pesos?«

»Gefälschte Pesos, die mit einer ganz speziellen Farbe gedruckt worden waren. Nach Auskunft von Ed waren der lila Farbe genetisch veränderte Anthrax-Bazillen beigemischt.«

»Anthrax«, flüsterte sie. »Mein Gott.«

»Was wissen Sie darüber?«

»Nur was ich während meines Medizinstudiums gelernt habe. Die meisten Menschen bekommen es durch den Kontakt mit infiziertem Material wie Leder oder Pelze.«

»In der Regel tritt Anthrax – oder Milzbrand – als Haut-, Darm- oder Lungeninfektion auf. Der Erregertyp, der in

Tenajo freigesetzt wurde, wirkt auf die Lungen. Er greift die Lungen und das Brustfell an, und die mutierten Bakterien bewirken innerhalb von sechs Stunden nach dem Kontakt den Tod. Aber die Infektion hat nicht bei allen gleich gewirkt. Am Zustand der Leichen konnte man ablesen, daß einige Opfer innerhalb von Minuten, andere erst nach Stunden gestorben sind.«

Der kleine Junge im Laden hatte ausgesehen, als wäre er vom Blitz getroffen worden. »Aber alle sind gestorben.«

»Ja, aber der Zeitunterschied hat Esteban beunruhigt. Ich glaube, daß sein Vorhaben deshalb verzögert wird. Aber er ist nah dran, zu nah dran.«

»Es gibt ein Serum gegen Anthrax. Es wirkt eigentlich sehr gut.«

»Aber nicht bei diesem mutierten Typ.«

»Gibt es kein Mittel?«

»Wenn man acht Monate lang vierunzwanzig Stunden am Tag forschen würde, vielleicht. Aber dieser Luxus ist uns nicht gegönnt.«

»Und Esteban hat Geld benutzt, um all diese Leute umzubringen«, flüsterte sie.

»Man kann sich keine bessere Methode vorstellen. Wer lehnt schon Geld ab? Tenajo war ein armes kleines Dorf. Als Estebans Leute die Pesos an die Bewohner verteilten, glaubten die wahrscheinlich, sie wären gestorben und im Himmel angekommen.«

»Und dann sind sie tatsächlich gestorben.« Eine derart kalkulierte Heimtücke war ihr völlig unbegreiflich. Es erinnerte sie an Perverse, die zu Halloween mit Gift versetzte Bonbons an Kinder verschenken. »Und wie haben es Estebans Leute geschafft, das Geld zu verteilen, ohne sich selbst zu infizieren?«

»Sie hatten das Geld in speziell versiegelte, transparente

Plastikumschläge verpackt. Die Entwicklung der Umschläge hat fast genauso lange gedauert wie die gentechnische Veränderung der Bakterien.«

Wie die Umschläge, die er aus der Sammelbüchse genommen hatte. »War Ihr metallener Aktenkoffer auch speziell versiegelt?«

Er nickte. »Aber ich war nicht übermäßig besorgt. Esteban hat nicht versucht, die Leute der Gesundheitsbehörde aus Tenajo herauszuhalten. Er hat versucht, alle Geldscheine einzusammeln, und auf keinen Fall konnte er sich erlauben, einen dieser offiziellen Leute an Anthrax sterben zu lassen. Die Bakterien mußten einen eingebauten Auflösungsfaktor haben. Ihre Lebenszeit muß auf mindestens zwölf Stunden ausgelegt gewesen sein, weil Esteban davon ausging, daß Ihre Schwester und Sie sich infiziert hätten.«

»Rico ist gestorben.«

»Möglicherweise waren die Umstände unterschiedlich. Vielleicht ist er irgendwie in direkten Kontakt mit den Pesos gekommen.«

»Die Wurzel ...«, sagte sie wie betäubt. »Der Priester sagte: ›die Wurzel‹, bevor er starb. Ich hatte geglaubt, er spräche von Gift. Er sprach aber von dem Geld.«

»Die Wurzel allen Übels? Vielleicht.«

»Was hat Esteban vor, daß er so etwas tut?«

»Ich bin mir nicht sicher, was dieser Wahnsinnige vorhat.« Seine Tasse war leer, und er goß sich neuen Kaffee ein.

»Sie müssen es wissen. Sie haben für ihn gearbeitet.«

»Er will es als Erpressungsmittel benutzen, deshalb wäre Geld ein offensichtliches Motiv. Und Macht. Aber ich glaube, da steckt noch mehr dahinter.« Er trank einen Schluck. »Er ist unberechenbar.«

»Er kommt mir vor wie ein Comic-Monster.«

»Da irren Sie sich gewaltig«, sagte er ernst. »Er ist sehr

intelligent, sonst wäre es ihm nicht gelungen, sein Netzwerk aufzubauen. Estebans Labor hat das Anthrax entwickelt, und Habin hat sich um das Falschgeld gekümmert. Habin glaubt, die ganze Sache unter Kontrolle zu haben, aber darauf würde ich nicht wetten.«

»Was ist mit diesem Habin?«

»Er ist ein internationaler Terrorist mit Stützpunkt in Libyen. Seine Motive sind politischer Natur. Seit vergangenem Jahr versucht er, auf die Vereinigten Staaten Druck auszuüben, damit sie bei Israel ihren Einfluß für die Freilassung palästinensischer Gefangener geltend machen.«

Sie war schockiert. »Die Vereinigten Staaten.«

»Ich haben Ihnen doch gesagt, daß Tenajo nur ein Test war.«

»Sie haben mir aber nicht erzählt, daß die Vereinigten Staaten das eigentlichte Ziel sein würden.«

»Ich bin davon ausgegangen, daß Sie sich das denken könnten.«

Vielleicht hatte sie es sich gedacht, aber sie hatte es sich nicht eingestehen wollen. »Sind Sie sicher?«

»Vor eineinhalb Jahren sind aus der Schatzkammer in Denver Druckplatten für Zwanzig-Dollar-Scheine verschwunden.«

»Aber soweit ich weiß, ist es unmöglich, unsere Währung zu reproduzieren.«

»Sie könnten ziemlich gute Blüten hinbekommen, und es würde genauso ablaufen wie in Tenajo.«

»Und in welcher Stadt?«

Er schüttelte den Kopf. »Ich weiß ja nicht einmal, ob es überhaupt schon beschlossene Sache ist.«

»Wir müssen irgend jemanden warnen.«

»An wen wollen Sie sich denn wenden? An den Präsidenten? Wenn er Kontakt mit der mexikanischen Regierung aufnimmt, wird man ihm versichern, daß Tenajo durch die Cholera ausgelöscht wurde. Und das CDC wird es bestätigen.«

»Aber Sie haben doch das verseuchte Geld.«

»Das ist ein weiterer Nachteil. Selbst wenn der Präsident die Tatsache akzeptiert, daß eine Gefahr droht, kann er es nicht öffentlich bekanntgeben. Würden in der Öffentlichkeit Zweifel an unserer Währung aufkommen, würde das zu einem Zusammenbruch der Wirtschaft führen. Können Sie sich vorstellen, was an der Börse los wäre?« Seine Hände umklammerten die Tasse. »Das würde Habin gefallen. Damit hätte er sein Ziel erreicht, und zwar ohne den Aufwand, die Bakterien freizusetzen.«

»Das heißt, Sie wollen in Kauf nehmen, daß noch mehr Leute sterben?«

»Das habe ich nicht gesagt. Wir müssen uns einfach mehr Klarheit verschaffen, bevor wir irgendwelche Warnsignale aussenden.«

»Und wie bekommen wir mehr Klarheit? Sie können nicht zu Esteban zurück.«

»Ich könnte es, wenn ich ihm Ihren Kopf brächte.«

Sie trat einen Schritt zurück.

»Das war ein Scherz«, sagte er grob.

Sie starrte ihn an. »Woher soll ich das wissen? Ist ein Lächeln zuviel verlangt?«

»Vielleicht.«

»Und was ist mit Ihren Freunden bei der CIA? Hat denn von denen niemand Zugang zu jemandem im Weißen Haus, der helfen könnte?«

»Paul Ramsey. Er ist der stellvertretende CIA-Chef und mit dem Präsidenten zur Schule gegangen. Ich habe ihn vom Johns Hopkins angerufen und ihm von meinem Verdacht erzählt.«

»Wird er etwas unternehmen?«

»Noch nicht. Ich habe ihm erklärt, ich würde noch mehr Zeit brauchen, doch ich konnte ihn nicht überzeugen. Er möchte dem Präsidenten nicht sagen müssen, wie machtlos wir sind. Ich soll mich bei ihm melden, wenn ich ihn brauche.«

»Wir brauchen ihn.«

»Ich werde ihn auf jeden Fall anrufen und ihm sagen, daß Ed das Anthrax identifiziert hat.«

»Und daß etwas Offizielles dagegen unternommen werden muß.«

Er starrte sie ausdruckslos an. »Trinken Sie eine Tasse Kaffee.«

»Ich will Ihren verdammten Kaffee nicht!« Sie holte tief Luft und bemühte sich, mit ruhiger Stimme zu sprechen. »Rufen Sie diesen Ramsey an, und sagen Sie ihm, er soll das Weiße Haus benachrichtigen. Ich möchte eine solche Verantwortung nicht mit mir herumtragen.«

»Dann lassen Sie es. Ich werde sie tragen.« Er trank seinen Kaffee aus. »Ich mache das schon ziemlich lange. Ein paar Tage mehr werden mich auch nicht umbringen.«

»Dann rufe ich jemanden an.«

»Das werden Sie nicht tun«, sagte er mit Nachdruck. »Und wenn ich Sie fesseln und knebeln muß. Ich habe schon zu viele Operationen erlebt, die von Bürokraten durch Geschwätzigkeit oder pure Dummheit vermasselt wurden.«

»Sie werden es nicht wagen, mir Gewalt anzutun.«

»Noch vor einem Moment waren Sie sich da nicht so sicher.«

»Sie werden es nicht tun.«

»Sie haben recht, ich werde es nicht tun. Ihnen gegenüber bin ich wehrlos.«

Sie starrte ihn verblüfft an. »Wie ein Tiger. Ich bezweifle, daß Sie jemals in Ihrem Leben wehrlos gewesen sind.«

»Nur, wenn es sich nicht vermeiden ließ.« Und dann fügte er hinzu: »Ich kann es nicht ändern. Die Sache ist einfach zu wichtig. Tenajo war zwar kein voller Erfolg, aber es fehlte nicht viel. Uns rennt die Zeit weg. Ich muß alles Erdenkliche unternehmen, um zu verhindern, daß dieses Ding losgeht, und ich brauche Ihre Hilfe.«

»Sie meinen, Sie brauchen mein Schweigen.«

»Das wäre schon eine große Hilfe. Vielleicht werde ich Sie später noch um mehr Hilfe bitten.«

»Es ist falsch.«

»Vielleicht. Aber Esteban ist zu unberechenbar. Ich kann nicht riskieren, daß er durchdreht. Haben Sie eine Ahnung, was Anthrax anrichten kann?« Er biß sich auf der Lippe. »1942 haben die Briten eine Testbombe mit Anthrax auf einer abgelegenen Insel vor der schottischen Küste gezündet. Einen Tag nach der Explosion starben die ersten Schafe. Gruinard ist heute noch unbewohnbar.«

Ihr lief es kalt den Rücken hinunter. »Und das soll mich jetzt dazu bewegen, mich ruhig zu verhalten? Außerdem haben Sie doch gesagt, die mutierten Bakterien hätten nur eine Lebenszeit von ein paar Stunden.«

»Und was ist, wenn Esteban beschließt, die nicht mutierten Organismen zu verwenden?«

»Hören Sie auf damit. Sie jagen mir Angst ein.«

»Sie haben längst nicht soviel Angst wie ich. Ich habe es erlebt. Ich weiß, wovon ich rede.«

»Wo haben Sie – «

»Helfen Sie mir.«

Sie stieß frustriert die Luft aus. Sie hatte erlebt, wie geschickt er sein konnte und wie gut er in der Lage war, ihre Gefühle zu manipulieren. Aber er meinte jedes Wort so, wie er es sagte, und seine Ehrlichkeit war überwältigend. »Ach verdammt.«

»Ich brauche Sie.«

Abrupt wandte sie sich von ihm ab und ging ein paar Schritte von ihm weg.

»Ich tue das Richtige«, sagte er hinter ihr. »Glauben Sie mir, Bess.«

Nur weil er glaubte, das Richtige zu tun, hieß das noch lange nicht, daß es das auch war.

Aber wenn es nun doch das Richtige war? Sie hatte schon einen Vorgeschmack von Estebans Bösartigkeit bekommen. Was war, wenn etwas durchsickerte und ihn zum Losschlagen veranlaßte? Die mutierten Bakterien waren grauenhaft genug, aber die nicht mutierten waren noch schlimmer. Kaldaks Geschichte von Gruinard hatte sie völlig aufgewühlt.

»Sie wissen nicht«, sagte Kaldak, »wozu Esteban fähig – «

»Halten Sie den Mund, ich hab's kapiert. Sie sind genau wie Emily. Ich möchte für mich selbst entscheiden, verdammt noch mal.«

Kaldak schwieg.

Ihr wurde klar, daß sie ihre Entscheidung schon getroffen hatte. Sie wandte sich zu ihm um. »Ich werde warten ... eine Zeitlang.« Sie hob eine Hand, als er etwas erwidern wollte. »Bis wir Emily von Esteban zurückhaben. Was danach ist, weiß ich noch nicht. Aber ich habe keine Lust, hier die Puppe eines Bauchredners zu spielen, die den Mund dann aufmacht, wenn er es will. Wagen Sie nicht, mich wieder aus der Sache herauszuhalten. Ich will wissen, was Sie wissen. Wenn ich schon dafür mitverantwortlich sein soll, daß irgendeine Vernichtungswaffe hochgeht, dann nicht deshalb, weil man mich im dunkeln tappen ließ.«

Er nickte langsam. »Sonst noch was?«

»Ja.« Sie ging zu ihm. »Geben Sie mir eine Tasse von diesem verfluchten Kaffee. Ich brauche ihn jetzt.«

Sie starrte Kaldak an, während er in der Kochnische hantierte und die Spuren des Abendessens beseitigte. Sie war eine Idiotin. Wenn Sie nur ein bißchen Verstand hätte, würde sie das FBI oder die CIA oder... sonst irgend jemanden anrufen.

Aber Kaldaks Haltung zur Bürokratie leuchtete ihr ein. Sie hatte in Somalia zuviel Chaos erlebt, als daß sie noch an Organisationen glauben konnte, selbst wenn sie mit den besten Absichten kamen.

»Sie brennen ein Loch in mich hinein«, bemerkte Kaldak sanft. »Würde es Ihnen etwas ausmachen, Ihren starren Blick von mir abzuwenden?«

»Allerdings. Ich genieße es, Sie anzustarren.«

»Wenn es Sie glücklich macht.« Ordentlich hängte er das Trockentuch auf.

»Glauben Sie eigentlich, Sie könnten mich mit Ihrer ganzen Häuslichkeit einwickeln? Der Kontrast scheint mir doch ein bißchen zu auffällig.«

»Ach, Sie meinen, Ich will Sie nur von meiner Verbrechervisage ablenken?« Er schüttelte den Kopf. »Ich weiß, daß das keinen Zweck hat. Sein Gesicht kann man nicht verleugnen.« Er machte das Licht aus und ging um die Küchentheke herum. »Also lebe ich damit und setze es hin und wieder ein.«

»Vermutlich ist es in Ihrem Beruf ganz praktisch.«

»Na, na, Sie wollen mir doch nicht etwa weh tun?«

»Tut Ehrlichkeit weh? Sie bringen Menschen um. Ich habe es gesehen.«

»Ja, ich bringe Menschen um.«

Es war lächerlich. Aus irgendeinem blödsinnigen Grund machte es ihr Schuldgefühle, ihm etwas vorzuwerfen, von dem sie genau wußte, daß es die Wahrheit war.

Aber die Wahrheit war nicht immer angenehm.

Andererseits, seit wann betrachtete sie die Dinge nur schwarz-weiß? Kaldak war ein sehr komplizierter Mann, und sie hatte schon oft erlebt, daß komplizierte Menschen in der Lage waren, sowohl Gutes als auch Böses zu tun.

»Haben Sie endlich eine Entscheidung getroffen?« Kaldak fixierte sie mit seinem Blick.

»Was für eine Entscheidung?«

»Haben Sie nicht dagegen angekämpft, sich im Zweifel für den Angeklagten zu entscheiden?« Er lächelte plötzlich. »Ich glaube, Sie haben verloren. Wissen Sie, Sie sind zu weich. Das Leben muß sehr hart für Sie sein.«

»Für jeden ist das Leben hart.« Aber es war noch härter, wenn man jemandem über den Weg lief, der anscheinend Gedanken lesen konnte.

»Ich sehe es an Ihrem Gesicht. Es ist ein offenes Buch.«

Sie rümpfte die Nase. »Ich weiß. Sie würden sich wundern, wenn Sie wüßten, welchen Nachteil das für meine Karriere bedeutet.«

»Ich kenne mich mit Gesichtern aus. Mich überrascht überhaupt nichts.«

In seiner Stimme lag keine Verbitterung, was sie wiederum überraschte. Wie mußte es gewesen sein, mit so einem furchterregenden Gesicht aufzuwachsen?

Vielleicht war er ja auch gar nicht damit aufgewachsen. Vielleicht hatte er als Kind völlig normal ausgesehen. Seine blauen Augen waren vollkommen in Ordnung und –

»Was denken Sie?«

»Daß Sie schöne Augen haben«, sagte sie, ohne nachzudenken.

Er blinzelte irritiert. »Oh.« Er wandte schnell den Blick ab. »Wir haben in North Carolina ein sicheres Haus für Sie aufgetrieben. Ich fahre Sie morgen nachmittag hin.«

»Warum nicht morgen vormittag?«

»Wir müssen vorher noch zum CDC. Ich habe Ed gebeten, den Bericht über die mutierten Bakterien fertigzustellen. Es kann sein, daß ich etwas Schriftliches brauche.«

»Haben Sie Yael Nablett heute schon gesprochen?«

»Ich habe es heute morgen versucht, bevor ich aufgebrochen bin. Ich konnte ihn nicht erreichen.«

Sie runzelte die Stirn. »Müßten wir nicht ... irgend etwas gehört haben?«

»Ich versuch's morgen noch mal, bevor wir losfahren.« Er schwieg einen Moment. »Aber Sie sollten sich nicht zu viele Sorgen machen. Er wird wohl in den Bergen in der Nähe von Tenajo sein und ist mit dem Telefon nicht erreichbar.«

»Aber Sie versuchen es trotzdem?«

»Na klar«, sagte er.

Hatte in seiner Stimme so etwas wie Sanftmut mitgeklungen? Sie mußte sich irren. Sie stand auf und ging zur Treppe. »Ich habe Dr. Kenwood heute nachmittag angerufen. Josie geht's prächtig.«

»Das ist gut.«

»Wir sehen uns morgen früh.«

Sie konnte seinen Blick förmlich spüren, als sie die Treppe hinaufging. Eigenartig, wie wohl sie sich mittlerweile in seiner Gegenwart fühlte. Na ja, wahrscheinlich würde sich jeder an einen Tiger gewöhnen, wenn er nur lange genug mit dem Tiger zusammen eingesperrt war. Aber das hieß ja noch nicht, daß sie Kaldak vertrauen konnte.

Aber sie vertraute ihm tatsächlich. Und sie war es leid, mit sich selbst und auch mit Kaldak herumzustreiten. Sie hatte eine Entscheidung getroffen. Es wurde allmählich Zeit, daß sie aufhörte, immer wieder alles in Frage zu stellen und ständig hin und her zu schwanken. Das hatte sie ihr ganzes Leben lang getan. Sie mußte jetzt entschieden und verantwortungsvoll handeln.

Emily, die nie irgend jemanden gebraucht hatte, brauchte sie. Sie mußte jetzt alles bis auf diese eine entscheidende Wahrheit außer acht lassen. Zum Teufel mit Kaldaks sicherem Haus. Sie würde Yael Nablett noch einen Tag geben. Wenn er keine Nachricht von Emily hätte, würde sie selbst etwas unternehmen.

Sollte Kaldak doch die Welt retten. Sie würde sich darauf konzentrieren, Emily zu retten.

»Anthrax«, wiederholte Ramsey am anderen Ende der Leitung. »Mein Gott, Kaldak, das kann ich nicht geheimhalten.«

»Nur zu. Sagen Sie es dem Präsidenten. Mal sehen, was er ohne wasserdichte Beweise unternehmen wird. Für ihn muß doch immer alles von harten Beweisen untermauert sein. Selbst wenn wir ihm den Bericht des CDC vorlegen, gibt es keinen Beweis, daß sich Tenajo hier wiederholen könnte.«

»Mist.«

»Genau.«

»Bis wir den Beweis haben, ist es vielleicht schon zu spät, und dann muß wieder einmal die Firma den Kopf hinhalten. Die Politiker werden schneller abtauchen, als man blinzeln kann. Was glauben Sie, wieviel Zeit wir haben?«

»Das weiß nur der liebe Gott. Wir sind wahrscheinlich jetzt schon zu spät dran. Ich glaube, Esteban wird bald losschlagen.« Er zögerte. »Aber auf irgend etwas wartet er noch.«

»Und worauf?«

»Ich bin mir nicht sicher. Ist es Ihnen gelungen, sein Telefon anzuzapfen?«

»Sein Handy nicht. Nur das in seinem Büro.«

»Was haben Sie über Morrisey herausgefunden?«

»Nicht viel. Er steht eindeutig auf Estebans Gehaltsliste.

Wir haben den Verdacht, daß er jemanden für Esteban suchen soll. Kürzlich hat er ihn mehrmals aus verschiedenen Städten in den Vereinigten Staaten angerufen. Ist er wichtig?«

Kaldak wurde das Gefühl nicht los, daß Morrisey außerordentlich wichtig war. »Kann sein. Galvez hat behauptet, er stünde schon seit längerem per Fax und Telefon mit Esteban im Kontakt. Machen Sie ihn ausfindig.«

»Was glauben Sie, was wir die ganze Zeit versuchen?«

»Verstärken Sie Ihre Bemühungen. Was ist mit dem Labor in Iowa?«

»Herrgott noch mal, Sie haben mir doch erst vorgestern davon erzählt. Ich mußte das FBI einschalten. Die haben mehr Kontakte vor Ort.«

»Hat die Verbindung nach Cheyenne etwas ergeben?«

»Bisher nicht. Noch keine Anzeichen dafür, daß irgendwelche Blüten gedruckt werden. Keinerlei Hinweise auf Anthrax.«

»Wahrscheinlich wird es auch keine Fälle geben, bevor er diesmal zum Schlag ausholt. Esteban steht kurz vor dem Ende seiner Experimente. Was ist mit De Salmo? Gibt's über ihn irgendwas Neues?«

»Nur, daß wir ihn aus den Augen verloren haben.« Er zögerte. »Ich will Bess Grady, Kaldak«, fügte Ramsey dann hinzu.

Er hatte gewußt, daß das kommen würde. »Esteban könnte mich höchstens über das CDC ausfindig gemacht haben, aber ich habe dafür gesorgt, daß mir niemand gefolgt ist. Morgen bringe ich sie an einen sicheren Ort. Sie können sie nicht haben.«

»Ich könnte sie festnehmen lassen.«

»Das könnte Ihnen so passen.« Dann fuhr er leise fort: »Sind Sie denn wirklich so erpicht darauf, mich wütend zu machen, Ramsey?«

»Kommen Sie mir nur nicht so. Vergessen Sie nicht, daß ich Sie zu dem gemacht habe, was Sie sind.«

Ramsey war tatsächlich stolz auf den Killer, den er ausgebildet hatte. Das war Kaldak bisher gar nicht klar gewesen. »Den Teufel haben Sie getan. Sie haben mir die Werkzeuge bereitgestellt und mir gezeigt, wie ich sie benutzen soll. Nakoa hat mich zu dem gemacht, was ich bin.«

Wieder herrschte Schweigen. »Sie können von Glück reden, daß Sie bei dieser Operation in einer unangefochtenen Position sind. Ich gestatte Ihnen, Ihr Vorgehen selbst zu entscheiden... vorerst. Halten Sie mich auf dem laufenden.« Ramsey legte auf.

Von Glück reden? Kaldak lehnte sich müde auf dem Sofa zurück. Niemand, der mit diesem Schlamassel zu tun hatte, hatte Glück. Er nicht, die Menschen in Tenajo nicht und schon gar nicht Bess Grady.

Er konnte nur hoffen, daß De Salmo auf dem Weg nach Timbuktu war, und nicht nach Atlanta.

In dieser Nacht träumte Bess nicht von Emily. Sie träumte von Danzar. Mitten in der Nacht erwachte sie tränenüberströmt. Und Kaldak stand im Dunkeln über sie gebeugt.

Sie fuhr aus dem Schlaf, ihr Herz pochte wie wild. Im ersten Moment wähnte sie sich im Krankenzimmer in San Andreas.

»Ich habe Sie schreien hören«, sagte er ruhig. »Ich dachte, es täte Ihnen gut, wenn ich Sie wecke.«

Sie wischte sich mit dem Handrücken die Tränen vom Gesicht. »Danke.«

Er zuckte die Achseln. »Wir werden schon tagsüber mit genug Alpträumen konfrontiert, wir sollten uns nicht auch noch nachts damit herumplagen müssen.« Er wandte sich um und ging zur Treppe. »Gute Nacht.«

»Gute Nacht.«

Keine Fragen. Kein Gespräch. Einfach nur diese Geste des Verstehens.

Sie legte sich wieder hin. Sie hatte geglaubt, es ginge ihr besser. Sie hatte schon fast drei Wochen lang nicht mehr von Danzar geträumt. Es *ging* ihr besser. Etwas anderes konnte sie nicht akzeptieren.

Sie schloß die Augen und atmete tief und gleichmäßig. Das half für gewöhnlich.

Diesmal nicht. Sie fing an zu zittern. Nach einigen Minuten stand sie auf und ging ins Bad. Sie nahm ein Aspirin und trank ein Glas Wasser. Dabei zitterte sie so heftig, daß ihr fast das Glas aus der Hand fiel.

Warum hörte das nicht auf? Sie ließ sich auf den Fliesenboden sinken, schlang die Arme um die Knie und blieb zusammengekauert sitzen. An etwas anderes denken. An Tyngate. An Julie oder Emily oder –

»Alles in Ordnung?« Kaldak hockte neben ihr.

Gott im Himmel, sie wollte nicht, daß irgend jemand sie in diesem Zustand sah. »Nein. Nichts ist in Ordnung. Gehen Sie.«

»Ich hab's versucht. Es hat nicht geklappt.« Er setzte sich hin und schlug die Beine übereinander. »Also muß ich irgend etwas unternehmen.«

»Warum? Es geht Sie nichts an. Es wird schon wieder werden.«

»Ist es Tenajo?«

»Haben Sie Schuldgefühle? Nein, es hat mit Tenajo nichts zu tun.«

»Esteban?«

»Glauben Sie im Ernst, ich würde diesen Hurensohn so nah an mich heranlassen?« Sie kniff die Augen fest, um die Tränen zurückzuhalten. »Würden Sie mich jetzt bitte allein lassen?«

»Nein, wenn Sie so weitermachen, wird keiner von uns schlafen. So wie Sie zittern, werden Sie sich noch das Steißbein auf den harten Fliesen brechen.« Mit einer sanften Geste schob er ihr die Haare aus dem Gesicht. Sie fühlte sich daran erinnert, wie er Josie berührt hatte. »Ich glaube, Sie müssen mit mir reden, Bess.«

»Ich denke nicht dran.«

»Erzählen Sie mir von Danzar.«

Sie erstarrte. »Was?«

»Danzar. Das haben Sie gemurmelt, als ich Sie geweckt habe.«

Sie befeuchtete ihre Lippen. »Warum haben Sie dann nach Tenajo gefragt?«

»Ein Ausschlußverfahren.«

»Wie analytisch.«

»Verzeihung, so bin ich nun mal.« Er sah sich in dem hellerleuchteten Bad um. »Und meine Analyse der Situation ergibt, daß dies hier nicht der geeignete Ort ist, um sich zu entspannen.« Er stand auf, beugte sich hinab und half ihr auf die Füße. »Ins Bett.«

»Was?«

»Keine Sorge, ich habe gemeint, was ich gesagt habe. Entspannung«. Er trug sie zum Bett und setzte sie ab. »Nicht Sex.«

Sie sah ihn erstaunt an. »Ich habe auch nicht angenommen, daß Sie etwas anderes gemeint haben.«

»Ich weiß, ich wollte einfach nur irgendeine Bemerkung machen, um Sie abzulenken.« Er deckte sie sorgfältig zu. »Mir ist klar, daß ich kein ausgesprochenes Sexualobjekt bin. Es sei denn, Sie fahren auf Dracula ab. Solche Frauen soll es ja tatsächlich geben.« Er stand auf und schaltete das Badezimmerlicht aus.

Es wurde dunkel im Schlafzimmer.

Er setzte sich neben sie und berührte ihren Arm. »Sie zittern immer noch, aber es wird schon besser.«

»Dann können Sie ja jetzt gehen.«

»Nicht nach all der Mühe. Ich möchte das heute nacht nicht noch einmal erleben. Ich brauche meinen Schlaf. Reden Sie mit mir. Vorher verschwinde ich nicht. Liegt Danzar in Kroatien?«

»Ja.«

»Wie lange sind Sie dort gewesen?«

»Drei Monate.«

»Ich habe nie von Danzar gehört.«

»Es war ein winziges Dorf.«

»War?«

»Ich nehme an, es ist immer noch da.«

»Sie wissen es nicht?«

»Sie haben es jedenfalls nicht abgebrannt.«

»Was haben sie damit gemacht?«

Die Babys ...

»Was haben sie gemacht, Bess?«

»Ich will nicht darüber reden.«

»Stellen Sie sich einfach vor, ich wäre Emily.«

»Ich habe mit Emily nicht über Danzar gesprochen.« Die Einzelheiten hatte sie niemandem erzählt. Nicht einmal dem Seelenklempner im Krankenhaus von Sarajevo. Warum sollte sie es Kaldak erzählen?

»Weil es mir nichts ausmacht. Ich bin für Sie letztlich ein Fremder.« Er las schon wieder ihre Gedanken. »Es wäre, als würden Sie mit sich selbst reden. Was haben sie gemacht, Bess?«

Blut. So viel Blut ...

»Sagen Sie es mir.«

»Die Babys ...«

»Was für Babys?«

»Es gab da ein... Waisenhaus. Ich machte gerade eine Fotoreportage über die Kriegswaisen und kam nach Danzar. Das Waisenhaus war überfüllt, aber die Kinder... Ich bin immer wieder verblüfft, wie glücklich Kinder trotz aller widrigen Umstände sein können. Gibt man ihnen was zu essen, ein Bett und Gesellschaft, lächeln sie einen an. Es gab da einen kleinen Jungen. Niko. Er war höchstens drei. Er folgte mir überallhin, während ich fotografierte. Er war so –« Sie unterbrach sich. Es dauerte ein bißchen, bis sie fortfahren konnte. »Ich fuhr wieder hin. Zuerst dachte ich, es sei wegen der Story, und dann dachte ich, ich wollte einfach nur etwas Gutes tun. So viele Paare in Amerika können keine Kinder bekommen, und wenn sie die Fotos sähen... Bis mir schließlich klar wurde, daß Niko der Grund war. Ich hatte überhaupt kein Recht, ihn adoptieren zu wollen. Alles war falsch. Ich war allein, ich war ständig auf Reisen, aber dennoch wußte ich, daß ich ihn bei mir haben wollte. Er gehörte zu mir. Ich fing mit dem Papierkram an.«

Die Hunde jaulten.

»Und haben Sie ihn adoptiert, Bess?«

»Nein.«

»Warum nicht?«

Was sind Sie? So eine Art Ungeheuer?

»Warum nicht, Bess?«

»Er ist gestorben«, flüsterte sie. »Sie sind alle gestorben.«

»Und wie?«

»Es war die Guerilla. Eigentlich herrschte ein Waffenstillstand, aber es gab immer noch Gefechte. Ich arbeitete hundert Kilometer entfernt von Danzar an einer anderen Reportage, als wir es erfuhren. Ich ließ meinen Fahrer kehrtmachen und zurück nach Danzar fahren. Die Guerilla war schon wieder abgezogen, aber die Hunde jaulten. Sie jaulten und jaulten ... Ich ging ins Waisenhaus. Die Kinder waren tot, abgeschlachtet. Niko lag in der Küche. Wer konnte ein Kleinkind töten? Ungeheuer. Sie konnten nur Ungeheuer sein.«

»Stimmt.«

»Ich ging durch das Waisenhaus und machte Fotos. Ich wußte, man würde es leugnen, wenn erst Frieden geschlossen war. Es würde vertuscht und vergessen werden. So läuft es doch immer. Das konnte ich nicht zulassen. Ich wollte der Welt zeigen –« Sie konnte kaum noch sprechen und versuchte, das Schluchzen zu unterdrücken. »Ich konnte nicht zulassen –«

»Psst. Ich weiß.«

»Nein, Sie wissen es nicht. Sie sind nicht dort gewesen.«

Er schwieg eine Zeitlang und erhob sich dann. »Ich würde Sie gerne trösten, aber Sie nehmen es nicht an. Sie wollen mich nicht hier haben. Sie fürchten, ich könnte denken, daß Sie nicht so tapfer sind, wie Sie sein müßten.« Seine Hand berührte ihre Haare mit derselben Behutsamkeit, mit der er sie zuvor im Bad behandelt hatte. »Aber Sie irren sich. Ich bin gleich wieder da.«

Sie hörte seine Schritte auf der Treppe.

Sie lag da, und die Tränen liefen ihr über das Gesicht. Das Schluchzen hörte auf, aber die Tränen flossen weiter.

Die Babys ...

Was hatte sie getan? Sie fühlte sich, als wäre ihr Innerstes nach außen gestülpt worden. Nachdem sie einmal angefangen hatte, sprudelten die Worte aus ihr heraus, und sie konnte gar nicht mehr aufhören. Wie kam sie dazu, all ihre Erinnerungen und all ihren Schmerz vor Kaldak auszubreiten?

Es ist, als würden Sie mit sich selber reden.

In gewisser Weise war es so gewesen. Er hatte sich zurückgenommen, hatte sich unsichtbar gemacht und die Worte in die Dunkelheit sprudeln lassen. Und dann hatte er sie allein gelassen, damit sie ihr Gesicht nicht verlor. Warum –

»Ist es Ihnen recht, wenn ich das Licht anmache?« Kaldak war wieder da, sie sah seine riesige Gestalt auf dem Treppenabsatz.

»Natürlich.« Sie holte tief Luft und wischte sich schnell die Tränen an der Bettdecke ab. »Aber warum fragen Sie jetzt? Ich kann mich nicht erinnern, daß Sie um Erlaubnis gebeten haben, es auszumachen.«

»Alles zu seiner Zeit.« Er ging ins Badezimmer und schaltete dort das Licht an. »Die Situation ist nicht mehr dieselbe.« Er trat auf sie zu. »Trinken Sie das.«

Er reichte ihr ein Glas Milch.

»Du liebe Güte, warme Milch?« fragte sie. »Ist das ein Hausmittel Ihrer Mutter?«

»Kalte Milch.« Er deutete ein Lächeln an. »Wenn ich sie auch noch warm machen würde, würden Sie doch nur denken, ich wollte Sie wieder mit meiner Häuslichkeit beeindrucken.«

Sie betrachtete ihn über den Rand des Glases hinweg, während sie einen Schluck trank. Er machte absolut nicht den Eindruck von Häuslichkeit. Erst jetzt fiel ihr auf, daß er barfuß war und mit nacktem Oberkörper und zerzaustem Haar vor ihr stand. Er sah muskulös und kraftvoll aus.

Und sie sah wahrscheinlich fürchterlich aus. Gott sei Dank hatte er nur das Licht im Bad angemacht. Sie fühlte sich ohnehin reichlich verletzlich. Hatte er deshalb nicht das Deckenlicht eingeschaltet, das noch mehr enthüllt hätte?

»Trinken Sie alles aus.«

Sie nahm noch einen Schluck und gab ihm das Glas zurück. »Das reicht.«

»Na gut.« Er zögerte einen Moment. »Darf ich fragen, was

mit den Fotos passiert ist, die Sie in Danzar gemacht haben?«

»Der Film ist beschlagnahmt worden.«

»Wie bitte?«

»Sie haben richtig verstanden. Als ich ins Hauptquartier der Armee kam, beschlagnahmte der Oberst den Film. Er meinte, der Film sei aufhetzend, und ihn zu veröffentlichen würde dem Friedensprozeß schaden. Ich wäre beinahe durchgedreht. Ich habe geschrien und gezetert. Ich habe alle Politiker benachrichtigt, die ich kannte. Es hat nichts genützt. Die Armeeärzte meinten, ich hätte einen Nervenzusammenbruch, und steckten mich in Sarajevo in ein Krankenhaus. Sie behielten mich wochenlang da. Als ich entlassen wurde, war das Massaker bereits fein säuberlich vertuscht worden.« Sie lächelte verbittert. »Selbst unsere Leute vertuschen, wenn es ihnen paßt. Es hat mich verrückt gemacht. Gott, wie ich Lügen hasse.«

»Zu Recht.« Er zögerte. »Tut mir leid, daß ich so grob zu Ihnen war. Glauben Sie, Sie können jetzt schlafen?«

Schlafen? Sie konnte kaum noch die Augen offenhalten. »Ja.«

»Gut, dann kann ich es vielleicht auch. Gute Nacht.«

»Gute Nacht.«

Er machte das Licht aus und verschwand. Brüsk, abrupt und kühl, als hätte es diesen Moment der Vertrautheit nie gegeben. Vertrautheit? Er war ein Fremder.

Aber er war kein Fremder. Schon jetzt war er ihr vertrauter als viele Leute, die sie seit Jahren kannte. Mittlerweile kannte sie seine Art, kurz und bündig zu sprechen, und die als Gefühllosigkeit getarnte Konzentriertheit. Es war ihr gelungen, hinter seinem bedrohlichen Verhalten ein gehöriges Maß an Witz und Zärtlichkeit zu entdecken. Du liebe Güte, das war ja, als wollte sie sich mit Jack the Ripper verbünden.

Nein, Kaldak tötete aus Notwendigkeit, nicht aus Vergnügen. Er hatte ihr Gewalttätigkeit demonstriert, aber keine lustvolle Brutalität.

Wahrscheinlich dauerte es nicht mehr lange, bis sie ihm einen Heiligenschein verpaßte. Sie lächelte. Von wegen.

Was in Herrgotts Namen hatte ihn dazu gebracht, ihr Milch zu bringen? Er hatte ihre Frage nach den Hausmitteln seiner Mutter nicht beantwortet. Es war schon merkwürdig, sich Kaldak mit seiner Mutter vorzustellen, die ihm Haushaltsführung und Tischmanieren beibrachte. Es war merkwürdig, sich ihn überhaupt mit einer Mutter vorzustellen.

Ich bin nicht unter einem Felsen hervorgekrochen.

Offensichtlich war er daran gewöhnt, daß die Leute in ihm etwas anderes als ein menschliches Wesen sahen.

Und genau das tat sie auch.

Und doch war er jetzt ihr Gefährte, und er war ihr Retter in San Andreas und ihr Hüter auf dem Marsch durch die Berge gewesen. Auf eine Weise war sie dabei, zu ihm Kontakt aufzunehmen.

Und, ja, seine Anwesenheit empfand sie beinahe als tröstlich.

Kapitel 9

Es war fast halb zehn morgens, als De Salmo am Hartsfield Airport aus dem Flugzeug stieg, und kurz vor zehn, als er in einem gemieteten schwarzen Saturn den Parkplatz verließ.

Er warf einen Blick auf den Stadtplan und fuhr auf der Schnellstraße I-75 Richtung Norden.

Es goß in Strömen, aber der Verkehr floß ruhig. In einer halben Stunde müßte er das CDC erreichen. Mit etwas Glück konnte er seinen Auftrag sehr schnell erledigen.

Kaldak und Bess brauchten auf der I-75 South fast eine Stunde bis zum Hauptgebäude des CDC. Kaldak bog auf den Parkplatz ein und stellte den Motor ab.

»Gehen wir nicht hinein?« fragte Bess, als er keine Anstalten machte auszusteigen.

Kaldak schüttelte den Kopf. »Ed wird uns hier treffen. Er ist ein vorsichtiger Mann.«

»Wenn er vorsichtig wäre, dann würde er sich nicht mit Ihnen einlassen.« Sie versuchte, durch die Windschutzscheibe etwas zu erkennen. »Außerdem wird er ganz schön naß werden.«

»Was seiner Laune eher abträglich sein dürfte.« Er nickte in Richtung eines großen, schlaksigen Mannes im Trenchcoat, der über den Parkplatz rannte. »Da ist er ja.«

Ed Katz war Anfang Vierzig, hatte braunes Haar, eine Stirnglatze und ein schmales sommersprossiges Gesicht. Er öffnete die hintere Tür, duckte sich in den Wagen und schlug die Tür zu. »Das ist ein schlechtes Zeichen.«

»Der Regen?« fragte Kaldak.

Katz nickte düster. »Ein schlechtes Zeichen.« Er erstarrte, als er Bess bemerkte. »Wer ist das?«

»Eine Freundin.«

»Na, wunderbar. Warum lädst du nicht gleich den Rest der Welt auch noch ein?«

»Sie hält dicht.«

»Bis man sie auffordert, gegen mich auszusagen.«

»Niemand wird gegen dich aussagen.«

»Ach ja? Wenn das hier auffliegt, sind wir alle geliefert.« Er drückte Kaldak den Aktenkoffer, den er bei sich hatte, in die Hand. »Nimm das hier und laß mich wieder abhauen.«

»Danke, Ed.«

»Und komm mir jetzt mit nichts anderem mehr. Du weißt genau, daß du das besser als ich gemacht hättest. Das war ein Sauzeug.«

»Hast du das Ergebnis doppelt überprüft?«

»Ich bin fast sicher, daß es positiv ist, aber die Probe war schon zu alt. Wir brauchen einiges mehr davon, um sicherzugehen.«

»Verstehe. Ich kümmere mich darum.«

»Beeil dich. Und bis dahin will ich von dir nichts hören.«

Kaldak nickte. »Ich werde dich nicht unnötig belästigen.«

»Dann sieh gefälligst zu, daß es nicht nötig ist.« Er stieg aus dem Wagen. »Wir sind quitt, Kaldak.« Er zögerte, Regen tropfte von seinem Gesicht, während er Kaldak anstarrte. »Es ist wirklich ein Sauzeug. Wird es dir gelingen, irgend etwas dagegen zu unternehmen?«

»Wenn meine Freunde mich nicht im Stich lassen.«

»Ich bin nicht dein Freund. Hast du das kapiert, Kaldak? Ich bin nicht dein Freund. Komm mir ja nicht wieder damit, es sei denn, du weißt, wie du die ganze Sache verhindern kannst.«

»Nur wenn's nötig ist.« Als Kaldak rückwärts aus der Parkbucht setzte, mußte er eine Vollbremsung machen, um nicht einen schwarzen Saturn zu rammen, der auf den Parkplatz gerast kam. »Ich rufe dich an.«

»Bloß nicht.«

Der schwarze Saturn war vorbeigefahren und suchte eine Parkbucht in der nächsten Reihe. Kaldak setzte zurück und bog in die Ausfahrt.

Bess warf einen Blick zurück und sah Katz im Regen stehen. Er schaute ihnen immer noch nach. »Er hat Angst.«

»Wir alle haben Angst, oder?«

Aber sie hatte mit Erschütterung festgestellt, wie erschrokken selbst ein Fachmann über die Testergebnisse war. Plötzlich fiel ihr etwas ein, das Katz gesagt hatte. »Er meinte, Sie könnten die Tests selber machen. Stimmt das?«

»Mit der richtigen Ausrüstung.«

»Demnach sind sie ebenso Arzt wie Katz?«

»Niemand ist wie Katz.«

»Keine Ausflüchte. Ist es so?«

»Ja. Vor langer Zeit. Ed und ich haben zusammen studiert.«

»Und warum – «

»... ich es aufgegeben habe und statt dessen Menschen töte?« vollendete Kaldak den Satz. »Ein Mann braucht Zeit, seine wahre Berufung herauszufinden. Katz führt ein ziemlich langweiliges Leben.«

Es war offensichtlich, daß Kaldak nicht die Absicht hatte, ihr noch mehr zu erzählen. Doch Katz' Bemerkung warf ein ganz neues Licht auf Kaldak.

Tat es das wirklich? Er war ihr vom ersten Moment an, als sie ihm begegnet war, ein Rätsel gewesen.

»Denken Sie nicht darüber nach.« Kaldak warf ihr einen raschen Blick zu, während er die Autobahn ansteuerte. »Ich hatte nicht vor, Sie mit meinen unzähligen Qualifikationen zu beeindrucken. Behandeln Sie mich einfach als ganz gewöhnlichen Killer. Ich nehme an, das gefällt Ihnen besser.«

Mistkerl.

Sie wechselte das Thema. »Wird er uns helfen, wenn wir ihn brauchen?«

»Er wird uns helfen.«

»Er hat den ganzen Tag mit gefährlichen Bakterien zu tun. Warum erschreckt ihn das Anthrax dermaßen?«

»Weil es in Geld verpackt daherkommt. Er begreift das Ausmaß. Geld lebt.«

Sie schüttelte den Kopf. »Geld ist bloß Papier.«

»Wirklich? Nehmen Sie einen Zwanzig-Dollar-Schein aus Ihrer Geldbörse.«

»Was?«

»Machen Sie schon.«

»Das ist doch Blödsinn.« Sie öffnete ihre Handtasche, nahm ihr Portemonnaie und zog einen Zwanzig-Dollar-Schein heraus. »Das ist nur Papier.«

»Zerreißen Sie es.«

Instinktiv umklammerte ihre Hand den Geldschein. »Das ist lächerlich. Vielleicht brauchen wir es.«

»Sehen Sie? Es ist nicht nur Papier, es lebt. Mit diesem Zwanzig-Dollar-Schein können Sie Ihre Kinder auf die Schule schicken, Ihre Wohnung bezahlen, Ihren Job hinschmeißen, der Sie nervt, einen Schuß Heroin kaufen, mit dem Sie Ihren Körper von Schmerzen erlösen. Wer wird den Schein zurückweisen, selbst auf die Gefahr hin, daß er verseucht ist?

Die meisten Leute glauben doch, daß die schlimmen Sachen immer nur den anderen passieren.«

»Ich kann ihn immer noch zerreißen.«

»Dann machen Sie's doch.«

Sie zerriß den Schein in zwei Hälften.

»Gratuliere.« Dann lächelte er. »Und was machen Sie jetzt damit?«

»Ich stecke die Teile wieder in mein Portemonnaie.«

»Um sie später wieder zusammenzukleben?«

Ihre Augen weiteten sich, als ihr bewußt wurde, daß sie genau das vorhatte. »Ich müßte ja bescheuert sein, das Geld nur wegen eines lächerlichen Experiments zu vernichten.«

»Richtig.« Er bog auf die Autobahn ein. »Man sagt, Selbsterhaltung sei das erste Gebot. Meinen Sie nicht auch, daß dieser Zwanzig-Dollar-Schein sich gerade selbst erhalten hat?«

Geld lebt. Die Vorstellung war lachhaft. Nein, sie war erschreckend. Weil Bess jetzt begriff, was der Satz bedeutete. Geld war nicht nur ein Zahlungsmittel, es war verwoben mit dem Leben und den Träumen der Menschen. Esteban hätte sich kein unwiderstehlicheres Lockmittel für die Verbreitung der Bakterien aussuchen können. »Teuflisch.«

»Stimmt.«

»Aber wenn die Menschen es wüßten, würden Sie es bestimmt zurückweisen.«

»Vielleicht. Aber wenn es erst mal soweit ist, daß sie Geld zerreißen oder es verbrennen, dann haben wir ein richtiges Problem. Was glauben Sie, zu welchen Gefühlen man Menschen treiben muß, bis sie Geld verbrennen?«

Verzweiflung. Verbitterung. Wut.

»Das wäre die Anarchie. Genau die Situation, die Habin haben will. Es war seine Idee, das Geld zu benutzen. Er hat sieben Jahre lang an dem Plan gearbeitet, die Druckplatten in Denver zu stehlen.«

»Wo wird denn das Falschgeld hergestellt?«

»Die Pesos haben sie in einer unterirdischen Werkstatt in Libyen gedruckt. Ich schätze, die US-Dollars drucken sie woanders.

»Wo?«

»Ich würde wetten, irgendwo in den Staaten.«

»Sie wissen es nicht?«

Er schüttelte den Kopf. »Aber es wäre sinnvoll, das Anthrax nicht durch die ganze Welt transportieren zu müssen.«

»Lieber Himmel, was wissen Sie darüber?«

Er schwieg eine Weile, dann fuhr er fort: »Ich habe Hinweise auf Waterloo, Iowa, entdeckt.«

»Und wie?«

»Esteban ließ einen Leutnant beseitigen, als er sich zu sehr dafür interessierte, was in Tenajo vor sich ging. Danach habe ich dessen Habe durchsucht.«

Nachdem Kaldak selbst den Leutnant getötet hatte. Diese Schlußfolgerung ließ sich nur zu einfach ziehen.

»Ja.« Er beantwortete die unausgesprochene Frage. »Und hätte ich Galvez nicht erledigt, hätte ich zu wenig Informationen gehabt, um den Versuch zu unternehmen, Sie aus San Andreas rauszubringen.«

»Ich habe doch gar nichts gesagt. Ich wünschte nur, es hätte Esteban getroffen.«

»Na, na, wir werden ja richtig blutrünstig.«

»Waterloo, Iowa.« Sie schüttelte den Kopf. Ein geheimes Labor in Libyen oder sogar in Mexiko konnte sie sich vorstellen, aber doch nicht im Herzen von Amerika. »Dann befinden sich also das Labor und die Fälscherwerkstatt in Iowa?«

»Wahrscheinlich. Höchstwahrscheinlich wurde die Blütenproduktion an denselben Ort verlegt, an dem sich auch das Labor befindet.«

Alles an Ort und Stelle, bereit zum Losschlagen. »Aber wo ist das Ziel?« murmelte sie. »Und wie finden wir es heraus?«

Einen Moment lang sah sie, daß sich sein Gesichtsausdruck veränderte. »Haben Sie mich belogen? Wissen Sie, wo der Schlag losgehen soll?«

»Ich habe Sie nicht belogen. Ich bin mir nicht sicher.«

»Aber Sie haben eine Ahnung?«

»Ich habe bei Galvez ein Fax von Morrisey aufgefunden, einem Mann, der offensichtlich als eine Art Kundschafter fungiert. In dem Fax stand, er, Morrisey, würde sich demnächst nach Cheyenne begeben.«

»Wollen Sie sie nicht warnen?«

»Es war nur eine Bemerkung am Rande. Keine eindeutige Drohung. Sollte ich eine ganze Stadt in Aufruhr versetzen, auch wenn es sich als gegenstandslos erweist?«

»Ja.«

»Und wenn Esteban davon erfährt, sucht er sich einfach ein anderes Ziel aus. Dann haben wir überhaupt keine Möglichkeit, ihn aufzuhalten.«

»Mich interessiert nicht, ob sie geschnappt werden. Ich will einfach kein zweites Tenajo.«

Er kniff die Lippen zusammen. »Vertrauen Sie mir. Es wird kein zweites Tenajo geben. Nicht wenn es irgendeine Möglichkeit gibt, es zu verhindern.«

Und wenn er es nicht verhindern konnte? Sie lehnte sich zurück und lauschte dem heftigen Pladdern des Regens auf dem Autodach.

Ein schlechtes Zeichen, hatte Katz gesagt.

Sie konnte nur hoffen, daß er sich geirrt hatte. Sie konnten kein böses Omen mehr gebrauchen.

»Ich habe sie verpaßt«, sagte De Salmo. »Ich war zu spät dran.«

»Damit mußte man rechnen«, erwiderte Esteban.
»Soll ich warten?«
»Nein, fliegen Sie nach New Orleans.«
»Kommt sie dorthin?«
Esteban lächelte. »Aber ja, sie wird dorthin kommen.«

»Wo befindet sich das sichere Haus?« fragte sie und blickte zum Fenster hinaus. Auf ihrer Fahrt Richtung Osten regnete es zwar weniger heftig, aber gleichmäßig. »Wir sind jetzt in North Carolina, stimmt's?«

»Seit zwanzig Minuten. Wir werden das Haus bald erreichen. Es liegt in Northrup, einer Kleinstadt ein bißchen südlich.«

»Ich möchte, daß Sie Yael anrufen, sobald wir dort sind.«

Kaldak nickte. »Wie Sie wollen. Ich habe Ihnen ja gesagt, daß er vielleicht nicht – «

Kaldaks Handy klingelte. Er holte es aus der Jackentasche und schaltete es ein.

»Mist.«

Während er zuhörte, verschwand die Ausdruckslosigkeit aus seinem Gesicht. Seine Lippen bebten, und an seiner Stirn trat eine Ader hervor. »Sind Sie sicher, Ramsey?« fragte er. »Wann?«

Irgend etwas stimmte nicht. Das Anthrax? Hatte Esteban etwa schon –

»Schwachsinn. Ich kann das nicht machen. Ich werde es nicht machen.« Er schaltete das Handy ab und gab Vollgas.

»Stimmt was nicht? Was ist passiert?«

»Einen Augenblick.« Er bog von der Schnellstraße in eine kleine Straße und stellte den Motor ab.

»Ist es das Anthrax?« fragte sie.

»Nein.« Er starrte geradeaus und umklammerte das Lenkrad so fest, daß seine Knöchel weiß hervortraten. »In New Orleans braut sich was zusammen.«

»Was braut sich da zusammen?«

»Heute morgen war eine Anzeige in der Morgenausgabe der *Times-Picayune.*«

»Wovon reden Sie?«

»Eine Todesanzeige. Emily Grady Corelli soll übermorgen beerdigt werden.«

Bess war starr vor Schreck. Sie bekam keine Luft mehr. Dann schüttelte sie den Kopf. »Nein, das ist nicht wahr. Das ist verrückt. Das ist nur eine bösartige Finte von Esteban.«

Er schüttelte den Kopf.

»Sagen Sie nicht nein.« Ihre Stimme zitterte. »Das kann nicht wahr sein. Emily war in Mexiko. Wie sollte sie – Es ist gelogen.«

»Ich wünschte, es wäre so.« Seine Stimme war belegt. »So wahr mir Gott helfe, ich wünschte, es wäre so, Bess. Es wurde bestätigt. Sie liegt im Beerdigungsinstitut Duples in der Ersten Straße. Ihre Leiche ist vergangene Nacht per Luftfracht angekommen, mit gefälschten Dokumenten der Gesundheitsbehörde, Geld und Anweisung für die Beerdigung.«

»Das ist eine Lüge. Er hat mir schon einmal gesagt, sie sei tot und liege in der Leichenhalle, aber es war Rico. Es war nicht Emily, es war Rico.«

»Diesmal ist es wirklich Emily. Man hat Fingerabdrücke abgenommen und –«

»Ich glaube es nicht. Sie haben mir gesagt, daß Yael sie finden und herbringen würde –«

»Sie ist tot, Bess.«

Sie wollte es nicht glauben. Wenn sie es glaubte, würde es wahr werden. »Nein, ich werde es Ihnen beweisen. Ich fahre nach New Orleans und gehe in das Beerdigungsinstitut, und ich werde beweisen – «

»Nein.« Plötzlich wandte er sich ihr zu und zog sie in seine Arme. »Es tut mir so leid, mein Gott, es tut mir so leid.«

Er versuchte, sie zu trösten, dachte sie dumpf. Aber das konnte sie nicht akzeptieren. Trost zu akzeptieren würde bedeuten, zuzugeben, daß Emily tot war. »Ich will sie sehen.«

»Das ist eine Falle. Was glauben Sie, warum Esteban sie nach New Orleans geschafft hat? Weil Sie da wohnen. Er hat gewußt, daß wir alles, was dort vorgeht, unter die Lupe nehmen. Er wollte sie dorthin locken.«

»Also hat er sie getötet?«

Er ließ sich Zeit mit der Antwort. »Er mußte sie nicht töten. Sie war schon lange tot. Vermutlich ist sie in jener ersten Nacht in Tenajo an Anthrax gestorben.«

»Nein, sie war nicht krank. Und sie war nicht in San Andreas. Es war Rico. Es war Ric – «

»Psst.« Er vergrub seine Finger in ihrem Haar, und seine Stimme bebte. »Ich ertrage es nicht. Gott, ich habe nie geglaubt, daß es so sein würde.«

»Ich muß hin. Sie ist nicht tot. Ich weiß es. Sie ist nicht – «

»Bess. Sie ist tot, und Sie will Esteban auch tot sehen. Ich kann Sie nicht nach New Orleans lassen.«

Sie stieß ihn weg. »Sie können mich nicht davon abhalten, nach New Orleans zu fahren.«

»Hören Sie, Ramsey beeilt sich mit dem DNS-Test. Bis morgen oder übermorgen werden wir absolute Sicherheit haben.«

»Zum Teufel mit Ihrer Sicherheit.« Es war alles gelogen. »Starten Sie den Wagen. Bringen Sie mich zum Flughafen. Zu irgendeinem Flughafen.«

»Nein.« Er wandte seinen Blick von ihr ab. »Das kann ich nicht tun.«

»Sie *müssen* es tun. Ich gehe in kein sicheres Haus. Sie können ohne ihre verdammte Augenzeugin weitermachen.«

Er schüttelte den Kopf.

»Hören Sie endlich auf mit Ihrem Nein. Das hier ist mein Leben!«

»Nein, das stimmt nicht ganz.«

Was sagte er da?

»Es ist gut möglich, daß Sie gegen die mutierten Anthrax-Bakterien immun sind«, sagte er.

Sie sah ihn verstört an. »Immun?«

»Eigentlich hätten Sie in Tenajo sterben müssen. Alle anderen sind gestorben.

»Aber Sie haben doch gesagt, daß sich die Bakterien sehr schnell auflösen.«

Er schüttelte den Kopf. »Sie waren schwächer geworden, hatten aber noch genug Kraft, ihre Wirkung zu entfalten. Sie haben Rico getötet. Sie haben Ihre Schwester getötet.

»Sie haben Emily nicht getötet. Esteban –«

»Sie ist daran gestorben, Bess.« Ein Gesichtsmuskel zuckte. »Sie haben überlebt. Warum, glauben Sie, hat Esteban Sie nicht sofort getötet? Er konnte nicht verstehen, warum Sie nicht gestorben sind, und er wollte bei Ihnen Bluttests durchführen lassen.«

»Ich erinnere mich nicht –« Das Pflaster über den Nadeleinstichen. Also nicht alles Einstiche von Beruhigungsspritzen, wie sie gedacht hatte. »Bluttests.«

»Esteban hat nicht herausposaunt, was er vorhatte, aber ich habe gemerkt, daß ihm das Ergebnis nicht gefiel.«

»Und ... wie war das Ergebnis?«

»Antikörper.«

»Das können Sie doch gar nicht wissen.«

»Doch, kann ich. Ich habe eine der Blutproben aus dem Krankenhauslabor gestohlen, bevor ich Sie aus San Andreas rausgebracht habe. Ed hat letzte Nacht einen Test durchgeführt. Die Probe war schon zu alt, um viel zu nützen, aber es ließ sich zumindest die Immunität feststellen. Wissen Sie, was das bedeutet? Vielleicht läßt sich damit die Zeit zur Entwicklung eines Serums von einem Jahr auf einige Wochen oder sogar Tage verkürzen.« Er überlegte. »Deshalb dürfen Sie keine Risiken eingehen. Sie sind die Antwort, Bess. Wir brauchen eine Menge Blutproben von Ihnen, damit das CDC ein Mittel entwickeln kann, das Esteban bei seinem Vorhaben aufhält.«

Die Antwort. Sie wollte nicht die Antwort sein, egal worauf. Sie wollte einfach nur, daß alles wieder war wie vor Tenajo. Sie wollte einfach nur, daß Emily lebte und daß es ihr gutging.

Und Emily *war* am Leben. Fast hätte Kaldak es geschafft, sie davon zu überzeugen, daß ihre Schwester tot war, daß sie in einem Bestattungsinstitut in New Orleans lag. »Ich werde hinfahren.«

»Die warten schon auf Sie.«

»Dann werden Sie wohl Ihre kostbare Blutlieferantin beschützen müssen. Es tut mir leid, Ihnen Unannehmlichkeiten zu bereiten, aber die nächste Blutprobe werden Sie in New Orleans nehmen müssen. Es sei denn«, fügte sie bitter hinzu, »Sie wollen sich in Estebans Fußspuren begeben und mich einsperren und mit Beruhigungsmitteln vollpumpen.«

»Diese Möglichkeit haben wir in Betracht gezogen.« Als sie erstarrte, fügte er grob hinzu: »Glauben Sie im Ernst, ich würde das zulassen? Ich erkläre Ihnen das alles, damit Sie sich klarmachen, um was es hier geht. Ramsey wollte nicht einmal, daß ich Sie über den Tod Ihrer Schwester informiere.«

»Sie ist nicht tot«, sagte sie tonlos.

»Wenn Sie das glauben, warum wollen Sie dann riskieren, Esteban in die Falle zu gehen?«

Weil sie es wissen mußte. Sie wollte Sicherheit. »Wenn ich immun bin, dann ist es Emily auch. Sie ist meine Schwester, und sie war immer gesünder als ich. Ich bin diejenige, die immer die Erkältungen bekam und – «

»Das funktioniert anders«, erklärte er ruhig.

»Und Josie«, sagte sie verzweifelt. »Was ist mit Josie? Josie ist nicht gestorben. Josie muß auch immun sein.«

Er schüttelte den Kopf. »Josie hat keine Antikörper. Esteban hat sofort das Interesse an ihr verloren. Sie hatte einfach das Glück, daß sie mit dem Geld nicht in Berührung gekommen ist. Ihre Schwester und Sie sind von Haus zu Haus gegangen, und es konnte nicht ausbleiben, daß Sie welches anfassen.«

Die Taverne, der Einkaufsladen – sie konnte sich gar nicht mehr an alle Orte erinnern. Sie hatten die Handschuhe und Masken erst übergezogen, nachdem sie die Leichen in der Taverne untersucht hatten. Vielleicht hatten sie ja die Pesos berührt, zur Seite geschoben, als sie versuchten zu helfen –

Sie bekam es mit der Angst zu tun. Kaldaks Gedankengänge waren zu überzeugend. Sie brauchte Gewißheit. »Es ist nicht wahr. Es ist nicht Emily. Bringen Sie mich nach New Orleans, und ich werde es Ihnen beweisen.«

Er rührte sich nicht.

Sie ballte ihre Fäuste. »Bitte, Kaldak«, flüsterte sie. »Bitte.«

»*Gottverdammt.*« Er drehte den Zündschlüssel herum. »Es geht schneller, wenn wir nach Atlanta zurückfahren. Wir können von dort einen Direktflug nach New Orleans nehmen.«

Sie war erleichtert. »Danke, Kaldak.«

»Wofür?« Mit quietschenden Reifen bog er auf die Schnellstraße ein. »Dafür, daß ich mich wie ein Idiot verhalte? Dafür, daß ich es in Kauf nehme, daß Sie getötet werden? Daß ich es in Kauf nehme, daß eine Stadt ausgelöscht wird?« Er nahm das Handy und wählte eine Nummer. »Wir kommen, Ramsey.« Er lauschte einen Moment und sagte dann: »Das ist mir scheißegal. Wir sind unterwegs. Höchste Sicherheitsstufe.« Er unterbrach die Verbindung und wählte eine andere Nummer. »Komm in einer Stunde zum Flughafen von Atlanta an den Schalter von Hertz, Ed. Dort kannst du deine Probe haben.« Er legte auf. »Sobald wir am Flughafen sind, muß ich Ihnen Blut abnehmen und es an Ed übergeben.«

»Wie wollen – «

»Ich habe Ed gebeten, ein Blutabnahmebesteck in den Aktenkoffer zu packen. Ich wußte, daß ich ihm möglichst bald eine Probe besorgen mußte.«

»Sie waren also vorbereitet«, stellte sie fest. »Wann hatten Sie vor, es mir zu sagen?«

»Nachdem ich Sie in Sicherheit gebracht hätte. Am liebsten hätte ich es Ihnen sofort gesagt.«

»Und warum haben Sie es nicht gemacht?«

»Ich konnte es nicht riskieren. Sie waren nicht in der Lage, an irgend etwas anderes als an Ihre Schwester zu denken. Wenn Ihnen klar gewesen wäre, wie wertvoll Sie für Esteban sein könnten, hätten Sie ihm vielleicht einen Austausch vorgeschlagen.«

»Und das konnten Sie nicht zulassen.«

»Das konnte ich nicht zulassen«, bestätigte er grimmig. »Genausowenig kann ich Sie nach New Orleans bringen, ohne vorher die Blutprobe zu bekommen. Ich möchte Ed wenigstens eine kleine Chance lassen, selbst wenn Esteban Sie töten sollte.«

Seine Unverblümtheit hätte sie beinahe aus der Fassung

gebracht. Sie durfte die Beherrschung nicht verlieren, sonst würde sie an die Decke gehen. Sie mußte sich zusammenreißen, bis sie zu Em – Lieber Gott, es konnte nicht Emily sein.

Emily war in Sicherheit, sie versteckte sich irgendwo in den Bergen von Mexiko. Es gab so viele Orte, an denen man sich verstecken konnte. Mit Josie auf der Flucht hatte sie Höhlen und Löcher gefunden –

Es war nicht Emily.

Kapitel 10

Das Beerdigungsinstitut Duples befand sich in einem riesigen weißen Gebäude. Der Anstrich blätterte ab, und der Rasen war stellenweise gelb. Auf einem Sockel neben der Eingangstür stand die Statue eines Engels mit einer Trompete.

Sollte er den Erzengel Gabriel darstellen? fragte sich Bess dumpf. Emily hätte dieser Ort nicht gefallen. Sie wollte immer alles sauber und gut erhalten.

Kaldak packte sie am Arm. »Sie können es sich noch anders überlegen.«

Sie schüttelte den Kopf und beschleunigte ihren Schritt. Bring es bloß hinter dich, sagte sie sich. Du wirst erkennen, daß sie einen Fehler gemacht haben, und wirst wieder verschwinden.

»Sie gehen zu weit, Kaldak.« Ein großer, grauhaariger Mann trat aus einer Nische hervor. »Um Gottes willen, *wollen* Sie, daß sie umgelegt wird?«

»Es ist Ihre Aufgabe, dafür zu sorgen, daß das nicht passiert, Ramsey. Haben Sie das Gebäude überprüft?«

»Ja. Schaffen Sie sie von hier weg.«

Kaldak betrachtete die Häuserreihe auf der anderen Straßenseite. »Was ist mit denen?«

Ramsey nickte kurz. »Wir haben sie überprüft. Keine Scharfschützen. Ich mußte den Leuten sagen, der Präsident würde einen Besuch abstatten. Wahrscheinlich werden sie ihre Kongreßabgeordneten anrufen. Warum zum Teufel sollte der Präsident hierherkommen?«

Kaldaks Blick wanderte an ihm vorbei ins Foyer. »Wo liegt sie?«

»Im ersten Raum links.« Ramsey warf einen Blick zu Bess. »Sie vergeuden Ihre Zeit, Ms. Grady. Sie wollen das doch nicht wirklich tun. Der Sarg ist versiegelt.«

»Warum?«

Ramsey trat verlegen von einem Fuß auf den anderen. »Sie ist in den Bergen gestorben und wurde dort begraben. Es war heiß, und die Bedingungen waren nicht gerade förderlich für – «

»Wollen Sie damit sagen, Esteban hat ihre Leiche ausgegraben und hierhergeschickt?« Grausam und entsetzlich. Es war ja schon entsetzlich genug, einfach ein Loch zu graben und eine Frau hineinzuwerfen.

Aber das war Emily nicht widerfahren. Es mußte jemand anders sein.

Bess öffnete die Eingangstür und betrat das Gebäude. Erster Raum links. Ein Eichensarg in der Mitte. Auf beiden Seiten brannten Kerzen. Keine Blumen. Wo waren die Blumen?

Ihre Brust schnürte sich zusammen. Sie bekam keine Luft.

»Bess.« Kaldak stand neben ihr.

Sie befeuchtete ihre Lippen. »Öffnen Sie ihn.«

»Nein.«

»Öffnen Sie ihn, Kaldak.«

»Sie haben gehört, was Ramsey gesagt hat. Sie werden nicht sehen wollen – «

»Ich muß es sehen. Ich muß es wissen. Öffnen Sie ihn, oder ich tu es selbst.«

Er stieß einen Fluch aus und trat auf den Sarg zu. Er riß den Deckel des Sargs auf.

Sie würde nur einen Blick hineinwerfen, und dann wüßte sie, daß es ein Irrtum war.

Nur ein Blick und es wäre vorbei.

Mein Gott!

Kaldak fing sie auf, als sie zusammenbrach.

»Emily.«

»Ruhig.« Sie nahm ganz schwach wahr, daß Kaldak sie die Treppenstufen hinauftrug. Es waren die Stufen zu ihrer Wohnung. Wie waren sie hierhergekommen? »Denken Sie nicht nach. Versuchen Sie zu schlafen.«

»Ich habe nicht geglaubt – «

»Ich weiß.«

»Hat sie Schmerzen gehabt?«

»Nicht sehr lange.«

»Sie haben sie einfach in ein Erdloch geworfen, Kaldak. Sie haben sie einfach weggeworfen.« Ihre Finger gruben sich in seine Schultern. »Niemand verdient so etwas – Emily war so fröhlich und warmherzig – Ich habe mich nicht von ihr verabschiedet. Ich habe ihr einfach Josie in die Hand gedrückt und bin zur Tür hinausgerannt. Ich hätte mich verabschieden sollen.«

»Das hätte sie bestimmt verstanden.«

»Aber ich hätte – «

»Bitte, weinen Sie nicht mehr.«

Weinte sie? Sie spürte die Tränen nicht. Ihr ganzer Körper schmerzte wie eine offene Wunde. »Es tut mir leid.«

»Ich wollte damit nicht sagen –« Er setzte sich in einen Sessel und hielt sie auf dem Schoß. »Weinen Sie. Schlagen Sie mich. Machen Sie, was Sie wollen. Nur –« Er wiegte sie hin und her. »*Quälen* Sie sich doch nicht so.«

»Ich kann nichts dafür. Sie ist... tot. Emily ist tot.« Die Wahrheit zerriß sie. Emily lag in diesem glänzenden Eichensarg im Beerdigungsinstitut. Emily würde nie wieder lachen oder lächeln oder sie herumkommandieren.

»Es wird alles gut.« Kaldaks Worte waren leise und bekümmert. »Es wird besser werden. Ich verspreche es, es wird besser werden.«

Wie konnte es besser werden?

Emily war tot.

Kaldak legte Bess vorsichtig auf das Bett und deckte sie zu. Er hoffte, sie würde nicht gleich wieder aufwachen. Sie hatte Stunden gebraucht, um Schlaf zu finden. Er verließ das Schlafzimmer und schloß sanft die Tür.

Er ließ sich in einen Sessel fallen und lehnte den Kopf zurück. So etwas wollte er nicht noch einmal durchmachen. Er hatte ihren Schmerz über den Verlust nachempfunden, als wäre es sein eigener. Er trug die Verantwortung und die Schuld. Herrgott, ja, die Schuld.

Nicht darüber nachdenken. Es war vorbei. Jetzt mußte er einen Weg finden, Bess zu schützen und sie davor zu bewahren, immer weiter zu leiden.

Ja, natürlich.

Sein Blick wanderte über das kleine Wohnzimmer des Apartments. Die Möbel waren einfach und ohne jedes Dekor, bis auf den Sessel und die Couch, die beige-burgunderrot gestreift waren. Die Fotos an den Wänden waren bemerkenswert: ein kleines schwarzes Mädchen mit unglaublich melancholischen Augen, Jimmy Carter, kurzärmlig in einem Naturpark. Auf dem Couchtisch standen Familienfotos: Emily in jungen Jahren, bekleidet mit Shorts und T-Shirt auf einer Schaukel an einem Fluß. Emily im Hochzeitskleid neben einem großen Mann im Smoking.

Emily und ein kleines rothaariges Mädchen mit frechen, neugierigen Augen. Überall Emily.

Sein Blick wanderte weiter zu dem Perserteppich, der die Eichendielen bedeckte, und zu den Pflanzen, die in der ganzen Wohnung verteilt waren.

Pflanzen.

Er berührte das Usambaraveilchen auf dem Tisch neben ihm. Echt.

Er langte nach seinem Handy und wählte die Nummer von Ramsey.

»Sie haben mir gesagt, die Wohnung sei sicher«, sagte er, als Ramsey abgenommen hatte. »Bess ist die meiste Zeit außer Landes. Wer hat einen Schlüssel und gießt ihre Pflanzen?«

»Die Wohnung ist sicher. Ihr Vermieter kommt zweimal die Woche. Niemand hat sich an ihn herangemacht. Es gibt außer Ihnen noch andere Leute, die etwas von ihrer Arbeit verstehen, Kaldak.«

»So war's nicht gemeint.«

»Wie geht's ihr?«

»Was glauben Sie denn, wie es ihr geht?«

»Ich hatte Ihnen geraten, Sie nicht hierherzubringen.«

»Keine Spur von Esteban?«

»Noch nicht. Aber Sie wissen ja, daß er hier jemanden hat.«

Ja, das wußte er. Esteban hatte ganz sicherlich einen Mann zum Beerdigungsinstitut geschickt, und er würde genau wissen, wo Bess sich jetzt aufhielt. »Haben Sie die Luftfrachtfirma überprüft?«

»Die haben einfach nur ihre Arbeit gemacht. Sie haben vielleicht ein bißchen sehr bereitwillig die Überführungspapiere akzeptiert, aber das ist auch alles.« Ramsey zögerte. »Wir müssen miteinander sprechen.«

»Später. Ich lasse sie nicht allein.«

»Was ist mit dem Bluttest?«

»Er ist vermutlich positiv. Ich habe Ed Katz gebeten, das Ergebnis anhand einer weiteren Probe zu verifizieren.«

»Positiv?« Ramsey fluchte leise. »Und dann lassen Sie sie hierherkommen? Sind Sie verrückt?«

»Wahrscheinlich.« Er wechselte das Thema. »Ist Yael zurück?«

»Bis jetzt noch nicht, aber er ist unterwegs hierher. Wann bringen Sie sie in das sichere Haus?«

»Warum kümmern Sie sich nicht darum, die Fälscherwerkstatt und das Labor in Iowa zu finden, und überlassen es mir, mich um Bess zu kümmern?«

»Weil Sie sich nicht gut genug um sie kümmern. Sie werden noch zulassen, daß sie getötet wird, und was machen wir dann, wenn Esteban losschlägt – «

»Ich melde mich wieder.« Kaldak schaltete sein Handy ab. Das hatte ihm gerade noch gefehlt, daß Ramsey ihm vorwarf, wie leichtsinnig er handelte. Er wählte die Nummer von Ed Katz in Atlanta.

»Es ist eindeutig.« Ed sprudelte die Worte nur so hervor. »Wir können damit was anfangen. Aber wir brauchen mehr, viel mehr.«

»Und wie soll ich das anstellen? Soll ich ihre Adern leerpumpen?«

»Nein, nein, natürlich nicht. Aber es würde auch nicht schaden, wenn ich möglichst schnell eine weitere Probe bekäme.«

»Ich besorge sie dir, sobald ich kann.«

»Auf der Stelle.«

»Sie hat gerade ihre Schwester tot in einem Sarg liegen sehen.«

»Oh.« Ed schwieg einen Moment. »Schlimm. Aber vielleicht kannst du ihr erklären, wie wichtig es ist, zu – «

»Auf Wiederhören, Ed.«

»Warte. Ist sie sauer?«

»Klar ist sie sauer.«

»Gib ihr keine Beruhigungsmittel. Es würde die Ergebnisse der nächsten Proben verfälschen, die du – «.

»Ich gebe ihr, was immer sie braucht. Und wenn ich sie für die nächsten vierundzwanzig Stunden außer Gefecht setzen muß, werde ich das auch tun.«

»Du brauchst nicht so gereizt zu reagieren. Es ist schließlich dein Spiel. Aber laß mir so bald wie möglich irgendwas zukommen.«

Kaldak schob sein Handy wieder in die Jackentasche.

Es ist schließlich dein Spiel.

Ja, es war sein Spiel, und er durfte die Regeln bestimmen. Eine zweifelhafte Ehre, in deren Genuß er nur deshalb gekommen war, weil niemand sonst seinen Kopf hinhalten wollte. Es konnte zuviel schiefgehen. Zum Teufel, es war schon zuviel schiefgegangen. Bisher war in dem ganzen Schlamassel nur eins richtig gelaufen, nämlich Bess' Immunitätsfaktor.

Also blieb ihm nichts anderes übrig, als Bess wie ein Versuchskaninchen zu behandeln. Zum Teufel mit ihren Gefühlen und Gedanken. Zum Teufel mit individueller Freiheit. Nur an das öffentliche Wohl denken. Sie benutzen.

Es machte ihn krank. Es war ein Alptraum, der schon zu lange dauerte.

Er fürchtete, es nicht mehr lange durchstehen zu können.

Und er hatte noch mehr Angst, es doch zu können.

»Sie hat angebissen?« Esteban war hocherfreut. »Sie ist da?«

»Sie ist im Beerdigungsinstitut zusammengebrochen«, sagte Marco De Salmo. »Sie ist jetzt in ihrer Wohnung. Kaldak ist bei ihr.«

»Gibt es eine Möglichkeit, sie zu erwischen?«

»Die Sicherheitsvorkehrungen sind streng, wirklich streng. Beim Beerdigungsinstitut hatte ich keine Chance.«

»Aber Sie sind angeheuert worden, sie zu erledigen, Marco«, erwiderte Esteban sanft. »Ich bin sicher, daß Sie es schaffen. Wir haben nicht viel Zeit. Man wird sie wegbringen und verstecken, sobald es geht. Ich kann Ihnen gar nicht sagen, wie es mich ärgern würde, wenn das passierte. Nachdem ich schon soviel Ärger hatte.«

»Ich habe das Telefon angezapft. Und ich beobachte die Wohnung. Wir werden sie nicht wieder aus den Augen verlieren.«

»Das will ich hoffen. Jede Minute, die sie am Leben ist, ist eine Gefahr. Für Sie ebenso wie für Ms. Grady.«

Es herrschte Schweigen in der Leitung. »Ich werde einen Weg finden.«

»Da habe ich volles Vertrauen.« Esteban legte den Hörer auf. Er hegte eine gewisses Vertrauen in De Salmo. Er war sehr effektiv, wenn auch ein bißchen phantasielos.

Kaldak dagegen hatte Phantasie, und das war eine seiner wertvollsten Fähigkeiten.

»Da ist ein Anruf von Mr. Morrisey auf Ihrem Handy.« Perez stand im Türrahmen. »Sie haben gesagt, Sie würden seine Anrufe jederzeit entgegennehmen.«

Morrisey. Gierig griff er nach dem Hörer. Natürlich wollte er mit ihm sprechen. Seit Wochen hatte er wie auf glühenden Kohlen auf ihn gewartet. Morrisey hatte schon zu lange gebraucht, den richtigen Mann ausfindig zu machen. »Haben Sie ihn gefunden?«

»Cody Jeffers. Einundzwanzig. Ein Einzelgänger. Ein Traumtänzer, der gewaltig angibt. Ein unbedeutender Fahrer beim Demolition Derby vor Ort. Seit einigen Wochen hängt er auf der Piste herum und nervt die Stars. Er hat bei ein paar unwichtigen Rennen den dritten oder vierten Platz belegt, aber er verjubelt seine Preisgelder schneller, als er sie einnimmt. Könnte das der richtige Mann für Sie sein?«

Esteban wurde ganz aufgeregt. »Genau.«

»Soll ich mich an ihn ranmachen?«

»Nein, das mache ich lieber selber.« Der Teil des Plans war zu wichtig, als daß er ihn einem Untergebenen überlassen konnte. Jeffers sollte sein Verbindungsglied werden, da mußte alles stimmen. »Wo finde ich ihn?«

»Hier in Cheyenne, Wyoming. Im Hotel Majestic. Eine Absteige gleich an der Piste.«

»Holen Sie mich am Flughafen ab. Morgen früh bin ich da. Perez wird Sie anrufen und Ihnen die Flugnummer mitteilen.«

Er legte den Hörer auf und lehnte sich in seinem Sessel zurück. Grady würde bald tot sein, und das Verbindungsstück war gefunden.

Die Dinge entwickelten sich sehr zu seiner Zufriedenheit.

Das Licht fiel durch die Spitzengardinen ins Zimmer. Bess hatte das verschwommene Muster immer gemocht. Sie hatte die Spitzen in Amsterdam gekauft, dazu Stores aus gestreiftem Wollstoff aufgehängt. Sie hatte darauf geachtet, daß die Gardinen gerade hingen, ohne verspielte Volants. Einige Meter von der Spitze hatte sie auch für Emily gekauft, die daraus für Julies Zimmer Gardinen hatte machen lassen. Emily hatte gelacht und gesagt, sie hätte sich nie träumen lassen, daß Bess Gefallen an Spitze finden würde, weil es gar nicht zu ihrer Persönlichkeit paßte –

Emily.

Schmerz durchzuckte Bess, und sie schloß fest ihre Augen, um den Gedanken an ihre Schwester abzuwehren.

»Schlafen Sie nicht wieder ein.«

Sie öffnete die Augen und sah Kaldak neben ihrem Bett sitzen.

»Sie schlafen schon seit zehn Stunden«, sagte er ruhig. »Sie müssen jetzt was essen.«

Sie schüttelte den Kopf.

»Doch.« Er stand auf. »Ich mache Ihnen eine Suppe und ein Sandwich.«

»Ich habe keinen Hunger.«

»Sie müssen aber essen. Gehen Sie duschen und ziehen Sie sich an.« Er verließ das Zimmer.

Er war wieder kühl und bestimmend, stellte sie fest. Und doch hatte er sie vergangene Nacht stundenlang in den Armen gehalten, sie beruhigt und ihren Kummer mit ihr geteilt, als sei Emily auch seine Schwester gewesen.

Emily.

»Stehen Sie auf«, rief er aus der Küche hinauf.

Zum Teufel mit ihm. Sie hatte keine Lust aufzustehen. Sie wollte wieder in Schlaf versinken und das Bild von Emily im Sarg vergessen. Mein Gott.

Er kam zurück, hob sie auf die Füße und schob sie sanft zum Badezimmer. »Ich gebe Ihnen zehn Minuten. Wenn Sie dann noch nicht aus der Dusche raus sind, komme ich rein und helfe Ihnen, fertig zu werden.«

Sie hätte ihn schlagen können.

»Das Leben geht weiter. Sie werden nicht gesund, wenn Sie im Bett liegen. Sie werden gesund, wenn Sie etwas unternehmen.«

»Hören Sie auf, mir Vorträge zu halten. Sie wissen nicht, wie –«

Er war weg.

Sie schlug die Badezimmertür zu und lehnte sich dagegen. Sie mußte wieder weinen. »Verdammt«, flüsterte sie. »Zum Teufel mit Ihnen, Kaldak.«

Und zum Teufel mit Esteban, der Emily getötet und in ein Erdloch geworfen hatte, als wäre sie nichts. Ungeheuer. Krochen aus den Höhlen hervor und vernichteten und fügten Leid zu –

»Fünf Minuten, Bess.«

Warum konnte er nicht aufhören, sie zu nerven? dachte sie, als sie sich den Bademantel auszog. Er war genau wie Emily mit seiner Art zu –

Mußte denn alles sie an Emily erinnern? Kaldak war nicht wie Emily. Niemand war wie sie.

Sie drehte die Dusche auf und stellte sich unter den Wasserstrahl.

Emily war strahlend gewesen, treu und liebevoll. Und dieses Ungeheuer hatte sie getötet.

Alle sollen die Ungeheuer sehen.

Aber alle wußten, wer das Ungeheuer war, und trotzdem war Emily gestorben. Das Ungeheuer lief herum, atmete, aß, lachte und redete, und Emily war tot.

Und Bess heulte und klagte, weil »sie« nichts unternommen hatten. Es waren immer »sie«. Sie hatten in Tenajo nichts unternommen. Und in Danzar hatten sie ebenfalls nichts unternommen.

Sie hatte nichts unternommen.

Emily war tot, und sie unternahm nichts.

»Bess?«

Kaldak stand vor der Duschkabine. Sie konnte seine riesige Gestalt durch die beschlagene Duschwand sehen.

»Lassen Sie mich in Ruhe, Kaldak.«

»Kommen Sie raus, Ihr Mittagessen ist fertig.«

»Verschwinden Sie.«

»Sie waren jetzt lang genug da drin.« Er fing an, die Duschtür aufzuschieben.

»*Raus* hier.«

Sie knallte die Tür wieder zu. »Ich komme raus, wenn ich fertig bin. Jetzt lassen Sie mich alleine.«

Einen Augenblick stand er da, verblüfft über die Wut in ihrer Stimme.

Sie war auch verblüfft. Sie hatte gar nicht gemerkt, wie schnell die Wut in ihr hochgekommen war. Sie hatte die Fäuste so heftig zusammengeballt, daß sich die Fingernägel in die Handflächen bohrten. Wut und Haß überkamen sie abwechselnd.

Esteban.

»Ihr Morgenmantel hängt an der Tür.« Er schloß die Tür, und sie war allein.

Nein, nicht allein.

Die Erinnerung an Emily, wie sie sie im Beerdigungsinstitut gesehen hatte, blieb haften. Würde sie jetzt immer dieses Bild von ihrer Schwester vor sich sehen? Wurden alle Erinnerungen an die Vergangenheit durch dieses eine Bild ausgelöscht?

Schieb es weg, wehr es ab. Am liebsten würde sie wieder heulen, und das machte sie schwach. Sie mußte nachdenken und planen. Sie durfte jetzt nicht schwach sein. Sie mußte so stark sein, wie Emily es an ihrer Stelle wäre.

Sie hatte schließlich gelernt, daß es zu nichts führte, wenn man die Monster ans Licht brachte.

Man mußte sie töten.

Sie blieb fast eine Stunde im Badezimmer.

Kaldak blickte auf, als sie die Küche betrat. »Ihre Suppe ist kalt.« Er stand auf und nahm die Schüssel. »Ich stelle sie kurz in die Mikrowelle.«

»Wir essen in der Küche?« Sie deutete ein Lächeln an. »Das würde Ihre Mutter nicht billigen.«

»Sie hatte Verständnis für Notfälle. Nehmen Sie Platz.«

»Okay.« Sie setzte sich an den Tisch und sagte zögernd: »Es tut mir leid ... ich habe Sie ... angeschrien. Dabei haben Sie nur getan, was Sie für das Beste hielten.«

»Kein Problem.«

»Und Sie waren sehr nett zu mir vergangene Nacht. Danke.«

»Um Himmels willen, ich möchte nicht, daß Sie sich bei mir bedanken.« Er musterte ihr Gesicht. »Geht es Ihnen gut?«

Nein, es ging ihr nicht gut. Emily war tot und Esteban nicht. »Mir geht's gut.«

»Das glauben Sie doch selbst nicht. Sie sind bleich wie ein Laken und sehen aus, als würden Sie gleich umfallen.«

»Mir geht's gut«, wiederholte sie.

»Ich habe Dr. Kenwood heute morgen angerufen. Josie ist auf dem Weg der Besserung.«

»Weiß er schon, wann sie operiert wird?«

»Er will sich noch nicht festlegen.« Er stellte die Suppe vor sie hin. »Er sagt, daß sie noch mehr Blutkörperchen bilden muß.«

Blut, das Esteban ihr abgezapft hatte.

»Hat schon irgend jemand Tom und Julie wegen Emily benachrichtigt?«

»Noch nicht. Sie sind nicht zu erreichen. Sie halten sich immer noch in Kanada auf.«

»Ich möchte nicht, daß Sie versuchen, sie zu finden. Ich möchte nicht, daß sie es erfahren.«

»Warum nicht?«

»Sie würden hierherkommen, und das wäre gefährlich für sie. Sie haben doch selbst gesagt, daß man es vielleicht auf sie abgesehen hat.«

Er nickte. »Wir werden weiterhin die Ranger-Station und ihre Wohnung im Auge behalten.«

»Ich möchte nicht, daß sie Emily sehen ... so wie ich sie gesehen habe.« Sie brauchte eine Weile, um ihre Stimme zu beruhigen. »Tom und Julie würden genausowenig wie ich glauben, daß sie tot ist. Sie würden den Sarg öffnen und sie sehen – ich kann es nicht zulassen. Sie soll in Würde und Achtung begraben wird. Können Sie für morgen ein stilles Begräbnis arrangieren? Wenn wir es ihnen dann sagen, kann ich Julie erzählen, daß ihre Mutter an einem Ort ist, der – «

»Sie sind nicht die nächste Angehörige. Tom Corelli hat das Recht, diese Entscheidung zu treffen, Bess.«

»Ich nehme mir dieses Recht.« Sie nahm den Löffel in die Hand, die ein wenig zitterte. »Sie können es veranlassen. Sie sind die CIA. Wenn Sie Papiere fälschen und Leute töten können, dann können Sie auch das tun. Ich werde nicht zulassen, daß Tom und Julie Emily in diesem Zustand zu Gesicht bekommen. Sie sollen sie in Erinnerung behalten, wie sie vor Esteban war – Sorgen Sie dafür, Kaldak.«

Er nickte langsam. »Ich werde es in die Wege leiten. Aber die Beerdigung sollte heute stattfinden. Je eher wir hier wegkommen, desto besser.«

»Morgen.« Sie würde morgen soweit sein. Sie war noch nicht stark genug. Sie mußte sich zwingen, von der Suppe zu essen. Iß die Suppe, das Sandwich. Versuch zu schlafen heute nacht. Sammle deine Kräfte. »Morgen, Kaldak.«

»Es gefällt mir zwar nicht, aber – na gut.« Er sah ihr beim Essen zu. »Aber jetzt muß ich Sie um einen Gefallen bitten. Ed kann mit der Blutprobe arbeiten, aber er braucht noch mehr.«

Blut. Sie hatte es fast vergessen. Sie durfte es nicht vergessen. Es wurde für die Vergleichsprobe gebraucht. »Nehmen Sie es mir jetzt ab.«

»Ich kann noch ein bißchen warten.«

»Machen Sie schon.«

Er erhob sich vom Tisch und verschwand im Wohnzimmer. Als er wieder hereinkam, hielt er das Etui aus schwarzem Leder in der Hand. Darin befand sich das Blutabnahmebesteck, das er auch schon auf dem Parkplatz in Atlanta verwandt hatte. Als die Nadel in ihre Haut stach, spürte sie es kaum. »Sie machen das sehr gut.«

»Halten Sie still.« Konzentriert zog er das Blut in die Kanüle. »So.« Er klebte ihr ein Pflaster auf den Arm. »Ich bin gleich wieder zurück. Ich muß die Röhrchen gut gekühlt verpacken. Noch heute abend müssen sie bei Ed ankommen. Sein Team arbeitet rund um die Uhr.«

»Dann ist es ja doch ziemlich eilig. Sie haben gesagt, Sie könnten warten.«

»Sie waren ganz schön lange weggetreten.« Er lächelte schief. »Und ich wollte einfach human sein. Haben Sie das nicht gemerkt?«

»Doch.« Er war nett gewesen. Er hatte sie festgehalten und versucht, den Schrecken von ihr fernzuhalten. Eine Zeitlang war ihm das gelungen, aber jetzt tat der Abgrund sich wieder auf, und sie mußte sich damit auseinandersetzen. »Ich weiß es.«

Er war hinausgegangen, um das Blut für den Transport zum CDC zu verpacken. Wie ungerecht, daß sie gegen die Seuche immun war, Emily aber daran gestorben war. Emily war Ärztin und hatte eine Familie. Wählte Gott nach dem Zufallsprinzip aus?

Bess stand auf und trat ans Fenster, von dem aus man einen Blick auf die Dächer und schmiedeeisernen Balkone des Französischen Viertels hatte. Sie hatte diese Stadt immer geliebt. Als Emily zu Besuch war, hatte ihr die Stadt nicht gefallen, und sie hatte Bess davon überzeugen wollen, sich eine Wohnung in Detroit zu nehmen. New Orleans war zu spleenig für die praktisch veranlagte Emily.

»Ich habe Ramsey angerufen und ihn gebeten, einen Kurier für das Päckchen herzuschicken«, berichtete Kaldak, als er wieder in die Küche kam. »Ich werde an die Tür gehen, wenn es klingelt.«

»Haben Sie Angst, es könnte jemand mit einem Maschinengewehr auftauchen und mich wegpusten?«

»Nein, nicht mit einem Maschinengewehr. Es gibt leisere Methoden.« Er legte das Päckchen auf die Kommode neben der Tür. »Außerdem bezweifle ich, daß sie an die Haustür kommen. Die warten, bis Sie rauskommen.«

Sie blickte wieder zum Fenster hinaus. »Sie glauben, die warten schon auf mich?«

»Ja, ich habe es Ihnen von vornherein gesagt. Genau darum geht's.«

Sie konnte ihren Blick nicht von dem Viertel abwenden. »Es dreht sich alles um das Blut, stimmt's? Sie wollen das Blut, und Esteban will meinen Tod, bevor ich Ihnen genug davon geben kann, um ihm seinen sauberen kleinen Plan zu vereiteln.«

»Ja.«

»Wieviel ist genug, Kaldak?«

»Wir wissen es nicht.«

»Dann muß ich ja wohl einen ziemlich hohen Wert haben.«

Schweigend sah Kaldak sie an.

»Glauben Sie, daß Esteban hier ist?«

»Das bezweifle ich. Das würde er nicht riskieren. Aber er hat jemanden geschickt.«

»Das muß ja eine Enttäuschung für ihn gewesen sein. Ich kann mich noch an sein Gesicht erinnern, als er mir im Krankenhaus mitteilte, Emily sei tot. Warum hat er mir die Lüge mit der Leichenhalle aufgetischt?«

»Er wollte Ihnen weh tun. Sie hätten ihm wahrscheinlich nicht geglaubt, daß er sie in den Bergen begraben hat. Sie wären davon ausgegangen, daß er log und daß Emily die Flucht gelungen sei.«

»Das glaubte ich auch, als wir Rico fanden. Ich hoffte, sie sei –« Selbst diese Erinnerung war schmerzhaft. »Woher wußte Ramsey, daß sie in den Bergen begraben war?«

»Yael.«

Sie schaute ihn an. »Yael?«

»Ich hatte ihn gebeten, nach einem Grab Ausschau zu halten.«

Sie erstarrte. »Was haben Sie?«

»Ich habe ihn damals von dem Flugzeugträger aus noch einmal angerufen und ihm gesagt, er solle nach einem Grab suchen.«

»Sie haben damals schon geglaubt, daß sie tot war?« flüsterte sie.

»Ich hoffte, daß es nicht stimmte. Ich habe gebetet, daß sie nicht tot war. Aber ich wußte, daß es gut möglich war.«

»Warum?«

»Man hat sie nicht mit Josie zusammen ins Krankenhaus gebracht. Nach dem, was Sie mir über Ihre Schwester erzählt hatten, konnte ich mir nicht vorstellen, daß sie sich freiwillig von dem Baby getrennt hatte.« Er zögerte. »Wenn sie noch am Leben war.«

Bess hatte das gleiche gedacht, aber sie hatte sich nicht gestattet, den Gedanken zu akzeptieren. »Es bestand die Möglichkeit, daß sie noch am Leben war. Die Möglichkeit bestand.«

»Aber es war wahrscheinlicher, daß sie tot war.« Er lächelte dünn. »Mein analytischer Verstand. Ich mußte mit allem rechnen. Yael sollte bei seiner Suche auch nach einem provisorischen Grab Ausschau halten.«

»Und er hat es gefunden. Wann?«

»Vor drei Tagen. Er hatte eine verdächtige Stelle am Fuß

des Berges zehn Meilen von Tenajo entfernt ausfindig gemacht. Er überprüfte sie und war auf dem Weg, mir davon zu berichten, als Estebans Leute kamen und mit der Exhumierung anfingen.«

»Sie wollen sagen, daß sie sie ausgegraben haben«, bemerkte Bess bitter. *Exhumierung*. Was für ein glattes, sauberes Wort für eine üble Schändung.

Er nickte.

»Sie haben es mir nicht erzählt. Sie haben mich in der Hoffnung gelassen.«

»Es gab die Möglichkeit, daß ich mich irrte. Und Sie hätten mir ohnehin nicht geglaubt.«

Nein, sie hätte ihm nicht geglaubt. Sie hätte es sich selbst nicht gestattet, es zu glauben, bis sie tatsächlich Emilys Leiche gesehen hatte.

Davon wegkommen. Bloß nicht mehr an diesen Moment denken. Die Fassung bewahren. »Ich bin ... müde. Ich gehe wieder in mein Schlafzimmer. Lassen Sie mich wissen, wenn Sie die Vorbereitungen für Emilys Beerdigung getroffen haben.«

»Wenn Sie sich wieder besser fühlen, sollten Sie anfangen zu packen. Wir müssen sofort nach der Beerdigung aufbrechen.«

Sie ging ins Schlafzimmer, machte die Tür zu und schloß ihn aus. Sie hatte wieder angefangen zu zittern, aber wahrscheinlich hatte er es nicht gemerkt. Sie hatte ihm schon zuviel Schwäche gezeigt.

Sie atmete tief durch, um sich zu beruhigen. Das half. Sie brauchte noch ein bißchen Zeit, dann würde es ihr wieder gutgehen.

Ihr Zustand war so angespannt, daß Kaldak fürchtete, sie könnte jeden Moment zusammenbrechen.

Vielleicht wäre das sogar besser. Diese extreme Selbstbeherrschung konnte gefährlicher sein als die schreckliche Verzweiflung der vergangenen Nacht. Mit ihrem heutigen Verhalten hatte er nicht gerechnet. Normalerweise konnte er sie gut einschätzen, aber er wußte nicht, was sie heute dachte.

Trotzdem sollte das nicht zu einem Problem werden. Er hatte so eine Ahnung, daß sie ihre Gedanken und Wünsche früh genug bekanntmachen würde.

Cheyenne, Wyoming

»Mann, du bist wirklich ein beinharter Bursche, Jeffers. Ein Klasse-Cowboy«, sagte Randall feierlich. »Da muß ich mich ja in Zukunft höllisch vorsehen.« Er warf seiner Frau, die neben ihm an der Bar saß, einen heimlichen Blick zu.

Randall kicherte über ihn, machte sich über ihn lustig, stellte Cody Jeffers fest. Er kaufte Cody die Geschichte nicht ab.

Dieser großkotzige Scheißkerl... Er hatte ein bißchen übertrieben, na und? Für wen hielt Randall sich eigentlich? Bloß weil er ein paar Rennen gewonnen hatte –

Cody kletterte von seinem Barhocker, setzte schwungvoll seinen Stetson auf und stolzierte aus der Bar. Er hatte noch keine großen Rennen gewonnen, na und? Er war noch jung. Er würde es schaffen. Er würde ein Star sein, wenn Randall längst in einem Rollstuhl herumfahren würde, anstatt in seiner Teufelskiste.

Er ballte die Fäuste in den Taschen seiner Schafsfelljacke und ging die Straße hinunter.

Morgen abend würde Randall das Lachen schon noch vergehen, wenn seine Maschine während der Show eins der großen Räder verlor. Alle würden dann über ihn lachen. Nur ein paar Drehungen mit dem Schraubenschlüssel an den Radmuttern, und krach, rumms. Das hatte er schon mal vor einigen Jahren gemacht, als dieser Bastard in Denver –

»Mr. Jeffers?«

Er drehte sich um.

»Mein Name ist Esteban.« Der Mann kam auf ihn zu. »Man hat mir gesagt, daß Sie hier sein könnten. Mir ist zu Ohren gekommen, was für ein vielversprechender junger Mann Sie sind, und ich möchte Ihnen ein Angebot machen. Können wir irgendwo hingehen, wo wir miteinander reden können?«

Kapitel 11

Kaldak und Bess verließen die Wohnung am nächsten Morgen noch bei Dunkelheit. Sie eilten über das am Hinterausgang gelegene Treppenhaus hinunter zu einem bereitstehenden Wagen und fuhren zum Friedhof St. Nicholas in Metairie, einem Vorort von New Orleans.

Emily wurde in einer alten moosbewachsenen Krypta mit Blick auf einen kleinen, stillen Teich beigesetzt. Noch vor der Morgendämmerung klappte der Geistliche die Bibel zu, nickte höflich und verließ eilig die Grabstätte.

Armer Mann, dachte Bess wie betäubt. War er doch aus seinem Bett gezerrt und zu einem Friedhof gebracht worden, der irgendwie an einen Roman von Anne Rice erinnerte.

»Wir sollten auch gehen«, sagte Kaldak sanft.

Bess blickte hinab auf den glatten Steinsarkophag, in den Emilys Sarg eingeschlossen worden war. Lebe wohl, Emily. Ich liebe dich. Du wirst immer bei mir sein.

»Bess.«

Sie nickte, wandte sich ab und verließ die Krypta. Die Luft war feucht und kühl. Bess atmete tief ein und betrachtete den Friedhofswächter, der das Eisentor der Krypta verschloß. Durch die Zypressen fiel das erste Tageslicht auf die Inschrift des Grabmals.

Cartier.

Kaldaks Blick folgte dem ihren. »Ein gewisser Etienne Cartier hat mir den Platz für Emily vorübergehend zur Verfügung gestellt. Das hier ist seine Familienkrypta. Hier muß jeder über der Erde begraben werden.«

Das war ihr bekannt. Nicht einmal Kaldak hätte sie zugetraut, jemanden dazu zu überreden, seine letzte Ruhestätte herzugeben. »Vorübergehend?«

»Ich bin davon ausgegangen, daß Tom Corelli sie wahrscheinlich nach Hause holen will.«

Nach Hause holen. Die Worte klangen liebevoll und melancholisch zugleich. *Emily nach Hause holen.*

»In der Zwischenzeit ist sie hier sicher.«

Sicher in diesem Grab. Waren denn die Toten nicht immer sicher? Sie hatten keine Probleme, keine Angst oder Wut ...

»Sind Sie damit einverstanden?« fragte Kaldak.

Sie nickte. »Ich glaube, ich habe darüber noch gar nicht nachgedacht. Emily hätte nicht für immer hierbleiben wollen. Sie hat New Orleans nicht besonders gemocht. Sie hätte nach Hause gewollt.« Sie wandte sich ab und ging weg. Nicht über sie nachdenken. Nicht zurückblicken. Du verläßt sie ja nicht. Sie wird immer bei dir sein.

Kaldak holte sie ein, und sie gingen schweigend den von Grabstätten gesäumten Kiesweg entlang.

»Wie haben Sie das geschafft, daß man uns so früh auf den Friedhof gelassen hat?« fragte Bess, als sie sich dem Tor näherten.

»Nun, Ramsey hat seine Beziehungen.«

»Versuchen wir, einem gedungenen Mörder aus dem Weg zu gehen? Schleichen wir deswegen so herum und begraben meine Schwester bei Dunkelheit?«

»Glauben Sie, ihr wäre es lieber gewesen, daß Sie bei Tageslicht ein leichtes Ziel abgeben?«

»Nein.«

»Ich auch nicht. Deshalb sind wir so früh am Morgen hier, und deshalb sind auch acht Agenten hinter den Grabmälern postiert.«

Bess ließ ihren Blick über die Reihen der Grabmäler wandern. »Ich kann keine sehen.«

»Das sollen Sie auch nicht.«

Sie hätte ohnehin nichts bemerkt auf dem Weg vom Auto zur Grabstätte. Sie hatte an nichts anderes als an Emily denken können.

Aber es war vorbei. All das war jetzt vorbei.

Kaldak hielt sie auf, als sie in Richtung des gemieteten braunen Lexus gehen wollte, der am Bordstein geparkt war. »Einen Moment.« Er warf einen Blick auf einen Mann in einem karierten sportlichen Mantel, der gerade aus einem ein paar Meter entfernt geparkten Sedan ausstieg.

Sie erstarrte.

»Alles in Ordnung. Er ist einer von unseren Leuten. Er hat unseren Wagen bewacht.«

Der Mann nickte, und Kaldak öffnete die Beifahrertür.

»Hatten Sie Angst vor einer Bombe oder so was?«

»Ich habe Angst vor allem und jedem«, erwiderte er, während er sich ans Steuer setzte. »Sie haben den Nagel auf den Kopf getroffen.«

»Ist Ramsey in dem Wagen?«

»Wahrscheinlich.«

»Was für ein Mann ist er?«

Er sah sie überrascht an. »Was meinen Sie damit?«

»Beim Beerdigungsinstitut hat er einen sehr ärgerlichen und ungeduldigen Eindruck gemacht.«

»Er muß sich um alles kümmern.«

»Genau wie Sie.« Ihr Blick ging noch einmal zu dem Sedan. »Trauen Sie ihm?«

»Bis zu einem bestimmten Punkt. Ich habe ihn kennengelernt als jemanden, der auf dem Weg in die Führungsetage der Firma seine Ellbogen benutzt hat. Er leistet gute Arbeit, aber er ist ehrgeizig, und das prägt das Verhalten eines Menschen.«

»Das stimmt.« Sie wandte den Blick nach Osten. »Die Sonne geht auf.«

»Deshalb sollten wir uns lieber beeilen. Ich bin froh, wenn ich Sie aus der Stadt gebracht habe. Wir verlassen die Stadt direkt von hier aus. Ich werde dafür sorgen, daß jemand Ihre Koffer aus der Wohnung abholt und –«

»Nein.«

Er hielt inne und drehte sich langsam zu ihr. »Was?«

»Wir fahren nicht. Zumindest noch nicht. Bringen Sie mich zurück in meine Wohnung und schicken Sie jemanden zu Ramsey. Ich möchte mit ihm reden.«

»Sie können am Telefon mit ihm reden.«

»Von Angesicht zu Angesicht. Ich möchte über alles Klarheit haben. Erinnern Sie sich noch, wie ich Ihnen einmal erklärt habe, daß ich immer Klarheit haben will?«

Er schwieg einen Moment. »Ich erinnere mich.«

»Also bringen Sie mich in meine Wohnung. Oder ich steige aus und laufe, Kaldak. Haben Sie Lust, hinter mir herzutrotten?«

»Ich könnte Sie einfach außer Gefecht setzen und losfahren.«

»An dem Punkt waren Sie schon mal, das ist vorbei«, sagte sie. »Es wäre billig, wenn Sie sich wiederholten. Wenn Sie wollen, daß ich in Sicherheit bin, bringen Sie mich in meine Wohnung, wo ich vier Wände um mich herum habe.« Ihre Stimme wurde schroff. »Weil ich nirgendwo anders hingehen werde, Kaldak.«

»Tun Sie das nicht, Bess.«

Sie legte die Hand auf den Türgriff.

»Also gut«, sagte er gepreßt. Er ließ den Motor an und gab Vollgas. Als der Wagen einen Satz nach vorn machte, wurde Bess in den Sitz gedrückt.

Diese Schlacht hatte sie gewonnen.

»Was machen Sie immer noch hier, zum Teufel?« Ramsey schlug die Wohnungstür hinter sich zu. »Sie sollten längst auf halbem Wege nach Shreveport sein, um von dort nach Atlanta zu fliegen. Herrgott noch mal, Kaldak, das lasse ich mir nicht bieten – «

»Kaldak hatte keine Wahl«, erklärte Bess. »Und es wäre angebracht, daß Sie mit mir sprechen, Mr. Ramsey. Ich bin es leid, so behandelt zu werden, als besäße ich die Intelligenz einer prämiierten Kuh.«

Ramsey warf Kaldak, der es sich in einem Sessel bequem gemacht hatte, einen fragenden Blick zu.

Kaldak zuckte die Achseln.

Ramsey wandte sich wieder Bess zu. »Niemand beabsichtigt, Sie respektlos zu behandeln, Ms. Grady. Seien Sie unseres Mitgefühls versichert. Mir ist zu Ohren gekommen, daß Dr. Corelli eine wundervolle Frau gewesen ist und – «

»Emily ist tot. Und was für eine Frau sie gewesen ist, geht nur die etwas an, die sie geliebt haben. Ich habe Sie nicht hierhergebeten, um mir Ihre Beileidsbekundungen anzuhören.«

»Weshalb haben Sie mich dann hergebeten?«

»Ich brauche Informationen. Ich möchte einige Dinge klarstellen. Wollen Sie nach Mexiko fahren, um Esteban zu stellen?«

»Das können wir nicht. Das würde zu diplomatischen Verwicklungen führen. Wir haben keine Beweise.«

»Sie haben die Leiche meiner Schwester.«

»Und eine Konfrontation zum jetzigen Zeitpunkt würde

weitere Verwicklungen hervorrufen. Sie müssen Geduld haben.«

»Ich habe aber keine Geduld.« Sie schwieg einen Moment lang. »Ich brauche eine weitere Information. Ich muß über Kaldak Bescheid wissen. Ich habe beschlossen, mich an Sie zu wenden, da er mir offenkundig nur das mitteilt, was er für nötig hält.«

Ramsey warf Kaldak einen verlegenen Blick zu.

Kaldak sagte: »Schießen Sie los.«

»Sie sind sein Vorgesetzter?« fragte Bess.

»In gewisser Weise.«

»Bedeutet das, Sie sind nicht sein Vorgesetzter? Entweder Sie sind es oder Sie sind es nicht.«

»Kaldak hat einige Jahre für uns gearbeitet. Er hat besondere Fähigkeiten, die ihn für uns unersetzlich machen.«

»Fähigkeiten in bezug auf das Töten von Menschen oder in bezug auf biologische Kriegsführung? Er ist doch Wissenschaftler?«

»Hat er Ihnen das erzählt?« Ramsey zögerte. »Dann wissen Sie über Nakoa Bescheid?«

»Nein, davon weiß sie nichts.« Kaldak betrachtete Bess aufmerksam. »Worauf wollen Sie hinaus, Bess?«

»Ich möchte wissen, wieviel Einfluß Sie bei diesen Leuten haben. Offenbar können Sie nach Belieben über sie verfügen, aber ich muß wissen, wie weit Ihr Einfluß geht.«

»Wir gewähren Kaldak mehr Entscheidungsspielraum, als wir es gewöhnlich tun«, sagte Ramsey. »Aber in Anbetracht der ungewöhnlichen Umstände in dieser – «

»Sie benutzen mich«, bemerkte Kaldak unverblümt. »Alle haben eine teuflische Angst bei dieser Geschichte. Ich komme ihnen gelegen, weil sie mir die Schuld in die Schuhe schieben können, falls irgend etwas schiefgeht.« Er grinste Ramsey spöttisch an. »Und ich benutze sie.«

»Und Sie, haben Sie keine Angst?« fragte Bess.

»Klar doch. Aber davon kann ich mich nicht beirren lassen.«

Nein, Kaldak würde sich von gar nichts beirren lassen. »Also benutzt jeder jeden.«

»So ist das Leben nun mal, Ms. Grady«, sagte Ramsey. »Aber Sie können sich darauf verlassen, daß wir alles in unserer Macht Stehende unternehmen werden, um Esteban aufzuhalten.«

»Dessen bin ich mir nicht sicher. Ich traue Ihnen nicht.«

»Glauben Sie, wir würden eine nationale Katastrophe zulassen?« fragte Ramsey ungehalten. »Wir wissen Ihre Sorge zu schätzen, aber es ist idiotisch anzunehmen – «

»Hören Sie sie an«, unterbrach Kaldak ihn. »Sie möchte irgend etwas.«

Bess nickte. »Sehr richtig.«

»Und was?« wollte Ramsey wissen.

»Nicht was, sondern wen. Kaldak.«

Obwohl sie den Blick auf Ramsey gerichtet hatte, konnte sie Kaldaks plötzliche Anspannung fühlen.

»Ich glaube, ich verstehe nicht ganz«, erwiderte Ramsey vorsichtig.

»Jeder benutzt jeden. Ich möchte Kaldak benutzen.«

»Inwiefern?«

»Mich am Leben zu halten. Und mir dabei zu helfen, Esteban zu finden.« Sie wandte den Blick zu Kaldak und fügte ganz bewußt hinzu: »Mir dabei zu helfen, Esteban zu töten.«

»Aha, da also liegt der Hase im Pfeffer«, murmelte Kaldak.

»Sie begreifen das nicht«, sagte Ramsey. »So einfach ist das nicht. Das ganze Ausmaß ist viel größer als – «

»Das ganze Ausmaß interessiert mich nicht. Sie kümmern

sich um das Anthrax-Problem. Mir überlassen Sie Kaldak und sorgen dafür, daß er alle notwendigen Kompetenzen hat.«

»Hätten Sie mich gern mit oder ohne Geschenkpapier?« fragte Kaldak.

Sie ignorierte ihn, konzentrierte sich statt dessen auf Ramsey. »Ich möchte Kaldak.«

»Ich kann verstehen, daß Sie verletzt und wütend sind, aber wir müssen alle unsere Bemühungen darauf richten, Esteban dingfest zu machen, damit er kein weiteres Tenajo inszeniert.«

»Dann sind wir uns ja einig. Ich habe die feste Absicht, Esteban unschädlich zu machen.«

»Wenn Sie auf die Vernunft hören würden, bin ich sicher, daß –«

»*Sie* hören jetzt zu.« Ihre Stimme zitterte vor Erregung. »Ich traue Ihrer ›Vernunft‹ nicht. Ich habe zu viele Geschäfte erlebt, die unter dem Ladentisch gehandelt werden, zu viele Vertuschungen. Das wird nicht noch einmal passieren. Niemand wird mit Esteban verhandeln und dann ruhig zusehen, wie er sich absetzt. Auf keinen Fall.«

»Niemand will mit ihm verhandeln.«

Sie fuhr zu Kaldak herum. »Könnte das passieren?«

Er nickte langsam.

»Verdammt noch mal, Kaldak«, stieß Ramsey zwischen den Zähnen hervor. »Sie machen die Sache kein bißchen leichter.«

»Ich bin an der ganzen Geschichte viel zu sehr interessiert, um Ihnen zuliebe zu lügen, Ramsey. Ich bin bisher noch nie als Sklave verkauft worden.«

Ramsey warf ihm einen giftigen Blick zu, bevor er sanft sagte: »Ms. Grady, wir haben alles unternommen, um Ihre Sicherheit zu gewährleisten. Jetzt brauchen wir Ihre Kooperation.«

»Sparen Sie sich Ihre herablassende Art. Wollen wir es doch deutlich aussprechen. Sie brauchen nicht nur meine Kooperation, Sie brauchen mein Blut. Geben Sie mir Kaldak, und Sie bekommen es.«

»Bingo«, sagte Kaldak.

Ramsey erstarrte. »Sie würden sich weigern? Aber es könnte Tausende von Menschenleben kosten.«

»Deswegen gehe ich davon aus, daß das Weiße Haus sehr verärgert wäre, wenn Sie mich durch Ihr unüberlegtes Handeln so weit treiben würden, daß ich mich weigere mitzuspielen. Geben Sie mir Kaldak.«

»Angenommen, ich verspreche Ihnen, daß Kaldak, wenn das hier alles vorbei ist, die Fährte von Esteban aufnimmt. Werden Sie sich dann an einen sicheren Ort begeben und uns die notwendigen Dinge erledigen lassen?«

»Nichts da. Ich bleibe hier.«

»Herrgott noch mal, wollen Sie unbedingt sterben? Sie sind eine wandelnde Zielscheibe.«

»Nein, ich will nicht sterben. Kaldak wird sich um meine Sicherheit kümmern, und Sie helfen ihm dabei. Und zwar hier in der Öffentlichkeit. Wenn ich mich verstecke, ist es unmöglich, Esteban aus seinem Hinterhalt zu locken.«

»Esteban wird einen Killer schicken. Er wird nicht selber kommen.«

»Zunächst nicht. Aber ich schätze, sein Unmut wird sich steigern, solange ich lebe.«

Ramsey schüttelte den Kopf. »Sie sind zu wertvoll, um als Köder zu fungieren, und außerdem haben Sie keine Vorstellung, was Ihre Bitte bedeutet.«

»Das ist keine Bitte. Sie haben keine Wahl. So ist es nun mal. Esteban wird für Emily bezahlen. Mehr gibt's dazu nicht zu sagen. Auf Wiedersehen, Mr. Ramsey.«

Ramsey starrte sie verärgert an. Dann ging er zur Tür. »Ich muß mit Ihnen reden, Kaldak.«

»Das habe ich mir schon gedacht.« Kaldak erhob sich. »Ich bin gleich wieder zurück, Bess. Wir bleiben im Flur.«

Bess ging ins Schlafzimmer. Sie war froh, auch diese Schlacht hinter sich gebracht zu haben, aber sie bildete sich nicht ein, daß es mit Kaldak so leicht laufen würde wie mit Ramsey. Er hatte dagesessen, sie beobachtet, hatte zwei und zwei zusammengezählt und ihre Worte analysiert. Sie war sich dessen in jeder Sekunde während ihrer Auseinandersetzung mit Ramsey bewußt gewesen.

Sie entledigte sich schnell ihres schwarzen Kostüms und schlüpfte in Jeans und Hemd. Kaum hatte sie den letzten Knopf zugemacht, hörte sie, wie die Eingangstür geschlossen wurde. Sie holte tief Luft, bevor sie ins Wohnzimmer ging.

Kaldak saß wieder im Sessel. »Sie haben gewonnen.« Er tippte sich auf die Brust. »Ich gehöre Ihnen.«

»Ach ja?«

»Soweit es Ramsey betrifft. Er hat natürlich seinen ursprünglichen Vorschlag wiederholt, Sie unter Drogen zu setzen, während wir Ihnen das nötige Blut entnehmen. Aber als ich nicht mitspielen wollte, gab er klein bei.«

»Sehen Sie eine gewisse Ähnlichkeit zu Estebans Methoden?«

»Vielleicht. Sie sind wirklich genau richtig mit Ramsey umgegangen. Er hat nicht gemerkt, daß Sie geblufft haben.«

»Ich habe nicht geblufft.«

»Ich hatte schon den Eindruck; in jedem Fall wäre es zu gefährlich gewesen, Zweifel aufkommen zu lassen. Ihr Blut ist entscheidend.«

»Sie werden es bekommen.«

»Ich weiß. Dafür werde ich schon sorgen.« Er zögerte.

»Und dazu muß ich Sie am Leben halten. Das bedeutet, ich werde jede Minute bei Ihnen sein. Ohne mich steigen Sie in kein Auto und gehen nicht mal an die Tür.«

»Einverstanden.«

»Lassen Sie uns die Wohnung anschauen. Ich zeige Ihnen, welche Sicherheitsvorkehrungen wir getroffen haben.«

Sie folgte ihm in den Flur.

»Weder Ihr Schlafzimmer noch Ihr Gästezimmer haben eine Feuertreppe oder sonst einen Eingang. Da gibt's kein Problem.« Er ging zur Tür am Ende des Flurs. »Das Schloß an dieser Tür, die in den kleinen Hof führt, war zu schwach. Wir haben es durch einen Sicherheitsriegel ersetzt. Der Hof wird von einem schmiedeeisernen Zaun eingefaßt und hat ein Tor. Da es einen langen Gehweg gibt, der zur Seitenstraße führt, haben wir einen Mann im Hof postiert. Ein anderer bewacht den Vordereingang an der Straße.«

»Können Ihre Leute sich unauffällig verhalten? Ich möchte meine Nachbarn nicht ängstigen.«

»Peterson war heute morgen, als wir vom Friedhof zurückkehrten, im Dienst. Er stand beim Geschäft auf der anderen Straßenseite in einer Nische. Haben Sie ihn bemerkt?«

»Nein.«

»Dann nehme ich an, daß er unauffällig ist.« Er öffnete die nächste Tür. »Und das ist Ihre Dunkelkammer. Machen Sie das Licht an.«

Sie betätigte den Schalter neben der Tür. Schummriges, rotes Licht erfüllte die Kammer.

Er betrachtete das Fenster. »Fensterläden, das ist gut.«

»Ich habe sie nicht aus Sicherheitsgründen anbringen lassen, sondern um zu verhindern, daß Licht eindringt. Deshalb sind sie speziell abgedichtet.« Sie runzelte die Stirn. »Sie haben Bretter darüber genagelt. Mußte das sein?«

»Ja.« Er verzog das Gesicht. »Mein Gott, wie es hier drin stinkt. Sind das Chemikalien?«

»Ich mag den Geruch.«

»Verrückt.«

»Vielleicht. Aber es ist schon gut, daß ich ihn mag; schließlich verbringe ich eine Menge Zeit hier drin.«

»Dann dürfen Sie aber nicht an Klaustrophobie leiden.«

Sie schüttelte den Kopf. »Mir gefällt es. Hier fühle ich mich immer sicher.«

Er sah sie fragend an.

»Ich weiß auch nicht, warum das so ist.« Sie zuckte mit den Schultern. »Oder vielleicht doch. Wahrscheinlich weil ich bei jedem Abzug, den ich in der Wanne da hinten entwickle, weiß, daß ich die Welt so zeigen kann, wie sie wirklich ist. Nicht so, wie ich sie gerne hätte, und auch nicht so, wie jemand anders es mir einreden will. Sondern wie sie in Wahrheit ist. Die Fotos zeigen den ganzen Scheißdreck, wie er ist.«

»Sie haben ja eine interessante Vorstellung von einem Sicherheitsnetz.« Er schaltete das Licht aus, ging wieder in den Flur und öffnete die nächste Tür. »Wie ich schon sagte, das Gästezimmer ist sicher. Das werde ich belegen. Es liegt nahe genug an Ihrem Schlafzimmer, so daß ich alles hören kann. Lassen Sie die Tür nachts einen Spalt offen.« Er warf ihr einen Blick zu. »Irgendwelche Einwände?«

»Nein, wieso? Sie sorgen für meine Sicherheit. Deswegen wollte ich Sie.«

»Nicht wirklich. Ich bin nur Mittel zum Zweck. Sie wollen den Tod von Esteban, und Sie wollen, daß ich Ihnen helfe, ihn zu erwischen. Alles andere ist Nebensache.« Er schwieg einen Moment. »Sie wollen der Lockvogel sein? Meinetwegen, aber dann nach meiner Methode. Sie wollen Esteban? Ich werde ihn abliefern, und ich werde nicht riskieren, daß dabei einer von uns beiden draufgeht.«

»Ich will nicht, daß Sie ihn abliefern. Ich will einfach, daß Sie mir dabei helfen, an ihn heranzukommen.«

»Haben Sie eine Ahnung, wie viele Leibwächter er um sich herum hat? Sie werden nie in seine Nähe kommen.«

»Die werden nicht immer um ihn sein. Niemand ist rund um die Uhr geschützt. Ich könnte es schaffen, wenn Sie mir dabei helfen.«

»Und dann gerät Habin in Panik und führt selbst den Schlag aus. Wollen Sie das?«

»Nein, finden Sie heraus, wie das zu verhindern ist.«

»Glauben Sie, ich kann Wunder bewirken?«

Sie hatte es für ein Wunder gehalten, daß er den Flugzeugträger für Josie gefunden hatte. »Sie sind intelligent und erreichen eine Menge. Das ist schon Wunder genug. Ich bin nicht so blöde zu glauben, ich könnte mein Vorhaben allein ausführen. Ich brauche Sie.«

Er schwieg eine Zeitlang. »Sie haben also wirklich vor, mich zu benutzen?«

Sie zuckte zusammen. »Ja.«

»Sie haben ja schon Probleme bei dem Gedanken daran.«

»Das wird sich legen.« Sie tastete nach dem Pflaster auf ihrem linken Arm. »Sie sind nicht der einzige, der benutzt wird. Ich bitte Sie nicht um Ihr Blut.«

»Vielleicht doch.« Er sah sie prüfend an. »Aber nicht jetzt. Solange werde ich mich, wie es einem wirklich loyalen Sklaven geziemt, auf andere Weise nützlich machen. Was möchten Sie zu Mittag essen?«

Erleichtert atmete sie auf. Bis zum letzten Augenblick war sie sich unsicher gewesen, ob er mitspielen würde. »Ich habe keinen Hunger.«

»Sie müssen trotzdem essen. Es ist wie bei Josie. Sie müssen Blutkörperchen bilden.«

»Dann geben Sie mir irgendwas.«

Er nickte und machte sich auf den Weg in die Küche.

»Kaldak.« Sie zögerte, als er sie über die Schulter ansah. »Ich habe keine andere Möglichkeit gesehen. Jeder weiß über Esteban Bescheid, aber keiner hält ihn auf. Ich will nicht, daß Ihnen etwas zustößt, aber Sie sind der einzige, dem ich vertrauen kann.«

»Sie vertrauen mir?« fragte er langsam.

»Ja.«

»Tun Sie es nicht, Bess.« Er verschwand in der Küche.

Wieder eine Schlacht. Eigentlich hätte sie sich als Siegerin fühlen müssen, aber es gelang ihr nicht. Kaldak hatte sich nicht ergeben, sondern nur vorübergehend eingelenkt. Sie hatte seine Wut und seine Frustration gespürt, die unter der Oberfläche brodelten, und das beunruhigte sie. Diese Wut mußte ihn dazu veranlaßt haben zu sagen, sie solle ihm nicht trauen. Aber sie konnte ihm vertrauen. Sie vertraute ihm *tatsächlich*. Sie wußte nicht immer, was er dachte, er war manchmal grob und auf brutale Weise offen, aber fast von Anfang an war er an ihrer Seite gewesen und hatte ihr geholfen.

Ich werde mich um Sie kümmern.

Sie brauchte niemanden, der sich um sie kümmerte, aber es war gut gewesen, nicht allein zu sein.

Und gerade jetzt fühlte sie sich sehr allein.

»Steak?« Sie betrachtete zweifelnd ihren Teller. »Ich kann das nicht alles essen. Nicht zu Mittag.«

»Klar können Sie das.« Er setzte sich ihr gegenüber. »Das wird Ihnen guttun.«

Sie zuckte die Achseln und nahm die Gabel. »Ich werd's versuchen.«

»Es freut mich zu sehen, daß Sie kooperieren.«

»Wir haben eine Vereinbarung getroffen. Ich halte meine Versprechen.«

»Soweit ich mich erinnere, war es eher eine Erpressung. Aber das ist schon in Ordnung. Wir wollen uns nicht über die Wortbedeutung streiten. Nicht, wenn Sie brav Ihr Steak essen.« Er nahm einen Bissen von seinem eigenen. »Und ich habe auch ein bißchen geschummelt. Ich habe nicht die Absicht, ausschließlich Ihnen zu Diensten zu sein. Ich habe vielleicht noch einige andere Dinge zu erledigen.«

»Was für Dinge?«

Er antwortete nicht. »Keine Sorge, ich lasse Sie nicht ohne Schutz.«

»Was für Dinge?«

»Seit zwei Jahren setze ich alles daran, Esteban und Habin davon abzuhalten, den Anthrax-Erreger freizusetzen. Ich war nicht in der Lage zu verhindern, was in Tenajo geschehen ist. Aber ich werde nicht zulassen, daß hier dasselbe passiert.« Er erwiderte ihren Blick. »Ich kann verstehen, daß Sie den Tod von Esteban wollen. Glauben Sie etwa, ich will das nicht? Ich habe meine eigenen Gründe, warum ich den Tod dieses Verbrechers will. Als ich für ihn in Mexiko gearbeitet habe, konnte ich mich manchmal nur mit Mühe zurückhalten. Haben Sie eine Ahnung, wie viele Gelegenheiten ich hatte? Ich hätte ihm nur den Hals umzudrehen brauchen. Aber ich habe ihn nicht getötet, und ich werde Sie auch daran hindern, ihn zu töten, bevor der richtige Zeitpunkt dafür gekommen ist.«

Sie schüttelte den Kopf.

»Ich wußte, daß es keinen Zweck haben würde, mit Ihnen darüber zu reden«, sagte er achselzuckend. »Der Schmerz ist noch zu frisch. Ich hätte an Ihrer Stelle auch nicht zugehört.«

»Sie haben versprochen, mir zu helfen.«

»Ich werde Ihnen helfen. Ich versuche einfach, ehrlich zu Ihnen zu sein. Wenn Ihr Versuch, ihn zu töten, unsere Pläne durchkreuzt, werde ich dafür sorgen, daß Sie es noch aufschieben.« Er deutete mit einem Nicken auf ihren Teller. »Sie haben das ja kaum angerührt. Essen Sie noch ein bißchen.«

»Ich glaube, es geht im Moment nicht. Vielleicht können wir unterwegs in ein Restaurant einkehren.«

Er riß schockiert die Augen auf. »Unterwegs?«

»Wir machen einen Spaziergang ins Französische Viertel. Wir werden jeden Tag ausgehen, aber immer zu einer anderen Zeit und mit einem anderen Ziel. Angeblich ist es immer ein Fehler, sich an Gewohnheiten zu halten.«

»Wir werden diese Wohnung überhaupt nicht verlassen.«

»Doch, das werden wir. Esteban soll wissen, daß ich hier bin und daß ich hierbleibe.«

»Dieser Leichtsinn kann Sie das Leben kosten.«

»Das ist kein Leichtsinn. Hier in der Wohnung bin ich genausowenig sicher, stimmt's?«

»Hier sind Sie um einiges sicherer als auf der Straße.«

»Beantworten Sie meine Frage.«

Schließlich nickte er. »Es gibt immer einen Weg, wenn man es darauf anlegt. Ein Stromschlag, eine Giftschlange im Duschabfluß.« Resigniert hob er die Schultern. »Und wenn sie bis zum Äußersten gehen wollen, gibt's noch die Möglichkeit, eine kleine Rakete durch dieses Fenster zu feuern.«

»Soviel zum Thema Sicherheit.«

»Was glauben Sie, warum wir Sie aus Ihrer Wohnung herausbringen wollten?«

»Es gibt also immer nur relative Sicherheit. Wenn wir uns verschanzen, werden die sich nur überlegen, wie sie mich hier erwischen können. Wenn sie glauben, daß ich irgendwo hingehe, wo ich ein leichteres Ziel bin, werden sie vielleicht warten.«

»Vielleicht. Wollen Sie Ihr Leben aufs Spiel setzen, um das herauszufinden?«

»Ja. Das ist besser, als mich zu verstecken und abzuwarten, bis sie kommen und mich erwischen. Ich bin lieber die Jägerin als die Gejagte.«

»Sie sind nicht im Vorteil. Die wissen, wie Sie aussehen.«

»Aber ich habe Sie, um mich zu beschützen. So sieht es aus, Kaldak.«

»Großartig, einfach großartig«, sagte er. »Sonst noch was?«

»Ja, alle Anrufe von Ed Katz aus dem CDC sollten über meine normale Telefonleitung kommen.«

»Diese Leitung haben sie garantiert angezapft.«

»Esteban soll wissen, was wir tun. Ich möchte ihn beunruhigen, ihn nervös machen.«

»Er ist nicht der einzige, den Sie damit nervös machen.«

»Sie werden es überstehen.« Neugierig fragte sie: »Haben Sie jemals eine Schlange in einem Abflußrohr ausgesetzt?«

»Nein, verdammt. Ich habe Angst vor den Viechern. Aber nicht jeder ist so zimperlich.«

»Das tröstet mich.«

»Sie wollten es wissen. Wenn Sie Trost brauchen, dann – lassen Sie uns in das sichere Haus in North Carolina fahren.«

Sie schüttelte den Kopf.

»Das habe ich mir gedacht. Also werden wir uns zeigen und ihnen zu verstehen geben, daß es sich nicht lohnt, die Wohnung aufs Korn zu nehmen. Gibt es einen Ort, den Sie bevorzugt aufsuchen möchten?«

»Zontag's«, erwiderte sie spontan.

Er zog fragend die Augenbrauen hoch.

»Das ist der beste Laden für Fotoausrüstung in der Stadt. Ich muß mir eine neue Kamera kaufen.«

Die Kamera im Schaufenster von Zontag's zog sie in ihren Bann.

»Ich wünschte, Sie hätten mein Steak heute mittag genauso angesehen«, bemerkte Kaldak. »Gierig. Richtig gierig.«

Das war sie wirklich. Sie konnte es kaum abwarten, die Kamera in die Hand zu nehmen. »Das ist eine gute Kamera. Mit allem Drum und Dran.«

»Ist es so eine, wie Sie sie vorher hatten?« fragte Kaldak.

Sie schüttelte den Kopf. »Das war eine Hasselblad. Ich besitze natürlich noch andere Kameras, aber das war meine liebste.«

»Wollen Sie sie nicht durch dasselbe Modell ersetzen?«

»Nein, sie läßt sich nicht ersetzen. Ich habe mit dieser Kamera acht Jahre lang gelebt. Sie war wie ein alter Freund. Man kann alte Freunde nicht einfach ersetzen, wenn sie nicht mehr da sind.« Genauso, wie man eine Schwester nicht ersetzen kann. Der Gedanke traf sie schmerzhaft, aber sie unterdrückte ihn schnell, als sie auf den Eingang des Geschäfts zuging. »Dann kann man sich nur einen neuen Freund mit großartigen Qualitäten suchen und das Beste hoffen. Ich bin gleich wieder da.«

Er folgte ihr. »Wo Sie hingehen, da will auch ich sein.«

Den ganzen Weg von ihrer Wohnung bis hierher war er ihr keinen Millimeter von der Seite gewichen. »Ich bezweifle, daß da drin irgend jemand auf mich wartet, um sich auf mich zu stürzen.«

»Wenn ich hinter Ihnen her wäre, würde ich genau hier auf Sie warten. Sie sind eine Fotografin ohne Kamera. Das hier ist das beste Geschäft für Kameras in der ganzen Stadt. Es wäre eine ideale Gelegenheit.« Er hielt ihr die Tür auf und warf einen Blick in den Laden. »Keine Kunden. Wenn irgend jemand reinkommt und sich Ihnen nähert, treten Sie zur Seite. Lassen Sie sich von niemandem berühren. Ein Nadelstich würde genügen.«

»Nächste Woche beginnt der Mardi Gras. Es wird nicht leicht sein, im Französischen Viertel Körperkontakt zu vermeiden. Sie werden um mich herumwuseln müssen wie ein Linebacker von den Saints.«

»Dann mache ich das eben. Aber helfen Sie mir dabei, okay?«

»Darauf können Sie sich verlassen«, sagte sie geistesabwesend und sah zu der Kamera im Schaufenster hinüber. Sie spürte die vertraute Erregung, und sie bekam ein schlechtes Gewissen. Emily hatte es Besessenheit genannt, Emily, die gerade erst heute morgen beerdigt worden war. Durfte sie sich solche Gefühle erlauben?

»Würden Sie lieber in Ihre Wohnung zurückgehen und sich in einer Ecke verkriechen?« fragte Kaldak grob und musterte ihr Gesicht. »Glauben Sie, daß Emily Ihnen das wünschen würde?«

Emily würde wollen, daß Bess ihr Leben genoß. Emily hatte Bess' Leidenschaft nicht verstanden, aber sie hätte nie gewollt, daß Bess auf etwas verzichtete, was sie glücklich machte. Im Gegenteil, sie hätte sich mit jedem angelegt, der versuchte, Bess das Leben schwerzumachen. Nicht daß sie sich nicht selbst reichlich in Bess' Angelegenheiten eingemischt hätte. Bess konnte beinahe hören, wie sie...

Zielstrebig trat sie an den Verkaufstresen. »Nein, das würde Emily nicht wünschen, und ich selbst will es auch nicht.«

»Sie streicheln die Kamera wie einen Hund«, bemerkte Kaldak, als er ihr die Ladentür aufhielt.

»Ich bin gerade dabei, ein Gefühl für sie zu entwickeln. Und sie fühlt sich an wie ein deutscher Schäferhund. Jedenfalls nicht wie ein Golden Retriever. Wir hatten einen, als ich klein war, und Simon war zwar liebenswert, aber ziemlich dumm.« Sie berührte die Kamera, die um ihren Hals hing. »Diese Kamera ist intelligent, sehr intelligent.«

»Ein neuer Freund?«

Sie schüttelte den Kopf. »Noch nicht. Vorerst ist sie noch eine flüchtige Bekannte. Aber ich glaube, ich werde sie liebgewinnen.« Sie war bereits dabei, die Kamera liebzugewinnen. Bess spürte ganz deutlich, daß es die *Richtige* war, daß alles stimmte. Sie hob die Kamera ans Auge, stellte sie auf den Balkon auf der anderen Straßenseite scharf und drückte schnell ab. »Das ist eine gute Kamera.«

»Dann bin ich ja froh, daß Sie sie entdeckt haben.« Er nahm ihren Arm. »Es wird Zeit, daß wir zur Wohnung zurückkehren. Wir sind schon lange genug auf dem Präsentierteller.«

Der große Clown mit grünen Haaren, der an der Ecke jonglierte.

Scharf stellen.

Abdrücken.

Die alte Obdachlose mit geröteten Wangen und dicken Strümpfen, die auf einem Hocker neben dem Durchgang saß.

Scharf stellen.

Abdrücken.

Der Musiker in Latzhose und kariertem Hemd, der mitten auf der Royal Street auf seiner Geige spielte.

Scharf stellen.

Abdrücken.

»Wenn Sie dauernd stehenbleiben, sind wir vor morgen früh nicht in der Wohnung«, bemerkte Kaldak trocken.

»Nun, ich muß mich an die Kamera gewöhnen.« Sie machte noch ein Foto von dem Clown. »Und es gibt keinen Ort auf der ganzen Welt, an dem sich so gute Fotos machen lassen wie in New Orleans. Das war einer der Gründe, warum ich hierhergezogen bin. Hier gibt's alles, was ich mir wünsche. Man braucht nur einen Häuserblock weit in irgendeine Richtung zu gehen, und schon findet man ein Motiv, das eine Geschichte erzählt.«

»Hauptsache, Sie sind nicht die Story.« Er behielt die Menge um sie herum im Auge. »Und ich habe das Gefühl, daß Sie nicht nur aus Liebe zu Geschichten fotografieren.«

»Er könnte doch hier sein, oder?«

»Er ist wahrscheinlich in der Nähe.«

»Dann habe ich ihn vielleicht auf einem Foto.«

»Haben Sie sich deshalb heute die Kamera gekauft?«

»Nein.« Sie warf ihm einen Blick zu. »Aber ich dachte, es würde Sie freuen, wenn ich ein bißchen Aufklärungsarbeit leiste.«

»Tut mir leid.« Kaldak faßte ein Trio von Teenagern ins Auge. »Ich glaube, ich bin ein bißchen nervös.«

Es mußte schon eine Menge passieren, damit Kaldak nervös würde, dachte Bess mit einem Frösteln. »Ich glaube nicht, daß einer von diesen Jungs Ihr Killer ist.«

»Könnte aber sein. Es könnte jeder sein. Ich möchte wetten, daß er hier ist und uns beobachtet. Man kann nie wissen.«

»Stimmt, man kann nie wissen.« Sie hatte früher schon Fotos von Mördern gemacht. In Somalia, in Kroatien und von jenem Mann, der in Chicago kleine Jungs abgeschlachtet hatte. Aber sie hatte noch kein Foto von jemandem gemacht, der sie töten wollte.

Sie sollen sie sehen.

Ihre Hände zitterten ein wenig, als sie die Kamera ans Auge führte.

Scharf stellen.

Abdrücken.

Sie hatte ein Foto von ihm gemacht.

De Salmo starrte hinter Grady und Kaldak her, bis sie um die Ecke gebogen waren.

Sie hatte ihn überrascht. Er hatte nicht erwartet, daß sie herumlaufen und fotografieren würde. Ihre Bewachung war so streng, daß er angenommen hatte, sie würden sie versteckt halten. Er hatte sich schon Gedanken gemacht, wie er in die Wohnung kommen könnte.

Kaldak, dieser eitle Bastard, glaubte offensichtlich, daß allein seine Anwesenheit abschreckend genug wirkte. Blödsinnig. Dieser Auftrag war längst nicht so schwierig, wie Esteban annahm. Schnell verdientes Geld.

Aber es beunruhigte ihn, daß sie ein Foto von ihm gemacht hatte.

Kapitel 12

Ein Mann saß auf der Treppe vor ihrer Wohnung.

Kaldak merkte, wie Bess erstarrte, und sagte schnell: »Alles in Ordnung. Das ist Yael. Ich habe Ramsey gebeten, ihn zu mir schicken, sobald er in den Staaten ist.«

»Na, habt ihr einen netten Spaziergang gemacht?« Yael Nablett stand auf und streckte die Hand aus. Er hatte einen leichten Akzent. »Kein Wunder, daß Ramsey ausgerastet ist.«

Kaldak schüttelte Yael lächelnd die Hand. »Ich würde was dafür geben, das mitzuerleben. Ich bin froh, daß du gekommen bist. Bess Grady. Yael Nablett.«

Bess murmelte irgend etwas Höfliches. Das war also der Mann, der Emily gesucht hatte, der Mann, der ihr Grab in den Bergen gefunden hatte. Yael Nablett war Ende Dreißig, hatte grüne Augen, kurze dunkelblonde Haare und war schlank und kräftig.

»Ich war mir nicht sicher, ob du Mexiko verlassen würdest«, sagte Kaldak. Er schloß die Eingangstür auf, und alle traten ein.

»Es gab dort nicht mehr viel für mich zu tun. Esteban ist von der Bildfläche verschwunden. Er hat sich offiziell krank gemeldet. Wir glauben, daß er das Land verlassen hat.«

»Mist. Wann?«

»Gestern.« Er wandte sich Bess zu und sagte ruhig: »Das mit Ihrer Schwester tut mir sehr leid. Ich habe versucht, Sie durch Kaldak warnen zu lassen, aber Esteban war zu schnell. Er hatte alles geplant und in die Wege geleitet, bevor er eine Mannschaft losschickte, um ihre Schwester zu exhumieren.«

»Eine Warnung hätte auch nichts genützt.« Gar nichts hätte genützt, aber es war nett von ihm, daß er es versucht hatte. Sie hatte den Eindruck, daß er grundsätzlich freundlich war. »Danke, Mr. Nablett.«

»Yael.« Der Angesprochene wandte sich Kaldak zu. »Glaubst du, er ist hierher unterwegs?«

»Noch nicht. Ich wünschte mir fast, es wäre so. Ich wette, er hat zur Zeit was anderes zu erledigen.«

Yael verzog das Gesicht. »Wollen wir hoffen, daß es nicht so ist. Wie nah ist er schon dran?«

»Zu nah. Die Entwicklung des Anthrax ist fast in dem Stadium, das sie anstreben. Er könnte jederzeit losschlagen. Vielleicht hat er deshalb Mexiko verlassen. Ohne Grund wird er das nicht gemacht haben.«

»Er ist einfach verschwunden?« fragte Bess. »Wie konnte das passieren? Hat ihn niemand observiert?«

»Er hat es wahrscheinlich langfristig geplant«, erwiderte Yael. »Er ist in ein Gebäude auf dem Paseo de la Reforma gegangen und nicht wieder rausgekommen.«

»Das hätte nicht passieren dürfen«, sagte Kaldak.

»Ich bin ganz deiner Meinung«, erklärte Yael. »Aber es ist trotzdem passiert.«

»Und was hat Ramsey dazu gesagt?«

»Frag lieber, was er nicht gesagt hat. Er hatte Schaum vorm Mund. Er hat jemanden losgeschickt, sich Perez, Estebans Sekretär, zu schnappen und ihn unter Druck zu setzen. Aber ich bezweifle, daß der irgend etwas weiß. Ramsey ist sich unschlüssig, wie er weiter vorgehen soll.« Er lächelte Bess an.

»Mit Ihrer Entscheidung hierzubleiben haben Sie alle ganz schön aus dem Konzept gebracht, wissen Sie das?«

Bess erwiderte das Lächeln nicht. »Schade. Es ist vielleicht die einzige Möglichkeit, Esteban zu erwischen. Ihnen ist es ja noch nicht einmal gelungen, auf seiner Fährte bleiben, als Sie ihn in Lebensgröße vor sich hatten.«

Er zuckte zusammen. »Stimmt.« Er wandte sich Kaldak zu. »Rette mich. Wirf ihr einen von deinen einschüchternden Blicken zu.«

»Da mußt du allein durch. Die beeindrucken sie nicht.«

»Wirklich?« Er musterte Bess. »Interessant.« Er lächelte wieder. »Darf ich mich dann Ihrer Gnade ausliefern und um eine Tasse Kaffee bitten? Ich bin direkt vom Flughafen hierhergekommen.«

Sie nickte. »Ich mache welchen. Wenn Sie mir versprechen, daß das nicht nur ein Vorwand dafür ist, mich aus dem Zimmer zu schicken, damit Sie mit Kaldak reden können.«

»Nun, das war es tatsächlich.«

Er machte ein Gesicht wie ein Kind, das mit der Hand in der Keksdose erwischt wird. Diesmal mußte auch sie lächeln. »Dann werden Sie Ihren Kaffee wohl selbst machen müssen. Keine Geheimnisse.«

»Also gut, ich wollte Sie nur nicht beunruhigen.« Er wandte sich Kaldak zu. »Ramsey meint zu wissen, wer Estebans Killer ist. Nach Auskunft der hiesigen Polizei hat einer ihrer Informanten ihnen gesteckt, daß Marco De Salmo in der Stadt ist.«

»Also De Salmo«, erwiderte Kaldak. »Ich habe von ihm gehört.«

»Aber du hast ihn noch nie gesehen?«

»Einmal. In Rom. Von weitem.«

»Ist er gut?«

»Sehr gut.«

»Sie würden ihn nicht erkennen?« fragte Bess.

»Ich glaube nicht«, antwortete Kaldak, dann wandte er sich Yael zu. »Kann Ramsey mir ein Foto besorgen?«

Yael schüttelte den Kopf. »Es gibt keine Polizeiakte über De Salmo.«

»Wie ist das möglich?« fragte Bess.

Yael zuckte die Achseln. »Er ist vor drei Jahren aus dem Nichts aufgetaucht. Der Name ist wahrscheinlich falsch, aber wir wissen es nicht. Wir haben praktisch nichts über den Burschen.«

Also hatte der Killer einen Namen, dachte Bess. Er war vielleicht gesichtslos, aber er hatte einen Namen. Marco De Salmo.

Yael drehte sich zu Kaldak um. »Du hattest mich gebeten, einige zusätzliche Informationen über Esteban zu sammeln, bevor ich Mexiko verlasse, aber ich konnte nicht mehr rausfinden, als du schon weißt.«

»Verdammt«, sagte Kaldak. »Ich hatte auf einen Durchbruch gehofft.«

»Und was wissen Sie bereits, Kaldak?« fragte Bess.

»Er ist mit elf Geschwistern in den Slums von Mexico City aufgewachsen. Sein Vater war Arbeiter. Wir haben eine Sozialarbeiterin ausfindig gemacht, Senora Damirez, die in dem Viertel gearbeitet hat und die Familie kannte. Sie sagte, daß es nie genug zu essen gab und daß die Familie zusammengepfercht in einer Hütte mit zwei Zimmern lebte. Die Gegend war von Ratten verseucht, und mit acht Jahren wurde Esteban innerhalb eines Monats zweimal mit schweren Bißverletzungen ins Krankenhaus gebracht.«

»Nur er? Was war mit den anderen Kindern?«

»Nichts. Offensichtlich mochten die Ratten den kleinen Esteban.«

»Sehr erfreulich.«

»Aber seine Lage besserte sich. Sein Bruder Domingo starb einen Monat später, und Esteban mußte nicht mehr auf dem Fußboden schlafen. Er übernahm das Feldbett seines Bruders. Dann starb seine älteste Schwester, und plötzlich gab es auch mehr zu essen.«

»Wie sind sie gestorben?«

»An Lebensmittelvergiftung.«

»Esteban?«

»Vielleicht. Aber die Sozialarbeiterin meinte, daß Lebensmittelvergiftungen in den Slums ziemlich häufig auftraten. Wenn es so wenig Nahrung gibt, essen die Kinder alles, was sie finden.« Er schwieg eine Weile. »Aber selbst wenn er es nicht war, könnte er die Vorteile erkannt haben, die darin lagen, das einzige Kind zu sein.«

»Gab es denn noch mehr Todesfälle?«

»In den nächsten fünf Jahren starben drei Schwestern und vier Brüder.«

»Und wie?«

»Noch einige an Lebensmittelvergiftung, zwei sind ertrunken, und zwei wurden in einer Gasse erstochen.«

»Und die Sozialarbeiterin schöpfte keinen Verdacht?«

»Erst als wir mit den Nachforschungen anfingen. Sie reagierte sogar leicht entrüstet, als wir sie nach Esteban ausfragten. Senora Damirez bewundert ihn. Sie beschrieb ihn als einen höflichen, ehrgeizigen kleinen Jungen. Er fehlte fast nie in der Schule, was sehr außergewöhnlich war. Er kämpfte sich aus der Gosse nach oben und ging mit sechzehn zur Armee. Eine Erfolgsgeschichte aus dem Viertel. Davon hat sie weiß Gott nicht viele zu erzählen.«

»Leben seine Eltern noch?«

»Sein Vater starb bei einem Erdbeben, als Esteban zwölf war. Seine Mutter wurde dabei auch verletzt, hat aber noch drei Jahre gelebt.«

»Und zwei seiner Geschwister leben noch?«

»Eine Schwester. Der letzte Bruder starb vor acht Jahren. Seine Schwester Maria ist seit fünf Jahren mit General Pedro Carmindar verheiratet. Sie ist einundzwanzig und er neunundsechzig. Esteban hat sie miteinander bekannt gemacht, als er unter Carmindar gedient hat.«

»Hast du versucht, zu ihr Kontakt aufzunehmen?«

»Sie wollte mit niemandem über Esteban reden. Sie ist ein verschüchtertes kleines Kaninchen.«

»Wahrscheinlich kann sie nur so überleben.«

»Willst du versuchen, sie zu benutzen?« fragte Yael.

»Gegen Esteban?« Kaldak schüttelte den Kopf. »Da ist nichts zu holen. Außerdem, warum sollten wir jetzt ihr Leben zerstören, nachdem sie so lange durchgehalten hat.«

»Sollte das etwa Mitgefühl sein, das ich da heraushöre? Du scheinst dein Herz zu entdecken, Kaldak.« Er wandte sich an Bess. »Kein Wunder, daß er Sie nicht einschüchtert. Er entwickelt sich langsam zum Weichei.«

»Das würde ich nicht sagen«, erwiderte sie trocken. »Wenn Sie jetzt fertig sind, werde ich Ihnen einen Kaffee machen.«

Er hob seine Hand, Daumen und zwei Finger in die Luft gereckt. »Ich schwöre es.«

Sie ging in die Küche und öffnete die Schranktür.

Fleischfressende Ratten ... Die Vorstellung war widerwärtig, aber der Gedanke an einen kleinen Jungen, der Brudermord beging, war noch erschreckender. Ursache und Wirkung.

So wurden also Ungeheuer erzeugt.

»Sie scheint ja gut mit dieser Sache klarzukommen.« Yaels Blick blieb auf der Küchentür haften, durch die Bess verschwunden war. »Haare auf den Zähnen?«

»Manchmal«, sagte Kaldak. »Sie ist nicht unterzukriegen.«

»Es sei denn, sie bleibt hier.«

»Sie wird nicht weggehen.«

»Und du willst nicht zulassen, daß Ramsey es auf seine Art macht.«

»Herrgott noch mal, ich werde sie nicht wie ein Tier behandeln«, sagte er schroff. »Sie hat was Besseres verdient.«

Yaels Lippen deuteten einen lautlosen Pfiff an. »Sieht aus, als hättest du ein Problem. Du wirst alle Hände voll zu tun haben, wenn du Ramsey davon abhalten willst, daß er sie sich holt.«

»Meinst du, ich wüßte das nicht? Ramsey ist fast genauso eine Bedrohung wie De Salmo. Deswegen wollte ich, daß du herkommst.« Er zögerte. »Es kann sein, daß ich sie zeitweilig allein lassen muß. Ich brauche jemanden, der sie beschützt.«

»Sie ist von unschätzbarem Wert. Ramsey wird sich darum kümmern.«

»Ich traue Ramsey nicht zu, daß er es richtig macht. Ihn interessiert nur, daß sie dem CDC zur Verfügung steht. Dir vertraue ich.«

Yael schüttelte den Kopf. »Aus diesem Grund bin ich nicht hierhergeschickt worden. Ich habe selbst eine Aufgabe.«

»Deine Aufgabe ist es, Esteban zu schnappen. Esteban kommt vielleicht hierher.«

»Vielleicht aber auch nicht.«

»Sie ist der Schlüssel. Selbst wenn wir Esteban und Habin schnappen: wer sagt uns, daß die mutierten Anthrax-Erreger nicht jemand anderem in die Hände fallen? Sie muß am Leben bleiben, bis wir ein Mittel gefunden haben. Du weißt verdammt gut, daß Eure Regierung eine Heidenangst vor dem Anthrax hat.«

Yael nickte bedächtig. »Gutes Argument.«

»Gut genug?«

»Ich werde in der Nähe bleiben ... eine Zeitlang.«

Kaldak fühlte sich erleichtert.

»Du magst sie.« Yael sah ihn prüfend an. »Und zwar nicht nur, weil sie unsere Fahrkarte aus diesem Schlamassel bedeutet.«

»Sie hat das alles nicht verdient.«

»Es werden immer unschuldige Zuschauer in Mitleidenschaft gezogen, das passiert einfach.«

»Sie hat genug durchgemacht. Ich will sie in Sicherheit wissen.«

»Kaffee.« Bess kam mit einem Tablett herein. Sie runzelte die Stirn, als sie das plötzliche Schweigen bemerkte. »Sie haben geredet.«

»Nichts, was Sie interessiert hätte«, behauptete Yael. »Ich habe lediglich Kaldak davon überzeugt, daß er seiner Aufgabe, Sie zu bewachen, nicht mehr angemessen nachkommt, seit er zum Weichling geworden ist. Hätten Sie was dagegen, wenn ich ihm gelegentlich dabei helfe?«

»Nicht im geringsten.« Sie stellte das Tablett auf dem Tisch ab und schenkte Kaffee ein. »Aber es scheint eine ziemlich undankbare Aufgabe zu sein. Er hat mir gesagt, daß ich nicht einmal hier sicher bin.« Sie warf Kaldak einen Blick zu. »Und er weigert sich, mich vor Schlangen in meinem Duschabfluß zu beschützen. Wozu ist er dann gut?«

»Aha, der alte Trick mit der schwarzen Mamba im Abfluß«, sagte Yael bedeutsam und langte nach seiner Tasse. »Damit kenne ich mich sehr gut aus. Erstaunlich, was man von James-Bond-Filmen alles lernen kann.«

»Da sind ja nur zwei Tassen.« Kaldak wies auf den Tisch.

»Ich möchte keinen Kaffee.« Sie ging zur Tür. »Ich werde in der Dunkelkammer den Film entwickeln, den ich heute nachmittag verschossen habe.« Sie hob die Augenbrauen. »Wenn Sie nicht vorher im Abfluß nach einer Mamba sehen wollen.«

»Das machen Sie mal selber«, erwiderte Kaldak ruhig, »und wenn Sie eine finden, rufen Sie nach Yael.«

Das rote Licht in der Dunkelkammer ließ die Gesichter auf den Abzügen merkwürdig und finster erscheinen.

Es gab Fotos von Clowns und Musikanten und Touristen. Sie hatte schon Hunderte Male ähnliche Fotos im Französischen Viertel gemacht, und sie hatten sie nie beunruhigt.

Aber diesmal konnte eins dieser Gesichter ihrem Mörder gehören.

Eins dieser Gesichter hatte sie vielleicht bei der Beerdigung ihrer Schwester beobachtet.

Plötzlich brannten Tränen in ihren Augen.

Mist. Sie hatte sich wohl gefühlt, fast schon wieder normal, und dann war plötzlich die Erinnerung an Emily aus dem Nichts gekommen und hatte sie überfallen. Würde das immer so bleiben?

»Was war der Grund für die Eile?« fragte Kaldak, als sie nach zwanzig Minuten aus der Dunkelkammer kam. »Was dachten Sie, was auf dem Film ist?«

»Wahrscheinlich nichts. Ich mag nichtentwickelte Filme nicht. Ich habe immer Angst, es könnte ihnen etwas zustoßen.«

»Wie in Danzar?«

Sie nickte und ließ ihren Blick durch die Wohnung schweifen. »Wo ist Yael?«

»Er will versuchen, sich in der Nähe eine Wohnung zu mieten.«

»Das ist eher unwahrscheinlich, weil der Mardi Gras vor der Tür steht.«

»Yael kann sehr überzeugend sein.«

»Genau wie Sie.«

Er schüttelte den Kopf. »Wir beide ähneln uns kein bißchen. Er hat ein viel gelasseneres und freundlicheres Wesen.«

»Gelassener?«

»Vor zwölf Jahren nahm seine Frau in Tel Aviv den falschen Bus. Sie wollte ihre Mutter besuchen. Der Bus flog unterwegs in die Luft. Palästinensische Terroristen.«

»Schrecklich.«

»Auch nur eine unschuldige Unbeteiligte. Aber die Welt scheint es heutzutage auf unschuldige Zuschauer abgesehen zu haben. Die sind leichter zu töten.« Er hob die Schultern. »Yael ist darüber weggekommen. Vor sechs Jahren hat er wieder geheiratet. Er hat jetzt einen Sohn.«

»Ich mag Yael.«

»Ich auch.« Er blickte ihr in die Augen. »Aber das hat mich nicht davon abgehalten, ihn zwischen Sie und Esteban zu stellen.«

Seine plötzliche Eindringlichkeit machte sie verlegen. »Wegen der Blutproben.«

»Natürlich.« Er wandte sich ab. »Wegen des Bluts.«

Ihr wurde noch unbehaglicher zumute. »Ich gehe schlafen. Der Tag war lang. Aber vorher möchte ich noch Dr. Kenwood anrufen. Kann ich Ihr Handy benutzen?«

Er reichte es ihr. »Sagen Sie mir, wenn es ein Problem mit Josie gibt, ja?«

Sie nickte und machte sich auf den Weg ins Schlafzimmer. Sie hoffte, daß es Josie gutging. Alles andere lief schlecht. Lieber Gott, laß bitte wenigstens dieses eine gutgehen. An der Tür blieb sie stehen. »Müssen Sie mir heute abend noch Blut abnehmen?«

»Nein. Vielleicht morgen.«

»Okay. Sollten Sie Ihre Meinung ändern, dann lassen – «

»Ich habe doch gesagt, daß ich es nicht *muß*, verdammt noch mal.«

Sie hob abwehrend die Hände. »Ist ja schon gut.« Sie schloß die Tür hinter sich und ließ ihn stehen. Ein nervöser Kaldak, der sie anblaffte, hatte ihr gerade noch gefehlt. Sie kramte in ihrer Handtasche nach der Nummer von Dr. Kennwood und wählte sie schnell.

Zehn Minuten später gab sie Kaldak das Handy zurück. »Ich konnte Dr. Kenwood nicht erreichen, aber ich habe mit der Oberschwester gesprochen. Josie geht es gut.«

»Schön. Und wo sind die Fotos, die Sie entwickelt haben?«

»Noch in der Dunkelkammer. Warum?«

»Ich würde sie mir gerne ansehen. Vielleicht erkenne ich jemanden.«

»Wäre das möglich?«

»Wir Killer gehören zu einer kleinen, erlesenen Gruppe. Es besteht die Möglichkeit.«

»Seien Sie nicht töricht. Sie sind nicht . . . wie die.«

»Da irren Sie sich. Fragen Sie Ramsey. Er hat mich acht lange Monate ausgebildet, um aus mir einen sehr guten Killer zu machen.« Er trat an die Tür zur Dunkelkammer. »Gehen Sie schlafen. Ich werde nichts durcheinanderbringen.«

»Warum hat er Sie ausgebildet?«

»Weil ich ihn darum gebeten habe.«

»Warum?«

»Spielt das eine Rolle?«

»Ja, es spielt eine Rolle.« Ihr war nicht klar, warum, aber es spielte eine große Rolle für sie. »Er erwähnte –« Sie versuchte, sich zu erinnern. »Nakoa. Was ist Nakoa?«

Er schwieg eine Zeitlang, so daß sie schon dachte, er würde

nicht antworten. Schließlich begann er zu sprechen. »Nakoa war auch ein Tenajo. Es war eine Einrichtung der Vereinigten Staaten für biologische Forschung auf einer winzigen Insel im Südpazifik. Ihr Zweck bestand in der Entwicklung von Impfstoffen für den Fall des Einsatzes von Waffen in der biologischen Kriegsführung.« Sein Gesicht war ausdruckslos. »Alle sind gestorben. Es gab keine Überlebenden.«

Ihr war plötzlich übel geworden. »Alle?«

Er nickte. »Die Bakterien drangen durch die zentrale Klimaanlage ein, die sowohl die Labors als auch die Wohnungen der dort arbeitenden Wissenschaftler versorgte. Dreiundvierzig Männer, Frauen und Kinder.«

»Und Esteban hatte etwas damit zu tun?«

»Allerdings. Zunächst einmal wußten wir nicht, wer dafür verantwortlich war, aber wir fanden später heraus, daß einer der Wissenschaftler auf der Insel auf der Gehaltsliste von Esteban stand. Jennings hatte verschiedene Bakterien rausgeschmuggelt, und zwar für Esteban, der sie anschließend an Saddam Hussein verkaufte. Aber Ramsey kam dahinter, so daß Esteban gezwungen war, die Beweismittel zu vernichten und die weiteren Ermittlungen aufzuhalten. Jennings setzte die Bakterien frei, bevor er verschwand und untertauchte. Es war zu gefährlich für Ramsey, jemanden auf die Insel zu schicken, um die Ermittlungen weiterzuführen. Nakoa wird für die nächsten fünfzig Jahre Ödland sein.«

Männer, Frauen, Kinder – sie alle waren wegen Esteban gestorben. »Warum habe ich davon nie etwas gehört?«

»Wir haben es vertuscht. Das war nicht besonders schwierig. Es handelte sich um eine absolut geheime Anlage, und niemand wollte zugeben, daß sie überhaupt existiert hatte.«

»Eine Vertuschung?«

»Sie sind entsetzt? Ich weiß, wie sehr sie so etwas verabscheuen. Aber ich würde es wieder so machen. Wir wußten nicht, wer verantwortlich war, und wir mußten es herausfinden. Ich brauchte drei Jahre, um die Verbindung zu Esteban aufzudecken. Ich verfolgte die Spur von Jennings, bis ich ihn in Libyen fand. Bevor er starb, führte er mich zu Esteban und Habin.«

»Waren Sie einer der Wissenschaftler, die auf Nakoa gearbeitet haben?«

»Ja.«

»Aber Sie haben überlebt.«

»Ich war in Washington, um einen Bericht abzuliefern. Es war alles schon vorbei, als ich wieder zurückfuhr. Ramsey fing mich in Tahiti ab, um mir die Neuigkeiten mitzuteilen.«

Seine Stimme klang gleichgültig, ohne jede Gefühlsregung. Er hätte genausogut über den Börsenbericht reden können, aber die Gleichgültigkeit war gespielt. Mittlerweile kannte sie ihn besser. »Es tut mir leid.«

»Es muß Ihnen nicht leid tun. Das ist schon lange her. Ich war ein ganz anderer Mensch.«

»Blödsinn.«

Er lächelte schwach. »Sie glauben mir nicht?«

»Ich glaube, Sie schützen sich selbst durch Verdrängung, genau wie wir alle.«

»Vielleicht haben Sie recht«, sagte er müde. »Ich weiß, daß es immer schwieriger wird zu unterscheiden, was richtig ist und was falsch. Früher war das viel einfacher. Esteban zu schnappen war richtig. Alles andere war falsch.« Er sah ihr wieder in die Augen. »Und das ist doch auch genau das, was Sie empfinden, stimmt's?«

»Ja, das ist genau das, was ich empfinde.«

»Lassen Sie mich Ihnen eine hypothetische Frage stellen. Angenommen, um Esteban zu töten, müßte auch Josie sterben, würden Sie es dann zulassen?«

»Spinnen Sie nicht herum. Sie wissen, daß ich das nicht zulassen würde.«

»Dann sind Sie nicht annähernd so schlecht, wie ich es war. Es gab mal eine Zeit, da hätte ich jeden auf der Welt sterben lassen, nur um Esteban zu schnappen.«

Sie schüttelte den Kopf. »Nein, das hätten Sie nicht.«

»Ihr Vertrauen ehrt mich, aber es ist fehl am Platz. Zuerst war ich der Teufel in Person und jetzt – «

»Herrgott noch mal, ich behaupte ja nicht, daß Sie ein Engel sind. Sie sind nur ganz einfach kein Ungeheuer. Genausowenig wie ich. Esteban ist das Ungeheuer.«

»Ich hoffe, Sie haben recht.«

»Verlassen Sie sich drauf.«

Sie ging in ihr Schlafzimmer und schloß die Tür hinter sich. Sie brauchte eine Dusche und Schlaf, sie wollte allein sein. Kaldaks Geschichte hatte ihr gerade noch gefehlt, um dem Schrecken dieses Tages die Krone aufzusetzen. Aber sie hatte ihn schließlich darum gebeten. Nein, sie hatte es gefordert. Sie hatte es wissen wollen. Warum war es ihr so wichtig gewesen?

Wahrscheinlich aus purer Neugier. Kaldak war mittlerweile zu einem wichtigen und wesentlichen Bestandteil ihres Lebens geworden. Er half ihr dabei, am Leben zu bleiben. Es war eigentlich nur natürlich, daß sie herausfinden wollte, was ihn bewegte.

Kaldak breitete die Fotos vor sich auf dem Tisch aus.

Es war, als wollte man jemanden auf einem Maskenball identifizieren.

Ein Clown in seiner Schminke, der Musikant mit seiner Perücke und seiner Geige, die alte Obdachlose mit ihrem dichten Schleier. Selbst einer der Jugendlichen trug eine Darth-Vader-Maske.

Es konnte einer oder auch keiner von ihnen sein. Wie zum Teufel sollte er das wissen?

Sieh sie dir genau an. Eine Körperhaltung, ein bestimmter Gesichtsausdruck könnte eine flüchtige Erinnerung auslösen.

Er setzte sich an den Tisch und fing an, die Fotos zu studieren.

CDC, Atlanta

»Du solltest ein Nickerchen machen, Ed.«

Als Ed Katz aufblickte, sah er Donovan neben sich stehen. »Mach ich. Vorher will ich noch einen Test machen. Ich verstehe verdammt noch mal nicht, was falsch ist. Die Anthrax-Erreger müßten eigentlich von diesen Antikörpern vernichtet werden, aber das passiert nicht.«

»Sagtest du nicht, der erste Test sei vielversprechend gewesen?«

Er nickte. »Aber beim zweiten erwiesen sich die Erreger als absolut resistent.«

»Laß mich den Test für dich machen. Du hast die letzten vierundzwanzig Stunden überhaupt nicht geschlafen. Wofür hat man ein Team, wenn man nicht auf die anderen zurückgreift?«

»Gleich.«

»Marta hat angerufen und mir aufgetragen, dich zum Essen und zum Ausruhen zu bewegen. Möchtest du, daß ich mich bei ihr unbeliebt mache?« Donovan warf einen Blick auf Eds Mikroskop. »Außerdem muß ich zugeben, daß es mich in den Fingern juckt, dieses Teufelszeug in den Griff zu kriegen. Es ist interessant, daß sie Geld benutzt haben, um die Bakterien freizusetzen.«

Interessant. Donovan war immer objektiv. Ed war früher

auch so gewesen. Wissenschaft um der Wissenschaft willen. Es war eine bequeme Art zu arbeiten. Diese Haltung hatte sich grundlegend verändert, als er in den ersten Jahren der Aids-Forschung in den Außendienst geschickt worden war. Er hatte gelernt, Gesichter und Stimmen zu den Todesstatistiken in Beziehung zu setzen. Aids schien überall zu sein. Mitzuerleben, wie Babys bei Transfusionen mit nicht überprüftem Blut infiziert wurden, hätte ihn beinahe um den Verstand gebracht. Er und Marta hatten die letzten neun Jahre versucht, ein Kind zu bekommen, und er konnte den Schmerz der Eltern jener Babys gut nachempfinden. »Ja, sehr interessant. Wie würde es dir gefallen, ein paar dieser infizierten Zwanziger in deiner Lohntüte zu finden?«

»Mensch, mach mir doch nicht das Leben schwer, nur weil du so fertig bist. Ich bin doch nicht für die Mutationen verantwortlich.«

»Tut mir leid.«

»Das will ich hoffen. Ruf mich, wenn du mich brauchst.« Donovan entfernte sich.

Ed hätte ihn nicht so anfahren dürfen. Donovan war ein anständiger Kerl. Er konnte nicht aus seiner Haut. Ed war einfach frustriert, weil er keinen Fortschritt erkennen konnte.

Nein, eher weil er Angst hatte. Was wäre, wenn die Antikörper versagten und es kein Mittel gäbe gegen die mutierten Bakterien? Was wäre, wenn das hier der Supererreger wäre? Seit Aids aufgetaucht war, hatte Ed immer wieder Alpträume von dem Supererreger gehabt, der sich nicht aufhalten ließ. Eines Tages würde er in irgendeinem Regenwald oder einem Genlabor seine häßliche Fratze zeigen. Es war nur eine Frage der Zeit. Er existierte bereits irgendwo da draußen.

Er konnte nur hoffen, daß er ihn nicht schon auf der Glasscheibe vor sich hatte.

Kapitel 13

»Esteban ist nach Cheyenne gefahren. Nach Aussage von Perez erhielt er einen Anruf von Morrisey, bevor er abreiste«, erklärte Ramsey Kaldak am nächsten Morgen am Telefon. »Ich habe zwei Agenten nach Cheyenne geschickt, die versuchen sollen, seine Spur aufzunehmen.«

Schon wieder Morrisey. »Ich bezweifle, daß Esteban immer noch dort ist. Er hätte nie jemanden wie Perez plaudern lassen, wenn er davon ausgegangen wäre, daß er ihm schaden könnte. Haben Sie irgend etwas Neues über Morrisey herausgefunden?«

»Wir haben vor fünf Tagen einen seiner Anrufe bis zu einem Motel in Jackson Hole, Wyoming, zurückverfolgt. Wir haben einen Agenten hingeschickt, um vor Ort zu ermitteln, und wir hatten Glück. Morrisey hatte das Zimmer per Kreditkarte bestellt. Vielleicht können wir seine zukünftigen Aktionen überwachen.«

»Den letzten Anruf konnten Sie nicht verfolgen?«

»Nein, er kam über Handy«, erwiderte Ramsey.

Wieder eine Sackgasse. Esteban lief frei herum, und sie waren nicht einmal in der Lage, Morrisey aufzuspüren.

»Und was gibt's Neues vom CDC?« fragte Ramsey.

»Fortschritte.«

»Das reicht nicht. Das einzige, was unseren Arsch retten

kann, ist ein Antikörper. Sie müßten über sie verfügen können.«

»Sie steht zur Verfügung. Ich verschicke jeden Tag eine Blutprobe.«

»Was vorbei ist, sobald sie getötet wird. Sie war gestern draußen auf der Straße, verflucht noch mal.«

»Heute wird sie wieder rausgehen«, erwiderte Kaldak.

»Was glauben Sie, wie lange ich mir das noch ansehen werde, Kaldak? Sie ist zu wertvoll für uns, um – «

»Rufen Sie mich an, wenn Sie was von Morrisey hören.« Kaldak legte den Hörer auf.

»Morrisey?« Bess stand in der Tür.

»Esteban ist abgereist, nachdem er einen Anruf von ihm erhalten hat. Unsere letzte Information besagt, daß er nach Cheyenne gefahren ist.«

»Was machen wir dann noch hier?«

»Er wird längst nicht mehr dort sein. Wir können nur hoffen, daß wir Morrisey finden und die Information aus ihm rausquetschen.«

»Wenn er überhaupt etwas weiß. Sie haben selbst gesagt, daß Esteban selten irgend jemandem etwas anvertraut.«

»Morrisey kennt den Auftrag, den er bekommen hat. Das wäre schon ein Anfang«, erklärte Kaldak.

»Haben Sie jemanden auf den Fotos erkannt?«

Er schüttelte den Kopf.

»Dann werde ich eben ausgehen und noch mehr machen.«

»Das wird auch nichts nützen.«

»Vielleicht doch.« Sie verzog das Gesicht. »Zumindest habe ich das Gefühl, etwas zu tun. Ich hasse es, einfach die Zeit abzuhaken.«

»Finden Sie es nicht sehr unterhaltsam, den Lockvogel zu spielen? Ramsey verfolgt das alles mit großem Interesse. Er würde Sie am liebsten in eine hübsche sterile Zelle stecken und den Schlüssel wegwerfen.«

»Scheiß auf Ramsey.«

»Ganz meine Meinung.« Er erhob sich. »Zwanzig Minuten. Sie zeigen sich, machen ein paar Fotos und dann kommen wir wieder her.«

»Und ich sorge dafür, daß mir niemand zu nahe kommt.«

»Jetzt wo ich weiß, daß es De Salmo ist, mache ich mir nicht mehr so große Sorgen über die engen Viertel. Er bevorzugt ein Messer oder eine Pistole, und eine Pistole ist unter diesen Umständen nicht unauffällig genug. Ich setze auf das Messer.«

»Wie beruhigend.« Sie ging zur Dunkelkammer. »Ich bin froh, daß *Sie* nicht beunruhigt sind. Ich bin gleich wieder da. Ich brauche mehr Film.«

O nein, beunruhigt war er nicht. Er hatte schreckliche Angst, und die hatte er auch am Tag zuvor in jeder Sekunde auf dem Weg zu dem Fotogeschäft gehabt.

Die Straßenlaternen warfen Schatten auf die Ziegelmauer, Schatten, die entfernt an zusammengekauerte Ungeheuer erinnerten.

Interessant, dachte Bess. Sie mußte schon Hunderte Male aus diesem Fenster auf die Straße gestarrt haben. Wieso war ihr dieser Effekt zuvor nie aufgefallen? Vielleicht hatte sie in so unmittelbarer Nähe keine Ungeheuer sehen wollen.

Sie hielt die Kamera ans Auge und stellte sie scharf.

»Was machen Sie?« fragte Kaldak von hinten. »Sehen Sie jemand?«

»Ein Ungeheuer.«

»Was?«

»Nur einen Schatten auf der anderen Straßenseite. Aber das Motiv ist zu schön, um es mir entgehen zu lassen.«

»Ich habe Ihnen doch gesagt, Sie sollen nie zu nah an ein Fenster gehen.«

»Hab' ich vergessen.« Sie trat einen Schritt zurück.

»Ich nahm an, Sie hätten für heute genug Fotos gemacht. Sie waren den ganzen Nachmittag in der Dunkelkammer.«

»Irgend etwas muß ich tun, sonst werde ich verrückt.«

»Das kann ich gut verstehen. Ich bin selbst auch schon fast soweit. Sie müssen Ihre Kamera sehr vermißt haben.«

»Ja.« Sie drehte sich um und blickte zu Kaldak, der im Sessel saß. Er war hemdsärmelig und hatte die Beine weit von sich gestreckt. Er hätte entspannt wirken können, aber er war es nicht. Die Nervosität war immer noch da. Sie hatte ihn nie wirklich entspannt erlebt. »Nicht mehr, als ich meine Augen vermissen würde.«

»Oder einen alten Freund.«

Sie nickte.

»Sehen Sie denn nie etwas an, ohne es durch die Linse einer Kamera zu betrachten?«

»Manchmal. Nicht oft, glaube ich. Selbst wenn ich meine Kamera nicht habe, betrachte ich die Dinge häufig, als wollte ich ein Foto machen. Emily hat gesagt –« Sie unterbrach sich. So vieles in ihrem Leben führte sie immer wieder zu Emily. »Sie mußte immer lachen und sagte, ich sei besessen.«

»Und stimmt das?«

»Vielleicht. Na ja, wahrscheinlich. Es gibt Zeiten, da ist es ganz schlimm.« Das Ungeheuer schien größer geworden zu sein, noch grotesker. Hatte sich das Licht verändert? Sie machte noch ein Foto. »Ich würde mich nackt fühlen, wenn ich die Kamera nicht hätte.«

»Sie dient nicht als Schutz?«

Sie hob die Augenbrauen. »Was?«

»Distanzieren Sie sich durch das Fotografieren nicht von der Situation? Soll es den Schmerz abhalten?«

»Mich distanzieren?«

Er betrachtete ihr Gesicht aufmerksam. »In welchen Situationen tun Sie es besonders oft? Wann distanzieren Sie sich?«

»Ich weiß nicht.«

»Passiert es in schrecklichen Situationen? In Danzar? In Tenajo?«

»Vielleicht.« Sie runzelte die Stirn. »Halten Sie sich zurück, Kaldak. Ich lege keinen Wert auf Ihre Psychoanalyse.«

»Tut mir leid, ist so eine Angewohnheit von mir. Aber Sie haben recht, es geht mich nichts an. Und ich wollte Ihnen auch nicht zu verstehen geben, daß irgend etwas falsch daran ist, Barrieren aufzubauen. Das machen wir alle. Ich fand es einfach interessant, daß Sie dafür eine Kamera benutzen.«

»Und was benutzen Sie?«

»Ich improvisiere.«

»Eigentlich ist es auch keine Barriere. Ich *liebe* meine Arbeit.«

»Ich weiß. Vergessen Sie, was ich gesagt habe. Im Grunde beneide ich Sie.«

Aber an dem, was er gesagt hatte, war etwas dran. Er war scharfsinnig und einfühlsam, und er hatte allzuoft recht gehabt. Sie verspürte plötzlich Lust, ihn aus dem Konzept zu bringen, und hob die Kamera. »Lächeln, Kaldak.«

Sie mußte selber lächeln, als sie seinen überraschten Gesichtsausdruck bemerkte. Es verschaffte ihr eine köstliche Befriedigung, ihn ertappt zu haben.

»Noch mal.«

Scharf stellen.

Abdrücken.

»Darf ich fragen, was Sie da eigentlich machen?«

»Ich mache ein Foto von Ihnen. Sie sind ein sehr interessantes Motiv.«

Das stimmte. Durch die Kameralinse nahm sie sein Gesicht als eine faszinierende Mischung aus Kühnheit und Feinheit wahr. Sie wünschte, sie hätte eine angemessene Beleuchtung, um seine Wangenknochen hervorheben zu können.

»Weil ich so hübsch bin? Oder geht es Ihnen darum, Ungeheuer zu vergleichen?« Er lächelte bissig und machte eine wegwerfende Handbewegung. »Tun Sie sich keinen Zwang an, wenn Sie unbedingt Ihre neue Kamera aufs Spiel setzen wollen. Ich bin dafür bekannt, daß ich sie kaputtmache.«

Er entspannte sich nur ein wenig; sie konnte sehen, wie die Anspannung aus seinen Muskeln wich. Es war merkwürdig. Sie war bisher nie in der Lage gewesen, Kaldak objektiv wahrzunehmen. Seit ihrem ersten Zusammentreffen waren alle Situationen von einer breiten Palette intensiver Gefühle geprägt gewesen – Zorn, Furcht, Frustration ...

Seine Hand, mit der er die Geste gemacht hatte, war groß und gut proportioniert, dachte sie abwesend. Wie alles andere an ihm. Muskulöse Schenkel, schmale Taille, breite Schultern.

Kraft und Geschmeidigkeit und Sexualität.

Sie ließ beinahe die Kamera fallen.

Sexualität? Wie war sie denn darauf gekommen?

»Etwas nicht in Ordnung?« Kaldak betrachtete sie aufmerksam.

»Es ist nichts.« Hastig senkte sie die Kamera, wandte sich um und ging in die Dunkelkammer.

Sie fühlte sich sicher. So sicher, daß sie sogar auf die Straße ging, dachte Esteban.

Und De Salmo unternahm nichts. Er brachte nur Entschuldigungen vor.

Sie versuchte, ihm zu zeigen, daß der Tod ihrer Schwester ihr nichts bedeutete. Er wußte aber, daß sie aufgewühlt war.

Sie war in dem Beerdigungsinstitut zusammengebrochen. Und dennoch zeigte sie sich, lief herum, machte Fotos, anstatt sich eingeschüchtert zu verstecken. Sie verspottete ihn. Dieser Gedanke versetzte ihn in Rage.

Das konnte er nicht hinnehmen.

Als Bess und Kaldak am darauffolgenden Tag die Wohnung betraten, klingelte das Telefon.

»Haben Sie sich gut amüsiert auf der Beerdigung, Bess?«

Sie war wie vom Blitz getroffen. »Esteban.«

Kaldak rannte in die Küche.

»Es tut mir leid, daß ich sie verpaßt habe, aber einer meiner Angestellten hat mich vertreten. Er sagte, Sie hätten sich am Grab tapfer geschlagen.«

»Sie Hurensohn.« Ihre Stimme zitterte. »Sie haben sie getötet.«

»Das hatte ich Ihnen doch gesagt. Sie hätten mir glauben sollen. Aber dann hätten Sie mich um das Vergnügen gebracht, Ihnen ein so erlesenes Geschenk machen zu können. Leider war sie schon ein wenig angegammelt. Was haben Sie gedacht, als Sie sie gesehen haben – «

»Halten Sie den Mund.«

»Sie sind verärgert. Andererseits, was wollen Sie von Mutter Natur erwarten? Es war heiß. Wir wissen doch, was Hitze anrichten kann, oder? Als Sie über die Berge geflohen sind, muß Ihnen auch ganz schön heiß geworden sein.«

»Aber wir sind Ihnen entkommen. Sie haben verloren, Sie Scheißkerl.«

»Nicht Ihr Verdienst. Sie sind nur eine Frau. Ich hätte Sie gekriegt, wenn es den Hubschrauber nicht gegeben hätte. Hören Sie zu, Kaldak?«

»Ja«, erwiderte Kaldak.

»Das habe ich mir gedacht. Sie passen wirklich gut auf sie

auf. Aber es wird Ihnen nichts nützen. Ich werde sie kriegen. Das Miststück wird mich nicht aufhalten, aber sie hat mich geärgert. Um ihr zu beweisen, daß ich nicht nachtragend bin, habe ich ihr ein weiteres Geschenk geschickt.«

Bess umklammerte den Hörer. »Warum kommen Sie nicht her und überreichen es mir eigenhändig?«

»Ich bin anderweitig beschäftigt, und so wichtig sind Sie nun auch wieder nicht.«

»Von wegen. Sie würden nicht hier anrufen, wenn Sie sich nicht vor Angst in die Hose machen würden.«

»Einen Häuserblock weiter steht eine Mülltonne. Ihr Geschenk liegt oben drauf.«

Er legte auf.

Kaldak war schon raus aus der Küche und unterwegs zur Wohnungstür. »Bleiben Sie hier. Ich hole es.«

»Ich komme mit.«

»Er will Sie vielleicht reinlegen.«

»Dann bewachen Sie mich eben, verdammt noch mal. Ich gehe mit.«

»Wenn Sie auch nur einen Fuß vor die Tür setzen, schlage ich Sie nieder, das schwöre ich Ihnen. Ich werde einen Agenten schicken, der das Scheißding abholt.«

Er rannte die Treppen hinunter und schlug die Eingangstür hinter sich zu. Kurz darauf war er wieder da. »In ein paar Minuten wird er hier sein. Er wird es hereinbringen und wieder auf seinen Posten zurückkehren. Und Sie bleiben, wo Sie sind.«

Es dauerte zwei lange Minuten, bis der Agent einen Karton hinter die Wohnungstür stellte.

Sie starrte darauf.

»Fassen Sie es nicht an. Gehen Sie ein Stück zurück. Ich fordere Sprengstoffexperten an«, sagte Kaldak.

»Da ist keine Bombe drin. Er weiß genau, daß das Ihr

erster Gedanke wäre.« Sie befeuchtete ihre Lippen. »Ich habe ihn wütend gemacht. Er will mich damit nicht töten.« Sie bückte sich nach dem Karton. »Er will mir weh tun.«

Er schlug ihre Hand zur Seite. »Ich werde das machen.« Vorsichtig hob er den Deckel an.

Innen lag eine weiße Bluse, die Bluse eines Kindes mit einem Schulabzeichen auf der Brusttasche. Von Julies Schule. Bess hatte oft gesehen, daß Julie sie getragen hatte. Unterhalb der Brusttasche befand sich ein dunkelroter Fleck.

Blut. Sie wurde von Angst gepackt. »Julie.«

»Bleiben Sie ruhig.« Kaldak legte die Hand auf ihren Arm. »Das will er doch erreichen.«

»Das ist Julies Bluse.«

»Aber Julie hätte bestimmt keine Schuluniform zum Zelten mitgenommen, oder?«

Vor Erleichterung bekam sie weiche Knie. »Nein. Sie zieht sie nur zur Schule an.«

»Also hat er jemanden beauftragt, in die Wohnung einzubrechen und die Bluse zu stehlen. Er hat Julie nicht in seiner Gewalt. Er hat ihr nichts angetan.«

Und trotzdem. Estebans Drohung hing über ihnen wie ein Damoklesschwert. Erst Emily und jetzt auch noch ihre Tochter.

»Sie befindet sich außerhalb seiner Reichweite. Und einer unserer Leute wartet auf sie bei der Ranger-Station. Esteban hat keine Möglichkeit, an sie heranzukommen.«

Aber wie lange würde sie noch außerhalb seiner Reichweite sein?

Kaldak schob sie sanft von dem Karton weg. »Ich werde die Bluse ins Labor schicken und den Fleck analysieren lassen. Wahrscheinlich ist es Tierblut.«

»Nein, es ist menschliches Blut. So einfach würde er es mir nicht machen.«

»Es stammt nicht von Julie, Bess. Er will Ihnen einfach nur klarmachen, daß Sie hier für ihn nicht unerreichbar sind. Ich könnte Sie immer noch in das sichere Haus bringen, und wir könnten – «

»Ich weiß genau, was er beabsichtigt hat«, fiel sie ihm ins Wort. Und es war ihm auch gelungen. Diese neuerliche Scheußlichkeit hatte sie verängstigt und verletzt. »Sein verfluchtes Ego ist angekratzt, weil es ihm nicht gelingt, ›nur‹ eine Frau zu töten.« Wut stieg in ihr auf. »Ich mache ihn fertig.«

»Sie wollen nicht fahren?«

»Um ihn gewinnen zu lassen? Um ihm die Gewißheit zu geben, daß er mich eingeschüchtert hat und ich das Feld räume? Ich bin froh, daß ich ihn so wütend gemacht habe. Vielleicht kommt er ja selbst, wenn seine Wut nur groß genug ist. Finden Sie heraus, wieso der Agent, der Emilys Haus bewachen soll, zulassen konnte, daß die Bluse da herausgeholt wurde. Und sorgen Sie bitte dafür, daß mehr als einer von Ramseys Leuten an der Ranger-Station warten.«

»Das müssen Sie mir nicht erst sagen.«

»Doch, das muß ich. Julie und Tom darf auf keinen Fall etwas passieren.« O Gott, das Blut auf der Bluse ... »Haben Sie mich verstanden?«

»Ich habe verstanden«, sagte er ruhig. »Ich werde Ramsey anrufen und ihn ausquetschen, wie das passieren konnte.«

Sie nickte heftig. »Sagen Sie ihm auf jeden Fall – «

»Ich weiß, was ich ihm zu sagen habe.«

Natürlich wußte er das. »Tut mir leid, es ist einfach – «

»Es ist einfach so, daß Sie verflucht zu stur sind, um sich von mir von hier wegbringen zu lassen, obwohl Sie eine Todesangst ausstehen«, sagte er brüsk.

Sie hatte Angst. Noch bis vor ein paar Minuten hatten Zorn und Benommenheit wie ein Schutzschild gewirkt. Aber

Esteban hatte diesen Schutzschild durchbohrt und die Angst eindringen lassen.

»Es ist nicht Julies Blut«, erklärte Yael, als er am folgenden Morgen anrief. »Wir haben ihre Blutgruppe von ihrem Hausarzt erfahren, und die stimmt nicht überein.«

Bess atmete erleichtert auf. »Danke, Yael.«

»Das muß ja eine scheußliche Überraschung gewesen sein. Wie geht's Ihnen?«

»Ich werde fast verrückt.« Und panisch. Sie hatte immer noch Angst. »Sie haben recht, es war scheußlich.« Sie legte den Hörer auf und wandte sich Kaldak zu. »Eine andere Blutgruppe.« Sie zog ihre Jacke an und langte nach der Kamera. »Gehen wir.«

»Sie wollen wieder da raus?«

»Daran hat sich nichts geändert.«

Er sah sie an.

»Er soll nicht denken, daß er mich eingeschüchtert hat. Ich werde ihm diese Genugtuung nicht verschaffen.«

Mehr Fotos.

Sie hatte ihn nicht gezielt anvisiert, aber sie mußte schon fünf oder sechs Fotos von ihm haben.

Es spielte eigentlich keine Rolle. Wer sollte ihn schon erkennen?

Es spielte eine Rolle. Er hatte stets dafür gesorgt, daß keine Fotos von ihm existierten, seit er sich in Marco De Salmo verwandelt hatte. Fotos waren gefährlich. Die Menschen erinnerten sich an ein Gesicht, wenn sie sich auch an sonst nichts erinnern konnten. Und heutzutage konnte man in technischer Hinsicht alles mögliche mit Fotos anstellen.

Wenn sie doch endlich damit aufhören würde, diese verdammten Fotos zu machen. Er hatte geglaubt, sie schneller erledigen zu können, aber immer war Kaldak da und paßte auf. Es war ihm nicht gelungen, in ihre Nähe zu kommen, und Esteban wurde allmählich ungeduldig. Wahrscheinlich war es sinnvoller, zu seinem ersten Plan zurückzukehren und die Wohnung in die Luft zu jagen. Aber ganz egal, wo er sie umlegte, die Fotos konnte er auf keinen Fall zurücklassen. Er mußte in die Wohnung und sie herausholen.

»Sind Sie jetzt zufrieden?« fragte Kaldak gereizt, als sie zur Wohnung zurückgingen. »Wir waren mehr als zwei Stunden unterwegs. Wollten Sie sichergehen, daß sie eine gute Gelegenheit für einen Anschlag auf Sie bekommen würden?«

Sie antwortete nicht. Sie hatte gemerkt, wie angespannt Kaldak die ganze Zeit über gewesen war.

Er öffnete die Haustür. »Nun?«

Er schien nicht lockerlassen zu wollen. Sie ging die Treppe hinauf. »Nichts ist passiert. Er soll ruhig wissen, daß er nicht – «

Ratten.

Dutzende von Ratten. Riesige Ratten.

Auf der Treppe vor ihr. Und auch hinter ihr. Sie huschten aufgeregt die Stufen hinauf und hinunter.

Sie erschauerte, als ihr eine über die Füße lief.

»Raus.« Kaldak packte sie am Arm und zog sie die Treppe hinunter hinaus auf die Straße.

Die Ratten strömten zur Tür hinaus auf den Gehweg. Noch eine Ratte streifte ihren Fuß.

Agent Peterson kam über die Straße gerannt. »Was ist passiert?«

»Wie zum Teufel sind die hier hereingekommen?« fragte Kaldak.

»Niemand war im Haus. Ich habe es die ganze Zeit beobachtet – «

»Schaffen Sie sie von der Treppe runter.«

Peterson verschwand im Haus.

»Ich hasse Ratten. Widerlich ...« Sie hörte gar nicht auf zu zittern. »Esteban?«

Er nickte. »Wenn man seinen Hintergrund in Erwägung zieht, möchte ich darauf wetten. Er wollte seine schlimmsten Alpträume an Sie weitergeben.«

Sie schloß die Augen.

»Ist alles in Ordnung?«

»Es ist nur der Schock.« Sie öffnete die Augen und steuerte das Treppenhaus an. »Ich muß rauf. Er ruft bestimmt an. Er wird wissen wollen, wie ich es verdaut habe.«

Sie ging an dem Agenten vorbei, der die Ratten die Treppe hinunterscheuchte, und schloß die Wohnungstür auf.

Kaldak war direkt hinter ihr und schob sie zur Seite. »Lassen Sie mich die Wohnung zuerst durchsuchen. Der Agent muß Mist gemacht haben.«

Das Telefon klingelte, als Kaldak aus der Dunkelkammer kam. »Lassen Sie mich abnehmen.«

»Nein. Er will mit mir sprechen. Und ich will mit ihm reden.«

»Aha, Sie sind also endlich nach Hause gekommen. Ich hab's schon zweimal probiert«, sagte Esteban, als sie den Hörer abnahm. »Hat Ihnen meine kleine Überraschung gefallen?«

»Ein ziemlich schlapper Versuch. Ich wußte, daß Sie Julie nicht haben«, erwiderte sie. Bleib ruhig. Zeig ihm bloß nicht deine Angst und deinen Abscheu. »Was die Ratten betrifft ... die haben mich nicht beeindruckt. Ich mag sie. Ich hatte als kleines Kind eine zahme Ratte.«

Er schwieg. »Sie lügen.«

»Es war eine weiße Ratte, und sie hieß Herman. Sie war in einem Käfig mit einem Laufrad und einem kleinen –«

Er legte auf.

»Hatten Sie wirklich als Kind eine Ratte?« fragte Kaldak.

»Sind Sie verrückt? Ich kann die Viecher nicht *ausstehen.«* Sie holte tief Luft. »Aber ich glaube, er hat es mir abgekauft.«

»Wenn ja, wird er Sie noch mehr hassen. Sie sind jetzt im Bunde mit der ihn verfolgenden Rachegöttin Nemesis.«

Als es klopfte, öffnete Kaldak die Tür. Es war Peterson. »Ich bin gleich wieder da«, sagte Kaldak über die Schulter. »Ich muß etwas überprüfen.«

Sie war froh, daß er weg war. Er sollte nicht mitbekommen, wie dieser jüngste Anschlag sie beunruhigt hatte. Sie mußte sich ein bißchen erholen. Zum Teufel, sie würde ein ganzes Jahr brauchen, um sich zu erholen.

Zuerst der psychische Anschlag mit Julies Bluse, und jetzt der physische Anschlag mit den Ratten.

»Jemand hat ein Loch in die Außenwand zur Gasse gebohrt«, sagte Kaldak, als er wieder in die Wohnung kam. »Das kann jederzeit passiert sein, und Peterson konnte von seinem Posten auf der anderen Straßenseite aus gar nichts mitbekommen.« Er preßte die Lippen zusammen. »Von jetzt an wird auch die Gasse bewacht.«

»Dort sind sie hereingekommen?«

Er nickte. »Sie haben ein Stück Rohr durch das Loch in der Wand geschoben. Als wir weg waren, haben sie die Ratten reingelassen, die uns dann bei unserer Rückkehr erwartet haben.«

»De Salmo?«

»Oder ein anderer von Estebans Leuten. De Salmo ist ein Spezialist, aber das hier war Kleinkram.«

Ihr war es nicht wie Kleinkram vorgekommen. Eher wie ein Alptraum.

»Wenn es Ihnen nicht gefällt, wissen Sie ja, was Sie tun können.«

»Seien Sie still, Kaldak. Ich gehe nirgendwohin.«

»Außer morgen wieder ins Viertel.«

»Stimmt.«

»Hervorragend«, murmelte er. »Ganz hervorragend.«

Am folgenden Nachmittag warf sie die neuen Fotos vor ihn auf den Couchtisch. »Hier sind sie. Sehen Sie zu, was Sie damit anfangen.«

Er blätterte die Fotos durch. »Das ist ja eine ganze Menge.«

»Vier Filme. Ich wollte sicherstellen, daß ich ihn drauf habe, falls er da draußen war.« Sie ließ sich in einen Sessel fallen. »Nun?«

»Auf Anhieb nichts. Ich muß sie mir genauer ansehen.«

»Wir können es ja noch mal versuchen«, erwiderte sie enttäuscht.

»Nein!« Er warf noch einmal einen flüchtigen Blick auf die Fotos. »Die Straßen werden allmählich immer belebter. Wir können nicht mehr rausgehen.«

»So ein Quatsch.«

»Kein Quatsch«, entgegnete er knapp. »Es ist zu gefährlich, verdammt noch mal. Wir bleiben hier.«

Nur nicht aufregen. Ganz ruhig bleiben. »Und was ist mit der Rakete durchs Fenster und der Mamba im Abfluß?«

»Darum kümmere ich mich schon.«

»Wir waren uns doch einig, daß das Risiko nicht viel größer ist.« Sie beugte sich stirnrunzelnd vor. »Das ergibt keinen Sinn, Kaldak.«

»Wir waren uns überhaupt nicht einig, und außerdem ergibt es sehr wohl einen Sinn. Sie wollen, daß ich Ihr Leben schütze. Und das tue ich.«

»Wir waren jeden Tag auf der Straße, und bisher ist nichts passiert.«

»Wir gehen nicht mehr raus.«

»Warum sind Sie plötzlich dagegen? Was hat sich geändert?«

»Ich hatte gehofft, er würde mir auffallen, und ich könnte mich um ihn kümmern. Aber er spielt nur Katz und Maus mit uns.«

»Dann spielen wir eben mit. Und in der Zwischenzeit werde ich weiter fotografieren, und Sie können – «

»Nein, es ist zu gefährlich.«

»Bisher haben Sie es nicht für zu gefährlich gehalten.«

»Aber jetzt, verdammt noch mal.« Er wischte die Fotos auf den Fußboden. »Tun Sie gefälligst, was ich Ihnen sage.«

Sein Ausbruch überraschte und schockierte sie. Sie hatte ihn früher schon gewalttätig erlebt, aber die Gewalttätigkeit war kühl und kontrolliert gewesen. Diesmal war er alles andere als kühl. Der Mann vor ihr war völlig anders als der Kaldak, den sie kennengelernt hatte. »Was stimmt nicht, Kaldak?«

»Fragen Sie lieber, was stimmt. Esteban versucht, Sie an die Ratten zu verfüttern; der Schlag kann jeden Moment losgehen; Ramsey ist nicht in der Lage, Morrisey oder Esteban zu finden, und De Salmo ist irgendwo da draußen und wartet nur darauf, daß ich eine falsche Bewegung mache, um Sie umlegen zu können.«

»Vielleicht ist er ja nicht einmal hier. Vielleicht hat sich der Informant getäuscht.«

»Er ist hier.« Er deutete mit einer knappen Kopfbewegung auf die Fotos auf dem Fußboden. »Ich kann den Scheißkerl nur leider nicht identifizieren.«

»Sie haben ihn ja auch nur einmal aus der Entfernung gesehen.«

»Irgend etwas müßte es doch geben ... irgendeine Möglichkeit.«

Sie kniete sich hin, um die Fotos einzusammeln. Aber er war sofort neben ihr. »Das war ich. Ich hebe sie auf.«

»Ist das schon wieder eine der Regeln Ihrer Mutter?«

»Das ist meine Regel. Wenn man irgend etwas kaputtmacht, repariert man es auch wieder.« Er legte die Fotos auf den Couchtisch. »Man versucht es zumindest. Manchmal kann man einen Scherbenhaufen aber nicht wieder zusammensetzen.«

»Nun war das ja kein irreparabler Scherbenhaufen.«

Er wollte ihr nicht in die Augen sehen. »Es tut mir leid.«

Bevor sie antworten konnte, war er schon in der Küche verschwunden.

Kapitel 14

Bess hatte Kaldak noch nie so erlebt. Es gelang ihm kaum, sich ruhig zu halten. Sie konnte beinahe spüren, wie der Raum sich mit seiner nervösen Energie auflud.

Den ganzen Abend über versuchte sie, sich in ihr Buch zu vertiefen, aber sie war sich kaum dessen bewußt, was sie las.

Schließlich gab sie es auf und legte den Roman beiseite. »Anne Rice fesselt mich heute abend nicht. Ich glaube, ich werde ins Bett gehen.«

Er warf einen Blick auf das Buch. »Sie schreibt über Vampire, nicht wahr?«

»Ja, und über New Orleans. Ich verehre sie sehr.«

Er lächelte schief. »Ich kann gut verstehen, daß Sie im Moment keine Lust auf Vampire haben. Wenn man auch noch mit einem zusammenleben muß, kann man es leicht überbekommen.«

»Sie nehmen mir vielleicht Blut ab, aber für einen Vampir sind Sie zu wissenschaftlich«, erwiderte sie gutgelaunt.

»Ach, wirklich?«

Sie wandte verlegen den Blick ab. »Das wüßten Sie, wenn Sie jemals Anne Rice gelesen hätten. Lestat ist absolut nicht wissenschaftlich. Er ist ein sehr vielseitiger Vampir mit – «

Das Telefon klingelte. Automatisch wurde sie stocksteif. Sie nahm den Hörer ab. »Hallo.«

»Kaldak. Ich muß mit Kaldak reden.«

Es war nicht Esteban. Sie versuchte, ihre Erleichterung mit einem Achselzucken zu verbergen, als sie Kaldak den Hörer reichte. »Ich erinnere mich noch schwach an die Zeit, als ich noch normale Anrufe bekam. Ich glaube, es ist Ed Katz. Wenn man von Vampiren spricht ...«

Sie stand auf und trat ans Fenster. Das Schattenungeheuer wirkte heute abend kleiner. Sie fragte sich, wie es wohl aussah, wenn die Straßenlaternen morgens früh abgeschaltet wurden. Vielleicht sollte sie ihren Wecker stellen und es sich ansehen.

»Ich muß Ihnen Blut abnehmen.«

Sie wandte sich um, als Kaldak gerade den Hörer auflegte. »Warum? Sie haben doch erst heute morgen eine Probe weggeschickt.«

»Je näher er dem Durchbruch kommt, desto gieriger wird er.«

»Und wie nah ist er dran?«

»Schwer zu sagen. Bei der Entwicklung von Antikörpern macht man gewöhnlich einen Schritt vor und zwei zurück.«

»Er klang ganz aufgeregt.«

»Na ja, er glaubt, daß er womöglich beim letzten Test eineinhalb Schritte vorangekommen ist.« Er zögerte. »Sie müssen es nicht machen. Ich kann bis morgen früh warten.«

Sie machte eine wegwerfende Geste. »Ist schon gut.« Sie setzte sich an den Eßzimmertisch und krempelte den Ärmel hoch. »Es spielt keine Rolle.«

»Es spielt eine Rolle.« Er nahm das Spritzenbesteck aus der Schreibtischschublade. »Glauben Sie, ich würde Ihnen das alles zumuten, wenn es nicht für eine Menge Leute eine Rolle spielen würde?«

»Ich wollte nicht sagen –« Sie gab es auf. »Nehmen Sie mir

einfach das Blut ab und lassen mich dann ins Bett gehen, Kaldak.«

»Genau das habe ich vor.«

Sie konnte es nicht leiden, das Blut in die Kanüle laufen zu sehen, deshalb heftete sie den Blick auf seinen dunklen Schädel. Seine Halsmuskeln traten hervor, als er die Nadel behutsam ansetzte.

»Tue ich Ihnen weh?« fragte er leise.

»Sie haben mir noch nie weh getan.«

»Doch, habe ich.« Sein Blick blieb auf die Nadel gerichtet. »Aber nicht diesmal.« Er zog die Nadel heraus und legte sie auf den Tisch. »Tut mir leid. Ist schon vorbei.«

»Warum entschuldigen Sie sich? Das ist doch harmlos. Bei der letzten Blutspende fürs Rote Kreuz wurde mir mehr abgenommen.«

»Aber nicht ich habe es Ihnen abgenommen.« Er hielt ihren Arm und tupfte den winzigen Blutfleck an der Einstichstelle ab. »Ich möchte nicht –« Er unterbrach sich und starrte auf ihren Arm.

»Stimmt was nicht?«

»Allerdings«, erwiderte er mit belegter Stimme. »Irgendwas stimmt nicht.« Langsam hob er ihren Arm und preßte seine Lippen auf die Wunde.

Es verschlug ihr den Atem. Sie war zu keiner Bewegung fähig. Sie hatte nicht damit gerechnet, diese Lust zu empfinden. Aber sie war da.

Verrückt. Nicht jetzt. Nicht mit Kaldak. Niemals mit Kaldak.

Er hob seinen Kopf und sah sie an. »Das ist es, was nicht stimmt.«

»Nein«, flüsterte sie.

»Doch.« Seine Lippen glitten über ihren Unterarm zu den Adern des Handgelenks. Ihr wurde ganz heiß. »Ich will es.

Ich will es schon seit langem. Manchmal erregt mich allein schon dein Duft.« Er preßte seine Lippen auf ihre Handfläche. »Ich weiß, daß ich kein Sexualobjekt bin, aber du wirst nicht enttäuscht sein. Häßliche Männer müssen besser sein. Ich kann dich – «

»Hör auf«, flüsterte sie. »Ich kann nicht – Emily.«

»Würde Emily wollen, daß du aufhörst zu leben? Würdest du sie weniger lieben, weil du mit mir ins Bett gegangen bist?«

»Natürlich nicht.«

»Du willst es doch auch.«

Herrgott ja, sie wollte es. Sie wollte *ihn.* Er berührte sie kaum, aber ihr Körper reagierte. »Es würde ... alles komplizierter machen.«

»Das ist es auch so schon. Viel schlimmer kann's nicht mehr werden. Ich kann nicht –« Er hielt inne, als er ihren Gesichtsausdruck wahrnahm. »Nein?« Er ließ langsam ihren Arm los. »Bist du sicher?«

Sie war sich überhaupt nicht sicher. Sie war verwirrt und unsicher und ... erregt. Ja, eindeutig erregt.

Er stand auf und nahm die Nadel und die Spritze. »Keine Sorge, ich werde dich nicht bedrängen«, sagte er knapp. »Ich würde es gerne. Du kannst dir nicht vorstellen, wie sehr. Aber ich werde es nicht tun. Ich habe dir schon zuviel genommen.« Er ging in die Küche. »Ich werde die Blutprobe für Ed einpacken.«

Sie schloß die Augen und lehnte sich im Sessel zurück. Sie wollte ihn. Sie wollte von ihm berührt werden. Sie wollte ihn in sich spüren. O Gott, dieses Gefühl hatte sie seit ihren ersten berauschenden Wochen mit Matt nicht mehr erlebt. Nein, Matt war nicht mit Kaldak vergleichbar. Niemand war mit Kaldak vergleichbar.

»Ich habe gesagt, du sollst dir keine Sorgen machen.«

Sie öffnete die Augen. Kaldak stand mit der üblichen Blutprobenpackung an der Wohnungstür. »Wenn du mich nicht willst, dann akzeptiere ich das. Aber plage dich nicht mit Schuldgefühlen. Das hier hat nichts mit dem zu tun, was mit Emily passiert ist. Sex überfällt einen mitten in der Krise. Das hat wahrscheinlich etwas mit dem Arterhaltungstrieb zu tun.« Er öffnete die Tür. »Ich gehe runter und gebe das Peterson, damit er es heute abend noch wegbringt. Und du gehst schon ins Bett.«

Keine Schuldgefühle.

Geh schon ins Bett.

Immer sagte er ihr, was sie zu tun hatte, verdammt noch mal. Immer wußte er alles besser. Von Anfang an hatte er versucht, ihr klarzumachen, wo es langging.

Aber heute abend hatte er einen Rückzieher gemacht. Er hatte ihr die Wahl gelassen.

Alle Lichter waren aus, als Kaldak nach zwanzig Minuten die Wohnung wieder betrat.

Bess war zu Bett gegangen. Oder vielleicht hatte sie sich auch nur in ihrem Zimmer versteckt und redete sich ein, daß das, was sich zwischen ihnen abgespielt hatte, nicht wirklich passiert war und daß auch er nicht existierte.

Er war ein Narr. Er wußte alles über Disziplin. Die hatte er in der härtesten Schule gelernt. Warum hatte er sie nicht heute abend angewandt? Warum hatte er Bess in Verlegenheit gebracht? Es war der falsche Zeitpunkt gewesen. Nicht, daß irgendein Zeitpunkt der richtige wäre. Nicht für ihn. Nicht für sie. Zu viel war bereits geschehen –

»Willst du die ganze Nacht da unten stehen bleiben, Kaldak?« rief Bess. »In Gottes Namen, komm ins Bett.«

Er erstarrte. Langsam wandte er sich ihrem Schlafzimmer zu. »Bess?«

»Was glaubst du denn, wer hier ist? Nur wir beide sind hier in der Wohnung.« Nach kurzem Zögern fuhr sie mit zitternder Stimme fort: »Und einer von uns beiden hat gewaltige Angst.«

Mit heftigem Herzklopfen ging er zur Tür. »Wir beide, Bess«, flüsterte er. »Wir beide.«

New Orleans war genau das Richtige für Marco. Die überfüllten Straßen – sehr praktisch für einen Mann in seinem Beruf – erinnerten ihn an Rom.

Der Mann war direkt vor ihm. Grauer Anzug, keine Krawatte, Halbglatze.

Marco wich einem betrunkenen Paar aus, das aus einer Bar stolperte. Er beschleunigte seinen Schritt. Er durfte sein Opfer nicht aus den Augen verlieren. Esteban war sauer, aber das würde den Scheißkerl besänftigen.

Der Mann im grauen Anzug ging die Bourbon Street Richtung Canal Street. Wahrscheinlich hatte er seinen Wagen auf einem der Parkplätze an der Canal Street abgestellt.

Marco kürzte über die Royal Street ab, rannte so schnell er konnte und lief dann in entgegengesetzter Richtung die Bourbon Street hinunter.

Er war völlig aus der Puste, als er die Gasse erreichte.

Er wartete.

Eine Frau im kurzen Rock und in Pumps mit Leopardenmuster ging an der Gasse vorbei.

Er wartete.

Grauer Anzug, Halbglatze.

Da.

Die schmale Messerklinge jagte durch den grauen Anzug hindurch direkt ins Herz, dann zog Marco den Mann in die Gasse hinein.

»Kaldak.«

Er schmiegte sich an sie und drückte seinen Mund auf ihre Brustwarze. »Ja?«

»Ich hätte gerne meine Kamera.«

Er hob den Kopf. »Wie bitte?«

»Kannst du mir bitte meine Kamera reichen?«

»Kann ich nicht. Ich bin anderweitig beschäftigt.«

»Ich möchte ein Foto von dir machen.«

»Später.« Er mußte plötzlich lachen. »Bestimmt hast du irgendwas Umwerfendes an mir entdeckt und willst ein Erinnerungsfoto machen.«

»Angeber.« Sie *hatte* etwas Umwerfendes an ihm entdeckt. Sex mit Kaldak war ein köstliches Vergnügen. Nachdem er das erste Mal intensiv und leidenschaftlich gekommen war, wurde er beinahe spielerisch. Damit hatte sie überhaupt nicht gerechnet. »Ich möchte ein Foto machen von dem Mann mit den stärksten Adern, die ich je gesehen habe.«

»Und vom besten Liebhaber.«

»Daran erinnere ich mich nicht.« Sie stöhnte auf, als er sie zu massieren begann. »Na ja, fast.«

»Der Beste?«

»Ich werde deiner Eitelkeit nicht auch noch – «

Sie konnte nicht mehr sprechen. Sie stand kurz vor dem Höhepunkt.

»Gib dich hin, Bess«, flüsterte er. »Ich brauche es. Ich brauche dich.«

Sie kuschelte sich an ihn und starrte verträumt in die Dunkelheit. Angeschmiegt an Kaldaks großen, muskulösen Körper kam sie sich klein und zerbrechlich vor. Merkwürdig, daß sie sich nicht dagegen wehrte. Sie fühlte sich ... behaglich, angenehm. »Wie spät ist es?«

Kaldak warf einen Blick auf die erleuchtete Anzeige ihres

Weckers. »Viertel vor fünf.« Er hauchte ihr einen Kuß auf die Stirn. »Warum? Hast du noch eine Verabredung?«

»Sei nicht so frech. Ich bin schließlich eine vielbeschäftigte Frau. Du hast einfach das Glück, mich zufällig zwischen zwei Aufträgen erwischt zu haben.«

»Hallelujah. Das ist das einzige Glück, das ich in letzter Zeit erleben durfte.«

Ihr Wohlbehagen ließ ein bißchen nach, als die Erinnerung zurückkehrte. Nein, sie hatte in letzter Zeit auch nicht viel Glück im Leben gehabt.

»Psst. Nicht darüber nachdenken.« Er zog sie näher an sich heran. »Dieser Augenblick ist so wunderbar. Zum Teufel mit –«

»Wie heißt du eigentlich, Kaldak?«

»Was?«

»Also, Kaldak kann ja wohl nicht dein richtiger Name sein. Esteban hätte ihn sicherlich noch von Nakoa her gekannt. Ich finde, daß eine Frau den Namen des Mannes kennen sollte, mit dem sie schläft.«

»Wie kann man nur so altmodisch sein.«

»Heißt du etwa Deuteronomium? Oder vielleicht Rumpelstilzchen?«

»David.«

»David wie?«

»Gardiner.«

»David Gardiner.« Sie schüttelte den Kopf. »Es wird ein bißchen dauern, bis ich mich daran gewöhnt habe.«

»Gewöhn dich erst gar nicht dran. Ich habe dir schon gesagt, daß er nicht mehr existiert.«

»Warst du denn nie in Versuchung, ihn wieder zum Leben zu erwecken? Ich könnte mir vorstellen, daß du –«

Auf dem Nachttisch klingelte das Telefon.

Sie erstarrte.

Er langte hinüber und nahm den Hörer ab. »Hallo.« Dann seufzte er, setzte sich auf und schaltete das Licht ein. »In Herrgotts Namen, Ed, ich hoffe, du hast gute Nachrichten. Weißt du eigentlich, wie spät es ist?«

Ed Katz? Der Mann mußte ein Fanatiker sein. Bess setzte sich auch auf und lehnte sich gegen das Kopfteil.

»Was willst du damit sagen? Ich habe sie losgeschickt. Du hättest sie spätestens um eins erhalten müssen ... Woher soll ich das wissen? Ist ja schon gut, ich rufe Ramsey an.« Kaldak legte auf. »Ed hat die Blutprobe nicht bekommen. Wir müssen vielleicht noch eine nehmen. Ich muß mit Ramsey klären, was passiert ist.«

»Großartig.« Sie verzog das Gesicht, als sie aus dem Bett aufstand und sich den Morgenmantel überzog. »Das hat mir als krönender Abschluß für diesen Abend gerade noch gefehlt. Ich werde erst mal eine Kleinigkeit essen.«

Ein paar Minuten später kam Kaldak auch in die Küche.

»Also, muß ich noch mehr Blut spenden, oder haben sie –« Sie brach mitten im Satz ab, als sie seinen Gesichtsausdruck bemerkte. »Stimmt was nicht?«

»Ramsey hatte keine Ahnung von der Probe. Peterson hat ihn nicht benachrichtigt. Soweit er wußte, stand Peterson draußen Wache. Sie suchen ihn gerade.«

Sie mußte schlucken. »Vielleicht ist es nur ein kleiner Irrtum.«

»Vielleicht.«

»Du glaubst es nicht.« Sie zögerte. »Ich verstehe das nicht. Irgendwie – «

Sie sprang auf, als das Telefon in Kaldaks Hand klingelte.

Kaldak drückte auf einen Knopf und nannte seinen Namen. Kurz darauf legte er auf. »Man hat Peterson in einer Gasse fünf Blocks weiter aufgefunden. Er ist tot.«

Verblüfft starrte sie ihn an. »Tot?«

»Er hatte ein Stilett im Rücken. Keine Spur von der Blutprobe.«

Ein Stilett. »De Salmo?«

Kaldak nickte.

»Ich begreife das nicht. Warum sollte er es auf die Blutprobe abgesehen haben? Er kann sich denken, daß wir einfach die nächste nehmen.«

»Vielleicht geht De Salmo davon aus, daß Esteban eine Verzögerung gefallen würde.«

Und sie war diejenige gewesen, die darauf bestanden hatte, daß alle Anrufe des CDC auf ihrer regulären Amtsleitung erfolgten. Peterson wäre noch am Leben, wenn De Salmo ihr Telefon nicht hätte abhören können.

»Hör auf damit«, sagte Kaldak grob. »Peterson war ein Agent. Bei diesem Job ist das Risiko groß. Außerdem muß sein Tod nicht unbedingt etwas mit dem Anruf zu tun haben. Es ist auch möglich, daß Esteban dir damit wieder einen Schrecken einjagen wollte.«

»Und warum hat er die Blutprobe mitgenommen?« Sie verschränkte die Arme vor der Brust, damit sie nicht zitterten. »Es war mein Fehler, verdammt noch mal.«

»Also gut, es war dein Fehler. Aber nicht, weil du irgend etwas getan hast. Dein Fehler ist es, immun zu sein. Esteban und De Salmo drehen durch, weil vielleicht die Zeit endlich einmal auf unserer Seite ist.«

»Vielleicht. Katz ist sich nicht sicher. Du bist dir auch nicht sicher.«

»Reiß dich zusammen. Du wirst deine Kraft jetzt brauchen. Ramsey ist unterwegs hierher.«

»Warum?«

»Um dich an deinem schwächsten Punkt zu treffen. Er weiß, daß er mich nicht umstimmen kann, deshalb wird er versuchen, dich dazu zu bewegen, von hier zu verschwinden.«

»Ich werde meine Meinung nicht ändern.« Sie wurde plötzlich wütend. Nicht nur, daß De Salmo und Esteban versuchten, sie zu töten, jetzt versuchte Ramsey auch noch, sie einzuschüchtern. »Ramsey soll sich gefälligst um seine Arbeit kümmern und den Scheißkerl schnappen.«

Er lächelte. »Sag ihm das.«

»Das werde ich auch.« Sie setzte sich auf den Tisch und krempelte den Ärmel ihres Morgenmantels hoch. »Und jetzt hol deine verdammte Kanüle und nimm mir Blut ab.«

»Das war pure Blödheit«, sagte Esteban kalt. »Glauben Sie im Ernst, so ein kleiner Verzug würde mir nützen? Ich will, daß die Frau stirbt. Sie sind eine arge Enttäuschung für mich, Marco.«

»Ich kümmere mich ja darum, aber als ich gehört habe, wie nah – «

»Sie haben lediglich gehört, was die Sie hören lassen wollten. Glauben Sie etwa, daß Kaldak eine solche Nachlässigkeit zulassen würde?«

»Er ist immer bei ihr. Ich brauche noch mehr Zeit, als ich – «

»Ich *habe* keine Zeit.« Esteban versuchte, seinen Zorn unter Kontrolle zu halten. »Haben Sie mich verstanden? Ich habe keine Zeit. Nur darum geht es.«

»Ein paar Tage noch.«

In ein paar Tagen könnte Katz beim CDC die Antikörper entwickelt haben, dachte Esteban frustriert. Und dann würde sein ganzer Plan platzen.

Nachdenken.

Es mußte einen Weg geben.

Yael war an der Wohnungtür, bevor Ramsey eintraf.

»Geht's ihr gut?« fragte er Kaldak.

»Mir geht's blendend«, rief Bess vom Zimmer aus. »Glaubt irgend jemand auf der Welt, ich würde wegen dieser Sache zusammenbrechen?«

»Na ja, Ramsey hofft es jedenfalls«, antwortete Yael. »Ich glaube fast, er würde Peterson nicht nachtrauern, wenn er wüßte, daß sein Tod Sie gefügig machen würde.«

»Das kann doch nicht wahr sein«, gab sie angewidert zurück. »Was ist das nur für ein Mensch? Wird diese Sorte bei der CIA produziert?«

»Du kannst den Apparat nicht für Ramseys Charakter verantwortlich machen«, sagte Kaldak. »Er ist ein ehrgeiziger Mann, der mit dem Rücken zur Wand steht. Ein Schlag von Esteban könnte seine politischen Ambitionen zerstören.«

»Nach den Leuten, die dabei draufgehen könnten, fragt keiner.« Bess stand auf und ging zur Schlafzimmertür. Wenn sie sich schon mit Ramsey herumschlagen mußte, wäre es taktisch unklug, ihm im Bademantel und mit nassen Haaren gegenüberzutreten. »Ich gehe unter die Dusche und ziehe mich an. Ruft mich, wenn Ramsey kommt.«

Im Badezimmer fiel ihr auf, daß es erst kurz vor sechs war. Es konnte fast nicht sein, daß sie vor gerade mal eineinhalb Stunden mit Kaldak im Bett gelegen hatte. Aber es gab schließlich den Beweis für ihr Liebesspiel: die zerwühlten Decken, den Abdruck ihrer Köpfe auf den Kopfkissen.

Das war nicht nur Sex gewesen, sie hatte auch Nähe erlebt, dachte sie, als sie in die Duschkabine trat. Die Erkenntnis schockierte sie. Was wäre wohl passiert, wenn sie nicht so abrupt aus ihrer wilden Euphorie gerissen worden wäre? Wahrscheinlich war es besser so. Er hatte bewiesen, daß er ein großartiger Liebhaber war, aber sie war jetzt noch zu verletzlich. Mit einer Beziehung zu einem derart komplizierten und zerrissenen Mann wäre sie überfordert.

Zumindest solange sie von denselben Dämonen gequält wurde.

»Ms. Grady.«

Herr im Himmel, Ramsey klopfte an die Badezimmertür.

»Es tut mir leid, aber ich habe nicht viel Zeit, und ich muß mit Ihnen reden.«

Sie stellte die Dusche ab. »Ich bin gleich fertig. Ich hoffe, Sie haben nichts dagegen, daß ich mich vorher abtrockne.«

»Mir ist klar, daß ich Ihnen Unannehmlichkeiten bereite.« Schweigen. »Ich warte im Wohnzimmer.«

Es überraschte sie, daß er nicht einfach ins Badezimmer marschiert war und sie unter der Dusche hervorgezerrt hatte. Je öfter sie mit Ramsey zu tun hatte, desto unangenehmer fand sie ihn.

Sie fuhr sich mit der Hand durchs nasse Haar, als sie ein paar Minuten später ins Wohnzimmer kam.

»Tut mir leid«, sagte Kaldak. »Ich hätte ihm schon den Hals umdrehen müssen, um ihn davon abzuhalten, dich zur Eile anzutreiben.«

Ihm den Hals umzudrehen war gar keine so schlechte Idee. »Hast du ihm die letzte Blutprobe gegeben?«

Kaldak nickte. »Aber er gibt sich nicht zufrieden mit der Milch. Er will die Kuh.«

»Welch erstaunliche Wortwahl«, murmelte Yael. »Sie ähneln ja nun nicht im geringsten einer Kuh, Bess. Bestenfalls der Name. Gab's da nicht so einen Werbespot mit der Kuh Bessie oder so – «

»Inzwischen haben Sie ja wohl eingesehen, daß Sie so nicht weitermachen können«, fiel ihm Ramsey ins Wort. »Das ist weder für Sie noch für die Öffentlichkeit sicher. Ganz zu schweigen von meinen eigenen Leuten. Peterson hatte eine Familie. Möchten Sie vielleicht diejenige sein, die ihnen sagt, daß – «

»Das reicht«, fuhr Kaldak dazwischen.

»Ist schon gut. Nein, ich möchte es ihnen nicht sagen«, erwiderte Bess gereizt. »Ich fühle mich scheußlich deswegen. Aber das ändert nichts an der Tatsache, daß wir am besten an Esteban herankommen, wenn ich hierbleibe. Wenn Ihnen nichts Besseres einfällt, bleibe ich.«

Ramsey fuhr Kaldak an: »In Herrgotts Namen, machen Sie ihr klar, daß sie hier rausmuß. Sie müssen doch Einfluß auf sie haben.«

Kaldak schüttelte den Kopf.

»Verflucht noch mal.« Ramseys Stimme bebte vor Wut. »Es ist Ihr Fehler, Kaldak. Glauben Sie vielleicht, ich wüßte nicht, daß Sie sie nur benutzen, um an Esteban zu kommen? Es interessiert Sie einen Scheißdreck, daß man mich kreuzigen wird. Ich werde das nicht zulassen. Verlassen Sie sich drauf.«

Er stürmte hinaus und knallte die Tür hinter sich zu.

»Ich habe den Eindruck, daß er ein bißchen verärgert ist.« Yael schüttelte mißbilligend den Kopf. »Also wirklich, Kaldak, eine arme, hilflose Frau wie Bess so ins Messer laufen zu lassen. Das ist unverzeihlich.«

»Es wundert mich, daß er annimmt, ich könnte dich manipulieren«, bemerkte Kaldak zu Bess. »Wir tanzen doch alle nach deiner Pfeife.«

»Ich kann mir schon denken, wie er darauf kommt.« Sie warf einen Blick zum Schlafzimmer. Ramsey mochte ein eigennütziger Scheißkerl sein, aber blöd war er nicht. Er war in ihrem Schlafzimmer gewesen und hatte festgestellt, daß das Bett offensichtlich von zwei Personen benutzt worden war. Ganz sicher dachte er, Kaldak würde eine sexuelle Beziehung benutzen, um sie zu beeinflussen. »Aber er irrt sich.«

»Allerdings.« Kaldaks Blick war auf ihr Gesicht geheftet. »Völlig.«

»Ich glaube, ich werde mich mal ums Frühstück kümmern.« Yael erhob sich. »Und da ich nicht kochen kann, werde ich runtergehen ins Café Du Monde und uns eine ordentliche Portion Pfannkuchen machen lassen.« Er sah auf die Uhr. »Ich werde mir Zeit lassen, aber in ungefähr einer Stunde bin ich wieder da.«

»Sie können ruhig hierbleiben«, sagte Bess.

Aber er war schon weg.

»Heute nacht, das war nicht der Versuch, dich zu benutzen, Bess«, sagte Kaldak.

»Red keinen Stuß.« Sie trat ans Fenster. »Das weiß ich selbst.«

»Warum siehst du mich dann nicht an?«

»Ich fühle mich ... unbehaglich. Ich bin nicht an Affären für eine Nacht gewöhnt.«

»Aber um Himmels willen, das ist nicht nur für eine Nacht.«

»Es kann nichts anderes sein«, erwiderte sie zögernd. »Es wäre Unsinn zu glauben, wir beide könnten eine normale Beziehung haben.«

Er saß schweigend hinter ihr. »Ach so, dann hast du mich also auch schon als einen deiner vielen Irrtümer abgehakt? Wie deinen fremdgehenden Ehemann?«

Hatte sie ihm weh getan? O Gott, sie wollte ihm nicht weh tun.

»Es wäre kein Fehler, Bess. Wir wären ein gutes Paar.«

Sie schüttelte den Kopf.

»Sieh mich an, verdammt noch mal.«

»Es war nicht dein Fehler. Ich war einsam und ich brauchte – «

»*Das* ist der Fehler.«

»Mach es mir doch nicht noch schwerer, Kaldak«, sagte sie zitternd.

Schweigen.

»Wir werden bestimmt wieder miteinander ins Bett gehen. Wir sind so eng zusammen und merken beide, wie gut das tut. Mach dir keine Sorgen, daß ich dich ins Bett zerre, aber wenn wir da landen, werde ich auch nicht versuchen, es zu verhindern.« Sie hörte, wie er aufstand. »Ich gehe unter die Dusche. Dein Geruch ist noch an mir, und das macht mich verrückt.«

Die Spannung fiel auch dann nicht von ihr ab, als er schon verschwunden war. Seine letzten Worte ließen die vergangene Nacht wieder über sie hereinstürzen. Einfach nicht dran denken. Sie hatte das Richtige getan. Sie konnte sich jetzt nicht ablenken lassen. Sie konnte jetzt nicht über Kaldak nachdenken.

Sie durfte Emily nicht vergessen.

»Sind Sie sicher, daß er ein fähiger Mann ist?« fragte Habin scharf. »Ich glaube doch, daß einer meiner eigenen Leute besser gewesen wäre. Ihre Loyalität ist nicht käuflich.«

Estebans Hand umklammerte den Hörer. Diese Art Loyalität wollte Esteban gerade vermeiden. Er hatte soviel Zeit darauf verwendet, Jeffers aufzutreiben, weil er genau wußte, daß er keinen von Habins Leuten unter Kontrolle hätte. Fanatiker ließen sich nicht bestechen und einschüchtern. »Jeffers ist hervorragend, und Ihre Leute sind zu schade für diese Aufgabe. Sie werden von den Behörden der Vereinigten Staaten gesucht, Sie brauchen Ihre Leute zum eigenen

Schutz. Ich hoffe, Sie haben eine sichere Unterkunft gefunden?«

»Eine Farm in der Nähe von Kansas City. Und was ist mit Ihnen? Sie fahren von Motel zu Motel, und niemand hält Ihnen den Rücken frei.«

»Ich bin es gewöhnt, auf mich selbst aufzupassen. Ich riskiere es lieber nicht, verraten zu werden. Das kann immer passieren.«

»Und die Frau? Wenn meine Leute hinter ihr hergewesen wären, würde sie nicht mehr leben.«

Estebans Lächeln verschwand. »Kaldak kannte alle Ihre Leute. Und sie kannten ihn. Das hätte Schwierigkeiten gegeben.« Kaldak hätte alles aus ihnen herausgequetscht. De Salmo hatte sich als unfähig erwiesen, war aber wenigstens nicht erwischt worden. »Es wird Sie freuen, daß ich beschlossen habe, die Überwachung der ganzen Sache jetzt selbst in die Hand zu nehmen.«

»Ich kann noch nicht weg. Ich brauche noch drei Tage.«

»Die können Sie haben.« Er legte den Hörer auf.

Drei Tage.

Esteban spürte die Anspannung in seinen Schultern. Er schüttelte sich, um sich zu entspannen. Er durfte den Druck nicht auf sich wirken lassen. Er hatte diesen Augenblick zu lange geplant, als daß etwas schiefgehen durfte. Er konnte nicht zulassen, daß ihm irgend etwas in die Quere kam.

Die Frau war lediglich ein weiteres Hindernis, das es aus dem Weg zu räumen galt.

Und wenn man ein Hindernis nicht frontal angreifen konnte, dann mußte man es umgehen und von hinten angreifen.

Drei Tage...

Kapitel 15

Tag eins
Atlanta
6.05 Uhr

»Du gehst also heute abend nicht zu Alisons Bar-Mizwa-Feier.« Marta Katz verzog das Gesicht. »Bloß, weil du dir keinen Anzug und keine Krawatte anziehen willst.«

»Klar, ich habe Kaldak gebeten, mir diesen Schlamassel anzudrehen, damit ich nicht auf ein Fest gehen muß.«

»Bloß, weil du meine Schwester nicht leiden kannst, ist das noch kein Grund, ihre Tochter mies zu behandeln.«

»Ich werde Alison ein tolles Geschenk überreichen.«

»Aber es stimmt doch, daß du meine Schwester nicht leiden kannst, oder?«

Ed war zu müde, um es zu leugnen. »Leslie ist eine eingebildete Gans. Sie glaubt, du hättest unter deinem Stand geheiratet. Was bedeutet, daß sie außerdem auch noch dumm ist.«

»Vielleicht. In Zeiten wie diesen kommen mir allmählich Zweifel. Du bist schon drei Tage lang nicht mehr zu Hause gewesen.«

Er grinste sie an. »Aber heute nacht bin ich doch hiergewesen.«

»Vier Stunden, und das auch nur, weil ich gerade meinen Eisprung habe.«

Er stand auf und küßte sie auf die Nase. »Ich glaube, das war der goldene Schuß. Sag schon, daß ich wie ein prächtiger Zuchthengst war. In neun Monaten werden wir Windeln wechseln.«

»*Ich* werde Windeln wechseln. Da sitzt du wahrscheinlich immer noch im CDC und spielst mit deinen fiesen kleinen Tierchen.« Sie runzelte die Stirn, während er seinen Aktenkoffer nahm und zur Tür ging. »Sieh dich doch an. Hättest du deine Arbeit nicht mal für die kurze Zeit, wo du zu Hause warst, vergessen können?«

»Tut mir leid. Ich wollte einige Ergebnisse während der Rückfahrt im Auto überprüfen.«

»Dann komm doch wenigstens auf eine Stunde zur Bar-Mizwa.«

»Liebling, es geht nicht. Ich bin zu nah am Ziel.«

»Und was ist mit Donovan? Kann er nicht ohne dich weitermachen?«

»Vielleicht. Aber gerade jetzt ist es wichtig, schnell zu sein. Du weißt doch, ich würde Alisons Fest nicht versäumen, wenn es nicht nötig wäre.«

Sie nickte resigniert und begleitete ihn zur Tür. »Na gut, ich werde dich entschuldigen.« Sie hielt ihn auf, als er zur Tür hinauswollte. »Komm noch mal her.« Sie nahm sein Gesicht sanft in die Hände. »Klar warst du wie ein Zuchthengst.« Sie küßte ihn. »Und arbeite nicht so verflucht viel. Ich möchte nicht, daß du einen Hirnschlag erleidest, bevor das Baby da ist.«

»Keine Bange. Wir sind fast am Ziel.« Er umarmte sie und ging die Verandastufen hinab. »So Gott will, kann ich vielleicht noch zur Feier kommen.«

»Wer's glaubt, wird selig.« Sie zog die Brauen zusammen,

als sie den grauen Ford am Bordstein bemerkte. »Ich wollte eigentlich den Polizisten einen Kaffee bringen. Habe ich ganz vergessen.«

»Wir können unterwegs bei McDonald's anhalten. Paul steht auf ihre Fritten.«

»Paul ist der Fahrer, stimmt's?«

»Jim fährt. Paul ist sein Partner.«

»Warum brauchst du Polizeibegleitung, Ed? Warum fährst du nicht selbst? Geht's um Ebola oder so was Ähnliches?«

Er schüttelte den Kopf. »Ich habe dir doch erzählt, daß ich ein ganz wichtiger Mann bin. Der Präsident, der Bürgermeister und ich, wir alle brauchen Polizeischutz.« Er zwinkerte ihr zu. »Wenn das alles vorbei ist, dann müssen wir das unbedingt deiner Schwester erzählen.«

Sie lächelte. »Leslie ist in Ordnung. Sie versteht es einfach nicht.«

»Geh lieber wieder rein. Es ist kühl hier draußen.«

»Mein Morgenmantel ist warm. Die frische Luft tut mir gut.«

Ed spürte, wie sie ihm auf dem Weg zum Wagen mit ihren Blicken folgte. Er hätte ihr besser nicht gesagt, daß er vielleicht noch zur Bar-Mizwa kommen würde, aber er hatte ein schlechtes Gewissen gehabt. Marta mußte viel verkraften. Vielleicht konnte er nächsten Monat mit ihr Urlaub machen. Mit ein bißchen Glück würden die Antikörper in weniger als einer Woche entwickelt sein. Der letzte Test war sehr vielversprechend verlaufen. Vielversprechend war vielleicht nicht der richtige Ausdruck, es hatte ihn völlig umgehauen. Es passierte nicht so häufig, daß einem Wissenschaftler die Chance geboten wurde, eine Seuche aufzuhalten, nachdem sie bereits ausgebrochen war.

»Hallo, Jungs.« Er sprang auf den Rücksitz und schlug die

Tür zu. »Wir müssen bei McDonald's anhalten. Ich habe vergessen, Euch Kaffee zu bringen. Marta war –«

Keine Reaktion. Jim und Paul hatten beide den Blick starr geradeaus gerichtet. Eine schmale Blutspur kroch langsam an Pauls Hemdkragen hinab.

»Mein Gott.«

Ed langte nach dem Türgriff.

Martas Schrei hörte er nicht mehr.

»Sind Sie sicher?«

Bess erstarrte in ihrem Sessel. Sie hatte bei Kaldak noch nie einen so gequälten Gesichtsausdruck erlebt.

»Okay, ich fahre hin. Sie haben recht. Das ist meine Angelegenheit.« Er legte den Hörer auf.

»Ramsey?«

Er nickte. »Ich muß nach Atlanta.«

»Warum?«

»Ed Katz ist tot.«

»Was?« flüsterte sie.

»Sein Wagen ist in die Luft geflogen. Er und zwei Polizeibeamte wurden bei der Explosion getötet.« Er schlug mit der Faust auf die Sessellehne. »Dieser *Huren*sohn.«

»Er war dein Freund.«

»Wir sind zusammen zur Uni gegangen. Ich war bei seiner Hochzeit. Ja, ja, ein schöner Freund bin ich«, sagte er verbittert. »Ich habe ihn in dieses Projekt reingezogen. Ich hätte nicht gedacht, daß ich ihn damit in Gefahr bringen würde. Zumal Ramsey für seine Sicherheit zuständig war.«

»De Salmo?«

»Ich weiß es nicht. Er bevorzugt Messer, aber er hat auch schon mit Sprengstoff gearbeitet. Es könnte De Salmo gewesen sein, aber auch einer von Habins Leuten.«

»Was bedeutet das für die Forschungsarbeit?«

»Die wird zurückgeworfen. Daran arbeitet zwar ein ganzes Team, aber Ed war der Leiter.« Er stand auf. »Also hat Esteban doch noch seine Verzögerung erreicht. Der Scheißkerl konnte deiner nicht habhaft werden, deshalb mußte Ed dran glauben.«

Sie zuckte zusammen. »Ich wünschte, ich könnte irgend etwas tun. Es tut mir leid, Kaldak.«

»Daß du noch lebst? Keine Sorge, ich bin sicher, daß Esteban plant, das zu ändern. Gut, er wird dich nicht kriegen. Ich werde heute abend wieder hier sein. Ich muß mich um die Untersuchungen kümmern und Eds Frau aufsuchen. Ramsey hat Yael angerufen, er wird in fünf Minuten hier sein. Ich werde unten auf ihn warten, ich gehe erst weg, wenn er da ist.«

»Du kannst ruhig schon gehen. Es sind ja nur ein paar Minuten.«

»Sie haben weniger als eine Minute dafür gebraucht, Ed zu verbrennen.« Er blickte über die Schulter. »Wenn du mir helfen möchtest, dann bleib heute in der Wohnung.«

Sie nickte. »Alles, was du willst.«

»Ja, natürlich. Alles, was ich will.« Die Tür schloß sich hinter ihm.

Sie war Ed Katz nur einmal begegnet, aber sie hatte eine lebhafte Erinnerung daran, wie sie ihn auf dem Parkplatz im Regen hatte stehen sehen. Er hatte Angst gehabt, aber das hatte ihn nicht aufgehalten.

Und jetzt war er tot. Esteban hatte ihn getötet, genauso wie er Emily und all die anderen getötet hatte –

Es klopfte.

»Einen Moment.« Sie erhob sich und ging zur Tür. Sie legte die Hand auf die Türklinke. »Yael?«

»Ramsey.«

Na, wunderbar. Jedesmal, wenn etwas Schlimmes passierte, schien er wie ein Geier über ihr zu schweben. Sie öffnete.

»Wo ist Yael?«

Er lächelte. »Er muß gleich hier sein. Ich habe ihn abgefangen und ihn gebeten, unten zu warten, während wir miteinander reden.«

»Ich habe keine Lust zu reden. Ich habe Ihnen alles gesagt, was ich zu sagen hatte.«

Er kam in die Wohnung und schloß die Tür. »Der Tod von Katz bringt das Faß zum Überlaufen. Wir können nicht länger warten. Sie müssen darauf vertrauen, daß ich auf Sie aufpassen werde.«

»Ich muß überhaupt gar nichts. Ich traue Ihnen nicht. Ich vertraue mir selbst.«

»Und Kaldak.«

Sie sah ihm direkt in die Augen. »Und Kaldak.«

»Sie fühlen sich bei ihm sicher?«

»Würden Sie bitte gehen, Mr. Ramsey?«

»Es wäre besser, wenn Sie sich nicht so sicher fühlten. Er ist ein gefährlicher Mann. Er benutzt Sie. Er hat Ed Katz benutzt, und Sie sehen ja, was dabei herausgekommen ist.«

»Ich kann mich nicht erinnern, daß Sie etwas dagegen gehabt hätten, daß er Ed Katz benutzt.«

»Aber der Mann ist fanatisch. Er kommt mir manchmal ziemlich labil vor.«

»Wir passen gut zusammen. Ich bin genauso fanatisch.«

»Dann lassen Sie mich Ihnen helfen. Sie brauchen Kaldak nicht. Glauben Sie mir, Sie wollen ihn gar nicht.« Er lächelte anbiedernd und trat näher. »Haben Sie einfach ein bißchen Geduld und lassen Sie mich ausreden.«

»Ich habe ihm zugesetzt«, flüsterte Marta. »Ich wollte, daß er zu einer Bar-Mizwa-Feier geht. Obwohl ich spürte, wie müde er war, ließ ich ihm keine Ruhe.«

Kaldak umfaßte ihre Hand.

»Ich dachte, es wäre wichtig.« Ihr liefen die Tränen herunter. »Ich habe wirklich geglaubt, eine verdammte Bar-Mizwa wäre wichtig.«

»Das war auch wichtig«, sagte Kaldak weich.

»Ich hätte – Oh, Mist.« Sie barg ihr Gesicht an seiner Brust. »Warum habe ich nicht den Mund gehalten?«

Herrgott, das machte ihn fertig. »Ihr hattet sechzehn gute Jahre miteinander. Ed hat dich geliebt. Es war ihm egal, daß – «

»Ich wollte ein Kind. Deshalb ist er gestern abend nach Hause gekommen. Ich hatte meinen Eisprung. Er hätte im Forschungszentrum bleiben sollen. Da wäre er in Sicherheit gewesen.« Sie hob den Kopf. »Es ist verrückt. Es ergibt alles keinen Sinn. Er war Wissenschaftler. Niemand ermordet einen Wissenschaftler. Das passiert nur Politikern, Predigern oder Mafia-Bossen. Aber nicht Männern wie Ed.«

»Hat schon jemand deiner Familie Bescheid gesagt?«

»Ich habe meine Schwester gebeten, nicht zu kommen. Sie hat sich mit Ed nicht verstanden.«

»Und sonst jemand?«

»Meine Mutter kommt mit dem Flugzeug von Rhode Island.« Sie schob ihn weg und richtete sich auf. »Es tut mir leid, daß ich dich in Verlegenheit bringe. Du weißt nicht, was du machen sollst. Ich weiß verdammt noch mal selbst nicht, was ich machen soll.«

»Du bringst mich nicht in Verlegenheit.«

»Doch. Du wußtest nie, wie du damit umgehen sollst, daß –« Sie zögerte. »Das, woran er gearbeitet hat, war der Grund, stimmt's? Ging es um das Zeug, das er für dich untersuchen sollte?«

»Ja.«

»Und deswegen wurde er getötet?«

»Ja.«

»Er war dein Freund«, flüsterte sie. »Warum?«

»Es war wichtig.«

»Wichtig genug, um dafür zu sterben?«

Jedes ihrer Worte war wie ein Peitschenhieb. »Ich dachte, er wäre in Sicherheit, Marta.«

»Er war nicht in Sicherheit.« Sie wiegte sich vor und zurück. »Er war nicht in Sicherheit. Es war ein Fehler. Du hast einen Fehler gemacht.«

»Ich weiß«, sagte er mit belegter Stimme. »Du hast recht.«

»Und ich auch. Ich habe einen furchtbaren Fehler gemacht.«

»Du hast keinen Fehler gemacht. Daß du ihn gebeten hast, mit zur Bar-Mizwa zu gehen, hat er bestimmt nicht als Nörgelei empfunden.«

»Nein, das ist es nicht. Es ist wegen dem Baby. O Gott, was ist, wenn ich jetzt ein Baby bekomme?« Ihre Augen füllten sich mit Tränen. »Ich könnte es nicht ertragen«, flüsterte sie. »Es würde mich umbringen. Ich könnte es nicht ertragen, ein Baby zu bekommen, ohne daß Ed da ist.«

»Was ist jetzt mit dem Projekt?« fragte Ramsey, als Kaldak auf dem Weg zum Flughafen von Atlanta seinen Anruf entgegennahm.

»Das Team hat einen Schock erlitten, aber sie geben sich größte Mühe, sich neu zu organisieren. Donovan wird die Leitung übernehmen, aber einige Papiere wurden bei dem Anschlag mit vernichtet.«

»Wie weit sind sie zurückgeworfen worden?«

»Ich weiß es nicht. Aber Donovan ist ein fähiger Mann, und er wirkt zuversichtlich.«

Er wünschte, er hätte etwas Positiveres zu vermelden.

Damit hatte Ramsey den Schlüssel gefunden, mit dem er Bess dazu bewegen konnte umzuziehen, und Kaldak wappnete sich für die Auseinandersetzung.

Keine Auseinandersetzung. Ramsey wechselte das Thema. »Ich habe Neuigkeiten von unserem Mann, der Morrisey auf der Spur ist. Vor einer Woche hat das Majestic Hotel in Cheyenne seine Kreditkarte überprüft. Wir haben bei dem Hotel nachgefragt; ein John Morrisey ist immer noch registriert.«

Die Information ließ Kaldaks Puls höher schlagen.

»Sie könnten direkt von Atlanta aus hinfliegen«, fuhr Ramsey fort. »Ich dachte, Sie würden ihn sich vielleicht persönlich schnappen wollen.«

Er wollte wirklich fliegen. Verdammt, er konnte es kaum abwarten. Morrisey könnte der Schlüssel zu Esteban sein, und er befürchtete, daß er Ramseys Leuten durch die Lappen gehen könnte.

Aber das würde bedeuten, daß Bess...

»Ich kann Bess zur Zeit nicht alleine lassen. Wenn ich wieder in New Orleans bin, werde ich Yael bitten, sich Morrisey vorzuknöpfen.«

In der Leitung herrschte Schweigen. »Also gut, falls Sie Ihre Meinung ändern, dann lassen Sie es mich wissen.«

»Ich werde meine Meinung nicht ändern.« Er legte den Hörer auf. Ramseys Nachgiebigkeit machte ihn stutzig. Normalerweise war Kaldak in der Lage, Ramseys Reaktionen vorherzusehen, aber diesmal hatte Ramsey ihn überrascht.

Das gefiel Kaldak überhaupt nicht.

18.15 Uhr

»Du siehst ja völlig mitgenommen aus«, bemerkte Yael, als Kaldak zur Tür hereinkam. »Ist es so schlimm?«

»Es könnte schlimmer sein.«

»Du weißt, wie leid es mir tut.«

Ja, das wußte er. Der ganzen Welt tat es leid, aber das machte Ed auch nicht wieder lebendig. Kaldaks Blick wanderte zum Schlafzimmer. »Wo ist Bess? Ist sie in ihrem Zimmer?«

Yael schüttelte den Kopf. »Ich wünschte, sie wäre da. Sie ist in ihrer Dunkelkammer, seit ich in der Wohnung bin.«

»In ihrer Dunkelkammer? Arbeitet sie die ganze Zeit?«

Yael schüttelte wieder den Kopf. »Das glaube ich nicht. Ramsey war hier.«

Kaldak erstarrte. »Und hat er sie eingeschüchtert?«

»Was immer er ihr gesagt hat, es muß sie aus der Fassung gebracht haben.«

Dort fühle ich mich sicher.

Er erinnerte sich daran, was sie über ihre Dunkelkammer gesagt hatte. Was immer ihr Ramsey erzählt haben mochte, es hatte dazu geführt, daß sie dort Schutz suchte.

Er hätte damit rechnen müssen. Ramsey war gekommen, als er seine Chance gewittert hatte. Um Kaldak herum stürzte alles zusammen. Warum nicht das auch noch?

»Soll ich besser gehen?« fragte Yael.

»Nein, bleib.« Er betrat den Flur. »Ich werde mit ihr reden.«

Er blieb vor der Dunkelkammer stehen. Tu es. Stell dich ihr. Er gab sich einen Ruck und klopfte an die Tür. »Kann ich hereinkommen, Bess? Wir müssen miteinander reden.«

»Darauf kannst du Gift nehmen.« Sie riß die Tür auf. Mit vor Wut funkelnden Augen hob sie ihre Hand und schlug ihn. »Du Scheißkerl.«

»Bess, ich wollte nicht – «

»Ich scheiß drauf, was du wolltest.« Sie schlug ihn wieder. »Du Hurensohn.« Tränen liefen ihr plötzlich über die Wangen. »Du bist Schuld daran. All das hätte nicht passieren müssen. Emily hätte nicht sterben müssen.« Sie schlug ihn noch einmal. »Warum hast du uns nicht einfach in Ruhe gelassen?«

»Es tut mir leid«, antwortete Kaldak. »Ich hatte nie vor, dir weh zu tun. Ich dachte, es würde funktionieren.«

»Du hast mich nach Tenajo geschickt. Du hast zugelassen, daß ich meine Schwester mitgenommen habe. Hast du eine Ahnung, wie schuldig ich mich fühle, seit sie gestorben ist? Du bist an allem schuld!« Sie schluchzte so heftig, daß sie die Worte kaum herausbrachte. »Emily ist gestorben ... «

»Es war nicht vorgesehen, daß sie mitfuhr. Du hattest einen Auftrag. Es war vorgesehen, daß du allein fährst.«

»Und du hast das alles in die Wege geleitet. Ramsey hat gesagt, du hast den Plan in allen Einzelheiten festgelegt und dann dafür gesorgt, daß das Magazin mir den Auftrag gibt. Du wolltest, daß ich nach Tenajo fahre.«

Ein Muskel zuckte in seiner linken Wange. »Ja.«

»Warum?«

»Hat Ramsey dir das nicht gesagt?«

»Er hat von nichts anderem geredet, daß du mich reingelegt hast und daß ich nur noch ihm vertrauen soll.« Sie trat näher an ihn heran und fauchte: »Los, sag's mir jetzt, Kaldak. Sag mir, warum du meinen Tod wolltest.«

»Ich wollte deinen Tod nicht. Ich wußte, daß du große Chancen hattest, es zu überleben.«

»Du konntest doch gar nicht wissen, daß ich –« Ihre Augen weiteten sich. »Du *hast* es gewußt. Mein Gott, du hast gewußt, daß ich immun bin. Wie konntest du das wissen?«

»Danzar.«

Sie starrte ihn verblüfft an.

»Du hast in Danzar eine sehr geringe Dosis des mutierten Anthrax-Erregers abbekommen. Diese war viel schwächer als der Erregertyp, der von Esteban in Tenajo benutzt wurde. Aber«, fügte er grimmig hinzu, »er war dennoch stark genug, um alle Einwohner des Dorfes zu töten.«

»Willst du damit sagen, daß Danzar auch ein Testgebiet war?«

»Das erste. In Danzar waren die Bedingungen perfekt für Esteban. Er lieferte der Guerilla die Bakterien, und sie schmuggelten sie mit einer Lebensmittelladung ins Dorf.«

Sie schüttelte den Kopf. »Nein, das ist nicht wahr. Alle wurden abgeschlachtet. Ich war da. Ich habe es gesehen.«

»Es war Teil der Vereinbarung. Die Guerilleros kamen später und ließen es wie ein Massaker aussehen.«

»Es *war* ein Massaker.«

Er schüttelte den Kopf.

»Hast du das gewußt?« flüsterte sie. »Wußtest du von den Babys?«

»Nein, zu der Zeit war ich bei Habin. Danzar war ganz allein Estebans Veranstaltung. Aber ich habe es später herausgefunden.«

»Und du hast nichts unternommen?«

»Was willst du von mir hören?« fragte er barsch. »Also gut, ich habe nichts unternommen. Genauso, wie ich nach Nakoa nichts unternommen hatte. Weil es keine Beweise gab.« Er hielt einen Moment inne. »Aber nach Danzar dachte ich, wir hätten wenigstens einen Ansatzpunkt. Als du im Krankenhaus von Sarajevo lagst, ließ ich dein Blut testen. Du hattest Antikörper gegen die schwächere Art von Anthrax entwickelt, die Esteban in Danzar benutzt hat.«

»Du warst damals im Krankenhaus von Sarajevo?«

»Ich mußte es wissen. Ich brauchte Gewißheit.«

»Du bist die ganze Zeit dort gewesen?«

»Ja.«

»Mein Fahrer hat aber auch überlebt.«

»Ihn haben wir ebenso überprüft. Er hatte keine Antikörper. Du mußt stärker mit den Bakterien in Berührung gekommen sein, als du im Waisenhaus von Zimmer zu Zimmer gegangen bist. Du warst unsere einzige Hoffnung.«

»Wenn du wußtest, daß ich immun bin, warum hast du dann nicht irgend etwas unternommen? Warum verdammt noch mal hast du mir nicht Blut abgenommen und versucht, Tenajo zu retten?«

»Esteban betrachtete Danzar als Fehlschlag und arbeitete weiter an der Mutation der Bakterien. Aber wir wußten nicht, was das für Mutationen waren. Insofern wäre es nutzlos gewesen, vorab Antikörper zu entwickeln.«

»Also hast du mich nach Tenajo geschickt.«

»Wir mußten dich dem Anthrax aussetzen. Ich mußte mich vergewissern, daß du wirklich immun warst.«

»Und eine Tote mehr hätte auch keinen Unterschied gemacht.«

»Doch, sicher, es machte einen Unterschied. Aber ich konnte mich davon nicht aufhalten lassen.«

»Du hast Emily getötet.«

»Es war vorgesehen, daß nur du nach Tenajo fuhrst. Verdammt noch mal, ich hatte nicht die Absicht, deine Schwester dem Zeug auszusetzen.«

»Du hast sie getötet.«

»Also gut, ich habe sie getötet. Es war mein Fehler.«

»Du hast sie getötet und mich belogen und mich dann auch noch gefickt.« Sie starrte ihn angewidert an. »Und ich habe es zugelassen. All das habe ich zugelassen.«

»Ich habe dich nicht gefickt. Ich habe mit dir Liebe gemacht.« Er machte einen Schritt auf sie zu. »Bess, es war nicht – «

»Wag es nicht, mich *anzufassen.*« Sie wich zurück. »Kein Wunder, daß du immer so fürsorglich und freundlich zu mir warst. Du hattest ein schlechtes Gewissen. Gott, ich könnte dich umbringen. Ich möchte dir am liebsten das Herz herausreißen.«

»Da mußt du dich aber in der Schlange hinten anstellen«, erwiderte er müde.

»Verschwinde aus meiner Wohnung, du Scheißkerl.«

»De Salmo ist immer noch da draußen.«

»Das ist mir egal.«

»Mir nicht.« Er schwieg. »Bist du jetzt einverstanden, daß Ramsey dich in das sichere – «

»Ramsey wird mich nirgendwo hinbringen. Ich traue ihm kein bißchen mehr als dir. Raus hier.« Ihr Stimme zitterte. »Ich kann deinen Anblick nicht mehr ertragen.«

»Bess, genau darauf warten De Salmo und Esteban doch nur.«

»*Raus* hier.«

Sie schlug ihm die Tür der Dunkelkammer vor der Nase zu. Er ballte die Hände zu Fäusten. Er hatte damit gerechnet. Es war ihm immer klar gewesen, daß sie es herausfinden könnte. Aber er hatte nicht geahnt, daß es so weh tun würde.

Er ging wieder ins Wohnzimmer.

»Hat Ramsey ausgepackt?« fragte Yael. »Weiß sie, was läuft?«

»Sie weiß alles. Sie will, daß ich verschwinde.« Er ging ins Gästezimmer und nahm seinen Koffer. »Das bedeutet, du bleibst hier. Man kann sie nicht alleine lassen.«

Yael folgte ihm. »Ich habe dir nicht versprochen, daß ich hier auf Dauer bleiben werde, Kaldak.«

Kaldak warf seine Kleider in den Koffer. »Willst du, daß sie getötet wird?«

»Ramsey wird – «

»Du wirst Ramsey von ihr fernhalten. Er sollte Ed Katz

beschützen, und jetzt ist Ed tot. Glaubst du etwa, er kann für ihre Sicherheit mehr tun?«

»Was wirst du machen?«

»Das einzige, was mir zu tun bleibt.« Er warf den Kofferdeckel zu. »Ich fahre nach Cheyenne und suche Morrisey. Ramsey hat es endlich geschafft, ihn aufzuspüren. Ruf Ramsey an und sag ihm, daß ich unterwegs bin.« Nicht daß man ihm das unbedingt sagen mußte. Ramsey wußte genau, daß Bess Kaldak nicht mehr näher als eine Meile an sich heranlassen würde, nach allem, was er ihr erzählt hatte. »Ich kann nur hoffen, daß ich nicht einem Phantom nachjage.« Er zögerte. »Wirst du bleiben, Yael? Wirst du dich um sie kümmern? Wir brauchen sie. Sie ist ... unersetzlich.«

»In mehr als einer Hinsicht, wie man merkt.« Yael nickte langsam. »Ich werde mich um sie kümmern.«

Gott, es tat so weh.

Bess kauerte sich in die Ecke ihrer Dunkelkammer und schlang die Arme um sich.

Warum hatte sie ihm bloß vertraut? Sie wußte, daß er sich bei seiner Jagd nach Esteban um nichts und niemanden scherte. Er hatte sie sogar davor gewarnt, ihm zu vertrauen.

Aber sie hatte ja nicht hören wollen. Und sie hatte es zugelassen, daß er sie benutzte, wie er überhaupt jeden benutzte. Er hatte sie nach Tenajo geschickt, und Emily war gestorben.

Sie fühlte sich, als würde sie innerlich verbluten, und sie kauerte wie ein verwundetes Tier in der Dunkelheit.

Es war der Schock. Bald würde es ihr wieder bessergehen. Sie würde noch eine Weile hierbleiben und die Wunden heilen lassen. Dann würde sie hinausgehen und sich wieder völlig normal verhalten.

Nur eine Weile.

Kaldak war weg.

Das war vielleicht die beste Gelegenheit, die sich Marco bieten würde. Er machte sich keine Sorgen um die Wächter unten am Haus. Die konnte er problemlos ausschalten. Esteban war sehr erfreut gewesen wegen der Geschicklichkeit, die er bei den beiden Polizisten in Atlanta an den Tag gelegt hatte. Kaldak stellte das größte Hindernis dar, und Kaldak war weggefahren.

Diese Gelegenheit durfte er nicht verstreichen lassen.

Vielleicht würde die Zeit gerade reichen.

Mehr als zwei Stunden später saß Yael vor dem Fernseher und sah sich ein Basketballspiel an, als Bess das Wohnzimmer betrat.

»Möchten Sie zu Abend essen?« Yael schaltete den Fernseher aus. »Es ist neun Uhr vorbei, und Sie haben den ganzen Tag nichts gegessen.«

Sie schüttelte den Kopf. »Ich gehe ins Bett. Ich bin müde.«

»Das kann ich verstehen.«

Sie sah ihn an. »Sie haben es gewußt.«

Yael nickte. »Das meiste. Den Rest habe ich von Ramsey erfahren, nachdem ich hierhergekommen bin.«

»Es scheint, daß alle Bescheid wußten, bloß ich nicht. Das finde ich genauso unverzeihlich wie alles andere.«

»Sie glauben gar nicht, was man alles verzeihen kann.« Er hob die Hand. »Das soll nicht heißen, daß ich Ihnen klarmachen möchte, Kaldak hätte richtig gehandelt.«

»Das würde Ihnen auch nicht gelingen.«

»Ich möchte lediglich darauf hinweisen, daß jeder Prioritäten setzt. Kaldak ist nicht nur schlecht, und es kümmert ihn sehr wohl, ob Sie leben oder sterben.«

»Deswegen hat er mich wohl auch nach Tenajo geschickt.«

Yael seufzte. »Ich sehe schon, das ist jetzt nicht der richtige Zeitpunkt, mit Ihnen darüber zu sprechen.« Er erhob sich. »Ich muß nach unten gehen und einen meiner Leute bitten, in meiner Wohnung einen Koffer für mich zu packen. Ich werde seinen Dienst unten übernehmen, bis er zurückkommt. Es dürfte nicht lange dauern.«

»Sie brauchen nicht hierher umzuziehen. Ich komme schon klar.«

»Ich habe es Kaldak versprochen. Und mir wurde es ohnehin zu einsam in der Wohnung. Ich vermisse meine Frau und meinen Sohn.« Er öffnete die Tür, blieb aber noch stehen. »Werden Sie mich morgen auch auf die Straße hinauszerren?«

»Ja.«

»Würde es etwas nützen, wenn ich Sie bitten würde, sich ein paar Tage versteckt zu halten?«

»Nein, würde es nicht.«

»Das habe ich befürchtet.«

»Yael.« Ihr war gerade etwas eingefallen. »Ich muß morgen früh eine Blutprobe abschicken. Normalerweise hat Kaldak sie mir entnommen.«

»Tut mir leid. Dafür bin ich nicht qualifiziert. Ich würde Sie wahrscheinlich nur verunstalten.« Er dachte einen Moment nach. »Der Tod von Katz hat vermutlich ohnehin alles völlig durcheinandergebracht. Es kann ein bißchen dauern, bis die Arbeit neu organisiert wird.«

»Ohne die Blutproben können sie überhaupt nichts machen. Je eher sie sie bekommen, desto besser.«

Er nickte. »Es wird ja wohl einen Agenten geben, der Blut abnehmen kann. Ich werde Ramsey bitten, jemanden zu schicken.«

»Danke.«

»Ich danke Ihnen. Sie sind diejenige, die uns einen Gefallen tut.«

»Es geht nicht um einen Gefallen.« Esteban hatte Ed Katz nur getötet, um eine Verzögerung zu erreichen. Sie wollte verdammt sein, wenn sie das noch unterstützte. »Sorgen Sie dafür, daß der Agent bald kommt. Ich möchte, daß die Blutprobe gegen Mittag in Atlanta ist.«

Yael salutierte. »Zu Befehl, Ma'am.«

»Ach so, könnten Sie mir Ihr Handy borgen? Ich habe immer das von Kaldak benutzt, und ich möchte nicht das Wohnungstelefon nehmen, um mich über Josies Zustand zu informieren.«

»Kein Problem.« Er reichte es ihr. »Viel lieber überlasse ich Ihnen mein Handy, als daß ich Ihnen Ihr Blut abzapfe.«

Sie ging ins Schlafzimmer. Nach der Dusche würde sie im Krankenhaus anrufen und sich nach Josie erkundigen. Dann würde sie ins Bett gehen und versuchen zu schlafen.

Wem wollte sie eigentlich etwas vormachen? Sie war erschöpft, aber sie konnte einfach nicht einschlafen. Ihre Nerven lagen noch genauso blank wie zu dem Zeitpunkt, als Kaldak gegangen war.

Also keine Zeit verschwenden.

Sie holte sich aus der Dunkelkammer sämtliche Fotos, die sie gemacht hatte, seit sie nach New Orleans zurückgekehrt war. Kaldak hatte niemanden erkannt, aber vielleicht hatte sie mehr Glück und konnte ... irgend etwas entdecken.

Zwanzig Minuten später stapelte sie müde die Fotos auf dem Nachttisch. Nichts. Es war zwecklos, noch länger auf die Gesichter zu starren. Alles wurde unscharf vor ihren Augen. Zum Teufel, auch einige der Fotos waren unscharf.

Wieso waren sie eigentlich unscharf? Sie konnte sich an keine ungewöhnlichen Umstände erinnern, die die Unschärfe erklären würden.

Sie blätterte durch die Fotos. Nur vier Fotos waren unscharf.

Der Clown. Der große Clown mit den grünen Haaren und einem weiß geschminkten Gesicht. Auf jedem Foto wandte er sich genau im Moment der Aufnahme von der Kamera ab.

Zufall? Oder hatte er versucht, Aufnahmen von sich zu vermeiden? Hatte er sich selbst in der Verkleidung unbehaglich gefühlt?

Sie lief in die Dunkelkammer, nahm ihre Lupe und hielt sie über das Gesicht des Clowns.

»Bess.« Yael klopfte an der Haustür.

Sie rannte hinunter, um zu öffnen. »Ich habe De Salmo gefunden. Ich glaube, ich weiß, wer es ist.«

Yael stellte den Koffer ab und nahm die Fotos, die sie ihm hinhielt. »Der Clown?«

»Er ist jeden Tag da. Die Aufnahme vom ersten Tag ist noch nicht unscharf, aber danach hat er jeden Tag zu verhindern versucht, daß ich ihn fotografiere.«

»Gut möglich.« Er lächelte. »Sehr gut möglich. Grund genug, daß Ramsey sich ihn schnappt.«

Sie beobachtete ihn, wie er mit Ramsey sprach. Sie würden den Verdächtigen festnehmen, und wenn sie recht hatte, brauchte sie sich nicht länger über einen Mörder vor ihrer Tür Sorgen zu machen. Eigentlich müßte sie sich sicherer fühlen, aber es gelang ihr nicht. Esteban würde einfach einen anderen schicken.

Vielleicht würde er ja selbst kommen. Vielleicht würde das die Entscheidung bringen.

Yael beendete das Telefonat. »Erledigt. Jetzt warten wir einfach ab, bis wir mehr erfahren.« Er setzte sich und sah sie an. »Erzählen Sie mir, wie es Josie geht.«

Josie. Sie hatte ganz vergessen, Dr. Kenwood anzurufen.

Sie nahm Yaels Handy und wählte eilig die Nummer. Kurz darauf wurde sie mit Dr. Kenwood verbunden.

»Sie haben Glück, Ms. Grady.« Er klang müde. »Ich wollte gerade aufbrechen.«

»Wie geht's Josie?«

»Besser. Viel besser. Ich habe vor, sie morgen vormittag zu operieren.«

Ihr Herz machte einen Sprung. »Um wieviel Uhr?«

»Um acht. Können Sie dann hier sein?«

Gott, sie wäre so gerne dabei.

»Wir werden uns gut um sie kümmern, auch wenn Sie nicht kommen können.«

Aber Josie würde ganz krank sein und Schmerzen haben, und sie würde von lauter Fremden umgeben sein. »Wann werden Sie wissen, ob sie –« Sie wollte das Wort *»gelähmt«* nicht aussprechen. »Ob die Operation erfolgreich war?«

»Morgen abend werden wir es ziemlich genau wissen. Rufen Sie dann wieder an.«

»Ja, das geht.« Sie konnte Ferngespräche führen, und sie konnte beten, so wie sie es immer machte, seit sie Josie im Krankenhaus abgeliefert hatte. Zum Teufel damit. Sie war es leid, sich nur über die weite Entfernung hin kümmern zu können. »Ich werde morgen früh da sein.«

Er lachte auf. »Um mir auf die Finger zu schauen?«

»Was denn sonst? Wir sehen uns morgen früh, Dr. Kenwood.«

Sie legte auf und spürte Yaels Blick.

»Wie geht's ihr?« fragte er.

»Besser. Sie wird morgen operiert.«

»Aha.«

»Und ich werde dort sein.«

»Ich könnte mich jetzt mit Ihnen streiten, aber ich lasse es lieber«, sagte er ruhig. »Ich würde es genauso machen. Kindern kann man sich nur schwer widersetzen.«

»Ramsey wird versuchen, mich davon abzuhalten. Wollen Sie mir helfen?«

»Ich schlage vor, Sie packen Ihre Reisetasche, während ich mir einen Plan zurechtlege.« Er warf einen Blick auf seinen Koffer. »Ich scheine ja schon fertig zur Abreise zu sein. Glauben Sie, ich spinne?«

»Ich glaube, daß Sie ein wunderbarer Mensch sind.«

Er lächelte. »Was sonst?«

Cheyenne, Wyoming
Majestic Hotel
23.45 Uhr

Das Hotel war alt und schäbig. Nicht einmal der Schnee konnte seinen heruntergekommenen Zustand verbergen. An dem Anmeldetresen, von dem längst die Farbe abgeblättert war, stand ein pickelgesichtiger Jugendlicher in Jeans und kariertem Hemd und las *USA Today.*

»Ich möchte zu John Morrisey«, sagte Kaldak. »Wie ist die Zimmernummer?«

Der Junge blickte nicht auf. »Sie müssen ihn anrufen. Wir geben keine solche Auskunft.«

»Die Zimmernummer?«

»Ich habe doch gesagt, daß wir –« Der Junge sah auf und erstarrte bei Kaldaks Anblick. »Es verstößt gegen die Vorschriften.«

»Ich werd's niemandem sagen. Also: wie lautet die Zimmernummer?«

»Zweihundertvierunddreißig.«

»Hat irgend jemand nach ihm gefragt?«

»Nur Cody.«

»Cody?«

»Cody Jeffers.«

»Sie kennen diesen Jeffers?«

»Klar. Der wohnt hier im Hotel. Cody ist echt cool.« Der Junge kaute auf der Unterlippe. »Sind Sie von der Polizei oder was?«

Kaldak nickte und wies sich aus.

«CIA? Cool.«

»War ein älterer Mann hier? Graumeliert, Hakennase?«

Der Junge schüttelte den Kopf. »Habe ich nicht gesehen. Aber ich mache die Nachtschicht. Ich habe Morrisey auch schon seit ein paar Tagen nicht mehr gesehen.«

»Aber er ist noch registriert?«

Er nickte.

»Seit wann wohnt Morrisey hier?«

»Seit zwei Wochen.« Er runzelte die Stirn. »Cody kriegt doch keinen Ärger, oder? Der ist sauber. Er trinkt ein bißchen, aber er hat mir gesagt, daß kein Showfahrer mit Verstand Drogen nimmt.«

»Showfahrer?«

»Cody fährt beim Demolition Derby.« Er wies mit dem Daumen nach rechts. »Sein Name steht auf der Anzeigentafel am Stadion zwei Blocks weiter. Ist wirklich nur ganz klein gedruckt, aber Cody hat mir erzählt, daß die vom Management ihn für einen ganz tollen Burschen halten und ihn nächstes Jahr groß herausbringen wollen. Er wird bestimmt ein Star.«

Was zum Teufel hatte Esteban mit Cody Jeffers vor? fragte sich Kaldak. Er wandte sich ab und ging zum Aufzug. »Rufen Sie Morrisey nicht an, um ihm zu sagen, daß ich komme.«

Zwei Minuten später stand er vor Morriseys Tür. Ein Schild mit der Aufschrift »Bitte nicht stören« hing am Türknauf. Er klopfte. Keine Reaktion. Vorsichtig drehte er den Knauf. Abgeschlossen. Morrisey war womöglich schon ausgeflogen. Der Junge hatte behauptet, ihn schon seit ein paar Tagen nicht mehr gesehen zu haben.

Er klopfte noch einmal. Nichts.

Plötzlich bemerkte er, daß die Tür eiskalt war.

Er trat die Tür ein.

Das Fenster stand weit offen, und Schnee bedeckte den Teppich. Ein Mann lag auf dem Bett und hielt ein Bündel Geldscheine in der geballten Faust.

Mist.

Kaldak machte einen Schritt zurück und schlug die Tür zu. Er nahm sein Handy und rief Ramsey an. »Sorgen Sie dafür, daß Ihre Leute sofort hierherkommen. Morrisey ist tot, und über dem ganzen Bett liegt Geld verstreut. Zimmer 234.«

Ramsey fluchte. »Anthrax?«

»Wahrscheinlich. Sagen Sie Ihren Leuten, sie sollen vorsichtig sein und alles mit einem feingezahnten Kamm absuchen«, fuhr Kaldak fort. »Vielleicht finden wir irgendwelche Beweismittel.« Allerdings hatte er wenig Hoffnung. Esteban war nicht leichtsinnig.

»Sie werden in einer halben Stunde dasein.«

»Sie sollen durch den Hintereingang reinkommen. Das könnte verhindern, daß wir in die Fünf-Uhr-Nachrichten kommen.«

Er schaltete das Handy ab und ging zurück in die Eingangshalle. Der Angestellte nahm erwartungsvoll Haltung an, als er Kaldak näher kommen sah.

»Ich habe ihn nicht angerufen. Wenn er nicht da war, war es nicht mein Fehler.«

»Ich weiß, daß Sie ihn nicht angerufen haben.« Er stützte seine Arme auf den Tresen. »Wie heißen Sie?«

»Don Sloburn.«

»Ich heiße Kaldak. Ich brauche Ihre Hilfe. Ich möchte, daß sie sich erinnern, ob Sie Morrisey irgendwann mit jemand anderem als mit Jeffers gesehen haben. Egal mit wem.«

Sloburn schüttelte den Kopf. »Da war niemand außer den Jungs von der Piste. Er war ein richtiger Fan, genau wie ich. Er ging immer in Shea's Bar unten an der Ecke und saß bei den Fahrern und hat mit ihnen gesprochen. Aber ich habe nie gesehen, daß er mit Drogen oder sonstwas gehandelt hätte.«

»Er hat auch noch mit anderen Fahrern als Jeffers geredet?«

»Ja, klar. Aber Cody und er sind richtig aufeinander abgefahren.« Er zögerte. »Steckt Cody auch in Schwierigkeiten?«

»Vielleicht. Können Sie mir sagen, wo ich ihn finden kann?«

Sloburn schüttelte den Kopf.

Kaldak war sich nicht sicher, ob der Junge die Wahrheit sagte. Zeit, ihm ein bißchen auf die Füße zu treten. »Morrisey ist tot. Ermordet. Er ist schon seit Tagen tot.«

Sloburns Augen weiteten sich vor Schreck. »War's Cody?«

»Nein, ich glaube nicht. Aber es kann sein, daß Jeffers was weiß. Wir müssen ihn finden.«

»Drogen? Mafia?«

»Möglich. Wo ist Cody Jeffers?«

»Keine Ahnung. Ich habe ihn schon ein paar Tage nicht mehr gesehen. Ich dachte, er sei vielleicht zu seiner Mutter nach Kansas gefahren.«

»Er hatte kein Rennen und war auch nicht unten in der Bar?«

Er schüttelte den Kopf.

»Wissen Sie, wo seine Mutter wohnt?«

»Daran kann ich mich nicht erinnern.« Er runzelte die Stirn. »In irgendeinem Vorort, so ähnlich wie – Nordlicht.«

»Nordlicht?«

Er zuckte die Achseln. »Weiß nicht genau.«

»Hat er eine Freundin?«

»Hier nicht. Er sagte immer, daß ein Showfahrer sich nur um seine Arbeit kümmern dürfte, wenn er ein Star werden wollte.«

»Haben Sie ein Foto von ihm?«

»Nein.« Er dachte nach. »Dunston hat vielleicht eins. Sie machen eine Menge Fotos für die Presse.«

»Dunston?«

»Irwin Dunston. Er organisiert das Demolition Derby.«

»Wo kann ich ihn finden?«

»Das Rennen war um elf zu Ende. Er hängt wahrscheinlich mit den anderen in Shea's Bar herum.«

»Danke.« Er beugte sich ein bißchen näher. »Und jetzt hören Sie mir genau zu. Niemand darf in Morriseys Zimmer. Diese Sache muß ganz vertraulich behandelt werden. Ein Team von Spezialisten wird gleich erscheinen, die Leiche mitnehmen und das Zimmer aufräumen.«

»Spezialisten?«

»Wir wissen nicht genau, wie er ums Leben gekommen ist. Es gibt alle möglichen Gase und Pulver, die die Verbrecher heutzutage benutzen. Sicherlich wäre die Hotelleitung nicht erfreut, wenn rauskäme, daß das Zimmer womöglich verseucht ist.«

»Nein.«

»Also gut. Dann werden Sie ja kooperieren und nichts gegenüber den Medien verlauten lassen.«

Sloburn runzelte unsicher die Stirn. »Ich habe das Gerichtsverfahren gegen O. J. Simpson verfolgt. So kann man mit solchen Sachen nicht umgehen. Sie zerstören Beweismittel.«

Herrgott noch mal, alle Welt hatte das Verfahren verfolgt und war jetzt Experte. »Was Sie nicht sagen.«

»Ja, und woher weiß ich überhaupt, ob Ihr Dienstausweis nicht vielleicht gefälscht ist? Vielleicht sind Sie ja gar nicht von der CIA. Sie könnten ja sonstwer sein.«

»Stimmt. Ich könnte sonstwer sein.« Er sah Sloburn direkt in die Augen und sagte leise: »Da oben liegt ein Mann, der von Killern getötet wurde. Also, wenn ich nicht einer von den Guten bin, wer könnte ich dann wohl sein?«

Sloburn mußte schwer schlucken. »Niemand. Ich glaub's Ihnen ja. Natürlich glaube ich Ihnen.«

»Und Sie werden mit den Leuten zusammenarbeiten, die Ihrem Chef schreckliche Kopfschmerzen ersparen wollen?«

Er nickte.

»Und Sie wissen auch wirklich sonst nichts mehr über Cody Jeffers?«

»Ich habe Ihnen alles gesagt.«

Was nicht gerade viel gewesen war. »Das Schloß an der Tür oben ist kaputt. Gehen Sie rauf und stehen Sie Wache, bis die Spezialisten kommen.«

»Ich soll hier aber den Tresen nicht verlassen.«

Kaldak sah ihn an.

Sloburn beeilte sich zu nicken und machte sich auf den Weg. »Ich glaube, das hier ist doch eine dringendere Angelegenheit.«

»Sehr dringend.«

So dringend, daß er sich fast vor Angst in die Hosen machte, dachte Kaldak, als er zum Ausgang strebte. Der Tod von Morrisey bedeutete vielleicht eine neue Taktik.

Oder Esteban warf ihm den Fehdehandschuh hin.

Kapitel 16

Tag zwei
12.35 Uhr

Kaldak war unterwegs zu Shea's Bar, als er den Anruf von Yael bekam.

»Bess verläßt New Orleans. Ich dachte, du solltest es erfahren.«

»Wie bitte?«

»Sie ist gerade in ihrem Schlafzimmer und packt. Sie fährt zum Johns Hopkins. Das Kind wird morgen früh operiert.«

Murphys Gesetz. Er hätte sich denken können, daß das entscheidende Ereignis, das Bess in die Öffentlichkeit locken würde, passieren mußte, während er gerade Hunderte von Meilen entfernt war. »Fährst du mit ihr?«

»Sieht so aus. Weil ich dir voreilig ein Versprechen gegeben habe. Aber sie zu schützen bereitet zunehmend Schwierigkeiten. Das einzig Gute ist, daß wir auf De Salmo gestoßen sind.«

»Wie das?«

Yael erklärte es ihm. »Ramsey hat angeordnet, ihn zu einem Verhör festzunehmen«, schloß er.

»Weiß Ramsey, daß du die Stadt verläßt?«

»Noch nicht. Sollte ich ihm das mitteilen?«

»Erst wenn ihr weg seid. Dann bleibt ihm nichts anderes übrig, als dafür zu sorgen, daß Bess im Krankenhaus beschützt wird.«

»So sehe ich das auch.«

»Nehmt das Treppenhaus zum Hof und geht zum Hinterausgang raus. Hast du einen Wagen?«

»Er steht an der Canal Street. Und wie soll ich an Ramseys Wache im Hof vorbeikommen?«

»Wie zum Teufel soll ich das wissen? Laß dir was einfallen. Damit hast du doch sonst auch keine Probleme.«

»Vielen Dank.«

»Kauf ein Ticket nach Milwaukee über Chicago. Wenn ihr in Chicago seid, paß auf, daß euch niemand folgt. Dann nehmt ihr einen Flug nach Baltimore.«

»Noch weitere Anweisungen?«

»Tut mir leid.« Yael hatte völlig recht mit seinem Sarkasmus. Kaldak versuchte, die Kontrolle über die weite Entfernung hinweg zu behalten. Er fühlte sich so verflucht hilflos. Er wäre am liebsten dort. Und die Angst drehte ihm den Magen um.

»Kein Problem.« Yael dachte nach. »Hast du Morrisey gefunden?«

»Tot.«

»Mist.«

»Ja, aber ich habe vielleicht eine Spur. Ich werde dir später darüber berichten. Ruf mich an, wenn ihr im Krankenhaus seid.«

»Wenn ich ungestört telefonieren kann. Es wird Bess nicht gefallen, wenn sie mitbekommt, daß ich dir Bericht erstatte. Am Ende gibt sie mir noch einen Tritt, und das würde dir bestimmt nicht gefallen.«

»Also ruf an, sobald du kannst.« Er legte auf. Versuch jetzt vor allem, Cody Jeffers zu finden, sagte er sich. Bloß nicht an Bess denken. Es gab nichts, was er sonst tun konnte. Yael war intelligent und vorsichtig. Er würde sich um sie kümmern.

Einfach nicht an Bess denken.

Yael telefonierte. Bess konnte nicht hören, was er sagte, aber sie hätte wetten können, daß sie genau wußte, wen er an der Strippe hatte. Es war ihr völlig egal, ob Kaldak erfuhr, wohin sie unterwegs war, aber es gefiel ihr nicht, daß Yael mit dem Gespräch gewartet hatte, bis sie im Schlafzimmer verschwunden war.

Sie zog ihre Jacke an, hängte sich die Kamera um und ging wieder ins Wohnzimmer. »Ich bin reisefertig. Ich hoffe, Kaldak hat Ihnen gute Vorschläge gemacht, wie wir hier rauskommen.«

»Ups.« Yael stand auf und nahm ihren Koffer ebenso wie seinen eigenen. »Ich wollte nur diskret sein.«

»Es wäre mir lieber, Sie wären ehrlich, anstatt diskret. Welchen Weg nehmen wir?«

»Durch den Hof.« Er schloß die Wohnungstür auf. »Sie bleiben hier am Treppenabsatz, während ich runtergehe und mit Ramseys Mann rede. Mal sehen, wie ich ihn von hier weglotsen kann.«

»Was ist, wenn es nicht klappt?«

»Ich denke, dann werde ich ihm sanft und vorsichtig eins über die Rübe geben.«

»Ich glaube nicht, daß man egal wem sanft eins über die Rübe geben kann. Ramsey wird ganz schön sauer auf Sie sein.«

»Damit muß ich leben.« Yael ging die steinernen Stufen hinunter. »Warten Sie hier.«

Im Hof gab es keine Beleuchtung, und es sah aus, als würde Yael in einem schwarzen Loch verschwinden. Bess strengte sich an, etwas zu sehen, aber sie konnte weder Yael noch den Wachposten ausmachen.

Ihr wurde plötzlich unbehaglich. Sie müßte eigentlich Schritte hören. Yaels Stimme. Irgend etwas ...

Stille.

»Bess«, rief Yael.

Sie zuckte zusammen.

»Kommen Sie. Beeilen Sie sich.«

Sie rannte die Stufen hinunter, und Yael geleitete sie durch den Hof.

»Wie sind Sie ihn losgeworden?«

»Bin ich gar nicht«, murmelte er. »Er war nicht da.«

»Was?«

»Er war gar nicht da.« Sie konnte seine Anspannung fühlen. »Und es gefällt mir nicht, verdammt noch mal. Ramsey hätte ihn nicht von seinem Posten beordert.«

»Der andere Wachmann, Peterson ...« Peterson war tot. Peterson war ermordet worden.

Yael antwortete nicht, aber er verstärkte den Druck auf ihren Arm.

Die Gasse, die zur Straße führte, wirkte düster und bedrohlich.

»Bleiben Sie ein paar Schritte hinter mir. Ich gehe voraus.« Yael verschwand in der Dunkelheit.

Allein. Die Angst ließ sie erschauern. Irgend jemand beobachtete sie. Sie konnte es *spüren.*

Nicht in der Gasse, die Yael entlangging. Hinter ihr.

Sie blickte über die Schulter und sah nur Ungeheuer. Schatten über Schatten. Dann eine *Bewegung.*

Gott.

Sie rannte die lange Gasse entlang hinter Yael her. Sie konnte die Straßenlaternen und Yaels Umrisse erkennen. »Yael!«

»Bess, was ist – «

Eine Hand faßte ihr ins Haar und hielt sie mit einem Ruck an.

Sie blickte über die Schulter. Ein weiß angemaltes Gesicht leuchtete in der Dunkelheit. Ein Totenkopf. Es sah aus wie ein Totenkopf. Noch etwas anderes blitzte auf, die Klinge in seiner Hand.

»Lauf, Bess.« Yael riß sie von De Salmo mit einer Wucht, die sie gegen die Mauer warf.

Sie konnte nicht weglaufen. Sie konnte Yael nicht allein lassen. Wo war er? Sie konnte nur undeutlich zwei Gestalten wahrnehmen, die in der Dunkelheit kämpften. Es dauerte nur einen Augenblick, dann kam einer der Männer auf die Füße, auf sie zu.

Yael?

De Salmo?

Sie wandte sich um und rannte.

Er war direkt hinter ihr.

Er packte sie am Arm. »Bess!«

Sie atmete erleichtert auf. »Yael. Ich dachte – Ich war mir nicht sicher – «

»Einen Moment lang war ich es mir auch nicht.« Er keuchte schwer. »Er war sehr gut.«

»De Salmo?«

»Ich nehme es an. Ich kenne sonst niemanden mit grünen Haaren, Sie etwa?«

»Was haben Sie mit ihm gemacht?«

»Er wird Sie nicht wieder belästigen.«

»Ist er tot?«

»Ziemlich. Ich bin auch sehr gut.«

Sie hatten die Gasse hinter sich gelassen und befanden sich auf der Straße. Lichter. Wunderschöne Lichter. Gott sei Dank.

»Was wollen Sie mit ihm machen?«

»Wenn Sie immer noch vorhaben, nach Baltimore zu fahren, überlassen wir ihn Ramsey. Ich bezweifle, daß er für uns ein sehr unterhaltsamer Reisebegleiter wäre.«

»An meinem Vorhaben hat sich nichts geändert.«

»Das habe ich auch nicht angenommen.« Mit leichtem Druck schob er sie vorwärts. »Jetzt müssen wir nur noch dafür sorgen, daß wir aus dem Viertel rauskommen, ohne Ramsey oder einem seiner Leute in die Arme zu laufen.«

Cheyenne
1.40 Uhr

Die Beleuchtung im Büro des Demolition Derby-Stadions war so schummrig, daß Kaldak näher an den Schreibtisch herantreten mußte, um das Gruppenfoto betrachten zu können.

»Das da ist Jeffers. Zweite Reihe, der dritte von links.« Dunston zeigte auf einen Mann mit Cowboyhut. »Ich habe ihm empfohlen, den Hut nicht zu tragen, aber er setzte ihn trotzdem auf. Er ist ein richtiger Draufgänger.«

Jeffers war Anfang Zwanzig, hatte ein breites Gesicht mit tiefliegenden, hellen Augen. »Ist er gut?«

»Nicht schlecht, aber auch nicht so gut, wie er glaubt.«

Jeffers' Haare wurden fast vollständig von dem Cowboyhut verdeckt. »Welche Haarfarbe hat er?«

»Aschblond.«

»Kurz?«

Dunston nickte. »Locken. Er hat immer versucht, sie glattzukämmen.«

»Ich kann seine Augenfarbe nicht erkennen.«

»Blau.«

»Führen Sie eine Akte über Jeffers?«

»Klar. Glauben Sie etwa, das Finanzamt ließe mich ein Geschäft betreiben, ohne daß ich über jeden Mist eine Akte anlege?« Dunston trat an den Aktenschrank und blätterte durch die Ordner. »Jeffers.« Er überreichte Kaldak den Ordner. »Wissen Sie, das überrascht mich eigentlich nicht. Ich habe immer gewußt, daß Cody in Schwierigkeiten geraten würde.«

Kaldak schlug den Ordner auf. »Warum?«

Dunston zuckte die Achseln. »Ich kann es nicht genau benennen. Aber wo er auftaucht, passieren schlimme Sachen. Und zwar meistens bei Leuten, die Cody nicht leiden kann.«

Jeffers' Mutter war geschieden und wohnte in Aurora, Kansas, einem Vorort von Kansas City. Von anderen Angehörigen war nichts bekannt. Nordlicht, hatte der Angestellte im Hotel gesagt. Meinte er Aurora Borealis? »Können Sie mir etwas über Jeffers' Mutter sagen?«

»Ich weiß, daß er sie ziemlich häufig besucht hat. Sie war letzten Monat hier, und ich habe ihr eine Freikarte für das Rennen gegeben. Er hat sich für sie herausgeputzt und angegeben wie ein Pfau.« Er verzog das Gesicht. »Ein ziemlich ehrgeiziges Luder. Die hat es doch fertiggebracht, mich zu fragen, warum ich ihr Herzchen nicht groß rausbringe. Er hat mir fast schon leid getan. Es war ziemlich deutlich, daß Cody in ihren Augen nicht bestehen konnte, wenn er nicht zu den Gewinnern gehörte.«

»Hat er Urlaub beantragt, bevor er verschwunden ist?«

Dunston schüttelte den Kopf. »Einen Abend war er hier, und am nächsten fuhr er wieder nicht.«

»Dürfte ich den Ordner und das Foto haben?«

»Wenn ich den Ordner zurückbekomme. Ich möchte mir nicht vom Finanzamt nachsagen lassen, ich würde einen Angestellten beschäftigen, der nicht existiert.«

Kaldak nahm einen Stift und malte einen Kreis um Jeffers' Gesicht auf dem Foto. »Sie bekommen beides zurück.«

»Kann ich jetzt abschließen und wieder in die Bar gehen?« fragte Dunston. »Ich wollte eigentlich nicht den ganzen Abend auf diese Weise verbringen.«

Kaldak nickte. »Danke, daß Sie sich Zeit genommen haben. Rufen Sie mich an unter der Nummer, die ich Ihnen gegeben habe, sobald Sie etwas von Jeffers hören.«

»Ziemlich unwahrscheinlich, oder? Sie wären doch nicht hier, wenn er nicht was ziemlich Schlimmes angestellt hätte.«

»Man kann nie wissen.« Kaldak verließ das Büro und eilte zum Ausgang. Er bezweifelte, daß Dunston jemals wieder etwas von Jeffers hören würde. Esteban hatte den jungen Mann aus diesem Milieu geholt, um ihn für seine Zwecke zu gebrauchen, und würde Jeffers von dieser Welt fernzuhalten wissen.

Aber möglicherweise hatte Kaldak einen Ansatzpunkt gefunden. Es war schwierig, einen Mann von seiner Mutter fernzuhalten, vor allem, wenn sie eine so dominante Frau war, wie Dunston sie beschrieben hatte. Er würde Ramsey das Foto und die Akte per Fax schicken und den nächsten Flug nach Kansas City nehmen.

Kaldak wurde es um so unbehaglicher zumute, je mehr Einsichten er gewann. Jeffers schien rücksichtslos, impulsiv und eitel zu sein. Es würde Esteban leichtfallen, ihn zu manipulieren.

Wo er auftaucht, passieren schlimme Sachen.

Er konnte nur hoffen, daß Dunstons Worte sich nicht bewahrheiten würden.

Des Moines, Iowa
6.50 Uhr

Cody warf einen Blick auf seine Armbanduhr. Höchste Zeit, nach Waterloo aufzubrechen. Esteban legte Wert darauf, daß alles wie ein Uhrwerk funktionierte und genau nach seinen Befehlen ablief. Hauptsache, er machte das Geld locker.

Cody würde ihm geben, was er haben wollte.

8.30 Uhr

De Salmo war tot.

Esteban legte den Hörer auf. Ärgerlich.

Vielleicht aber auch nicht. Er hätte sich De Salmos sowieso entledigen müssen, außerdem hatte sich De Salmo nicht als effizient erwiesen, was die Frau betraf. Allerdings konnte sich Esteban im Moment nicht um die Frau kümmern.

Er war so nahe dran. Cody Jeffers müßte bereits in Waterloo sein.

Nach all der Zeit, nach all der Vorbereitung konnte der Countdown endlich losgehen.

Waterloo, Iowa
10.05 Uhr

Cody lehnte sich gähnend gegen die Stoßstange des LKW.

Warten war langweilig. Aber sie waren anscheinend bald fertig.

Er kletterte wieder auf den Fahrersitz. Es war alles zu einfach. Keine Aufregung. Selbst der kleine Extraauftrag, den Esteban ihm verschafft hatte, war reibungslos über die Bühne gegangen. Diese Araber hatten ihn nicht einmal begleitet, als er pinkeln wollte.

Er beobachtete, wie sie um den LKW herumwuselten. Wenn das sein Wagen wäre, würde er nicht zulassen, daß die Ausländer ihn berührten. Man konnte keinem trauen außer guten, weißen Amerikanern. Das wußte jeder.

Jetzt waren sie fertig und winkten ihn gebieterisch aus der Scheune heraus. Arrogante Hurensöhne. Genau wie die grinsenden Japse in dem alten Film mit John Wayne.

Aber John Wayne hatte es ihnen gezeigt.

Genauso wie Cody Jeffers es ihnen zeigen würde.

Johns Hopkins
11.20 Uhr

»Warum ist sie immer noch im Operationssaal?« fragte Bess besorgt. »Es kann doch nicht so lange dauern.«

»Wirklich nicht?« erwiderte Yael. »Ich wußte gar nicht, daß Sie Chirurgin sind. Vielleicht sollten Sie reingehen und Dr. Kenwood ablösen.«

»Halten Sie den Mund, Yael. Ich habe unglaubliche Angst. Sie ist so klein ... «

»Ich weiß«, gab Yael sanft zurück. »Wahrscheinlich dauert es deshalb so lange. Es ist sicherlich eine Operation, bei der man Fingerspitzengefühl braucht.«

Er hat recht, dachte sie erleichtert. Vielleicht war gar nichts schiefgelaufen. Es war gut, daß Yael bei ihr war, und nicht Kaldak. »Ich nehme an, Sie haben Kaldak angerufen, nachdem wir hier angekommen sind.«

Er nickte. »Während Sie vor der Operation mit Dr. Kenwood gesprochen haben.« Er ließ ein paar Sekunden verstreichen, bevor er fortfuhr. »Ich habe auch Ramsey angerufen.«

Sie zuckte zusammen.

»Ich mußte es tun. Sie brauchen erheblich mehr Schutz, wenn Sie hierbleiben.«

»Hauptsache, er zwingt mich nicht, Josie allein zu lassen.«

»Wahrscheinlich wird er es versuchen, aber wir werden ihn eine Weile hinhalten.«

»Wissen Sie mittlerweile, was dem Wachmann zugestoßen ist, der im Hof postiert war?«

Yael verzog das Gesicht.

»Tot?«

»Man hat ihn unter dem Treppenabsatz gefunden. De Salmo beabsichtigte offensichtlich, in die Wohnung einzudringen.«

Sie lächelte gequält. »Eine Mamba im Abfluß?«

»Ich habe meine Zweifel, ob er intelligent genug war, um James Bond zu spielen. Machen Sie sich darüber keine Sorgen mehr. Sie sind jetzt hier und in Sicherheit.«

»Sie hätten Ramsey nicht sagen sollen, daß ich hier bin. Ich möchte wetten, daß das Kaldaks Idee war.«

»Stimmt, und ich fand es auch richtig. Ich wußte, daß ihm Ihr und Josies Wohlergehen am Herzen liegt.«

»Quatsch. Wir sind ihm völlig egal.«

»Sie wissen selbst, daß das nicht stimmt. Ihm liegt eine Menge an Ihnen. Nur konnte er sich davon nicht aufhalten lassen. Er hat so lange darauf gewartet, endlich an diese Sache heranzukommen.«

»Er hat sich falsch verhalten. Ich kann nachvollziehen, wie nahe es ihm ging, daß seine Kollegen in Nakoa gestorben sind, aber das entschuldigt noch lange nicht – «

»Seine Kollegen?« fragte Yael. »Das hat er Ihnen gesagt?«

»Ja.« Seine Reaktion verwirrte sie.

»Seine Mutter und sein Vater waren Wissenschaftler, und beide waren in Nakoa. Seine Mutter hatte die Leitung des Projekts inne. Sie haben Kaldak in das Projekt hineingebracht. Lea, seine Frau, arbeitete im Labor. Sie hatten einen vierjährigen Sohn.«

Der Schock traf sie tief. »Und sie sind alle in Nakoa ums Leben gekommen?«

Yael nickte. »Ich glaube, das erklärt seine Besessenheit.«

»Davon hat er mir nichts erzählt.«

»Mir auch nicht. Ich mußte es selber herausfinden.«

»Warum?« murmelte sie. »Warum hat er mir das verschwiegen?«

»Das weiß ich auch nicht. Ich bin nicht Kaldak.«

Wer *war* Kaldak? Er hatte ihr die Geschichte von Nakoa so emotionslos erzählt, als wäre er ein Roboter. Er hatte behauptet, nicht mehr der Mann zu sein, der durch diesen Horror gegangen war. Aber seine Qualen waren offensichtlich so heftig, daß er selbst nach all den Jahren nicht über diesen Verlust sprechen konnte.

»Trotz allem ist sein Verhalten unverzeihlich.«

»Ich entschuldige nicht, ich erkläre lediglich.« Er lächelte. »Und vielleicht wollte ich Sie auch nur ein wenig ablenken. Es betrübt mich, daß Sie derart –«

»Da sind sie ja.« Sie sprang auf, weil sich die Tür des Operationssaals öffnete und ein ganzer Schwarm von Krankenschwestern und Ärzten herauskam. In ihrer Mitte schoben sie eine Trage, auf der Josie lag.

Dr. Kenwood nahm seinen Mundschutz ab und lächelte Bess an. »Es geht Josie sehr gut. Ihr Zustand ist stabil.«

»Das ist alles?«

»Das ist schon ganz gut für eine Operation, die so lange gedauert hat. Es wird Sie freuen zu hören, daß alles hervorragend geklappt hat.«

»Ich freue mich ja. Aber meine Freude wäre noch größer, wenn Sie mir sagen würden, daß Josies Aussichten ebenso hervorragend sind.«

Er schüttelte den Kopf. »Das kann ich nicht. Ich wünschte, ich könnte es. Jetzt geht es ihr erst einmal gut. Später werden wir mehr wissen.«

Bess war zutiefst enttäuscht. Sie hatte gehofft – «

»Ich verspreche Ihnen, daß ich Ihnen berichten werde, sobald ich etwas weiß.« Dr. Kenwood entfernte sich.

Yael legte Bess tröstend die Hand auf die Schulter. »Sie hat die Operation überlebt. Vor fünf Minuten wären Sie schon darüber glücklich gewesen.«

»Ich weiß. Ich wünsche nur –« Sie hoffte verzweifelt, daß Josie wieder völlig genesen würde, und es war so schwer zu warten. »Ich suche jetzt jemanden, der mir eine Blutprobe abnimmt, die Sie nach Atlanta schicken können. Dann gehe ich zum Aufwachraum und warte darauf, daß Josie wach wird.«

»Ich begleite Sie.« Yael lief neben ihr her. Sie war schon unterwegs in die Richtung, in die man Josie gebracht hatte.

Aurora, Kansas
15.50 Uhr

Das Haus der Jeffers' war ein gepflegtes kleines Holzhaus wie ein halbes Dutzend andere im gleichen Block.

Die Frau, die die Tür öffnete, schlüpfte gerade in einen braunen Mantel. »Was gibt's?« fragte sie ungehalten.

»Mrs. Jeffers?« fragte Kaldak.

»Sind Sie Vertreter? Haben Sie mich erschreckt, ich wollte gerade zur Tür raus.« Donna Jeffers war vermutlich in den Fünfzigern, wirkte aber jünger. Sie hatte das blonde Haar elegant frisiert und war tadellos geschminkt. Sie trug ein Tweedkostüm, dessen kurzer, kesser Rock ihre gutgeformten Beine betonte. »Und außerdem habe ich eine Verabredung und bin spät dran.«

»Ich bin kein Vertreter. Ich suche Ihren Sohn Cody.«

Ihre Lippen wurden schmal, und sie musterte Kaldak von Kopf bis Fuß. »Warum? Sind Sie Geldeintreiber?«

Er schüttelte den Kopf. »Ich beabsichtige, eine Demolition-Bahn in der Stadt zu eröffnen, und möchte ihm einen Job anbieten.«

»Cody hat einen Job.«

»Vielleicht kann ich ihm eine höhere Gage bieten. Können Sie mir sagen, wo ich ihn finden kann?«

»Cody wohnt schon lange nicht mehr hier.«

»Aber Sie müssen doch noch in Verbindung mit ihm stehen.«

»Wieso müssen? Seit einiger Zeit haben wir uns auseinandergelebt.«

Sie sah auf die Uhr. »Und ich muß in einer halben Stunde am anderen Ende der Stadt sein, um ein Haus anzubieten.«

»Sie sind Immobilienmaklerin?«

»Interessiert Sie das?« Sie ging an ihm vorbei zu einem Oldsmobile, der in der Einfahrt geparkt war. »Vielleicht haben Sie ja für mich auch einen Job.«

»Ich wäre Ihnen sehr verbunden, wenn Sie mir helfen könnten, –«

»Ich kann Ihnen nicht helfen, Mr ....?«

»Breen. Larry Breen.«

»Sie müssen Cody schon selber finden, Mr. Breen. Ich habe keine Ahnung, wo er steckt. Über die Jahre haben wir den Kontakt verloren.«

Kaldak sah zu, wie sie rückwärts aus der Einfahrt setzte, ging dann zu seinem Mietwagen.

Er hatte seine Aufgabe erledigt. Er hatte Donna Jeffers beunruhigt und mißtrauisch gemacht. Jetzt konnte er nur noch abwarten und sehen, ob Ramsey seine Aufgabe, ihre

Telefone im Haus und im Wagen abzuhören, ebenfalls erledigt hatte.

Wenn sie wußte, wie ihr Sohn zu erreichen war, dann konnte sie wahrscheinlich nicht widerstehen, ihn zu kontaktieren. Das große Wenn.

Er fuhr vier Blocks weiter auf einen Supermarktparkplatz, um auf Ramseys Anruf zu warten.

20.15 Uhr

Dr. Kenwood kam den Flur entlang auf sie zu.

Bess spannte sich an. Gott, er lächelte nicht. Er wirkte einfach nur ... abwesend.

Er blieb neben ihr stehen. Und er lächelte.

»Es wird ihr wieder gutgehen«, sagte er. »Sie hat noch einen weiten Weg vor sich, aber sie wird sich wohl wieder völlig erholen.«

»Gott sei Dank.«

»Amen«, sagte Yael.

Dr. Kenwood setzte ein strenges Gesicht auf. »Und möchten Sie jetzt ein bißchen schlafen? Ihr Freund hat Ihnen ein Bett im Zimmer direkt neben Josies besorgt. Wie, weiß ich nicht. Eigentlich war diese Etage voll.«

Gott segne Yael. Gott segne Dr. Kenwood. »Gleich. Ich möchte mich erst noch ein bißchen zu Josie setzen.«

»Sie ist immer noch unter Narkose.«

»Das ist mir egal.«

Dr. Kenwood grinste. »Habe ich doch gut gemacht, oder?«

»Phantastisch.« Sie war schon unterwegs zu Josies Zimmer. »Sie haben recht. Sie sind absolut hervorragend.«

21.30 Uhr

»Des Moines«, sagte Ramsey, nachdem Kaldak den Hörer aufgenommen hatte. »Jasper Street Nr. 1523.«

»Hat sie ihn angerufen?«

»Er hat sie angerufen. Offensichtlich hat sie seine Nummer nicht, denn sie hat versucht, sie während des Anrufs in Erfahrung zu bringen. Er hat sie auflaufen lassen, und das gefiel ihr gar nicht. Und Ihr Besuch bei seiner Mutter gefiel ihm auch nicht. Ich werde organisieren, wie Sie dorthin kommen, aber ich schicke auch Leute aus St. Louis hin für den Fall, daß Sie nicht schnell genug da sind.«

»Soll ich mich jetzt mit Ihnen streiten? Von mir aus könnten Sie auch die örtliche Polizei hinschicken, um ihn festzunehmen, wenn man nicht befürchten müßte, daß die es vermasseln. Ich bin schon unterwegs zum Flughafen.«

Es bestand die Möglichkeit, daß Jeffers schon ausgeflogen war, bevor irgend jemand bei ihm eintraf. Ihn aus der Fasung zu bringen war ein Risiko, das Kaldak hatte eingehen müssen, als er Kontakt zur Mutter aufgenommen hatte. Sollte er ihn so sehr aufgescheucht haben, daß Jeffers Kontakt zu Esteban aufnahm oder sogar selbst handelte?

Er hoffte nicht. Er hatte das Gefühl, daß ihm die Zeit weglief.

23.10 Uhr

»Wollen Sie nicht endlich schlafen gehen? Es ist beinahe Mitternacht.« Yael hockte sich neben ihren Stuhl. »Das nützt Josie überhaupt nichts.«

»Ich weiß.« Sie lehnte sich in ihrem Schaukelstuhl zurück und hielt den Blick unverwandt auf Josie geheftet. »Ich habe Angst davor, sie allein zu lassen.« Sie lächelte. »Vor fünf

Minuten hat sie die Augen aufgemacht. Ich glaube, sie hat mich erkannt.«

»Das ist gut.«

»Das ist doch ein schönes Zimmer hier, finden Sie nicht auch? In allen Kinderzimmern sollten Schaukelstühle stehen.«

»Wahrscheinlich steht der hier, damit man kranke Babys schaukeln kann.«

»Ich würde Josie gerne schaukeln. Sehen Sie sie nur an. Sie trägt eine Zwangsjacke.«

»Ich glaube, der korrekte Begriff ist *Haftschale*. Ich nehme an, daß damit verhindert werden soll, daß sie sich bewegt.«

»Haben Sie schon Kaldak angerufen und ihm mitgeteilt, daß es ihr gutgeht?«

»Glauben Sie denn, das interessiert ihn? Einen kalten, grausamen Mann wie Kaldak?«

»Halten Sie den Mund, Yael. Das ist er zwar alles, aber er mochte Josie. Aber wer würde Josie nicht mögen?« Während sie bei Josie gesessen hatte, hatte sie sich an die Nacht auf der *Montana* erinnert, in der Kaldak so lange bei ihr geblieben war, bis sie wußten, daß Josie überleben würde. In jener Nacht hatte er nicht so getan, als ob. Er hatte sich wirklich Sorgen um Josie gemacht.

Yael nickte, während er Josie betrachtete. »Sie erinnert mich an meinen Sohn. Das scheint schon ewig her, daß er ein Baby war. Sie werden so schnell größer.«

»Wie alt ist er?«

»Vier.« Er dachte nach. »Genauso alt war Kaldaks Sohn, als er starb.«

»Ich möchte nicht über Kaldaks Sohn sprechen. Ich habe Sie nach Ihrem gefragt.«

»Das war auch nur so eine Bemerkung. Kann ich Sie jetzt dazu bewegen, ins Bett zu gehen?«

Sie schüttelte den Kopf. »Ich sitze hier bequem. Ich möchte hiersein, wenn sie wieder wach wird.«

»Sie sollten jetzt wirklich ins Bett –« Yael unterbrach sich. »Ich kann Sie nicht überzeugen, stimmt's?«

»Nein. Sie können das Bett benutzen.«

»Ich könnte nicht so unhöflich sein.« Er setzte sich auf einen Stuhl mit gerader Rückenlehne. »Ich werde hierbleiben für den Fall, daß Sie Ihre Meinung ändern.«

Es herrschte eine angenehmes Schweigen im Zimmer.

»Yael, rufen Sie Kaldak an und erzählen Sie ihm von Josie.«

»Er weiß es schon. Er hat mich angerufen.«

»Tatsächlich?«

»Er war unterwegs zum Flughafen in Kansas City. Er war ganz erleichtert wegen Josie.«

»Kansas City?«

»Er verfolgt die Spur eines Mannes, der ihn vielleicht zu Esteban führt.«

Esteban. Sie hatte sich so viel Sorgen um Josie gemacht, daß sie keine Zeit gehabt hatte, sich mit Esteban zu beschäftigen. Aber Kaldak hatte ihn nicht vergessen. Er war genauso besessen wie immer. Konnte sie ihm das vorwerfen? Als Emily gestorben war, wäre sie fast verrückt geworden. Wie hätte sie wohl reagiert, wenn ihre ganze Familie ausgelöscht worden wäre?

Mein Gott, jetzt fing sie schon an, ihn zu entschuldigen, wo es keine Entschuldigung gab. Kaldak hätte nichts Schlimmeres tun können. Er hatte sie benutzt und die Situation dahingehend manipuliert –

Genau wie sie es nach Emilys Begräbnis getan hatte. Sie hatte keinerlei Gewissensbisse gehabt, Kaldak zu benutzen. Sie hätte jeden benutzt, um an Esteban heranzukommen. Ungeheuer hatten kein Recht zu leben.

Alle sollen die Ungeheuer sehen.

Nein, nicht jetzt. Der Haß und die Rachegefühle würden wiederkommen, aber in dieser Nacht wollte sie nicht an Esteban oder Kaldak oder sonst irgend etwas denken, das sie beunruhigte. Sie wollte sich nur entspannen und diesen Augenblick der Dankbarkeit auskosten. Josie war am Leben, und eines Tages würde sie laufen und spielen wie andere Kinder auch.

Es war bestimmt nicht schlimm, wenn sie sich erlaubte, die Ungeheuer noch eine Weile zu vergessen.

Kapitel 17

Tag drei
Des Moines
3.30 Uhr

Als Kaldak ankam, standen schon drei Fahrzeuge in der Einfahrt von Jasper Street Nr. 1523, und das Haus war hell erleuchtet.

Gar nicht gut.

Ein kleiner, gedrungener Mann in Anzug und Krawatte trat aus der Eingangstür. »Kaldak?«

»Zu spät?«

Er nickte.

»*Mist.*«

»Ich bin Harvey Best. Jeffers war schon ausgeflogen, als wir hier ankamen.«

»Haben Sie die Wohnung durchsucht?«

»Alles sauber. Wir haben einige Nachbarn geweckt. Die wußten nicht viel über ihn. Er war vor ein paar Tagen hier. Mit einem Lastwagen.«

»Was für ein Lastwagen?«

»Ein großer, schwerer Wagen mit Kofferaufbau. Mit der Aufschrift *Iowas bester Reinigungsdienst.* Einer der Jugendlichen von nebenan hat erzählt, daß er gesehen hat, wie der Wagen zur Autobahn Richtung Süden gefahren ist.«

»Nach Süden.« Als wenn das eine Hilfe wäre. Jeffers konnte überall eine andere Richtung eingeschlagen haben. Er wählte Ramseys Nummer. »Es wird Zeit, aufs Ganze zu gehen. Wir können nicht länger warten. Rufen Sie den Präsidenten an.«

»Drehen Sie allmählich durch? Wir haben keinerlei Beweise, daß Cody Jeffers aktiv beteiligt ist.«

»Zum Teufel ja, ich drehe durch.«

»Noch nicht«, sagte Ramsey. »Wir müssen erst feststellen, ob wir den Schaden begrenzen können. Wir werden Jeffers stellen und dann – «

»Dann stellen Sie ihn. Und zwar schnell«, sagte Kaldak brüsk. »Ich habe ein Scheißgefühl bei der Sache, Ramsey.«

»Ich rufe nicht das Weiße Haus an und halte meinen Kopf hin, bloß weil Sie so ein Gefühl haben.«

»Hören Sie, Sie brauchen doch nur eins und eins zusammenzuzählen. Esteban hat Morrisey losgeschickt, um einen Mann mit den Fähigkeiten eines Cody Jeffers aufzutreiben. Er hat ihn gefunden. Cody Jeffers fährt nach Iowa, wo wir die Fälscherwerkstatt vermuten.«

»Das sind alles nur Vermutungen.«

Kaldaks Hand umklammerte den Hörer. Er wünschte sich, es wäre Ramseys Kehle. »Wenn Sie schon nicht das Weiße Haus anrufen wollen, dann benachrichtigen Sie wenigstens die Autobahnpolizei, ja? Sagen Sie denen, sie sollen Jeffers' Lastwagen stoppen.« Er hielt inne. »Sie sollen ihn aber nicht durchsuchen.«

»Glauben Sie, daß er das Geld transportiert?«

»Entweder er hat es schon, oder er ist unterwegs, um es einzuladen. Ist beides möglich.«

»Schon wieder so ein Gefühl?« fragte Ramsey griesgrämig.

»Ist ja schon gut. Ich werde Verbindung zur Polizei aufnehmen. Bleiben Sie, wo Sie sind, bis ich etwas herausfinde. In welche Richtung ist er gefahren?«

»Süden.« Er hoffte, daß das stimmte.

Collinsville, Illinois
13.40 Uhr

Cody Jeffers saß gleich neben dem Telefon und nahm den Hörer beim ersten Klingeln ab. »Esteban?«

»Haben Sie es problemlos geschafft?«

»Ich bin durchgebrettert, ohne daß die Autobahnpolizei ein zweites Mal hingesehen hätte. Ich habe außerhalb von Des Moines geparkt und die Reinigungsaufschrift entfernt, wie Sie es mir gesagt haben.«

»Und das Geld?«

»Ist alles aufgeladen und marschbereit.«

»Was ist mit den Spezialkisten?«

»Die habe ich an der Mühle abgeliefert.«

»Und der kleine Extraauftrag?«

»Erledigt.«

»Ausgezeichnet. Dann fahren Sie jetzt los«, sagte Esteban. »Ich möchte, daß es um 15 Uhr erledigt ist.«

»Derselbe Plan?«

»Keine Abweichung.« Esteban zögerte. »Nehmen Sie selber nichts von dem Geld. Wie ausgemacht, werden Sie Ihr Geld morgen bekommen, wenn wir uns in Springfield treffen.«

»In Ordnung.«

»Ist der Tank des Fluchtautos gefüllt, so daß Sie ohne Aufenthalt durchfahren können?«

»Ja.«

»Unter keinen Umständen dürfen Sie irgendwo anhalten,

wo jemand Sie sehen könnte. Wenn Sie müde werden, suchen Sie sich einen abgelegenen Ort zum Ausruhen.«

»Das haben Sie mir schon gesagt.«

»Noch irgendwelche Fragen?«

»Sie bezahlen mich schließlich nicht dafür, Fragen zu stellen. Ich bin doch nicht so blöde zu glauben, daß das Geld echt ist. Obwohl es überall durchgehen würde. Es sieht wirklich gut aus.«

»Danke«, sagte Esteban trocken.

»Die ganze Sache ist schon ziemlich verrückt, aber das ist ja Ihre Sache.«

»Allerdings.«

Er war voller Eifer, als er auflegte. Das war seine große Chance. Eine ganz große Sache. Er würde ganz groß rauskommen.

Er sprang auf, knöpfte sein graues Hemd zu und schnallte sich das Halfter um. Ihm gefiel die Knarre. Er kam sich vor wie John Wayne. Er ging in die Knie und riß die Pistole aus dem Halfter. »Peng. Hände hoch.«

Ein gutes Gefühl. Gleich noch mal.

Nur widerstrebend ließ er die Pistole wieder ins Halfter gleiten. Er setzte sich aufs Bett und langte nach seinen Stiefeln. Esteban hatte ihm zwar gesagt, er solle einfache schwarze Schuhe tragen, aber scheiß drauf. Die Uniform mußte er leider anziehen, aber die Stiefel waren wichtig. Hätten John Wayne oder Evel Knievel etwa einfache schwarze Schuhe getragen?

Kansas City, Missouri
13.55 Uhr

»Alles erledigt, Habin.« Esteban ging mit großen Schritten zum Hubschrauber, wo Habin wartete. »In ein paar Stunden ist es vorbei, und dann werden wir unsere Forderungen bekanntgeben.«

»Ich habe nachgedacht«, erwiderte Habin. »Es wäre besser, mit der Geldforderung herunterzugehen und mehr Gewicht auf die Freilassung der Gefangenen zu legen.«

»Heruntergehen?« wiederholte Esteban. »Auf wieviel?«

»Wir fordern fünfzig Millionen Dollar. Wenn wir auf fünfundzwanzig heruntergehen, dann –«

»In Ordnung. Solange Sie es aus Ihrem Anteil nehmen.«

»Machen Sie sich nicht lächerlich. Dann würde für mich nichts überbleiben.«

Und das war genau das, was der aufgeblasene Idiot verdient hatte. »Nichts als Ihre politischen Ideale. Ist das nicht das einzige, was für Sie zählt?«

»Die Entscheidung über das Geld sollte allein bei mir liegen. Sie wären ohne mich zu gar nichts gekommen. Ich habe die ganze Fälschungsaktion organisiert, die Leute und das Geld geliefert.«

Esteban fand, er hatte genug protestiert. Vielleicht noch ein bißchen Widerwillen zeigen. »Lassen Sie mich darüber nachdenken. Wir haben noch ein paar Stunden, bevor wir unsere Forderungen bekanntgeben. Ich rufe Sie auf der Farm an, sobald wir zugeschlagen haben.« Er schloß die Hubschraubertür und schritt zu seinem Wagen.

Zu schade, daß er sich ausgerechnet jetzt zurückhalten mußte. Er hätte den arroganten Hurensohn gerne gedemütigt. Aber ein kluger Mann übte sich lieber in Selbstberrschung, wenn es Schwierigkeiten geben konnte.

Er ließ den Wagen an und beobachtete, wie der Hubschrauber abhob. Er konnte Habin auf dem Passagiersitz sehen, lehnte sich aus dem Fenster, lächelte und winkte.

Der Hubschrauber drehte ab und stieg weiter auf in Richtung Süden.

Esteban winkte noch einmal, langte gemächlich in seine Tasche und drückte den Knopf der Fernbedienung.

Der Hubschrauber explodierte und stürzte als Feuerball ab.

Collinsville, Illinois
14.30 Uhr

Cody Jeffers drückte aufs Gaspedal und hörte die großen Reifen quietschen, als er um die Ecke bog.

Eine Frau in Shorts und T-Shirt sprang zurück auf den Bordstein. Sie schrie ihm ein Schimpfwort nach. Er grinste, als er merkte, welche Angst er ihr eingejagt hatte.

Die Leute auf den Rängen im Stadion hatten nie Angst vor ihm. Sie kamen nur wegen der Show, und er war nie der Star gewesen.

Jetzt war er der Star.

Das Steuerrad fühlte sich glatt an und lag gut in seinen Händen. Nie zuvor hatte er ein so schweres Fahrzeug gelenkt, nicht einmal bei einem Rennen.

Jetzt kam er an der Bank vorbei. Noch drei Blocks bis zur North Avenue. Esteban hatte ausdrücklich gesagt, daß es an der North Avenue passieren sollte.

Das Viertel wurde schäbiger. Die Gebäude wirkten heruntergekommen, und Prostituierte lungerten an den Ecken herum.

Noch ein Block.

Ein paar Jugendliche hatten sich um einen grünen Cadillac, 87er Modell, versammelt. Das war kein gutes Jahr für Caddys gewesen. Protzig, aber nichts unter der Haube.

Die Jungs warfen ihm mürrische Blicke zu, als er vorbeifuhr. Er konnte sich vorstellen, wie ihnen zumute war. Er repräsentierte Autorität. Wenn er ihnen die Möglichkeit gäbe, würden sie aufspringen und ihm die Eier abschneiden.

Noch ein halber Block.

Das war sie. North Avenue.

Jetzt.

Erregung packte ihn, und er trat das Gaspedal bis zum Anschlag durch. Die nächste Ecke. Hau rein. Volles Rohr.

Er war John Wayne.

Er war Evel Knievel.

Er war der Star.

Der Lastwagen krachte auf die Seite, der Schlag raubte Jeffers den Atem.

Cody befreite sich aus den Spezial-Schutzbügeln und kletterte langsam aus dem Führerhaus.

Es ging schon los.

Die Hecktüren des gepanzerten Lastwagens waren aufgeflogen, und in Plastik eingeschweißtes Geld wurde auf der ganzen Straße verstreut.

Die Jungs von dem Caddy waren schon zur Stelle, griffen sich, was sie kriegen konnten, und rannten davon.

Zwei Frauen kamen aus dem Laden gegenüber und liefen auf den Lastwagen zu.

»Halt«, schrie Cody. »Das ist Geld der Zentralbank.«

Niemand schenkte ihm auch nur die geringste Aufmerksamkeit. Nicht daß er das erwartet hätte. Er hätte sich genauso verhalten.

Leute tauchten wie aus dem Nichts auf. Der Straßenmob schnappte sich das Geld und rannte weg.

»Ich rufe die Polizei«, schrie Jeffers. »Wenn ihr wißt, was gut für euch ist, dann bleibt von dem Geld weg. Ihr verstoßt gegen Gesetze.«

Nachdem er noch einen Augenblick gewartet hatte, entfernte er sich. Er hatte die schwarze Honda-Limousine zwei Blocks weiter abgestellt. In ein paar Minuten müßte er hier weg sein.

Als er die Straßenecke erreichte, blickte er über die Schulter zurück.

Sie kletterten sogar in den Lastwagen der Zentralbank hinein, um an das Geld zu gelangen.

Zu schade, daß er nicht auf die Leute vom Fernsehen und von den Zeitungen warten konnte. Niemand würde je erfahren, wie gut er seinen Auftrag ausgeführt hatte. Aber er hatte immerhin eine Entschädigung. Mehr, als die Stars auf der Piste bekamen.

Er tastete nach dem Geldgürtel, den er unter seinem Hemd trug. Darin hatte er das Geld verstaut, das er sich schon vorher vom Lastwagen weggenommen hatte. Ein kleiner Extra-Bonus.

Selbst Evel Knievel hätte ihn um seine Beute beneidet.

Des Moines
17.36 Uhr

»Kaldak, wo steckst du?« fragte Yael.

»In Jeffers' Wohnung in Des Moines.«

»Hast du einen Fernseher in der Nähe?«

Kaldak erstarrte. »Warum?«

»Schalt CNN ein. Ich war gerade dabei, im Warteraum fernzusehen, als die Kurznachrichten kamen. Ich glaube, es ist passiert.«

Er wirbelte zu Harvey Best herum. »Ich brauche einen Fernseher.«

Harvey winkte ihn ins Wohnzimmer.

Das erste, was Kaldak zu Gesicht bekam, als er CNN einschaltete, war der auf der Seite liegende Lastwagen der

Zentralbank. Die Menge stürzte sich auf die durchsichtigen Plastikpäckchen, die auf dem Boden verstreut lagen.

Kaldak hatte diese Päckchen früher schon in der Sammelbüchse in Tenajo gesehen. »Mein Gott.«

Jetzt war das Gesicht einer blonden Nachrichtensprecherin zu sehen. »Der Fahrer des Fahrzeugs verschwand kurz nach dem Unfall, aber dieses Amateurvideo wurde fünf Minuten, nachdem der Lastwagen auf der North Avenue in East Collinsville umgestürzt ist, aufgenommen. Der Sprecher der Zentralbank verweigert jeden Kommentar zur Höhe der gestohlenen Geldsumme.«

Kaldak hielt den Hörer wieder ans Ohr. »Nimm noch ein anderes Telefon, Yael. Ruf bei der Zentralbank in St. Louis an. Sag ihnen, wer du bist, und laß sie, wenn nötig, Ramsey wegen Referenzen anrufen. Ich bleibe solange dran. Ich wette, daß sie den Verbleib von jedem einzelnen Penny nachweisen können.«

»Glaubst, das ist der Schlag?«

»Ich hoffe nicht. Vielleicht irre ich mich ja. Versuch herauszufinden, wie die Zentralbank ihr Geld verpackt.« Er starrte auf die Wiederholung der Szene in Collinsville, während Yael telefonierte. Gott, sie trampelten über das Geld, grabschten danach und liefen weg. Kinder, Erwachsene.

»Der Lastwagen ist nicht von der Zentralbank«, sagte Yael, als er wieder in der Leitung war. »Der letzte Lastwagen ist vor einer Viertelstunde zurückgekommen. Die durchsichtige Plastikverpackung wird bei der Zentralbank nicht verwendet. Sie haben keine Ahnung, was zum Teufel eigentlich los ist.«

»Wann ist der Lastwagen umgekippt?«

»Kurz vor drei.«

»Vor zweieinhalb Stunden.« Ihm wurde ganz übel bei dem Gedanken daran, welchen Schaden die Anthrax-Erreger möglicherweise schon angerichtet haben konnten. »Wieviel Geld ist geraubt worden?«

»Als die Polizei erschien, war der Lastwagen bereits geplündert.« Yael zögerte. »Die Sache ist zu perfekt inszeniert, um als Zufall gelten zu können.«

»Wenn es Esteban war, dann wird er sehr bald Forderungen stellen. Ich rufe Ramsey an und frage ihn, ob sie schon was von Esteban gehört haben. Warum zum Teufel könnte er sich Collinsville ausgesucht haben?« überlegte Kaldak.

»Es ist weniger merkwürdig, als du denkst. Gegenüber, auf der anderen Flußseite, liegt St. Louis, wo sich die Zentralbank befindet. Da sind die Lastwagen kein ungewohnter Anblick. Esteban hat eins der ärmsten Viertel der Stadt ausgewählt. Als die Türen des Lastwagens aufgingen, müssen diese armen Teufel doch geglaubt haben, sie hätten in der Lotterie gewonnen. Wie lange wird es dauern, bis Anzeichen des Anthrax sichtbar werden?«

»Das kann jederzeit losgehen. Da werden jetzt verdammt viele Leute Hilfe brauchen. Ich habe keine Ahnung, wie viele überleben werden. Die Stadt muß unter Quarantäne gestellt werden, und die Medien müssen sofort mit Berichten – «

»Das mußt du nicht mir sagen. Sag es Ramsey.«

»Keine Bange, das werde ich ihm sagen«, fuhr Kaldak grimmig fort. »Ich habe dem Hurensohn gestern abend geraten, den Präsidenten anzurufen. Ob sie nun alte Kumpels sind oder nicht, der Präsident wird Sündenböcke suchen, und die CIA wird einer davon sein. Ich kann nur hoffen, daß Ramsey auf kleiner Flamme geröstet wird.«

»Es sei denn, er kann den Schwarzen Peter weitergeben. Sei auf der Hut, Kaldak.«

»Keine Sorge, ich passe schon auf. Ruf mich an, wenn du was Neues hörst.«

Er legte den Hörer auf und wählte die Nummer von Ramsey. Er brauchte fünf Minuten, um durchzukommen.

Ramsey klang völlig gestreßt. »Ich kann jetzt nicht mit Ihnen reden, Kaldak.«

»Sie werden mit mir reden. Esteban?«

»Ja. Die Forderung kam vor zehn Minuten. Fünfzig Millionen Dollar, oder er nimmt sich eine andere Stadt aufs Korn. Wenn wir zahlen, will er den Rest des verseuchten Geldes rausrücken.«

»Hat er die palästinensischen Gefangenen erwähnt?«

»Nein. Habin ist raus aus der Geschichte. Esteban hat uns versichert, daß wir nur noch mit ihm zu tun hätten. Und er hat uns den Tip gegeben, eine Hubschrauberexplosion in Kansas City zu überprüfen.«

Ein weiteres Hindernis, das Esteban aus dem Weg geräumt hatte. »Der Lastwagenfahrer war Cody Jeffers?«

»Die Beschreibung paßt auf ihn.«

»Kein Anzeichen von ihm?«

»Nein. Ich muß jetzt weg. Ich habe das CDC in der Leitung. Donovans Team ist unterwegs nach Collinsville.«

»Haben sie schon ein Ergebnis?«

»Vielleicht. Sie wissen es nicht. Niemand weiß etwas, verdammt noch mal. Außer daß ich verantwortlich bin. Aber ich lasse mich nicht absägen, Kaldak. Ich denke nicht daran. Ich werde einen Weg finden, meinen Arsch zu retten.« Er legte auf.

Kaldak war gescheitert. All die Jahre, die er sich auf Esteban's Fährte geheftet hatte, waren vergebens gewesen. Nakoa, Danzar, Tenajo und jetzt Collinsville. Er hätte in der Lage sein müssen, ihn aufzuhalten. Er hätte Ramsey ignorieren sollen und –

Ich werde einen Weg finden, meinen Arsch zu retten.

Ramsey kämpfte panisch ums Überleben.

Und er sprach mit den Leuten vom CDC.

Bess.

Johns Hopkins
19.45 Uhr

Bess erschauerte, als sie im Wartezimmer das Gesicht des Präsidenten auf dem Fernsehbildschirm sah. Er war ernst, aber zuversichtlich. Jawohl, sie hatten eine Botschaft mit der Drohung erhalten, daß ein Anschlag auf eine weitere Stadt geplant sei, aber es bestehe kein Grund zur Sorge. Das verseuchte Geld würde eingesammelt und verbrannt werden. Alle dem Präsidenten unterstellten Behörden würden daran arbeiten, die Terroristen zu fassen, die diesen Schrecken verbreitet hatten.

»Er sagt den Leuten nicht, wie schlimm es ist«, murmelte Yael. »Scheißkerl. Er sagt nicht mal, daß es kein Gegenmittel gibt. Er dürfte die Leute nicht beruhigen. Er müßte ihnen Angst einjagen, damit sie in ihre Wohnungen gehen und dort bleiben. Das einzige, was ihn interessiert, ist euer verdammter Börsenmarkt.«

Die Nachrichtensendung schaltete zu Collinsville hinüber und zeigte Aufnahmen von brennenden Häusern. »Aufruhr?« Bess konnte es nicht fassen. »Als wenn die Situation dort nicht schon schlimm genug wäre.«

Auf dem Bildschirm waren jetzt Opfer zu sehen, die in die örtlichen Krankenhäuser gebracht wurden, dann Quarantänestationen und panische Gesichter.

»Bisher wird bereits von sechsundsiebzig Toten berichtet«, flüsterte Bess. »Wie viele werden es noch werden?«

»Man kann nur hoffen, daß die Leute das Geld für sich selbst gehortet und es nicht auch noch großzügig verteilt haben.«

»Gott, ich hatte gehofft, ich könnte helfen. Warum war uns nicht ein bißchen mehr Zeit gegönnt. Vielleicht hätten wir einige dieser Leute retten können.«

»Sie tun doch schon, was Sie können, Bess«, erwiderte Yael.

»Sagen Sie das mal den Leuten in Collinsville.«

»Katastrophen passieren nun mal.«

»Das ist keine Katastrophe. Das ist Mord.«

Yael nickte. »Und warum geben Sie dann sich selbst die Schuld? Esteban ist derjenige, der –«

»Hol deinen Wagen und warte vor dem Noteingang, Yael.« Es war Kaldak, der mit eiligen Schritten in das Zimmer kam. »Bess, ich bringe dich von hier weg.«

Sie starrte ihn entsetzt an. »Ich gehe nirgendwo mit dir hin. Josie ist –«

»Du wirst entweder mit mir oder mit Ramsey gehen. In beiden Fällen mußt du Josie hierlassen. Wenn du mit mir kommst, wirst du frei sein und die Möglichkeit haben, dich um Josies Schutz kümmern zu können. Wenn Ramsey deiner habhaft wird, hast du kein bißchen Einfluß mehr. Er wird dich in ein Krankenhaus oder ins CDC stecken, und du wirst nur aus der Narkose aufwachen, um dir Blutproben entnehmen zu lassen.«

»Das hat Ramsey bisher nicht gemacht.«

»Er war bisher noch nicht zum Äußersten entschlossen. Jetzt schon. Er wird dich als seine Geheimwaffe präsentieren, und deshalb mußt du sicher aufbewahrt werden. Nationaler Notstand. Jeder weiß, daß es in einer Notstandssituation keine individuellen Rechte mehr gibt.« Er wandte sich zu Yael um. »Mach schnell, wir haben nicht viel Zeit.«

Bess schüttelte den Kopf. »Ich verlasse Josie nicht.«

»Er hat recht,« sagte Yael. »Tun Sie, was er sagt.« Er ging hinaus und ließ sie mit Kaldak allein.

»Ich gehe nicht mit.«

»Hör mir zu.« Kaldak war angespannt, der Verzweiflung nahe. »In Herrgotts Namen, hör zu. Ich weiß, daß du mich haßt, und das ist in Ordnung. Aber ich sage die Wahrheit. Es hat sich alles geändert. Wir haben es hier mit Panik zu tun, und Ramsey wird alle Vollmachten bekommen, die er braucht. Nur wenn er dich nicht in seine Fänge bekommt, hast du überhaupt die Chance, noch ein bißchen Einfluß zu nehmen. Ramsey interessiert sich weder für dich noch für Josie, er interessiert sich nur für Ramsey. Solange du frei bist, hast du Handlungsspielraum.« Er wies auf den Fernseher, in dem gerade die Unruhen gezeigt wurden. »Siehst du denn nicht, daß ich dich nicht belüge? Ich möchte, daß du in Sicherheit bist. Ich möchte, daß Josie in Sicherheit ist. Glaub mir.«

Sie glaubte ihm. Sie hatte genügend Erfahrungen mit Ramsey, um zu begreifen, daß Kaldaks Einschätzung auf beängstigende Weise zutraf.

Kaldak hob ihre Tasche auf und gab sie ihr. »Wir gehen die Notfalltreppe hinunter.«

Sie rührte sich nicht.

»Bess, ich flehe dich an«, sagte Kaldak mit zitternder Stimme. »Laß nicht zu, daß das dir und Josie passiert.«

Josie. Josie war hilflos. Josie konnte sich nicht selbst beschützen. Wenn Ramsey sich Bess schnappte, hätte sie niemanden mehr.

»Ich komme mit.« Sie eilte aus dem Zimmer.

Sofort war Kaldak neben ihr. »Bess, ich verspreche dir, daß – «

»Spar dir deine Versprechungen. Ich lege keinen Wert darauf.« Abrupt blieb sie stehen. »Ramseys Agenten. Die beiden, die auf uns zukommen.«

»Ramsey muß sie geschickt haben, um dich zu holen.« Kaldak faßte sie am Arm und schob sie. »Lauf!«

Sie rannte. Zum Notausgang und die Treppen hinunter.

Kaldak war direkt hinter ihr. Über ihr barst eine Tür. Ramseys Agenten. Ihre Schritte hallten durchs Treppenhaus.

Zweiter Stock.

Gott, die Agenten holten auf. Die Schritte kamen näher.

Erster Stock.

Kaldak lief vor ihr her und riß die Tür zum Erdgeschoß auf. »Nach links und durch die Eingangshalle.«

Marmorfußböden, Säulen, ein Geschenkeladen.

»Haltet sie auf.«

Ein rotes Schild, das auf die Notaufnahme hinwies, über der Doppeltür direkt vor ihnen.

Ein Raum voller Leute. Noch mehr Doppeltüren.

Draußen. Mit quietschenden Reifen hielt Yael neben ihnen.

Kaldak riß die hintere Tür auf und stieß Bess in den Wagen.

Sie stürzten sich auf ihn. Kaldak schlug einem den Ellbogen in die Magengrube und verpaßte dem anderen einen Kinnhaken.

»Fahr los!« Er hechtete in den Wagen.

Der Wagen machte einen Satz, und Yael raste die Auffahrt hinunter. Die hintere Tür war immer noch offen.

Sie hatten die Straße erreicht und jagten auf die Kreuzung zu. Grün. Sie könnten es schaffen.

Bess sah über die Schulter zurück. Die Agenten rannten immer noch hinter ihnen her die Straße entlang...

Die Ampel sprang auf Rot.

Yael fuhr weiter.

Bremsen kreischten.

Die Agenten waren stehengeblieben, standen mitten auf der Straße und starrten ihnen nach.

Die Erleichterung, die Bess empfunden hatte, verschwand augenblicklich, als Kaldak sagte: »Die haben bestimmt das Kennzeichen. Wir müssen aus dem Wagen raus.« Er streckte die Hand aus und zog die hintere Tür zu. »Fahr auf schnellstem Weg zum Flughafen, Yael.«

»Und was machen wir am Flughafen?« fragte Yael.

»Das entscheiden wir, wenn wir in der Luft sind.«

»Hast du ein Flugzeug?« fragte Bess.

»Ramsey hat mir vor einiger Zeit eins zur Verfügung gestellt. Deshalb war ich auch so kurz nach deinem Anruf im Krankenhaus, Yael.« Er lächelte grimmig. »Findet ihr es nicht auch passend, daß wir mit einem Flugzeug verschwinden, das Ramsey mir besorgt hat?«

»Das wird Ramsey aber ganz anders sehen«, erwiderte Yael. »Und ich bezweifle, daß mein Regierungschef es billigen wird. Es gibt immerhin so etwas wie Mißbrauch diplomatischer Immunität. Aber, so ist das Leben nun mal.«

»Ich will, daß Josie rund um die Uhr beschützt wird, und die beiden Wachen sollen wieder ihren Posten auf Josies Etage einnehmen«, sagte Bess. »Was ist, wenn Esteban rausfindet, daß sie dort ist?«

»Ich glaube nicht, daß das im Moment ein drängendes Problem ist. Er ist viel zu beschäftigt.« Kaldak hob seine Hand. »Ich weiß. Josie hat oberste Priorität. Wir werden uns darum kümmern.«

»Und wie?«

»Das weiß ich noch nicht. Laß mich darüber nachdenken. Ich werde dafür sorgen, daß sie in Sicherheit ist. Ich verspreche es dir.«

Sie hatte ihm schon gesagt, daß sie auf seine Versprechungen keinen Wert legte. Aber er hatte bisher alles eingelöst, was er versprochen hatte. Trotz aller widrigen Umstände hatte er medizinische Hilfe für Josie gefunden, und Josie lebte.

Kaldak musterte sie prüfend. »In Ordnung?«

Sie wandte den Blick von ihm ab. »In Ordnung. Ich nehme jede Hilfe an, egal woher sie kommt. Selbst von dir.«

20.16 Uhr

Dieser Hurensohn.

Cody Jeffers starrte fassungslos auf sein Gesicht im Fernseher über dem Ladentisch und ballte die Hände zu Fäusten. Das Foto von ihm war das aus dem Gruppenbild beim Derby. Es war stark vergrößert und nicht deutlich, aber er war zu erkennen.

»Darf's noch was sein?« fragte der Verkäufer.

»Nein.« Cody nahm die Zigaretten, die er soeben gekauft hatte, schob sie in seine Hemdtasche und verließ eilig den Laden. Er warf noch einen verstohlenen Blick zurück, um herauszufinden, ob der Angestellte ihm nachsah. Nein, mit Erleichterung stellte er fest, daß der Mann auf den nächsten Kunden wartete.

Er sprang in seinen Wagen und ließ die Tankstelle hinter sich. Dieser verdammte Scheißkerl von einem Terroristen hatte ihn reingelegt. Die Polizei würde nicht mehr aufhören, ihn zu suchen. Jeder im Land würde die Augen offenhalten. Und er hätte es gar nicht mitbekommen, wenn ihm nicht die Zigaretten ausgegangen wären.

Halten Sie nirgendwo an, hatte Esteban gesagt.

Nein, bloß nirgendwo anhalten. Wenn er anhielte, könnte er ja erfahren, daß Esteban ihn hereingelegt hatte. Selbst der Fluchtwagen hatte kein Radio. Er war wie das Lamm, daß zur Schlachtbank geführt wurde.

Schlachtbank.

Die Angst drehte ihm den Magen um. Was sollte er jetzt tun?

Mama. Mama war intelligent. Sie würde einen Ort finden, wo er sich verstecken konnte. Sie würde sich was einfallen lassen, wie sie ihm helfen konnte.

Er mußte zu Mama.

Kapitel 18

20.52 Uhr

Eine Gruppe von Mechanikern und Piloten umlagerte den Fernseher im Büro neben dem Hangar.

Diesmal war es NBC, bemerkte Bess, aber das Bildmaterial war nahezu identisch mit dem, das CNN ausgestrahlt hatte.

»Walter, wir müssen hier weg«, sagte Kaldak zu einem mittelgroßen Mann in einer roten Windjacke. »Ist der Tank voll?«

»Ja.« Der Pilot wandte den Blick nicht vom Fernseher. »Verfluchte Scheißkerle. Haben Sie das gehört? Sechs weitere Fälle. Das CDC hat gerade erklärt, daß sie nicht genug Gegenmittel für alle haben. Es handelt sich um eine Art im Labor erzeugte Erreger.«

»Wir müssen los, Walter«, wiederholte Kaldak.

Er nickte angespannt. »Sie sollten diesen Scheißtypen bombardieren.«

»Weiß man schon, wer es war?«

»Nein, aber es kann ja wohl nur Saddam Hussein oder einer dieser anderen Verrückten gewesen sein. Sie sollten sie bombardieren. Wir hätten sie alle erledigen sollen während des Golfkriegs.«

Ein Satz, den der Pilot fallengelassen hatte, ließ Bess aufhorchen. »Sie haben eben gesagt, es wäre nicht genug Gegenmittel da. Gibt es denn ein Gegenmittel?«

»Irgendwas, das sich noch im Versuchsstadium befindet. Das CDC hat einem kleinen Mädchen, das sie vor ein paar Stunden hereingebracht haben, Blut übertragen.«

»Und es lebt?«

»Bis jetzt ja.« Er wandte sich vom Fernseher ab. »Steigen Sie schon ein, Mr. Kaldak. Ich gehe nur noch eben die Checkliste durch. Wir sind in wenigen Minuten hier weg.« Er verließ das Büro in Richtung Hangar.

»Ein Gegenmittel«, murmelte Bess.

»Kein Gegenmittel«, erwiderte Kaldak. »Es kommt mir so vor, als hätten sie die letzte Blutprobe, die du ihnen geschickt hast, dem Mädchen injiziert.«

»Wie sollte das denn gehen?«

»Sie legen von einer Blutprobe Zellkulturen an, die vermehrt und aktiviert werden, dann verändern sie diese Zellen mit den immunen Genen. Bei HIV-Patienten wurden Experimente nach derselben Methode unternommen. Donovans Team hat offensichtlich diesen Vorgang beschleunigt.«

»Und es hat funktioniert. Das kleine Mädchen lebt. Das ist doch wenigstens ein Anfang.«

Kaldak schüttelte den Kopf. »Das ist ein Propaganda-Trick. Die Regierung wollte nicht zugeben, daß es keinerlei Gegenmittel gibt. Deshalb haben sie sich eine Wunderkur ausgedacht.«

»Es ist ein Wunder. Sie ist am Leben.«

Er musterte ihren Gesichtsausdruck. »Was denkst du?«

Sie konnte seinen Blick spüren, als sie das Flugzeug bestiegen und auf den Passagiersitzen Platz nahmen. Aber er sagte nichts, bis sie abgehoben hatten. »Nun?«

»Sag dem Piloten, er soll nach Westen fliegen.«

»Das habe ich befürchtet«, sagte Kaldak. »Collinsville?«

»Collinsville!« wiederholte Yael.

Bess nickte. »Da befindet sich das CDC-Team. Und da ist auch mein Platz.«

»Du weißt, daß der Ort unter Quarantäne steht?«

»Sie werden mich schon reinlassen.«

»Genau das befürchte ich. Du wirst Ramsey direkt in die Arme laufen.«

»Mein Blut hat das Mädchen gerettet. Vielleicht kann ich noch mehr Menschen helfen«.

»Das Schlimmste ist schon passiert. Die Gefahr des Anthrax-Erregers ist mittlerweile weithin bekanntgemacht worden, so daß niemand, der alle Sinne beisammen hat, noch weitere dieser versiegelten Geldpäckchen öffnen wird.«

»Dieses Mädchen hat eins geöffnet.«

»Hör zu, deine Blutgruppe muß übereinstimmen. Das schränkt die Möglichkeiten deutlich ein. Und was glaubst du, wieviel Blut du abzugeben hast?«

Sie schüttelte den Kopf.

»Er hat recht, Bess«, sagte Yael.

»Er hat nicht recht«, gab Bess zurück. »Glauben Sie im Ernst, ich könnte mich irgendwo verstecken und zusehen, was dort vor sich geht?« Sie wandte sich Kaldak zu. »Ich fliege dahin. Und jetzt überlegst du dir gefälligst, wie ich das hinkriege, ohne Josies Sicherheit zu gefährden und ohne in einer Quarantänestation zu landen.«

»Du verlangst ja wirklich nicht viel.«

»Du bist es mir schuldig«, erwiderte sie entschlossen. »Du bist es mir für Tenajo schuldig. Jetzt bezahlst du dafür, Kaldak.«

Er sah sie sehr lange an, dann stand er auf und ging zum Cockpit. »Ich sage Walter, daß wir nach Collinsville fliegen.«

Kaldak kam erst aus dem Cockpit zurück, als die Landung auf dem Flughafen von Collinsville kurz bevorstand. Bess hatte ihn ununterbrochen über Funk sprechen gehört, aber sie hatte nicht verstehen können, was er sagte.

»Was hast du gemacht?« fragte sie.

»Schnall dich an. Wir sind in fünf Minuten am Boden.« Er setzte sich und befestigte seinen eigenen Sicherheitsgurt. »Und mach dich auf ein Begrüßungskomitee gefaßt.«

»Wer?« fragte Bess.

»Ich habe uns beim CDC, CBS, CNN und beim *St. Louis Post-Dispatch* angekündigt.« Er lächelte grimmig. »Sie werden alle ganz aufgeregt warten, wenn die Reinkarnation von Mutter Teresa das Flugzeug verläßt.«

Bess runzelte die Stirn. »Mutter Teresa?«

»Das bist du«, sagte Kaldak. »Du bist gerade dabei, eine Nationalheldin zu werden. Die mutige und besorgte Frau, die bereit ist, den Gefahren der Quarantäne-Zone zu trotzen, ihr Lebensblut herzugeben und sich den Kranken zu widmen.«

»Sehr gut«, murmelte Yael.

»Und dein Opfer ist um so höher einzuschätzen, als du, um hier sein zu können, ein krankes Kind verlassen hast, ein Kind, das du vor dem Tod bewahrt hast.«

»Mein Gott, das hört sich ja an wie eine Seifenoper«, stellte Bess fest.«

»Was heißt hier Seifenoper? Es ist die Wahrheit und kann von jedem unternehmungslustigen Reporter überprüft werden.«

»Hast du ihnen von Esteban erzählt?«

Er nickte. »Ich habe ihnen von Tenajo erzählt. Ich habe es so prächtig geschildert wie möglich. Den Medien gefällt ganz besonders die Vorstellung, daß eine der ihren die Heldin in diesem Stück ist.«

»Ich bin keine Heldin«, sagte sie angewidert.

»Jetzt bist du eine«, erwiderte Kaldak. »Du wirst das Mädchen aufsuchen, dem man dein Blut injiziert hat. Sie werden dich jeden Tag dabei filmen, wie dir Blut abgenommen wird. Sie werden Fotos von dir machen mit allen neuen Opfern, die eingeliefert werden. Du wirst dich in die Viertel begeben, in denen die Unruhen stattfinden, und demonstrieren, daß es möglich ist, diesen mutierten Anthrax-Erreger zu überleben.« Er hielt einen Augenblick inne. »Und du wirst Interviews über Josie und Emily und Tenajo geben.«

»Nein.«

»Doch. Es ist notwendig. Dr. Kenwood soll der berühmteste Chirurg in Amerika werden, weil er Josie operiert hat. Ich möchte, daß die Oberschwester interviewt wird. Ich möchte, daß das Krankenhaus sich gezwungen sieht, eine ganze Armee von Bewachern bereitzustellen, um die Medien von Josie fernzuhalten.«

Ihre Augen weiteten sich, als sie begriff. »Und auch Esteban fernzuhalten.«

»Ich denke, daß wir uns in dieser Hinsicht auf Ramsey verlassen können. Er wird es nicht zulassen, daß Amerikas kleinem Liebling etwas zustößt.«

»Und da Bess ständig im Licht der Öffentlichkeit steht, kann er sie nicht heimlich in irgendein Krankenhaus stekken.«

Kaldak nickte. »Das ist der Plan.«

Und ein vernünftiger dazu, dachte Bess. Es konnte funktionieren.

»Noch eins«, fügte Kaldak hinzu. »Du mußt den Medien erklären, daß das CDC näher an der Entwicklung eines wirksamen Gegenmittels dran ist, als die offiziellen Verlautbarungen vermuten lassen.«

»Warum?«

»Das wird Esteban verunsichern. Wenn er glaubt, daß Hilfe unmittelbar bevorsteht, wird er versuchen, schnell zu verhandeln und seine Verluste zu begrenzen.«

»Oder er verteilt noch eine Wagenladung Geld.«

»Nein, das wird er nicht noch einmal versuchen. Alle sind wachsam. Er hat sein Ziel erreicht und die ganze Welt zu Tode erschreckt.«

»Das kannst du aber nicht mit Sicherheit wissen.«

»Nichts kann ich mit Sicherheit wissen. Ich kann uns nur die Daumen drücken und hoffen, daß ich richtig liege. Ein Gutes hat das Ganze außerdem«, fügte er grimmig hinzu. »Ich bezweifle, daß Esteban es riskiert, nach Collinsville zu kommen, um dir die Kehle durchzuschneiden.« Das Flugzeug machte einen Satz, als die Räder auf der Landebahn aufsetzten. »Das dürfte selbst ihm zu heiß sein.«

»Darauf würde ich nicht wetten«, gab Yael zu bedenken. »Er mag ja intelligent sein, aber manche seiner Taktiken sind ziemlich abstrus.«

»Dann werden wir uns eben um Bess Sicherheit kümmern müssen, nicht wahr?« Kaldak löste den Sicherheitsgurt und stand auf. Er sah aus dem Fenster. »Da sind sie ja. So viele Kameras wie bei der Oscar-Verleihung in Hollywood.«

»Mir *graut* davor«, sagte Bess.

»Jetzt wirst du mal sehen, wie es auf der anderen Seite der Kamera aussieht«, stichelte Kaldak. »Nun kommt schon. Die Show kann losgehen.«

Collinsville
23.07 Uhr

Die Reporter stürzten auf Bess zu, als sie die Gangway hinabstieg.

Kaldak hielt sich mit Yael im Hintergrund und sah zu.

Bess mochte es ja verabscheuen, im Rampenlicht zu stehen, aber sie lächelte und beantwortete die Fragen ruhig und selbstbewußt. Kaldak hatte nichts anderes erwartet. Bess hatte bewiesen, daß sie mit nahezu jeder Situation fertig wurde, wenn es darauf ankam.

»Sie Dreckskerl.«

Als Kaldak auf die leise gezischten Worte hin herumfuhr, sah er Ramsey vor sich. »Mit Ihnen hatte ich hier gar nicht so bald gerechnet, Ramsey.«

»Ich war gerade unterwegs, als ich den Anruf vom CDC bekam, daß Sie diese Show abziehen wollten«, murmelte Ramsey mit zusammengebissenen Zähnen. »Das werden Sie mir noch büßen, Kaldak.«

»Ich hatte Ihnen doch gesagt, daß ich Sie nicht an sie heranlassen würde.«

»Ich hätte mich von Anfang an über Sie hinwegsetzen sollen. Bevor Sie dieses Chaos hier auslösen konnten.«

»Aha, Collinsville war allein mein Fehler? Sie haben damit gar nichts zu tun?« Daß Ramsey anderen die Schuld in die Schuhe schieben würde, hatte Kaldak erwartet. »Das wird kaum ziehen. Ich bin bloß der Laufbursche. Sie sind der Mann am Steuer.« Er warf einen Blick auf Bess. »Und wenn ihr irgend etwas zustößt, werden Sie das Gefühl haben, als wären Sie von einem Lastwagen überfahren worden.«

»Wollen Sie mir drohen?« fragte Ramsey barsch.

»Ja.« Sein Blick wanderte wieder zu Ramsey. »Sie glauben, Ihnen steht das Wasser bis zum Hals? Sie haben keine Ahnung, was das bedeutet. Ich werde sie nicht hergeben, und Esteban wird mir nicht entkommen.«

»Esteban ist Ihnen bereits entkommen. Wir sind weit davon entfernt, ihn zu fassen. Er verwischt jede Spur, die zu ihm führen könnte. Zwei Stunden, nachdem Habins Hubschrauber in die Luft geflogen ist, gab es eine Explosion in einer Scheune in der Nähe von Waterloo, Iowa.«

Kaldak erstarrte. »Die Blütenwerkstatt?«

»Davon gehen wir aus. Unsere Spezialisten sind vor Ort und kämmen die Asche durch.«

»Ist das nicht gefährlich für sie?« wandte Yael ein. »Da sind doch bestimmt aktive Anthrax-Erreger in der Druckfarbe, die sie benutzt haben.«

»Nicht mehr, wenn das Feuer heiß genug war«, erklärte Kaldak. »Feuer ist der große Gleichmacher. Das CDC benutzt sogar Feuer, um Ebola-Erreger zu zerstören.«

»Also, es war heiß genug«, sagte Ramsey. »Alles in Sichtweite ist praktisch geschmolzen, einschließlich einiger Leute, die sich im Gebäude aufhielten. Wir werden nichts Wertvolles mehr finden.«

»Gibt's was Neues von Cody Jeffers?«

»Er hat vor ungefähr drei Stunden seine Mutter angerufen, aber sie hat aufgelegt.«

Kaldak verstummte. »Er hat sie angerufen?«

»Er hat gebettelt und sie angefleht. Sie hat aufgelegt, bevor wir den Anruf orten konnten. Seitdem gibt es kein Lebenszeichen von ihm. Esteban hat sich sicherlich auch um diese Kleinigkeit gekümmert.«

»Wann läuft die Frist für die Geldübergabe ab?«

»Übermorgen.« Ramsey warf Yael einen säuerlichen Blick zu. »Ihre Regierung heizt unserem Präsidenten mächtig ein. Sie liegen ihm in den Ohren, daß er bloß nicht den Forderungen der Terroristen nachgeben soll.«

»Meine Regierung hat recht«, erwiderte Yael. »Es gibt nichts Schlimmeres, als auf die Forderungen von Terroristen einzugehen.«

»Wenn Esteban verseuchtes Geld in New Nork City unter die Leute bringt, ist das schlimmer.«

»Droht er damit?« fragte Kaldak.

Ramsey nickte kurz. »Haben Sie eine Ahnung, wie sich ein weiterer Zwischenfall auf die Börsenkurse auswirken würde?«

»Ich weiß jedenfalls, daß ich keine Lust hätte, Esteban das Geld zu geben, um dann zuzusehen, wie er mit dem Restbestand an Anthrax-Erregern verschwindet. Was hindert ihn daran, mit einem weiteren Anschlag zu drohen?«

»Sie.« Ramsey wies mit dem Kopf auf Bess. »Und Sie haben sie mir weggenommen, Sie Dreckskerl.«

»Zu schade. Ich denke mal, Sie sollten sich darauf konzentrieren, Esteban zu finden, anstatt eine unschuldige Frau zu schikanieren.«

»Schimpft hier ein Esel den andern Langohr?«

Kaldak zuckte zusammen. »Ja, vermutlich.« Er ging vor und kämpfte sich den Weg durch die Reportermeute. »Für heute reicht's. Ms. Grady ist sehr müde, aber Sie wird Ihnen morgen früh wieder zur Verfügung stehen. Sie muß noch zum CDC-Hauptquartier in die Stadt, um Blut zu spenden.«

Eine der Kameras schwenkte sofort auf ihn. »Und wer sind Sie?«

»Ich bin Ms. Gradys Leibwächter. Die Regierung ist sich der hervorragenden Bedeutung des Beitrags bewußt, den Ms. Grady leistet.« Er wandte sich um zu Ramsey. »Deshalb hat Mr. Ramsey, stellvertretender Leiter der CIA, mich beauftragt, dafür Sorge zu tragen, daß Ms. Grady keinerlei Unannehmlichkeiten bereitet werden. Ist das so richtig ausgedrückt?«

Ramsey warf ihm einen vernichtenden Blick zu, bevor er sich zu einem Lächeln zwang. »Selbstverständlich. Es versteht sich von selbst, daß wir Ms. Grady außergewöhnliche Aufmerksamkeit widmen.«

»Mr. Ramsey hat mir gerade berichtet, daß er schon eine Einheit zum Johns Hopkins beordert hat, um das Krankenhaus zu bewachen«, teilte Kaldak den Journalisten freundlich mit. »Er wird Ihnen jetzt für Fragen zu seinen Beweggründen zur Verfügung stehen, während ich Ms. Grady zum CDC-Hauptquartier begleite.«

Ramsey wurde sofort von den meisten Medienleuten umringt, und Kaldak mußte Bess nur noch aus den Fängen von zwei besonders aufdringlichen Reportern befreien.

»Hier lang.« Yael war an ihrer Seite. »Das ist Mel Donovan vom CDC.«

»Wir kennen uns.« Kaldak schüttelte ihm die Hand. »Das ist Bess Grady. Mel Donovan. Er hat Eds Stelle im CDC übernommen.«

»Ich freue mich, Sie kennenzulernen, Ms. Grady.« Donovan schüttelte ihr die Hand. »Allerdings würde ich mir wünschen, es wäre nicht unter diesen Umständen. Unser Team ist im Ramada Inn in der Quarantäne-Zone untergebracht. Es liegt direkt neben dem Krankenhaus. Ich habe für Sie eine Reservierung veranlaßt.«

»Sind weitere Infizierte eingeliefert worden?« fragte Bess.

»Einer. Der Mann ist vor einer Stunde gestorben.« Donovan geleitete sie zu einem Wagen, der neben dem Flughafenterminal geparkt war. Ein Polizeiwagen aus Collinsville mit blinkendem Blaulicht stand direkt vor dem Wagen. »Sie haben mitbekommen, daß wir Ihre letzte Blutprobe für eine Transfusion benutzt haben?«

»Deshalb bin ich hier.« Sie nahm auf dem Rücksitz Platz. »Aber offensichtlich bin ich nicht rechtzeitig gekommen. Ich hatte gehofft –« Sie schüttelte den Kopf. »Es spielt keine Rolle. Jetzt bin ich hier. Ich werde alles tun, was mir möglich ist. Wie weit sind Sie mit der Entwicklung eines Gegenmittels?«

Donovan zuckte die Achseln. »Wir sind dabei, Eds Aufzeichnungen, die bei der Explosion zerstört wurden, neu zu erstellen, aber es dauert eine Weile.« Er setzte sich hinter das Lenkrad. »Glauben Sie mir, wir arbeiten rund um die Uhr, seit wir auf die mutierten Anthrax-Erreger gestoßen sind. Diese Katastrophe hat den Druck auf uns nur noch verstärkt. Jeder will eine Antwort, aber wir haben sie nicht.«

»Laßt uns losfahren.« Yael kletterte auf den Beifahrersitz. »Die Reporter werden jeden Moment wieder hiersein.« Kaldak stieg hinten ein und schlug die Tür zu. »Yael und ich brauchen Fahrzeuge mit Aufklebern des CDC, damit wir uns in der Quarantäne-Zone frei bewegen können.«

»Der Bürgermeister hat uns seine Dienstwagen zur Verfügung gestellt«, antwortete Donovan. »Ich werde Ihnen die Aufkleber besorgen, sobald wir im Hotel sind.«

Er winkte dem Polizeiauto, und die Polizisten ließen den Motor an. »Aber fahren Sie nirgendwo ohne Polizeischutz hin. Die Stadt ist zu explosiv.«

Das Miststück tischte ihnen Lügen auf und lächelte auch noch frech dabei.

Esteban saß in seinem Motelzimmer und verfolgte die Nachrichtensendungen über Collinsville. Er hatte sich gerade an der Verwüstung berauscht, die sich als so profitabel erweisen würde, als sie den Flughafen und Bess Grady einblendeten.

Sie log sie an. Das CDC stand nicht kurz vor der Entwicklung eines Gegenmittels. Dafür hatte er gesorgt, als er Katz aus dem Weg räumen ließ.

Aber wenn die Menschen ihr nun glaubten? Was wäre, wenn der Präsident so unter Druck gesetzt wurde, daß er die Zahlung verweigerte? Diese verdammten Juden kamen ihm immer wieder in die Quere.

Sie sagte es schon wieder.

Die Wut kroch in ihm hoch. »Du lügst. Halt's Maul, du Miststück. Hör endlich auf, Blödsinn zu erzählen.«

Er hatte den Leibhaftigen losgelassen und ihnen gezeigt, daß es keine Rettung gab. Dennoch glaubten sie, diese Hure könnte sie retten. Wenn er das Spiel gewinnen wollte, mußte er ihre Angst schüren und ihren Widerstand brechen.

Er mußte ihnen jede Hoffnung nehmen.

Donovans Wagen wurde an einer Straßensperre der Nationalgarde zwei Meilen vom Flughafen entfernt aufgehalten, durfte aber passieren, als die Soldaten den Aufkleber des CDC an der Windschutzscheibe bemerkten.

Bess hatte sich in den Ländern der Dritten Welt an den Anblick von Soldaten und Gewehren gewöhnt, aber in dieser amerikanischen Kleinstadt kamen sie ihr wie eine obszöne Absonderlichkeit vor. Esteban hatte diese Obszönität den Menschen hier aufgezwungen.

»Schließen Sie die Wagentüren ab«, sagte Donovan über die Schulter. »Das Krankenhaus liegt im Unruheviertel.«

»Kann denn die Nationalgarde nichts gegen den Aufruhr unternehmen?« fragte Bess.

»Zur Zeit sind sie damit beschäftigt, die Stadt unter Quarantäne zu halten, und der Gouverneur will keine Gewalt anwenden. Diese Leute sind ohnehin schon Opfer. Er hat alle aufgefordert, bis morgen nicht auf die Straße zu gehen, weil dann erst mehr Truppen eintreffen.«

Einige Blocks weiter erreichten sie das Unruhegebiet. Läden mit eingeschlagenen Fensterscheiben. Plünderer schleppten Fernsehgeräte und Stereoanlagen weg. Überall brannten kleine Feuer.

»Und du meinst, in dieser Umgebung soll ich meine Hilfsbereitschaft demonstrieren, Kaldak?«

»Ich kann diesen Teil des Plans ja noch mal überdenken«, erwiderte Kaldak.

Sie schüttelte den Kopf. »Nein, du hast recht. Das ist die perfekte Art, mich in Szene zu setzen.« Schweigend starrte sie aus dem Fenster. Plötzlich rief sie Donovan zu: »Halten Sie an.«

»Wie bitte?«

»Halten Sie an, verdammt noch mal.« Sie entriegelte die Tür und sprang hinaus. Der Polizeiwagen vor ihnen kam mit quietschenden Reifen zum Stehen.

Die alte Frau, die durch die zerbrochene Scheibe des Juwelierladens langte.

Scharf stellen.

Abdrücken.

Der heruntergekommene kleine Junge, der einen Cockerspaniel-Welpen aus einer Zoohandlung wegtrug, während die Alarmanlage schrillte.

Scharf stellen.

Abdrücken.

»Steig wieder ein.« Kaldak stand neben ihr. »Donovan bekommt noch einen Herzschlag deinetwegen.«

»Gleich.« Etwas in der Gasse auf der anderen Straßenseite hatte ihre Aufmerksamkeit erregt. Zwei schmale Gestalten hoben sich gegen gelb-rot züngelnde Flammen ab. Sie konnte weder ihr Geschlecht noch ihr Alter bestimmen, aber sie standen vor einem verrosteten Ölfaß wie vor einem Altar. »Was machen die da?« murmelte sie. Sie ging ein bißchen näher.

Scharf stellen.

Ab –

Gott, sie verbrannten Geld.

Aber wenn es soweit ist, daß sie Geld zerreißen oder verbrennen, dann wissen wir, daß wir wirklich in Schwierigkeiten sind.

Es schien schon lange zurückzuliegen, daß Kaldak diesen Satz gesagt hatte. Damals war es unmöglich gewesen, es sich vorzustellen.

Aber es geschah tatsächlich. All das geschah tatsächlich.

Also mußte sie es fotografieren. Die Geschichte erzählen.

Scharf stellen.

Abdrücken

Sie senkte die Kamera. »Das reicht.« Sie ging zum Wagen zurück. »Glaubst du, das war Falschgeld?«

»Offensichtlich gehen sie davon aus, aber ich hoffe es nicht. Sie haben es mit bloßen Händen angefaßt.« Er hielt ihr die Wagentür auf. »Und du gehst jetzt nicht zurück und versuchst, sie zu retten. Sie würden dich wahrscheinlich auch in das Ölfaß stoßen.«

»Irgend jemand muß sie warnen.«

»Polizeiautos mit Lautsprechern sind herumgefahren«, sagte Donovan. »Wir sollten von hier verschwinden. Wir erregen zuviel Aufsehen.«

Sie merkte, daß er nervös war. Wahrscheinlich würde sie ebenso reagieren, wenn das, was sich vor ihren Augen abspielte, sie nicht so in seinen Bann ziehen würde. Sie nickte, und Donovan ließ erleichtert aufseufzend den Motor an.

Kaldak verriegelte die Türen und lehnte sich zurück.

»Du hattest mich gewarnt«, flüsterte sie und starrte aus dem Fenster. »Ich habe es dir einfach nicht glauben wollen.«

»Ich kann es dir nicht verübeln. Damals war ich nicht gerade ein Quell der Aufrichtigkeit.« Er hielt inne. »Aber ich habe dir immer die Wahrheit gesagt, wenn ich konnte.«

»Wenn es dir genehm war, mir die Wahrheit zu sagen.«

»Seit ich dich kennengelernt habe, ist nichts aus Annehmlichkeit geschehen. Ich weiß, daß es für dich keinen Unterschied bedeutet, aber ich verspreche dir, von nun ab werde ich dir nur noch die Wahrheit sagen.«

»Zu spät.«

»Es ist *nicht* zu spät. Nicht wenn –« Er atmete tief durch und schüttelte den Kopf. »Ich weiß. Das ist jetzt nicht der Zeitpunkt. Vergiß, was ich gesagt habe.«

Sie würde versuchen, es zu vergessen. Sie hatte längst versucht, Kaldak zu vergessen. Dennoch war er an ihrer Seite, manipulierte sie, überwachte sie und kümmerte sich um ihre Bedürfnisse.

Kaldak machte es ihr sehr schwer, ihn zu vergessen.

Im Hotel gingen sie zuerst in Donovans Zimmer, damit er Bess Blut abnehmen konnte. Danach beschloß Yael, die Sicherheitsvorkehrungen im Gebäude zu überprüfen, und Kaldak begleitete Bess in ihr Zimmer.

Er entriegelte die Tür und reichte Bess den Schlüssel. »Yael bewohnt das Zimmer nebenan, und Ramseys Agenten schwirren überall herum. In dieser Etage sind nur CIA-Leute. Öffne die Tür nur, wenn du weißt, wer draußen ist.«

»Das weiß ich selbst. Das habe ich alles schon durchgemacht. Darin bin ich mittlerweile Expertin.«

»Der Aufenthalt hier dürfte nicht ganz so gefährlich sein. Niemand kommt ohne beglaubigte Papiere in die Stadt, und mit De Salmo brauchst du dich nicht länger zu beschäftigen.« Er grinste schief. »Und wer in Collinsville würde die neue Mutter Teresa töten wollen?«

»Der Witz ist ziemlich alt. Wir sehen uns morgen früh, Kaldak.«

»Nein, tun wir nicht.«

Sie hob eine Augenbraue.

»Ich werde nicht vor morgen abend zurück sein.« Er zögerte. »Vielleicht dauert es noch länger.«

Sie runzelte die Stirn. »Wieso?«

»Ich fliege nach Kansas. Cody Jeffers hat heute abend seine Mutter angerufen. Sie hat aufgelegt, aber ich denke, er ruft noch mal an.«

»Warum?«

»Er hat Angst, er hat die Hosen voll, und sie soll ihm aus der Patsche helfen.«

»Dann kann Ramsey den Anruf zurückverfolgen und Jeffers schnappen.«

»Ich will nicht, daß Ramsey Jeffers schnappt. Wenn Ramsey ihn festnimmt, steht anschließend alles in der Zeitung. Esteban soll davon ausgehen, daß Jeffers noch frei herumläuft.«

»Und was willst du machen, wenn du ihn hast?«

»Das werde ich spontan entscheiden. Ich habe ein paar Ideen, aber es hängt davon ab, wieviel er weiß und zu welcher Art von Zusammenarbeit ich ihn bewegen kann.« Er setzte ein vielsagendes Lächeln auf. »Ich bin gut darin, Leute zu benutzen, erinnerst du dich?«

»Ich erinnere mich.« Sie öffnete die Tür. »Ruf mich an. Ich will wissen, was läuft. Wenn es eine Möglichkeit gibt, Estebans Spur aufzunehmen, möchte ich nicht außen vor gelassen werden.«

»Ich lasse dich nicht außen vor. Ich kann dich auch mitnehmen, wenn du willst.«

»Du weißt genau, daß ich hier nicht wegkann. Donovans Team braucht mich vielleicht.«

Er nickte. »Erinnerst du dich daran, wie ich dich gefragt habe, was du tun würdest, wenn du vor die Entscheidung gestellt würdest, Esteban zu schnappen oder Josie zu retten?«

»Das ist was völlig anderes«, erwiderte sie ohne Zögern. »Wenn du hinter Esteban anstatt hinter Jeffers her wärst, dann würde ich mit dir kommen.« Sie wandte sich um und ging in ihr Zimmer. »Gute Nacht, Kaldak.«

Sie lehnte sich müde gegen die Tür. Kaldak war wie gewöhnlich unerbittlich auf sein Ziel konzentriert, aber ihr Leben war aus allen Fugen geraten. Sie würde Collinsville nicht verlassen, vor allem nicht, wenn ihr Bleiben irgend jemandem das Leben retten konnte. Die Hilflosigkeit, die sie in Tenajo empfunden hatte, war ihr noch zu frisch in Erinnerung. Sie würde tun, was sie hier tun konnte. Immer einen Schritt nach dem anderen.

Kapitel 19

Tag vier
Aurora, Kansas
2.47 Uhr

Der Vorgarten am Haus der Jeffers quoll über von Reportern und Fernsehkameras. Ein Lastwagen mit Satellitenantenne parkte auf der gegenüberliegenden Straßenseite. Kaldak stellte seinen Wagen zwei Blocks weiter unten ab und ging schnell auf die Eingangstür zu. Er kämpfte sich den Weg durch die Reportermeute und klingelte an der Tür.

»Seien Sie lieber vorsichtig«, warnte ihn einer der Fotografen. »Als ich gestern nachmittag geklingelt habe, hat sie die Polizei gerufen, und die hätten mich beinahe über den Haufen gerannt.«

Das konnte er ihr nicht verübeln. Dieser Medienzirkus war unerträglich. Er klingelte noch mal.

Keine Reaktion.

Scheiß drauf. Er lehnte seine Schulter an die Tür und stemmte sich mit aller Kraft dagegen.

»Hey. Sind Sie verrückt geworden?« Der verschreckte Fotograf machte ein Foto von ihm, als er die Tür aufbrach. »Sie sind schuld daran, wenn wir alle vom Grundstück gejagt werden. Die wird ein Riesengeschrei veranstalten – «

Kaldak hörte die letzten Worte schon nicht mehr, als er hineinging und die Tür hinter sich zuwarf. Der Flur war dunkel, aber aus einem der oberen Räume drang Licht.

Er mußte nicht lange warten. Eine Tür wurde aufgestoßen, und Donna Jeffers trat entschlossen auf den Treppenabsatz. Sie trug ein Nachthemd, darüber einen Morgenmantel, und sie hielt eine Pistole auf ihn gerichtet.

»Es tut mir leid. Ich werde die Reparatur der Tür bezahlen«, sagte Kaldak.

»Verschwinden Sie aus meinem Haus.«

»Ich muß mit Ihnen reden.«

»Sie begehen Hausfriedensbruch. Ich hätte das Recht, Sie über den Haufen zu schießen.«

»Stimmt. Aber glauben Sie, daß Sie den Ärger gebrauchen können? Wahrscheinlich haben Sie schon genügend Probleme.«

»Wer sind Sie überhaupt? Ein Reporter? Oder von der Polizei?«

«CIA. Darf ich raufkommen und mit Ihnen reden?«

»Von Ihrer Abteilung war schon einer hier und wollte mit mir reden. Alle möglichen Abteilungen der Regierung waren hier, um mit mir zu reden.« Sie schaltete das Flurlicht an und musterte ihn. »Sie waren doch schon mal hier. Breen.«

»Kaldak. Eine kleine Unwahrheit.«

»Sie haben Cody gesucht.« Sie kam die Treppe herunter. »Es war noch gar nicht passiert, und Sie haben Cody schon gesucht.«

»Ich hatte den Verdacht, daß er damit zu tun hatte.«

»Warum zum Teufel haben Sie ihn dann nicht gefunden? Warum haben Sie zugelassen, daß er das tut? Meine Freunde denken, ich hätte ein Monster großgezogen. Warum haben Sie ihn nicht aufgehalten?«

»Ich habe es versucht.« Er warf einen Blick auf die Pistole.

»Können Sie die mal runternehmen? Ich versuche, Ihnen zu helfen.«

»Sie wollen Cody schnappen, wie alle anderen auch.«

»Ich will vor allem den Mann, der ihn angeheuert hat. Und ich möchte, daß Sie Ihren Sohn dazu überreden, mir zu helfen. Aber die Leute da draußen sind darauf aus, einen Sündenbock zu finden. Das wird Ihr Sohn sein.« Er hielt inne. »Und Sie gleich mit.«

Sie schwieg einen Augenblick. »Was wollen Sie von mir?«

»Wenn er anruft, reden Sie mit ihm, aber machen Sie es kurz. Wir wollen nicht, daß der Anruf zurückverfolgt wird. Wenn er ein Treffen verabreden will, lassen Sie sich darauf ein. Und machen Sie ihm klar, daß die Leitung abgehört wird, damit er sich nicht verrät.«

»Vielleicht ruft er nicht wieder an.«

Kaldak setzte sich an den kleinen Telefontisch im Flur. »Wir können beide nur hoffen, daß er es doch tut.«

Das Telefon klingelte ein paar Stunden später. Kaldak ging an den Nebenapparat im Flur, während Donna Jeffers den Hörer in der Küche abnahm.

»Mama, leg nicht auf.«

»Ich kann nicht mit dir sprechen«, sagte Donna Jeffers. »Bist du verrückt? Ich habe dir letztes Mal schon gesagt, du sollst nicht anrufen. Es ist doch klar, daß mein Telefon abgehört wird, nach allem, was du getan hast. Ich kann froh sein, wenn sie mich nicht einsperren. Du hast mein Leben ruiniert, du Idiot.«

»Das wollte ich doch nicht, Mama. Das Geld war gefälscht, und ich dachte, das wäre alles. Ich brauche deine Hilfe. Du bist alles, was ich habe. Können wir uns an dem Ort treffen, wo ich meinen neunten Geburtstag gefeiert habe?«

»Nein, ich will mich da nicht reinziehen lassen.«

»Bitte, Mama.«
Sie schwieg.
»Ich werde dort auf dich warten. Ich bin sicher, daß du kommst.« Er legte auf.
Kaldak stellte überrascht fest, daß Donna Jeffers Tränen in den Augen hatte, als sie in den Flur trat. »Verdammter Bursche. Er ist so dumm. Man wird ihn ins Gefängnis werfen, und dann wird man ihn umbringen.«
Kaldak hätte sie am liebsten belogen, aber er ließ es lieber. »Die Stimmung ist im Moment ziemlich aufgeheizt.«
»Ich liebe ihn doch.« Sie wischte sich die Tränen ab und straffte ihre Schultern. »Aber ich werde es nicht zulassen, daß er mich mit ins Verderben zieht.« Sie sah Kaldak trotzig an. »Sie halten mich für herzlos, stimmt's?«
»Ich maße mir kein Urteil über Sie an.«
»Es spielt auch keine Rolle, was Sie denken. Ich habe für ihn immer alles getan, was ich konnte.« Sie ging zu ihrem Schlafzimmer. »Ich muß mich zurechtmachen und mir was anziehen«, sagte sie. »Dann können wir gehen. Wie wollen Sie mich durch diese Meute lotsen?«
»Genauso wie ich reingekommen bin.«
»Sie werden uns folgen. Genauso wie die Polizei.«
»Ich werde sie abhängen. Es wird vielleicht ein paar Stunden dauern, aber ich werde sie abhängen.«

»Pizza Hut?« fragte Kaldak.
Donna Jeffers zuckte die Achseln. »Alle Kinder lieben Pizza.«
Kaldak bog auf den Parkplatz ein und stellte den Motor ab. Es war kurz vor elf Uhr morgens, und das Restaurant hatte noch geschlossen. Drei weitere Autos standen auf dem Parkplatz.
»Wahrscheinlich beobachtet er uns aus der Entfernung«,

sagte Kaldak. »Wir sollten aussteigen. Ich möchte, daß wir beide gut zu sehen sind. Er könnte es mit der Angst zu tun bekommen, wenn er hier auftaucht und mich im Wagen sieht. Dann haut er vielleicht wieder ab.«

Zehn Minuten verstrichen.

»Er kommt nicht«, sagte sie.

»Geben Sie ihm eine Chance. Er wird – «

Ein schwarzer Wagen raste die Straße entlang, bog auf den Parkplatz ein und kam mit quietschenden Reifen zum Stehen. Das Fenster wurde heruntergelassen.

»Wer ist das?« fragte Cody. »Warum bist du nicht allein gekommen, Mama?«

»Weil ich dir nicht helfen kann. Du bist diesmal zu weit gegangen.«

»Wer ist das?«

»Kaldak.« Sie schwieg einen Moment. »Er ist von der Regierung.«

Cody begann, das Fenster wieder hochzudrehen.

»Tu das nicht, Cody Jeffers.« Sie starrte ihn an. »Hast du mich verstanden? Du läufst vor dieser Sache gefälligst nicht weg. Ich will nicht, daß sie dich jagen und erschießen.«

»Er hat mich reingelegt, Mama. Ich hatte keine Ahnung, daß jemand sterben würde. Alle denken, ich wäre genauso wie er.«

»Dann liefere den Scheißkerl aus, verhandle mit ihnen.«

»Ich hab' solche Angst, Mama«, flüsterte er mit Tränen in den Augen. »Ich hatte noch nie soviel Angst. Ich weiß nicht, was ich tun soll.«

»Ich habe dir gesagt, was du tun sollst.« Sie trat zur Seite und wies auf Kaldak. »Du tust, was er dir sagt, und vielleicht kommst du dann lebend aus der Sache heraus.«

»Ich will nicht –« Als er ihren Blick sah, sackte er auf seinem Sitz zusammen. »In Ordnung. Was wollen Sie von mir?«

Ja. Kaldak bemühte sich, seine Erregung zu kontrollieren, als er auf ihn zutrat. »Zuerst will ich Informationen. Ich möchte alles wissen, was Sie gemacht haben, seit Esteban Sie in Cheyenne aufgegabelt hat.«

11.54 Uhr

»Sind Sie immer noch hier?« Yael eilte in das Krankenzimmer.

»Um Gottes willen, haben Sie noch kein Mittagessen bekommen, Bess?«

Bess rollte ihren Ärmel hinunter. »Jetzt könnte ich wirklich was vertragen. Alles, was sie mir geben, ist Orangensaft. Ich möchte wetten, daß all die Soldaten, die mich bewachen, Frühstück und Mittagessen bekommen haben.«

»Ich sehe mal nach, ob ich was besorgen kann. Ich habe Kaldak versprochen, mich um Sie zu kümmern.«

»Das machen alle hier. Ich bin doch völlig umzingelt.« Sie lächelte. »Sie beide scheinen zu glauben, daß Sie die einzigen sind, die die Dämonen verscheuchen können.«

»Nun, darin sind wir verdammt gut.« Er half ihr aufzustehen. »Wie geht's dem alten Mann, der heute morgen eingeliefert wurde?«

»Er hat gute Chancen. Donovan hat ihm eine der Kulturen verabreicht, die er aus einer der Blutproben von vergangener Nacht entnommen hat. Aber es dauert eine Weile, die Kultur vorzubereiten, und Donovan braucht einige in Reserve.«

»Vielleicht sollte ich ihn im Auge behalten. Diese übereifrigen Ärzte stellen möglicherweise eine größere Gefahr dar als Esteban. Irgendwann ist Ihr Blut alle, Bess.«

»Wenn Sie so sehr um mein Wohlergehen besorgt sind, dann bringen Sie mich runter in die Cafeteria. Ich sterbe vor Hunger.«

»Kein Problem.« Er zögerte. »Oder besser gesagt, nur zwei kleine. Erstens, ich werde Ihnen Ihr Mittagessen hierherbringen. Sie sind in einer öffentlichen Cafeteria nicht sicher. Zweitens, draußen bei Donovan wartet ein ganzer Troß von Reportern. Sie haben von dem alten Mann gehört und werden sich auf die Geschichte stürzen.«

»Ich bin überrascht, daß Sie sie in meine Nähe lassen. Sie betrachten doch sonst alles als ein Sicherheitsproblem.«

»Sie sind alle durchsucht worden.« Er hob die Augenbrauen. »Soll ich sie wieder wegschicken?«

Sie schüttelte den Kopf. Das war ein Teil des Plans, auf den sie sich eingelassen hatte, um Josie zu schützen. »Ich werde mit ihnen sprechen. Aber erretten Sie mich nach einer Viertelstunde, okay?«

»Wie Lancelot, der mit wehenden Fahnen herbeigeeilt kommt, um Ginevra zu retten.«

Sie zuckte zusammen. »Sagen Sie nicht so was. Ginevra ist in einem Kloster gelandet.«

Yael lachte.

»Haben Sie die Zeitungen heute morgen nicht gelesen? Die haben mir tatsächlich einen Heiligenschein verpaßt. Ich hätte mich beinahe übergeben.«

»Sie werden es überleben. Wenn Sie keine unnötigen Risiken eingehen.«

»Ich habe keine Todessehnsucht. Wenn ich sterben würde, würde Esteban alles bekommen, wofür er gemordet hat. Das wird nicht passieren. Haben Sie was von Kaldak gehört?«

»Noch nicht. Aber er hat mir versprochen, mich auf dem laufenden zu halten. Er wird uns nicht im dunkeln lassen, Bess.«

»Glauben Sie immer, was er sagt?«

Yael nickte. »Und das sollten Sie auch tun.«

Sie schüttelte den Kopf. »Sie glauben an Kaldak. Ich glaube an Josie und an Sie und ganz besonders an einen guten Hamburger mit Fritten.« Sie ging zur Tür. »Also wollen wir die Interviews hinter uns bringen, damit ich zu einem Mittagessen komme.«

Sie hatte die Interviews beendet und kehrte gerade in ihr Zimmer zurück, als Yaels Handy klingelte.

»Kaldak«, sagte er zu Bess und formte mit den Lippen die Worte: »Ich hab's doch gesagt.« Sein Lächeln verschwand langsam, während er zuhörte. »Ich glaube nicht, daß das eine gute Idee ist. Verdammt noch mal, erst sagst du mir, ich soll sie beschützen, und jetzt das? Ich werde sie auf keinen Fall dahin bringen –« Er schaltete das Handy aus. »Der Scheißkerl hat aufgelegt.«

»Was ist los?«

»Er hat rausgefunden, wo Esteban seine Blüten aufbewahrt. Auf irgendeiner Farm an der Grenze zu Iowa. Er ist unterwegs dahin.«

Die Erregung packte sie. »Esteban ... «

»Verschwenden Sie keinen Gedanken daran. Ich bringe Sie nicht dahin.«

Emily.

»Soll Kaldak sich um ihn kümmern. Bleiben Sie hier, wo Sie Gutes tun können.«

Alle sollen die Ungeheuer sehen.

Donovan hatte schon einen kleinen Vorrat an Blutproben für den Fall, daß noch irgend jemand ins Krankenhaus eingeliefert werden sollte. Das war ihre Chance, endlich das zu tun, was sie immer hatte tun wollen.

Sie konnte das Ungeheuer töten.

»Ich fahre hin.«

Yael schüttelte den Kopf.

»Sagen Sie nicht nein. Ich fahre. Bringen Sie mich hin, Yael.«

»Verflucht noch mal, nein.« Er hielt ihr das Telefon hin. »Rufen Sie Kaldak an und sagen Sie ihm, er soll Sie abholen.«

Sie schüttelte den Kopf. »Er ist dort, Sie sind hier. Bringen Sie mich hin.«

»Und wie soll ich das anstellen? Sie sind zur Zeit die meist beachtete Frau in Amerika.«

»Sie haben es auch geschafft, mich aus meiner Wohnung herauszulotsen.«

»Das war etwas ganz anderes. Das war kein Quarantäne-Gebiet. Außerdem habe ich keine Möglichkeit, ein Flugzeug zu besorgen.«

»Dann besorgen Sie ein Auto. Bitte, Yael.«

»Sie machen einen Fehler.«

»Das stimmt nicht. Ich muß es tun.«

Er schwieg einen Augenblick, dann seufzte er resigniert. »Verdammt noch mal, es sieht ganz so aus.«

Springfield, Missouri
14.37 Uhr

Irgend etwas war schiefgegangen. Jeffers müßte schon seit eineinhalb Stunden hiersein.

Estebans Hände umklammerten das Lenkrad. Bei der landesweiten Fernsehberichterstattung hätte er es mitbekommen, wenn Jeffers von der Polizei verhaftet worden wäre. Und das war nicht passiert.

Wenn Jeffers eins der Päckchen geöffnet hatte, dann lag er jetzt tot irgendwo an einer Straße.

Oder er hatte herausgefunden, was sich in den Päckchen befand, und war in Panik geraten. Er war vielleicht auf der Flucht, und das wäre überhaupt nicht gut. Er war nicht klug genug, auf Dauer seiner Festnahme zu entgehen.

Was auch immer der Grund für die Verspätung war, die Situation war nicht außer Kontrolle. Es bestand die Möglichkeit, daß es ihm nicht gelingen würde, Jeffers sauber zu erledigen, wie er es geplant hatte, aber der Mann wußte nur sehr wenig.

Daß Jeffers derjenige war, der das präparierte Geld an der Mühle versteckt hatte, ließ sich auch auf einfache Weise lösen. Er mußte das Geld nur wegschaffen, und schon war Jeffers keine Bedrohung mehr.

Ja, alles würde so ablaufen, wie er es geplant hatte. Er mußte lediglich die Kontrolle über sich selbst bewahren, dann konnte er alles andere auch unter Kontrolle halten.

An der Grenze zu Iowa
15.48 Uhr

Die Flügel der Windmühle drehten sich gemächlich in der sanften Brise. »Das ist sie«, sagte Jeffers. »Hier habe ich das Geld abgeladen. Ich gehe nicht näher ran. Das können Sie nicht von mir verlangen, Kaldak.«

»Sie brauchen nicht hinzugehen.« Kaldak stieg aus dem Wagen. »Fahren Sie zwei Meilen die Straße hinunter bis zu der Brücke, parken Sie so, daß man Sie nicht sehen kann, und warten Sie dort auf mich.«

»Und was ist, wenn Sie nicht zurückkommen? Wenn mich jemand sieht? Sie haben Mama versprochen, daß ich in Sicherheit wäre.«

»Warten Sie einfach auf mich.« Seine Bauchmuskeln spannten sich, als er auf die Windmühle starrte. All die Jahre der Nachforschungen, und alles führte hierher.

Keine Autos zu sehen. Das konnte schlecht sein oder auch gut. Entweder hatte Esteban das Geld schon abgeholt, oder er war noch gar nicht hiergewesen, was Kaldak die Möglichkeit geben würde, ihm eine Falle zu stellen.

Verdammt, er wünschte, er hätte Zeit gehabt, an dem Treffpunkt zu sein, den Esteban für dreizehn Uhr mit Jeffers ausgemacht hatte. Aber vielleicht klappte alles doch noch. Wenn Esteban zu dem Treffpunkt in Springfield gefahren war, der Hunderte von Meilen von hier entfernt lag, dann konnte er jetzt noch nicht hiersein.

Wenn. Vielleicht. Wann hatte Esteban je das getan, was man erwartet hatte?

Vielleicht hatte er auch das Treffen sausenlassen, hatte statt dessen in dem Waldflecken im Süden geparkt und sich zu Fuß auf den Weg zur Mühle gemacht. Womöglich wartete er dort auf Nachrichten in bezug auf seine Forderung.

Oder vielleicht war der verdammte Ort auch vermint, wie die Werkstatt in Waterloo.

Es spielte keine Rolle. Er konnte jetzt nicht aufhören. Esteban war zu nahe.

Er machte sich auf den Weg zur Windmühle.

19.33 Uhr

Eine Windmühle, dachte Bess. Eine hübsche steinerne Windmühle, die im Mondlicht schimmerte. Der Tod lauerte, sauber verpackt, in dieser Windmühle. Sie hatte Windmühlen immer gemocht. In Holland mußte sie Hunderte von ihnen fotografiert haben.

»Keine Autos. Kaldak scheint noch nicht hierzusein, also gehe ich wohl zuerst rein.« Yael zögerte. »Sie haben es sich nicht anders überlegt?«

Sie schüttelte den Kopf. Er wollte nicht nachsehen, ob Kaldak, sondern ob Esteban da war. »Seien Sie vorsichtig.«

Er lächelte. »Immer.« Sie blickte ihm hinterher, als er im

Schatten verschwand. Kurz darauf kam er heraus und winkte ihr.

Sie rannte zu ihm. »Kaldak?«

»Noch nicht.« Er hielt ihr die Tür auf, und sie trat in die Dunkelheit. »Aber das Geld ist hier. Das heißt, es gibt einen Weg, Esteban zu schnappen. Ich zünde die Laterne an.«

Es war stockfinster. Sie konnte absolut nichts erkennen. Wie hatte er das Geld sehen können?

»Ich mach' das schon«, sagte Esteban.

Sie erstarrte.

Esteban zündete die Laterne am anderen Ende des Raums an. Er hielt eine Pistole in der Hand. »Genau rechtzeitig, Nablett. Ich bin auch gerade angekommen.«

»Es war nicht ganz einfach, sie aus Collinsville herauszulotsen«, sagte Yael. »Ich kann froh sein, daß ich es überhaupt geschafft habe. Ich glaube, Sie schulden mir einen Bonus.«

Sie starrte ihn schockiert an.

»Es tut mir leid, Bess«, sagte Yael sanft. »Das Angebot war einfach zu großzügig, um es mir entgehen zu lassen.«

»Sie sind in diese Sache verstrickt?« flüsterte sie. »Sie haben die ganze Zeit für ihn gearbeitet?«

»Nein, ich habe lediglich die Gelegenheit beim Schopf ergriffen, als sie sich bot.«

»Er kam zu mir und bot mir die Möglichkeit, Mexiko schnell und unauffällig zu verlassen«, sagte Esteban. »Und jede Hilfestellung, die ich benötigte, im Austausch gegen einen bescheidenen Anteil des Lösegeldes.«

»Zwei Millionen Dollar mögen Ihnen ja wenig erscheinen, mir jedoch nicht. Ich bin in einem Kibbuz aufgewachsen.«

Bess fühlte sich elend. Jeder, nur nicht Yael. Yael war keins von den Ungeheuern. »Welche ... Hilfestellungen?«

»Wieso? Sie natürlich«, sagte Esteban.

Mord. Er sprach von Mord. »Yael hat mir das Leben gerettet.«

»Na ja, er hat darauf bestanden, daß seine Kontakte zur israelischen Regierung nicht beeinträchtigt werden dürften. Er möchte sauber aus dieser Sache herauskommen. Deshalb durfte es nicht geschehen, solange er den Auftrag hatte, Sie zu bewachen.«

Yael machte eine wegwerfende Handbewegung. »Das ist jetzt alles nicht mehr wichtig. Ich habe meine Brücken abgebrochen, indem ich sie zu Ihnen gebracht habe. Wie ich schon sagte, dafür steht mir eine Prämie zu.«

Bess konnte es immer noch nicht glauben. Yaels Verrat machte sie fassungslos. »Kaldak hat Sie also gar nicht angerufen und Ihnen gesagt, Sie sollen herkommen, stimmt's?«

Yael schüttelte den Kopf.

Mein Gott, er hatte sie auf raffinierte Weise hintergangen. Er hatte gewußt, daß er ihr lediglich Esteban in Aussicht stellen mußte, und schon wäre sie bereit, alles Erdenkliche zu unternehmen, nur um ihn zu schnappen. »Aber Sie haben mir sogar angeboten, Kaldak anzurufen. Was hätten Sie gemacht, wenn ich das getan hätte?«

»Ich hätte Ihnen angeboten, ihn für Sie anzurufen, und er wäre leider gerade nicht zu erreichen gewesen.« Er erwiderte ihren Blick. »Ich bedaure, daß ich das tun mußte, Bess. Aber sie fingen an, Esteban nervös zu machen.«

»Ich war nicht nervös. Sie ist nur eine Frau. Ich habe immer gewußt, daß ich einen Weg finden würde, sie loszuwerden.« Estebans Hand spannte sich um die Pistole. »Und jetzt, wo Sie sie hergebracht haben, freue ich mich schon darauf, sie zu beseitigen. Und glauben Sie mir, es wird mir das allergrößte Vergnügen bereiten.«

»Soll ich das nicht für Sie erledigen?« fragte Yael.

»Sie machen sich Sorgen um Ihre Prämie? Nein, sie gehört

mir. Mischen Sie sich nicht ein.« Er legte die Pistole auf Bess an. »Von diesem Augenblick habe ich geträumt. Haben Sie eine Ahnung, wie viele Schwierigkeiten Sie mir bereitet haben?«

Er würde sie töten.

Entsetzen packte sie. Sie wollte nicht sterben. Sie hatte noch so viel vor.

Verdammt, sie würde *nicht* sterben. Es mußte eine Möglichkeit geben. Nachdenken. Einen Weg finden, ihn hinzuhalten.

»Ich bin froh darüber, daß ich Ihnen Schwierigkeiten bereitet habe«, sagte sie. »Und die werden weitergehen. Selbst wenn Sie mich töten, werden sie weitergehen. Man wird Ihnen das Geld nicht geben. Ich habe ihnen genug Blut überlassen, um ein Gegenmittel zu entwickeln. Sie werden es finden. Morgen. Vielleicht schon heute.«

Er starrte sie an. »Das ist nicht wahr.«

»Doch, es ist wahr.« Sie machte einen Schritt auf ihn zu. »Man wird Ihnen das Geld niemals geben. Warum auch? Wenn Sie dieses Zeug in New York abladen, wird es nicht mehr als einen lästigen Zwischenfall verursachen. Niemand wird sterben.« Sie stand nur noch einen Meter von ihm entfernt. »Außer Ihnen. Man wird Sie töten. Man wird Sie in Stücke reißen für Collinsville.« Ihr fiel noch etwas anderes ein. »Und die Ratten werden Sie fressen. Sie werden an Ihrem Fleisch zerren und sich über Ihre Augen hermachen. Sie werden Sie verschlingen wie – «

»Nein«, schrie er mit sich überschlagender Stimme. »Lügnerin. Miststück. Es wird nicht – «

Sie griff nach der Pistole.

»*Hure.*« Er schlug ihr mit dem Lauf auf den Kopf.

Schmerz.

Sie fiel . . .

Durch dunklen Nebel konnte sie sehen, wie Esteban die Pistole auf sie richtete.

»Esteban.«

Kaldak!

Blitzschnell tauchte er aus den Schatten hinter Esteban auf, warf sich zwischen sie und holte Esteban von den Füßen.

Der Schuß wurde gedämpft von Kaldaks Körper. Er brach zusammen, und die Waffe schlidderte über den Boden.

Bess befiel Todesangst. *»Nein.«*

Panisch zog sie Kaldak von Esteban weg.

Blut. Alles war voller Blut. Seine Brust ... Kaldak bewegte sich nicht.

Esteban kroch über den Fußboden und versuchte, an die Pistole zu kommen.

Sie war vor ihm da. Ihre Hand schloß sich um den Griff, sie warf sich herum und zielte auf Esteban.

»Halten Sie sie auf.« Esteban heftete den Blick auf Yael, der hinter ihr stand. »Töten Sie sie.«

Sie erstarrte.

»Aber das wollten Sie doch selbst tun«, sagte Yael. »Ich glaube wirklich nicht, daß ich mich da einmischen sollte.«

»*Töten* Sie sie.«

»Wollen Sie es wirklich tun, Bess?« fragte Yael.

Kaldak. Emily. Danzar. Nakoa. Tenajo. Collinsville.

»Ich sehe doch, daß Sie es wollen«, sagte Yael. »Dann würde ich vorschlagen, Sie erschießen den Hurensohn.«

Sie drückte auf den Abzug.

Die Kugel schlug durch Estebans Stirn.

Sie schoß noch einmal.

»Das reicht«, rief Yael. »Einmal hätte schon genügt.«

Sie wirbelte herum und zielte auf ihn.

Er nahm die Hände hoch. »Ich bin keine Bedrohung für Sie, Bess.«

»Sie können mir viel erzählen.«

»Sie können Ihre Zeit jetzt mit der Entscheidung vergeuden, ob Sie mich töten wollen, oder ob Sie lieber zusehen, wie wir Kaldak retten. Ich glaube, er lebt noch.«

Sie warf einen Blick zu Kaldak. *Lebte er*? Da war soviel Blut gewesen ...

Yael kniete sich neben Kaldak und legte ihm die Finger an den Hals. Er nickte. »Er lebt.«

»Rühren Sie ihn nicht an.«

»Ich habe eine Pistole. Ziehen Sie doch mal die Möglichkeit in Betracht, daß ich Sie jederzeit hätte töten können.«

»Esteban hatte Ihnen gesagt, Sie sollten sich nicht einmischen.«

»Haben Sie mich jemals so nachgiebig erlebt?« Er riß einen Streifen von Kaldaks Hemd ab und machte ihm einen Druckverband. »Und jetzt kommen Sie her und und helfen mir. Es gefällt mir gar nicht, daß er so stark blutet.«

Sie durchquerte den Raum, kniete sich hin und schloß die Arme um Kaldak.

»Sie halten den Verband gepreßt, während ich die 911 anrufe«, sagte Yael.

Sie preßte ihre Hände auf die Wunde in Kaldaks Brust. »Rufen Sie an. Schnell.«

Esteban war tot, und Kaldak lebte. Es war ein Wunder, und das würde sie sich nicht wieder nehmen lassen. Sie würde Kaldak nicht sterben lassen.

Die Sanitäter schoben Kaldak vorsichtig auf die Trage in den Krankenwagen, und Bess nahm neben ihm Platz.

Sie sah Yael draußen stehen. »Kommen Sie mit?«

Er schüttelte den Kopf. »Die Sanitäter haben die Polizei gerufen. Ich habe noch etwas zu erledigen, bevor sie eintreffen. Wir sehen uns im Krankenhaus.«

Würde er kommen? Oder wollte er die Gelegenheit zur Flucht nutzen? Yaels Verhalten hatte sie zutiefst verwirrt. Es bestand kein Zweifel, daß es geheime Absprachen zwischen ihm und Esteban gegeben hatte. Dennoch hatte er sich zurückgehalten, als er sie hätte töten können, und er hatte sich mit ihr zusammen darum bemüht, Kaldak zu retten.

Die Sanitäter warfen die Tür zu, und kurz darauf raste der Krankenwagen Richtung Schnellstraße.

Kaldak war immer noch bewußtlos und ganz bleich. Sie wischte ihre Tränen ab und nahm seine Hand.

»Stirb mir bloß nicht«, flüsterte sie. »Halt durch. Wage es nicht zu sterben, Kaldak.«

Sie spürte die Vibrationen im Krankenwagen, bevor sie die Explosion hörte.

Sie warf den Kopf herum und blickte aus dem Rückfenster.

Die Windmühle zerbarst in Stücke wie ein Spielzeug, dann wurde sie von den Flammen verschlungen, die in den Himmel schlugen.

Kapitel 20

Kaldak erwachte, als er in die Notaufnahme gefahren wurde. »Esteban?« flüsterte er.

»Tot.« Sie faßte seine Hand fester. »Sprich nicht.«

»Geht – es – dir gut?«

Sie nickte heftig. »Du bist mir ja ein feiner Killer. Warum hast du ihn nicht einfach erschossen oder so was? Mußtest du unbedingt zwischen uns springen?«

»Er hatte den Finger am Abzug. Ich hatte Angst – es war ein Reflex.«

»Damit der Hurensohn dich erschießen kann.«

»Nicht – mein Plan. Alles ging schief. Ich habe auf Esteban gewartet. Keine Zeit. Er kam kurz vor – dir.«

»Ich habe gesagt, du sollst nicht sprechen. Möchtest du unbedingt sterben, du Dummkopf?«

»Nein.« Er schloß die Augen. »Nein, ich möchte leben.«

»Wie geht's ihm?«

Als Bess aufsah, stand Yael in der Tür des Wartezimmers. »Schon wieder ein Krankenhaus«, sagte sie müde. »Wir müssen aufhören, uns immer unter solchen Umständen zu treffen.«

»Wie geht's ihm?«

»Er wird gerade geröntgt. Sie glauben, daß die Kugel die

inneren Organe verfehlt hat, aber er hat eine Menge Blut verloren.«

»Er wird überleben. Kaldak ist zäh.«

»Ja. Aber er ist auch ein dickschädeliger Idiot. Er hatte eine Pistole und benutzte sie nicht. Er nahm in Kauf, daß er angeschossen wurde. Erwartete er vielleicht, daß ich ihm dafür dankbar sein würde?«

»Wahrscheinlich dachte er überhaupt nicht. Sind Sie ihm dankbar?«

»Ich weiß nicht. Ich weiß überhaupt nichts.«

»Außer, daß Sie froh sind, daß Kaldak nicht tot ist.«

Darüber war sie froh. Aber alles andere lag unter einem Schleier. Sie lehnte ihren Kopf an die Wand. »Sie haben die Windmühle in die Luft gejagt.«

»Und das Geld und Esteban gleich mit.«

»Warum?«

»Nur so konnte ich garantieren, daß das Geld wirklich vernichtet wurde. Ich wollte nicht, daß es beschlagnahmt und irgendwo sicher eingelagert wird. Ihre Regierung hebt gerne Dinge für schlechte Zeiten auf.«

Sie starrte ihn feindselig an. »Sie haben mit Esteban zusammengearbeitet, Sie Scheißkerl.«

Er nickte. »Mein erstes Ziel war immer, Habins habhaft zu werden. Er war derjenige, der die Freilassung palästinensischer Gefangener fordern wollte. Ich mußte mit Esteban zusammenarbeiten, um sicherzustellen, daß Habin erledigt wurde.« Er lächelte dünn. »Es war mir ein ausgesprochenes Vergnügen, Esteban mit der Bombe zu versorgen, die er für Habins Hubschrauber benutzte, und ebenso mit der Bombe, die er Jeffers gab, um die Blütenwerkstatt in die Luft zu jagen.«

»Sie hätten verhindern können, daß Jeffers das Geld auflud.«

Er schüttelte den Kopf. »Ich kannte die Einzelheiten nicht.

Esteban hat mich benutzt, genau wie er alle anderen auch benutzt hat.«

»Aber wenn Sie die Wahl gehabt hätten, entweder Habin loszuwerden oder aber zu verhindern, was in Collinsville geschah, wofür hätten Sie sich entschieden?«

Yael schwieg.

»Sie hätten sich für Habin entschieden«, flüsterte sie.

»Mein Land kann es sich nicht leisten, Leute wie Habin am Leben zu lassen. Wir leben jeden Augenblick mit der Bedrohung durch Terroristen. Mein erste Frau starb durch Männer wie Habin.« Sein Blick war kalt, als er sie ansah. »Ja, ich hätte hundert Collinsvilles geopfert, wenn ich damit hätte verhindern können, daß Gefangene freigelassen werden.«

Kaldak hatte einmal gesagt, Yael sei viel gelassener als er selbst. Das stimmte nicht. Der Mann vor ihr war absolut erbarmungslos.

Er lächelte. »Sie sind schockiert. Erinnern Sie sich daran, daß ich Ihnen erzählt habe, wir alle würden Prioritäten setzen? Esteban stand auf meiner Liste nicht so weit oben wie auf Ihrer. Sie können sich ja selbst mal fragen, welche Opfer Sie gebracht hätten, nur um Esteban zu stellen.«

»Ich glaube nicht, daß ich Sie geopfert hätte, Yael.«

Sein Lächeln verschwand. »Ich hoffte, daß ich Ihren Tod verhindern konnte, aber zuallererst mußte ich das Geld vernichten. Ich konnte es nur aufspüren, indem ich Esteban riet, Sie damit in die Falle zu locken. Es war die einzige Möglichkeit.« Er hob die Schultern. »Wenn Kaldak mich angerufen und mir erzählt hätte, was er von Jeffers erfahren hatte, wäre das nicht nötig gewesen. Übrigens, die örtliche Polizei hat Jeffers vor einer Stunde in der Nähe der Windmühle verhaftet. Er brüllte wie am Spieß, er hätte mit Kaldak eine Vereinbarung.«

Ihr war Jeffers egal. »Sie haben einfach dagestanden. Sie hätten es zugelassen, daß Esteban mich erschießt.«

»Hätte ich das?« Er schüttelte den Kopf. »Ich habe nur auf meine Chance gewartet, ein Held zu werden. Sie und Kaldak haben sie mir nicht gegönnt.«

»Sie sind kein Held.«

»Nein, ich bin nur ein Mann mit Prioritäten.« Er wandte sich zum Gehen. »Ich fliege morgen abend nach Tel Aviv. Ich komme morgen früh noch mal vorbei, um Kaldak zu besuchen.«

»Glauben Sie, er will Sie sehen?«

Er nickte. »Er wird vielleicht sauer sein, aber Kaldak versteht Prioritäten.«

»Schwachsinn.«

»Doch, doch. Kaldak wollte Esteban mehr als jeder andere, und trotzdem hat er gestern abend nicht den sicheren Todesschuß abgefeuert. Ich glaube, er weiß sehr wohl, was Prioritäten sind.«

Kaldak saß aufrecht im Bett, als Bess am folgenden Nachmittag eintrat. »Haben sie dir erlaubt, dich aufzusetzen?«

»Mir geht's gut.« Er machte ein verdrießliches Gesicht. »Aber sie wollen mich hier nicht weglassen.«

»Geschieht dir recht. Was läßt du auch auf dich schießen?« Er sah zwar nicht blendend aus, aber schon erheblich besser. Seine Brust und die Schulter waren verbunden, und seine Gesichtsfarbe war fast schon wieder normal. Sie stellte die mitgebrachte Vase mit Frühlingsblumen auf den Nachttisch. »Ist Yael hiergewesen?«

Er nickte.

»Er meinte, du würdest ihn verstehen.«

»Das stimmt.«

»Nun, ich nicht. Ich fühle mich ... verraten. Ich dachte, er wäre mein Freund.«

»Er war dein Freund.«

»Freunde benutzen einen nicht als Köder für ihre Fallen.«

Er schwieg.

»Ich halte nichts von Prioritäten. Es ist nicht richtig. Er hätte das nicht tun dürfen.« Sie ballte ihre Hände zu Fäusten. »Und dennoch mag ich den Scheißkerl. Das ist genausowenig richtig.«

»Was erwartest du von mir? Soll ich dir seine Beweggründe erklären? Ihn entschuldigen?« Er schüttelte den Kopf. »Das kann ich nicht. Ich will es auch nicht. Ebensowenig, wie ich es für mich selbst tue. Wir beide haben dich benutzt und dich verraten. Noch soviel Reue kann daran nichts ändern. Entweder du verzeihst uns, oder du versuchst, uns aus deinem Leben zu streichen.«

»Versuchst?«

»Vielleicht gelingt es dir ja bei Yael. Bei mir nicht. Ich brauche dich«, sagte er schroff. »Weißt du, wie schwer es mir fällt, das zu sagen? Ich brauche dich, und ich werde dich nicht gehenlassen. Wenn du versuchst, mir zu entkommen, werde ich dich verfolgen. Im Jagen bin ich weiß Gott gut. Ich werde dich nicht belästigen, aber du wirst merken, daß ich da bin. Und eines Tages wirst du mich auch brauchen.«

Sie schüttelte den Kopf.

»Schüttle nicht den Kopf. Genauso wird es kommen.«

»Kann sein. Aber nicht deshalb, weil du mich einschüchterst.«

»Ich schüchtere dich nicht ein. Ich sage dir nur, wie es ist.« Er zögerte. »Ist es wegen Emily? Machst du mir noch Vorwürfe wegen Emily?«

»Nein, nicht mehr. Du wußtest ja nicht, daß sie nach Tenajo fuhr. Ich werfe dir nicht einmal mehr vor, daß du mich dorthin geschickt hast. Es war falsch, aber ich kann es verstehen. Immer wieder diese verdammten Prioritäten. Yael und du, ihr seid doch besessen davon.«

»Nicht mehr, als ich von dir besessen bin.«

»Ich möchte nicht, daß jemand von mir besessen ist. Ich bin selbst besessen genug.« Womöglich auch von Kaldak. Er dominierte ihr Leben seit dem Augenblick, als sie ihm zum ersten Mal begegnet war.

»Glaubst du etwa, ich rede von einer perversen Fixierung? Wir passen gut zueinander.«

»Du meinst in sexueller Hinsicht.«

»Ja, zum Teufel, aber auch darüber hinaus. Und das weißt du genau.« Er zögerte. »Du ... bedeutest mir viel. Ich will nicht, daß du wieder aus meinem Leben verschwindest. Ich möchte bei dir bleiben, mit dir zusammenleben.«

Und sie wollte bei ihm bleiben. Die Erkenntnis kam plötzlich und deutlich. Sie wollte Kaldak mehr als alles andere, das sie in ihrem Leben gewollt hatte. Aber sie konnte ihn nicht haben. Noch nicht. Vielleicht nie. »Und willst du mit mir über Nakoa reden?«

Er erstarrte. »Was meinst du damit? Ich habe dir von Nakoa erzählt.«

»Aber du hast mir nichts von deiner Frau und deinem Sohn erzählt. Du hast mir nichts von David Gardiner erzählt. Und erzähl mir nicht, daß du nicht mehr dieser Mann bist. Jeder ist mit einer Seele geboren, aber unsere Erfahrungen machen uns zu dem, was wir sind. Ich kenne Kaldak. David Gardiner kenne ich nicht. Ich habe es verdient, beide zu kennen. Ich gebe mich nicht mit weniger zufrieden.«

Er schwieg einen Moment. »Ich werde es dir erzählen.«

»Aber du willst nicht sprechen. Um Himmels willen, glaubst du vielleicht, ich möchte Geständnisse aus dir herauszwingen? Ich wünsche mir einfach, daß du in der Lage bist, die Vergangenheit loszulassen. Wenn du zu mir kommst und mir sagst, daß du soweit bist, dann besteht vielleicht die Hoffnung, daß wir –« Sie erhob sich. »Das führt jetzt zu gar nichts. Es ist alles noch zu frisch.«

»Ich weiß, daß du etwas für mich empfindest. Bleib dabei und laß uns alles klären.«

»Ich weiß gar nicht, was ich empfinde im Moment. Ich bin traurig und wütend und dankbar, aber ich – «

»Ich will nicht deine Dankbarkeit. Ich möchte, daß du – Aber ich nehme auch mit deiner Dankbarkeit vorlieb, wenn du damit einverstanden bist.«

»Es ist zu früh.« Sie ging zur Tür. »Ich komme nicht damit klar. Ich komme mit dir nicht klar, Kaldak.«

»Dadurch, daß du wegläufst, wirst du es nicht lernen.«

»Ich laufe nicht weg. Ich habe noch einige Dinge zu erledigen. Ich fahre wieder nach Collinsville und arbeite weiter mit dem CDC zusammen, um sicherzugehen, daß sie ein Gegenmittel haben für den Fall, daß diese verdammte Anthrax-Mutation irgendwo wieder auftaucht. Ich muß zum Krankenhaus und mich um Josie kümmern. Dann fahre ich nach Kanada zu der Ranger-Station, wo Tom und Julie ihren Wagen abgestellt haben, und werde darauf warten, daß sie aus den Wäldern herauskommen. Das könnte jetzt jeden Tag der Fall sein.« Sie holte Luft, um ihre Stimme zu beruhigen. »Ich muß dort sein, um ihnen von Emily zu berichten. Ich laufe nicht weg. Mein Leben geht weiter, Kaldak.«

»Meins nicht. Noch nicht. Aber ich werde mir Mühe geben. Laß mir einfach ein bißchen Zeit, und ich werde es schon schaffen.« Brüsk fügte er hinzu: »Jetzt geh, verschwinde hier. Aber du kannst dich darauf verlassen, daß wir uns später wiedersehen werden.«

Sie ging hinaus.

Sie liebte ihn, und sie ließ ihn allein zurück. In dem Moment, wo er so einsam war. Was sollte ein Mann tun, wenn die Besessenheit, die ihn jahrelang angetrieben hatte, verschwand? Sie wollte zurückgehen und ihm sagen –

Nein, es war noch zu früh für sie beide. Es gab noch zu viel Schmerz und Reue, die sich nicht an einem Tag überwinden ließen. Vielleicht später.

Wenn es ein Später gab.

Epilog

Scharf stellen

Abdrücken

»Wir müssen aufhören, Tante Bess«, sagte Julie leidend. »Ich muß mit Daddy einkaufen gehen. Ich hab's ihm versprochen.«

Julie haßte es, einkaufen zu gehen, dachte Bess. Das einzige, was sie noch weniger leiden konnte, war, fotografiert zu werden. Bess hätte es eigentlich nicht von ihr verlangt, aber sie brauchte ein Foto für Tom als Geburtstagsgeschenk. »Eins noch.«

Julies rote Locken leuchteten in der Sonne, als sie auf der Schaukel vor und zurückschwang. Das Motiv war beinahe perfekt.

»Und Josie wird ganz müde.« Julie wandte sich zu dem kleinen Mädchen im Sandkasten. »Stimmt's, Josie?«

Josie nickte. »Ganz müde.«

»Siehst du?« sagte Julie befriedigt.

Josie betete Julie an und hätte auch behauptet, daß der Mond rot sei, wenn Julie es ihr vorgesagt hätte. »Noch eins«, wiederholte Bess.

»Hallo«, sagte Julie zu jemandem, der hinter Bess stand. »Suchen Sie Daddy? Der ist im Haus.«

»Nein. Ich suche deinen Daddy nicht.«

Bess erstarrte. Dann wandte sie sich um.

Er trug einen dunkelblauen Anzug, und er wirkte elegant und kultiviert. Er sah großartig aus. »Hallo, Kaldak.«

»Kann ich jetzt gehen?« fragte Julie.

Bess nickte. »Aber vorher möchte ich dich Mr. Kaldak vorstellen. Das ist meine Nichte Julie.«

»Wie geht's?« Kaldak lächelte. »Ich habe schon viel von dir gehört.«

»Tatsächlich?« Julie erwiderte das Lächeln. »Sind Sie ein Freund von Tante Bess?«

Kaldak sah Bess an. »Bin ich das?«

Bess lächelte. »Ja.«

»Nett, Sie kennenzulernen«, sagte Julie.

Kaldaks Blick wanderte zum Sandkasten. »Josie? Na so was, sie sieht ja hinreißend aus.« Er ging zum Sandkasten und hockte sich neben das Mädchen. »Hallo, Josie. Ich glaube nicht, daß du mich erkennst.«

Josie lächelte und hielt ihm einen roten Plastikeimer hin.

»Danke.« Er streckte die Hand aus und berührte den winzigen goldenen Ohrring in ihrem linken Ohr. »Ich erinnere mich an diesen Ohrring. Hübsch.«

Josie nickte, streckte auch ihre Hand aus und berührte ihn an der Wange. »Hübsch.«

Er blinzelte erstaunt.

Sie kicherte vor Vergnügen über seine Reaktion und faßte auch an seine andere Wange. »Hübsch.«

Kaldak lachte in sich hinein. »Ich möchte dich ja nicht beleidigen, Josie, aber deine Einschätzung ist ziemlich falsch.«

»Vielleicht auch nicht. Normalerweise hat sie ein gutes Wahrnehmungsvermögen«, sagte Bess. »Du darfst jetzt gehen, Julie. Wasch Josie den Sand ab, bevor du sie in den Kinderwagen packst.«

»Das weiß ich doch.« Julie war schon im Sandkasten und hob Josie auf die Füße. »Komm, Josie. Wir stellen den Rasensprenger an und waschen uns, okay?«

»Rasensprenger«, wiederholte Josie mit strahlender Miene. »Schlauch. Schirm.«

»Nein, diesmal nicht«, sagte Julie und ging langsam über den Rasen, um sich Josies watschelndem Gang anzupassen. »Der Schirm nicht, aber vielleicht der Schlauch.«

»Nette Kinder«, sagte Kaldak.

»Darauf kannst du wetten.«

»Es ist jetzt schon ein Jahr her. Ich habe gar nicht damit gerechnet, dich hier noch anzutreffen. Kinderfotos sind wohl kaum deine Spezialität.«

»Es hat mir nicht geschadet, meine Karriere eine Zeitlang auszusetzen. Julie und Tom haben mich gebraucht. Wahrscheinlich habe ich sie ebenso gebraucht.«

»Wie geht es Josie?«

»Wunderbar. Sie ist noch in Behandlung, aber du hast ja gesehen, wie normal sie wirkt. Die mexikanischen Behörden haben herausgefunden, daß ihre Großeltern tot sind und daß es keine anderen Verwandten gibt, die für sie verantwortlich wären.« Sie lächelte, als sie Josie und Julie mit den Blicken folgte. »Also gehört sie zu mir, Kaldak. Ich habe alles in die Wege geleitet, um sie zu adoptieren.«

»Das ist ja großartig, Bess.«

»Es ist viel mehr als großartig, es erschließt mir eine ganz neue Welt. Was machst du denn jetzt?«

»Ich habe mich in letzter Zeit ziemlich gelangweilt. Ich habe schon fast zwei Tage lang niemanden mehr getötet.«

»Kaldak.«

»Tut mir leid. Also, ich leite ein Forschungsprojekt über einen neuen Erreger, der im Regenwald am Amazonas entdeckt wurde.«

»Schon wieder Bakterien.«

Er zuckte die Achseln. »Was soll ich sagen? Das ist meine Spezialität.« Er fixierte sie mit seinem Blick. »Ich dachte, wir beide könnten zum Abendessen ausgehen.«

»Warum bleibst du nicht hier und ißt mit uns? Dann lernst du Tom kennen.«

Er schüttelte den Kopf. »Ich möchte mit dir allein sein. Ich möchte mit dir reden.«

»Wirklich? Worüber?«

»Über Gott und die Welt.« Er schwieg einen Augenblick. »Verdammt noch mal, was glaubst du, worüber ich mit dir reden möchte? Was glaubst du, warum ich hier bin?«

»Erzähl's mir.«

»Hast du eine Ahnung, wie sehr ich dich vermißt habe? Du siehst wunderbar aus.«

»Ich fühle mich auch sehr wohl.« Was für eine Untertreibung. »Wie geht es dir?«

»Gut.« Dann sagte er brüsk: »Nein, das stimmt nicht. Ich bin mürrisch, böse und verdammt ungeduldig.«

»Und was ist daran neu? Das warst du doch schon immer.«

»Du hast Julie belogen. Ich bin nicht dein Freund.«

»O doch, das wirst du sein.« Sie setzte ein strahlendes Lächeln auf. »Ein Liebhaber, der nicht mein Freund ist, kommt für mich gar nicht in Frage, Kaldak.«

Er erstarrte.

Mit zitternder Stimme fuhr sie fort: »Ich bin auch schon verdammt ungeduldig.«

»Bess.« Er trat auf sie zu, und sein Gesichtsausdruck ...

Gott, an den wollte sie sich immer erinnern können.

Scharf stellen.

Abdrücken.